U0794081

网络文学

（第二版）

梅 红 主编

西南交通大学出版社
·成 都·

图书在版编目（CIP）数据

网络文学／梅红主编．—2版．—成都：西南交通大学出版社，2016.4（2021.12重印）
ISBN 978-7-5643-4598-3

Ⅰ．①网… Ⅱ．①梅… Ⅲ．①中国文学－当代文学－文学研究 Ⅳ．①I206.7

中国版本图书馆CIP数据核字（2016）第044462号

网络文学
（第二版）
梅红　主编

责任编辑	罗小红
封面设计	严春艳
出版发行	西南交通大学出版社 （四川省成都市二环路北一段111号 西南交通大学创新大厦21楼）
发行部电话	028-87600564　028-87600533
邮政编码	610031
网址	http://www.xnjdcbs.com
印刷	成都蓉军广告印务有限责任公司
成品尺寸	185 mm × 260 mm
印张	15.5
字数	387千
版次	2016年4月第2版
印次	2021年12月第6次
书号	ISBN 978-7-5643-4598-3
定价	39.00元

课件咨询电话：028-81435775
图书如有印装质量问题　本社负责退换
版权所有　盗版必究　举报电话：028-87600562

再版前言

在第二届世界互联网大会上，一个最火爆的概念就是“万物互联（IOT）”。置身于互联网大会现场，无人车、虚拟现实、智能家居、智慧医疗……这些让人眼花缭乱的前沿科技已经从科幻电影走向了现实。

所谓“万物互联”，就是指小到手表、眼镜，大到家用电器、汽车、飞机，凡是你能想象到的东西，都可以成为与网络相联的智能设备。假如你想购买牛奶、饮料，只要在“冰箱贴”上轻轻一点就能完成下单，然后就可以坐等无人机送货上门；如果你想去看一场游泳比赛，只要戴上“眼镜”就可以“空降”到游泳馆，周围池水荡漾、观众沸腾，十分逼真；智慧型机器人技术也已成熟，有了庞大的数据库作支撑，机器人可以成为为消费者答疑解惑的导购，还可以成为陪伴孩子唱歌、跳舞、做游戏的“萌保姆”。

没有疆界的互联网正在给我们的生活赋予神奇能量,作为文学的热爱者和执著的研究者，我们绝对不能忽视这样一个现实问题：在互联网时代，文学是否已经发生了深刻的变化？互联网为文学创作者们带来了什么？我们对文学的接受是否还会停留在“阅读”和“思维”的层面上？

在“互联网+文学”的模式下，网络文学这个概念应运而生，它既传承了传统文学的创作与审美，又注入了互联网开放、包容、创新的基因。与传统文学相比，网络文学日渐显现的创作的交互性、阅读的画像化以及体验的虚拟性等特征已将其塑造为一支不可忽视的力量，正在引起广大网民以及评论界的普遍关注。

为了适应社会发展的需求，适应广大文学爱好者、研究者的需要，我们曾在 2010 年组织编写了教材《网络文学》。随着时间的发展，有关网络文学的新的研究成果不断地涌现，有必要重要修订该教材。此次再版我们保持了第一版的指导思想，一是力求在教材中反映目前人们对网络文学认识和理解的程度；二是在编写中，尽量回避尚存在争议、还没有达成共识的内容。

本书的章节修订内容如下：

全书的框架上，删除原博客文学一章，增加社交媒体文学。同时，每一章的内容都有较大的修改。第一章网络文学的概念，引入了海外网络文学研究者的最新成果。海外的网络文学从概念上一开始就是与中国的网络文学分道扬镳的。中国网络文学已形成了纸质文学的网络化，它更多的是一个新的文学场域概念。而海外网络文学则更强调技术性，强调文学作品与电子技术的完美结合，是先锋艺术家的艺术实践。从这个层面上来说，中国网络文学作品中不是没有这样的成分，但这种技术先锋性所占的比例和成分实在是太少了，不足以成为中国网络文学的特点。第二章充实了原有的北美、中国台湾的网络文学的发展情况，增加了中国香港地区的网络文学的发展现状。第三章网络文学网站不仅是从新的文学场的角度展开，更将它视为与传统的出版社相竞争的一个新生事物。网络文学网站在制度上的灵活性是传统出版社难以比拟的。但是网络文学网站在对文学内容的把关，在其社会担当与责任上则难以与传统的出版社相比。在网络文学日益加入文化主流的道路上，必须加强对网络文学网站的管理。第四章网络写手部分增加了很多新的素材，对作为文学上游的生产链进行了梳理。第五章网络出版增加了网络出版发展的新动态，国家对网络文学出版的新管理办法和规定对网络文学发展的影响。第六章网络小说则是对第一版的全新的修改。网络小说是网络文学发展中的重头，是网络文学产业的核心内容，本次修订全方位地透视了网络小说的发展概貌。作为文化消费产品，网络文学小说特别重视消费者的阅读需求和阅读偏好，特别是对不同性别受众的不同的阅读趣味的迎合，无论是从网站命名还是版面设计，无论是内容取材还是情节设计，都刻意照顾到受众的这些特点。根据网络文学小说呈现出来的特别，此次修订，特别地用性别视角统领各种小说类型，梳理了各种类型小说的特点。

中国台湾的网络文学受欧美影响，呈现出与大陆不一样的风貌。为了更准确地阐述中国网络文学的发展情况，包括中国大陆网络文学、中国台湾网络文学以及中国香港网络文学，书中统一使用“大陆”以区分“台湾”“香港”，以明确中国网络文学具体地域的发展情况。特此说明。

参加第二版修订工作的有四川大学的姜英，西南交通大学的段明辉、唐怡萌、李孟熹。

我们诚恳地期待读者的批评，并致以崇高的敬意。

编　者

2016 年 2 月

前　言

不管人们接受也好，拒绝也好，从最初命名的焦虑到现在已成为人们熟悉并接受的事物，网络文学这一概念已经深入人心。人们对网络文学的认识不再满足于网络文学的本体性认识，已延伸到网络文学的诸多层面。国内对网络文学的研究已蔚然成风，产生了一批有影响的著作。在全国的许多高校，网络文学课程也络绎不绝地开设起来。

为了适应社会发展的需求，适应广大文学爱好者、研究者的需要，我们在学习借鉴最新的研究成果的基础上，组织编写了这本教材。编写这本教材的指导思想，一是力求在教材中反映目前人们对网络文学认识和理解的程度；二是在编写中，尽量回避尚存在争议、还没有达成共识的内容。比如关于网络文学的评价标准，本已写出初稿，但是由于这一问题仍处于探讨中，故忍痛割爱。教材的编写毕竟不是学术专著，它力求反映一些规律性、共识性的研究成果。

本书的章节内容如下：

第一章，网络文学概述。这一章讨论了网络文学的定义、特征及其价值。虽然已经有很多学者专家给网络文学下了定义，但是本书认为，网络文学的概念仍然是一个充满悬疑的话题，仍然有很大的探讨空间。本书采取的态度是，很多文学的概念，比如诗歌、小说，难以寻找到一个非常权威的定义，大多是人们在使用过程中约定俗成的。网络文学概念，特别强调了网络这一新兴的技术给文学带来的变化。这一概念只要能够约定俗成，在一定时空内流通使用，也就可以了。网络文学有创作主体的平民化与开放性的特征，在创作过程中也体现出完全不同于传统文学的特色，那就是创作媒介的数码性与创作过程的互动性。由于多媒体技术的使用，创作方法也呈现出多样性的特点，艺术手段与技术手段完美地结合在一起，使网络文学呈现出别样的风采。不同于传统文人创作的那种兼济天下的情怀，网络文学创作的娱乐性表现得淋漓尽致，文学的表现功能得到了强化。由于载体的网络化，网络文学的传播速度和广度是传统文学所无可比拟的。但是，网络文学的批评标准还没有建立起来，目前网民的文学批评随意性很大，评论质量不高。网络文学的价值何在？其意义是什么？仍然是一个值得探讨的问题。网络文学最核心的人文本性就在于它的自由性，网络的自由性为人类艺术审美的自由精神提供了又一个新奇别致的家园。

第二章，中国港台地区及海外华语网络文学。华语网络文学产生在海外，与我国留学生的发展密切相关。20 世纪后期，大量的留学生奔走在世界的各个角落，其中以北美大陆人数为最多。对于网络文学来说，其产生的一个最根本的背景是电子计算机的应用和互联网的开通，华语网络文学的产生和发展首先是在北美大陆这块土地上，与这里领先的互联网高科技是分不开的。当时的中国社会和美国社会相比，政治、经济、文化等各方面存在着巨大的差异，留学生们都承受着各方面落差带来的压力：一是身份落差带来的苦闷；二是经济落差带来的苦闷；三是情感冲击带来的苦闷。苦闷郁积于胸急需发泄，由此，廉价的网络成为留学生们发泄内心苦闷最好的平台。华语网络文学在诗歌、小说方面取得了丰硕的成果，大量文学网站建立，“国风”“新语丝”“花招”都引领一时风骚，涌现出了图雅、少君、方舟子、百合等一大批有才华的作家。很多作者都是理工科背景，通过网络文学最后走进了缪斯的殿堂，这真是一个非常有意思的现象。中国香港、台湾地区的网络文学也取得了长足的进步。《第一次的亲密接触》由台南大学的一个水利博士生在网上成就，一个无名小伙子的初试之作成为网络文学史上不能越过的界碑，这样的情形也确实只有网络上才能产生。

第三章，网络文学网站。网站对文学的作用和影响是网络文学研究不能忽视的一个视角和领域。网络文学依附于互联网，就像传统文学依附于印刷术一样，网络文学网站作为一种新的媒介，为网络文学的发展提供了平台和基础。网站的每一次高速发展都促进了网络文学的发展，个人主页时期，网络原创文学处于萌芽状态；获得资本注入后的文学网站，在经营方面的着力，促使了网络原创作品的大量涌现，他们培养写手、推荐作品及 VIP 收费制度的实行，大大刺激了写手的创作积极性，虽然背后都是为利益所驱动，但是网站毫无疑问地成为网络文学的发展基石和推手。

第四章，网络文学写手。网络写手类似于传统文学中的作者、作家。网络文学何以能轰轰烈烈地发展，那是源于千千万万写手的努力。没有写手网络文学会怎么样？会灭亡。这句话是很有道理的。但是，网络写手在我国还是一个处于边缘的职业，他们在经济上没有保障，在社会上处于边缘，因而极大地影响了网络写手的稳定性，进而也影响了网络文学的进一步发展。如何管理网络文学写手是一个值得研究的课题。

第五章，网络出版。网络出版已经形成强大的发展势头，正日益改变和影响着人们的阅读习惯、消费结构和认知取向，这些变化给传统出版业带来的影响和冲击是显而易见的。目前国际上有影响的期刊基本上都已实现了网络出版。随着我国文化市场的不断开放，传统出版业既受到来自海外传媒的竞争，又面临网络出版的挑战，正经历着前所未有的冲击。面对这种现实，我国的出版业如何应对，如何处理好传统出版与网络出版的关系显得十分重要。

第六章，网络小说。网络小说是网络文学的重要内容。网络小说具有开放性的特点，个人主义的题材、民间本位的写作立场和颇具张力的语言。超文本小说、多媒体小说和接龙小说是网络文学的新形式。网络小说中的都市小说、玄幻小说、校园小说、女性小说已发展成网络小说的亮点。都市小说紧随着网络小说的风行而从传统领域走上网络，一亮相便有不俗的表现。以青春校园为题材的《第一次的亲密接触》的面市，开辟了网络小说的先河，也使网络青春校园小说成为网络小说最重要的部分。这些网络青春校园小说的作者大多为 80 后，他们在精神气质上更趋于孤独，自我倾诉的欲望也更强烈。而他们成长的时代正是我国政治、经济体制全面转型时期，思想观念较为开放，社会文化趋于多元化。伴随着自我意识的觉醒、独立性的增强，他们开始了自我探索、自我发现和自我实现的成长历程。他们选择制造与众不同的声音展现自己，证明价值，并更多地以自我为主角进行对世界的探索。也因此，在他们的作品中表现出反叛与迷茫、认同与反思、自我与自恋共存相生的倾向。2002 年《成都，今夜请将我遗忘》(简称《成都》)的走红更成为网络都市文学的一个转折点。在《成都》一书的带动下，网上涌现了大量反映现代都市人生活和情感状态的都市小说，这些小说中有着多种现实生活感受主题，如青春纯情的失落、商场钩心斗角对人性的伤害、现代人不加克制之物欲带来的颓废情调、男女关系的肉欲化倾向、时代文化的发展趋向。2003 年前后，玄幻小说迅速吸引了众多眼球。玄幻小说不仅在网络原创作品中取代武侠小说成为中国最为流行的大众文学形式，在文学出版市场上每一本玄幻类题材的作品都成为抢手的畅销书，创造了惊人的销量。2006 年“百度小说风云榜”上前十名几乎全为玄幻小说，玄幻小说明显成为网络小说的主流。几年前，陶东风先生的一篇《中国文学已经进入装神弄鬼时代？》，对《小兵传奇》提出批评，在网上引起轩然大波，足以见网络玄幻小说在网民中的影响力。网络女性小说的作者写作风格各有不同，但是有着共同点，他们都具有高等学历，都生活在城市，都在机关单位或公司工作[①]。因而他们都是写自己，写朋友，写回忆，写生活感受。网络女性作者较男性作者写作更加细腻，她们往往以细腻的笔触写尽内心的情感，因而在她们的作品中以两种主题为主：都市情感和身体写作。这也带来了写作的低俗化倾向。

第七章，网络诗歌。网络诗歌自出现起，便伴随着各种争议和怀疑。如今，网络诗歌渐渐为大众接受，当初争论的硝烟也渐渐散去。一时间网络上涌现出众多的诗歌作品，网络诗人也“忽如一夜春风来，千树万树梨花开”。当人们打开电脑，看到一夜间成长起来的网络诗人和他们大批量生产的作品时，有些惶恐，有些不安。于是，人们开始重新审视：究竟什么样的诗歌才是网络诗歌？网络对诗歌产生了和将要产生怎样的影响？本章探讨了网络诗歌的特点、流派、重要诗人等。

第八章，网络散文。中华人民共和国成立后，我国散文一直秉承“五四”时期带来的深刻变革的特点。那一场变革，以白话、平常心、类似交谈的语言和思维、表达方式，将汉语写作从文言文解脱出来，使散文获得新生，其内容始终有着紧贴生活、容身大众、处身尘埃的现实感，热切地关注国家民生，以兼济苍生为己任，以唤醒国民，进行启蒙为指导。到 20 世纪 90 年代，伴随着网络的兴起，散文呈现出另一面貌。那种贴近地面的写作，身体向下的写作，那种注视夜晚的一颗星星、聆听墙角蟋蟀的鸣叫的细琐，那种想说就说、酣畅淋漓、直白的表达，颠覆了传统散文的表现方式。本章探讨了网络散文的特点、流派以及重要作家。

第九章，博客文学。博客文学采取日记体式，充分利用各种链接，以丰富的内容、广泛的知识及与其他博客的密切联系，表达个性化的内容，成为当今普遍流行的一种文学新样式，推动了文学的向前发展。有人认为，我国博客文学的发展是以木子美的性爱日记为起点的，中国早期博客文学首先是一种性文学。必须指出的是，早期博客文学是对传统涉性文学极限的挑战，也是对传统伦理观的挑战。但是这种不加规范的传播确实在社会上起到了极坏的作用，特别是对青少年。

第十章，网络文学语言。网络文学的语言是网络文学得以繁荣发展的重要介质。正是网

---

① 武静:《虚拟放纵——网络女性和女性文学速写》,《新生存空间》2000 年 9 月。

络文学语言的“恣意妄为”，正是它大胆突破传统语言的种种规范，形成了网络文学千姿百态、风格独特的面貌。从文学作品语言来看，网络语言具有口语化的特点，较之传统文学语言，它更直接地表达了思想的倾向。拼贴的零散组句，新颖的词汇加上独特的构思，是网络文学语言有别于传统文学语言的又一个特点。网络诗歌、网络小说也以其语言的独特性呈现出自己的风貌。

能否比较全面地反映当今网络文学研究的成果，能否实现将目前网络文学的研究成果以教材的形式广为传播，尚待专家学者和广大教材使用者的批评。

我们诚恳地期待并向这些批评者致谢。

编　者

2010年1月12日

目　　录

第一章　网络文学概述

第一节　网络文学的定义

一、绪　论

当卡洛走进工作室的时候，天已经黑了。她下午的慢跑比平常多花了一些时间，而且晚饭后她又贪看沙漠的落日——今天的落日格外好看，她走进房间，戴起控制手套，要了一间办公室。她的四周立刻出现整面墙壁的真皮精装书，前面则出现了一张办公桌。“让我们看看上个月的销售数字吧。”她一开口，桌上就出现了一卷数字报表开始卷动。卡洛一边看，一边指出一些需要调整的数字。

几个小时以后，有个声音提醒她说日本的同事已经准备好了。办公室的一端忽然消失，出现了一个在大太阳下坐在游泳池边的男人。他俩开始比较彼此的分析结果，并一起准备几个小时以后的一个电话会议。

最有趣的是：那些真皮精装书、办公桌、游泳池，甚至阳光，全都是子虚乌有，根本就不存在的。

这是一位科学家为我们描绘的未来城市中“虚拟实境”的一天。其“虚拟实境”的概念基于两点：其一，任何人类经验有赖于感觉；其二，任何感觉都可以看成一种信息流，最终有赖于大脑的阐释。在现实生活中，这种信息直接来自于外界，但在虚拟实境中，信息则来自于电脑。比如触觉，其实只是一串的信息。一只手可以分为 2 万个平方毫米的小方块。假如你戴了一只手套，可以在这 2 万个小方块中发出 2 万种不同的压力；如果一秒钟变换 10 次信息，触觉就可以看成是每秒钟 200 万位元的信息流，比普通电视讯号还要少 100 倍。结果就是，如果信息充分，触摸真的桌子和戴上手套，手掌感受到的压力一模一样，其实两者是难以分辨的。

因此，如果科技处理信息与传送信息的速度够快，那么，真实的经验和复制的经验就没有什么不同。

这一切并非遥不可及的科学幻想。今天信息界已经很普遍的一些设备，可以让我们瞥见未来的远景。而作为文学的热爱者和执著的研究者，我们不能不面临这样一个现实的问题：在未来之城中，文学是否还是我们今天的样态呢？我们对文学的接受是否还会停留在“阅读”和“思维”的层面上？

网络文学的出现似乎已经可以回答这个问题。网络文学正以其日渐显现的创作的交互性、阅读的画像化以及体验的虚拟性等特征引起广大网民以及评论界的普遍关注。

随着国际互联网的迅猛发展和在中国的日渐普及，网络的确为身处现代社会的人们带来了一个“拟象丛生”的虚拟世界。网络化不仅加剧了现代世界的符号化和象征化的过程，而且模糊了传统意义上人们所熟知的相对明确的虚拟与现实之间的区隔。一种新的文学样式——网络文学——在 20 世纪 80 年代中期也随之悄然出现。

二、网络文学的发生及现状

华语网络文学是随网络的发展而兴起的。由于网络文化发展的地区不平衡性，华语网络文学始发于北美。1992 年 6 月 28 日，美国印第安纳大学的魏亚桂为推广汉字（HZ）码请该校的系统管理员帮助建立一个名为 alt.Chinese.text 的网络新闻组。几个月后，alt.Chinese.text（简称 ACT）的网络新闻组（Usenet Newsgroup）开始为越来越多的人所熟悉。活跃在 ACT 上的，主要是以留美的中国大陆、中国台湾理工科学生为主，参与者被规定只能用华语发表习作、讨论、聊天。渐渐地，开始有文学爱好者输入一些传统经典作品以飨读者。1994 年，活跃于 ACT 上的方舟子创办了“新雨丝”网站，此后又涌现出“橄榄树”“花招”“文学城”等一些比较有影响的文学网站。中国大陆和中国台湾的网络文学原创作者逐渐取代了海外华人网络文学创作群体而成为网络原创文学的生力军①。中文网络文学一词，第一次被正式采用，应是在《中国时报》资讯周报于 1996 年至 1997 年间所推出的几次网络文学争议专栏。缘由是杨照于《人间副刊》的《三少四壮集》陆续刊出《身份与故事》《老狗》，文中指出张贴于 BBS 上的作品品质不佳，结果引来 BBS 写手们的各式围剿。1997 年网易公司② 为网民提供了免费个人主页空间，从而使大陆网络文学由电子公告栏系统（简称 BBS），拓展到众多的文学网站。

1999—2003 年是网络文学的初创时期。正是在 1999 年这个年份，蔡智恒通过《第一次的亲密接触》一举成名，向世人和网虫们明确地宣告了“网络文学”的影响力。之后，“网络文学”作者数量开始成几何级数猛涨，安妮宝贝、宁财神、唐家三少、天蚕土豆、匪我思存、桐华等贴着“大陆网络原创作家”的标签来到了网民面前。另外，大批网络文学创作者开始浮出网面，一些致力于网络原创文学的网站开始从芜杂的网络大潮中脱颖而出，如国内成立最早、最具品牌的文学网站榕树下③，以及时至今日依旧活跃在网络文学界的起点中文网④、幻剑书盟⑤、纵横中文网⑥、晋江原创网⑦、小说阅读网⑧、红袖添香⑨、创世中文网⑩等。

目前，新的文学网站还在像雨后春笋般不断涌现，其中的文学活动正吸引着大量读者与作者参与。自从 1999 年知识出版社将蔡志恒的《第一次的亲密接触》通过纸质出版介绍给无数迷恋网络文学的少男少女以来，各个出版社纷纷开始在网络上寻找资源，将网络文学成功地移植到传统出版物上早已不是什么新鲜事。自 2003 年起，以起点中文网为代表的“千字

① 吴过：《因特网上的文学天空——网络原创文学的回顾及展望》，http：//lantai.myrice.com/old-lty/shuzi2000/0index.htm.

② http：//www.163.net.com/.

③ http://www.rongshuxia.com.

④ http://www.qidian.com.

⑤ http://www.hjsm.tom.com.

⑥ http://www.zongheng.com.

⑦ http://www.jjwxc.net.

⑧ http://www.readnovel.com.

⑨ http://www.hongxiu.com.

⑩ http://chuangshi.qq.com/.

付费”阅读模式正式推出，使得原来单纯的为兴趣而写作逐渐演变成商业行为。到近两年，网络文学已经走向“全版权营销”，即优秀的网络文学作品不仅可以在PC端和手机端阅读，还纷纷被改编成电影、电视剧、有声小说、漫画、游戏，开发相关的衍生产品。

与此同时，超文本、多媒体网络文学开始在一些网站尝试创作。如接龙小说的出现，就充分体现了互联网络开放性、即时性、互动性的特点，使文学创作变成了一项真正集体参与的文学活动。1997年4月，加拿大在互联网络上举办了一个“全国小说”的写作活动。参加活动的作家一共有12位，代表加拿大全国12个省区的作家。12位知名作家围绕“跨国故事”这一主题在12个小时内完成了一篇集体创作的小说。由于这篇“全国小说”写作形式别开生面，引起许多加拿大人的兴趣。国内网站也有这种活动。1999年1月开始，新浪网与《中华工商时报》联合举办为期一年的接龙小说活动，小说题目为“网上跑过斑点狗”，第一部分由一批青年作家写作，其余由网民和读者共同续写。小说试图反映互联网给人类带来的冲突与影响，揭示虚拟社会与现实社会之间的矛盾与冲突。后来因网民反应不积极等原因而夭折了。

对于网络文学的现状，目前的传统文学批评家大多评价偏低。吴俊认为：“在网上阅读过程中产生的身体疲劳感及种种不适，就几乎是无法避免和克服的。阅读纸质印刷书籍与面对一成不变的文字屏幕，两者的世界感受和身体要求可以说完全不同，后者的枯燥易倦和单调乏味远非前者可比。”对于目前技术下的屏幕来说的确如此。但是，技术的发展是无限的，屏幕阅读的视觉疲劳和不适问题，应当说是可以解决的，例如超大直角，刷新频率在75赫兹甚至100赫兹以上的显示屏幕就可以部分地解决问题，至于“一成不变的文字屏幕”只是因为目前网络文学作品大多是初级形式的文本文学，高级网络文学的形式当是超文本的，那时，网络文学的读者所面对的就不是“一成不变的文字屏幕”了。

三、网络文学的几种定义

“网络文学”从它产生的第一天起，就充满了争议和质疑。如有学者提出：“文学产生于心灵，而不是产生于网络，我们现在面对的特殊问题不过是：网络在一种惊人的自我陶醉的幻觉中，被当作了心灵的内容和形式，所以才有了那个网络文学。”还有学者说“网络文学”应该叫作“网络写作”。

然而随着时间的推移，网络文学作为概念越来越为人们所接受。目前，对网络文学的定义主要有以下几种。

陈韵琳在《网络文学概述》中的定义：① 在网络媒体上发表的文学作品；② 文学作品中涉有“网络传媒内容”的作品；③ 透过网络媒体文本交织共同创作的文学作品。

李兴顺：一是将传统“平面印刷”作品数位化，而后发表于WWW网站或张贴于BBS创作版上；二是指含有非平面印刷成分并以数位方式发表的新型文学。学术上习惯称超文本文学。非平面印刷成分的明显例子包括动态影像或文字、超链接设计、互动式读写功能。

欧阳友权：网络文学是一种用电脑进行创作、在互联网上传播、供网络用户浏览或参与的新型文学样式。它有三种常见形态：一是传统纸介印刷文本电子化后上网传播的作品，这是广义的网络文学，他与传统文学的区别仅仅体现在传播媒介的不同；二是在电脑上创作，在网上首发的原创性文字作品，这类作品与传统文学不仅有载体的区别，还有网络原创、网络首发的不同；三是利用多媒体电脑技术和 Internet 交互作用创作的超文本、多媒体作品（如联手小说、多媒体剧本等），以及借助特定软件自动生成的“机器之作”，这类作品离开网络就不能生存，因而是真正的网络文学。

姜英：在严格意义上，只有直接发表在“网络文学期刊”、网络作者的“文学主页”和“网络社区文学”上并以创作的交互性、阅读的声像性以及体验的虚拟性等为特征的网络原创作品才属于真正的网络文学，即指含有“非平面印刷”成分并以数码方式发表的新型文学。它们包括文学作品和学术论著在内的各种网络原创作品。而所谓“网络原创作品”指首次在网上“发表”的文学作品，包括那些经过编辑后登载在各类网络文学刊物、个人主页、电子公告栏上或不经编辑、个人随意发表的文学作品，以及一些电子邮件中的文学作品，甚至包括公共聊天室里具有文学性的对话等。

国际网络文学界对网络文学的认定与中国学界有很大的不同，为了区分这种不同，贺麦晓用了“internet literature”“electronic literature”两个不同的词。“internet literature”基本就是对中国网络文学的称谓。他在《中国网络文学》中将网络文学的基本要素概括为：采用既有的体裁或是创新的体裁，公开发布在可供互动的互联网上，需要在屏幕上阅读。这一定义基本上是对中国学界对网络文学的界定的认可。贺氏特别用“electronic literature”来表述欧美的网络文学，强调欧美网络文学的技术性，强调文学作品与电子技术的结合。

从几位的定义来看，人们对于网络文学概念的探索经历着这样的过程：一是平面印刷作品数位化以后是不是网络文学？二是首发在网上是不是区分网络文学与非网络文学的界限？

四、网络文学的界定

“印刷文学网络化”“平面文学数位化”后，发表于网络上就成为“网络文学”作品了吗？

韦勒克在他的《文学理论》中支持、传播了英伽登的《文学本体论》观点。他认为，存在着大量的未曾写下来的诗或者是故事。诗可以脱离它的版本存在。如果我会背一首古诗，那么即使诗的全部版本都已经毁掉了，却毁不掉这首诗。如果毁掉一幅画、一件雕刻，那么它们就被彻底毁掉了，无论重建的时间如何相近，但是终究是另一件艺术品，文学则不然。其次，印好的书页里有许多因素对于文学作品来说都是外在的：铅字的大小、类型（正体、斜体）、开本的大小等。否则，我们就会得出结论说，每一种不同的版本都是一件不同的文学作品。我们能够说明诗（或任何文学作品）可以在它们刊印的形式之外存在，而印好的人工制品包括许多不属于真正的诗的因素。网络对于文学来讲也仅仅是一种载体而已，和文学曾经依托的载体钟鼎、帛、纸等没有本质的区别。如果“平面文学”数位化以后就变成了“网络文学”，那么《红楼梦》等经典上网后都摇身变成网络文学了。这显然也是难以为人们接受的。

首发在网上是不是网络文学与非网络文学的区别呢？首发在网上，通过网络来传播，已成为人们约定俗成的认定网络文学的标准。打开任何一个文学网站，这类作品比比皆是。如《诛仙》《鬼吹灯》等，出版了纸版后我们还是可以说是网络原创作品。如果这些作品一代一代传播下去，几百年、几千年后，还会有人说它是网络作品或是纸质作品吗？就如同我们现在还会强调某一个文学作品是用帛书书写的还是用竹简书写的吗？英国伦敦大学亚非学院中文系教授贺麦晓也在阐述撰写《中国网络文学》一书的动机中发出这样的困惑，那些已经出版的网络文学看上去和其他图书已经没有任何区别，为什么书店里还是把它们冠以“网络文学”的标签？

超文本作品就是网络文学作品最本质的特征了吗？超文本似乎为文学带来了最具有独特个性的新型样式。根据牛津英语词典（1993 年版）的解释，“超文本”是“一种并不形成单一系列、可按不同顺序来阅读的文本，特别是那些以让这些材料（显示在计算机终端）的读者可以在特定点中断对一个文件的阅读以便参考相关内容的方式相互连接的文本与图像”。其特点之一就是多媒体化，包含文本、图形、图像、声音、视频等形式。多媒体使网络文学文本获得了与传统文学文本不一样的形式。因而为网络文学的真实存在给予了最强有力的支撑。学者们所津津乐道的有关狭义的网络文学的例子，是通过计算机创作或通过有关计算机软件生成的进入互联网络的文学作品，例如《拔河》这个作品，左边是一只犀牛，右边是五个人，你要点击人下面的按钮以补给力量。玩家撑得愈久，则赛后排名愈高。当结果出现后，会蹦出两行诗来。这种新型的文学形式就是网络文学。亿唐网站女性频道主编、国内第一部女性多媒体小说作者黑可可（网名 blackcoco）创作的近 14 万字的多媒体网络文学《晃动的生活》。这部用 flash 技术做成的“小说”显示在亿唐网的醒目位置上，用鼠标点击小说后，画面如电影般涌动而来。深灰的底，水一样流动的线条，好像沧海在变迁，一段文字序言逐渐浮出海面。与此同时，熟悉的箫乐响起，如潮水般的汹涌翻滚。随着主人公“大马”和“李威”兄弟画面的出现，一段一段的正文也慢慢流动在电脑屏幕上，小说就开始展开了。又如英国由“布鲁特斯 1 型软件”创作的电脑小说《背叛》，以及由几位、几十位甚至数百位网民共同创作的“接力小说”“合作小说”“多媒体小说”“联手小说”等[①]，即多媒体文学或超媒体文学（“多媒体小说”是指集声、画、文为一体的文学形式；“超媒体小说”是指除了“多媒体”的特征之外，还包括触觉、味觉以及身体的各种感官刺激和体验的文学形式）。在台湾地区，网络文学（network literature）在多数场景下可以跟超文本文学（hypertext literature）通用。

然而如果“图+文”成为新的文学形式，那么问题就是网络游戏是不是网络文学？网络电视散文、一些网络 Flash 作品是不是也是网络文学呢？特别是大型的网络游戏，有专门的故事脚本，在一边阅读一边参与的过程中娱乐。一部小说的阅读也就是通过游戏的形式来讲述，比如一些经典的小说都通过游戏的形式展现，如《三国演义》《诛仙》等小说就被改编成了游戏，阅读与游戏同步进行。那么，它们是网络游戏还是网络文学？

其实，很多文学的概念，比如诗歌、小说，也难以寻找到一个非常权威的定义，大多是人们在使用过程中约定俗成的。网络文学这一概念，特别强调了网络这一新兴的技术给文学带来的变化。网络文学这一概念只要能够约定俗成，在一定时空内流通使用，也就可以了。

第二节　网络文学的特征

一、创作主体的平民化与开放性

网络的开放性、兼容性与共享性，使它能以更加平民化的姿态接受社会大众，网络语言的戏谑性、简洁性与普及性，也助推和造就了网络文学创作风格的平民性。网络文学创作参

① 相关网站有：合作小说网站 www.coder/creation/tales.htm；多媒体小说网站 www.children-story.com；联手小说网站 http：//eway.963.net 等。

与的大众性拓宽和丰富了文学创作题材。传统文学由于严格的审稿制度和报纸杂志审查制度，对有关题材内容控制较严，不能随便涉及，限制了文学创作题材的选择。网络文学则因为网络的匿名性、自由性和随意性，大大突破了上述环节的限制，创作题材更加宽泛。网络文学的创作取向日益淡化了意识形态，文学中所承载的道德观念也呈现多样化、复杂化态势。如果说传统文学的创作强调文以载道，那么网络文学的创作更倾向于文要抒情，但这种个体化的、没有太多束缚的抒情，往往导致一部分作品的随心所欲的杜撰，漫不经心、虚情假意的表达，即兴式的自由发挥，情绪化的宣泄和矫情做作，自作聪明的调侃，无病呻吟的叹息，词不达意、文不对题的言说，不负责任的讥讽等，大大削弱了作品的主题和思想，让人读了之后会有一种只收获了情绪碎片的感觉。题材限制被大大突破之后，借助网络语言的广泛使用，网络文学更呈现出平民化的姿态。网络语言作为一种崭新的富有生命力和冲击力的语言，语言风格鲜明，平民化色彩浓厚。尤其这些年，新的网络词汇不断涌现，如颜值、CP、坑爹、喜大普奔、淘宝体，以及用文字或各种线条、符号组成的颜文字等。这些带有戏谑和调侃味道的网络词汇是对传统汉语言的补充和丰富，很多畅销的网络小说如《第一次的亲密接触》就是使用了一些网络语言，才让读者耳目一新，这是传统的文字表达所不及的。所以，网络语言的使用，使网络文学本身的网络化、平民化叙事色彩更加浓重，在带来一系列问题的同时，也增强了作品的表现力和传播力。

群众的广泛参与性，使文学恢复了它本来的使命和本质。文学家在那里高唱阳春白雪，而群众就是喜欢下里巴人。作者主体的平民化，真正实现了文学的平等。文学本来就是从群众中来的，是民间口头文学收集而来的，故事是群众的，语言也是群众的，形式是群众喜闻乐见的。把文学还原于人民群众，不但是人民群众的迫切需要，而且是文学自身发展的需要。网络文学很好地做到了这一点。这对于提高群众的欣赏水平和写作水平，提高群众的文化素质，是百利无一害的大好事。千百万群众都来关心文学，参与创作，这本身就是一件了不起的事。

二、创作媒介的数码性与创作过程的互动性

在网络时代的背景下，文学的存在方式，文学的功能，文学的创作、传播、欣赏方式，文学的使用媒介和操作工具，以及文学的价值取向和社会影响力等方面，都发生了或正在发生着诸多变异。网络文学依赖网络技术。数码技术产生的电子超文本是一种开放的、活的文本。作为一种精神产品，网络文学与传统文学一样，是人类进行情感交流和生命体验的一种方式。

网络文学借助多媒体优势与视觉艺术如影视、图片、动画、造型艺术等和听觉艺术如音乐、音响、对白、朗诵等结合，形成文学与艺术融通，并同时向大众审美文化贴近，与世俗化、娱乐化，甚至是游戏化握手言欢，凭借高新技术实现“艺术的技术化”或“技术的艺术化”——用电脑程序编制情节曲折的小说、冲突尖锐的戏剧、语言“陌生化”的诗歌，用特定的创作软件在电脑上作曲、作画，用计算机技术在工作室里让作古的明星复活。在创作网络文学时，可运用多媒体技术把多种艺术形式融合在一起，达到图、文、声、像并茂。诗歌、小说、广告、戏曲、散文、绘画、动画、流行音乐、电影（画面）、电视等均可相互交融，相互拼凑、剪切、粘贴在同一主页上，或者建立起从一种艺术样式到另一种艺术样式的超文本链接。

同时在互联网四通八达的背景下，网络文学具有不同于纸面文学的互动性。作品一贴上来，马上就有人跟帖。文章好坏，质量高低，马上就会有评判。读者就是检测标准。这和传统文学创作由作家苦心孤诣地“爬格子”是大相径庭的。互动性既有人机互动，也有作者与读者的互动。在这里，人机交互是艺术与科技的融合，而网民之间的交互是心灵与心灵的沟通。前者是创作手段的脱胎换骨，后者则体现了“网络一族”的以网会心。

动态还表现在作品的不断修改和完善。网络的好处是文章发表之后可以不断修改，直到完善为止。网络上的一篇小说、一首诗词，明天就有可能因为网站主人的修改而发生变化。在某种意义上，网络文学作品是永远创作中的作品，随时有浏览者加以评述、修改、补充，使作品更加优美完善。这些评述修改意见可以被附加在文本之后，成为超文本的一个链接，也可以由制作者根据浏览者的意见对文本加以修改，使文本以新的面貌出现。

动态和互动好不好？当然是好！一个篱笆三个桩，一个作者三个帮，对提高作者创作水平肯定有利。白居易写好一首诗，先念给老婆婆听，说好能听得懂就可以，若是说不好、听不懂就再修改，直到完善为止。文不厌改，一遍又一遍地润色。对于读者可以对上网文学作品作任意修改的情况，即网络文学的交互性与作家创作的个性化是否矛盾，多数作家认为，这并不妨碍他们自己的创作。有的作家说，在这一点上不存在任何问题，“因为基本的文本是永远存在的，经读者修改过的已不是作家的东西。”“正如 100 个人读《红楼梦》会有 100 种理解，但这种分歧同样不妨碍曹雪芹自己创作的小说一样。”来自网络上的各种批评、争鸣对作家不会形成伤害。其实，听听读者的意见，有时候真的会有很大收获。有些很尖锐的批评，只要对作品有利，就要吸纳。正是有那些跟帖，才使得网络文学的质量不断提高。互动性，使网络文学有了公共性的特征。就是说，你的作品不仅仅是你个人的，一贴到网络上，就是公共的精神产品，谁都可以说三道四，评头论足，谁都可以欣赏或下载。当然这个优点也往往带来版权维护的问题。

三、创作方法的多样性和内容的丰富性

传统文学的创作方法不外乎现实主义与浪漫主义，新作家也有借鉴西方各种表现手法的。由于网络文学是开放的文学，世界各国创造的各种方法，统统被拿来为网络文学服务。除了传统文学的现实主义、浪漫主义、现实主义与浪漫主义相结合等手法外，还借鉴了后现实主义、超现实主义、象征主义、印象派等手法，使网络文学的表现力更强，更能完成许多较有难度的题材创作。同时，网络是技术革命的产物，把艺术手段与技术手段结合在一起，共同完成创作任务，是网络文学独有的特点。网络写作软件大致可以分为三类，首先，最早应用于写作的软件是编辑排版软件，如 WORD、WPS 等。其次，写作软件还可以特指一些能够提供丰富写作素材甚至是能够自动完成写作的软件。假如你想写一部古代小说，只要输入笔下人物的性别，选择性格和气质，便能轻松获得此人物的衣着描写，甚至是对话描写。该类软件的制作原理其实是在丰富资源库的支持下抽离出来所需要的字段，重新排列组合后形成新的文字，甚至可以根据已有的模板生成一个完整的故事梗概，这对于用户打开思路、开阔视野、增加知识储备有一定的作用。除此之外，该类软件还具有树状章节目录管理、写作进度管理、资料收集管理、同时编辑草稿和正文、自动校对、近义词润色等明显区别于传统编辑排版软件的功能，对于用户创作管理动辄上百万的网络文学有着不可替代的作用。一方面，

智能写作软件带来了“抄袭”“代笔”的问题，另一方面，也有观点认为网络小说的精髓在故事情节而非细节描写，无论如何，智能写作软件在文学创作方面所起的作用还是非常有限的，其归根到底只是一种写作工具，只能适当运用而不能过度依赖，纯粹的抄袭拼凑也难以造就真正深入人心的网络文学。最后，还有一种小黑屋写作软件，也是流行于网络作者群体中的写作软件之一。其主要特征是帮助用户排除干扰，强制其必须在自己规定的时间内完成规定的字数。

“文章千古事，寂寞身后闻”，这是中国传统作家的写照。而网络写手们恐怕谁也不会想到自己的文章要称为传世之作，只想写心路历程，宣泄感情愉悦身心，目的达到了，今天发表明天删除也就无所谓。所以网络写手写文章有很大的随意性，内容信手拈来，嬉笑怒骂打破了传统的文章模式。创作方法多种多样，不拘一格，有问答式的，有提问式的，甚至出现许多过去不成文章的文章，点击率却极高，吸引了广大读者的眼球。在互联网上，经常可看到许多人把已经完成的文学作品进行各种数字化操作，将文学作品改头换面，随心所欲地复制、涂抹与删改，所以有人将网络文学称为“涂鸦文学”。同时也应该看到，一些网络写手写完文章后不怎么修改，文句是否通顺，错别字有无，全然不顾，自然文章就低劣，需要写手们进一步完善提高。

逐渐走向商业化的网络文学也在深刻影响着其自身的创作。各家文学网站纷纷推出 VIP 制度，想要让自己的作品被更多人看到必须要与网站签约，想要签约则必须具备一定的“商业价值”，这就让那些纯粹以兴趣为导向的创作者也不得不踏上商业化道路。首先是题材、情节的雷同，为了能够获得更好的收益，网络文学创作者往往会追逐“热题材”，男频多为“玄幻”“修真”等，女频则是“总裁”“穿越”。其次是在创作过程中完全屈服于市场利益，例如必须在开篇制造激烈冲突，从而吸引和留住读者；过分追求情节转折放弃精雕细琢词句；订阅高则尽可能拉长作品的长度，100 万字只是起步，上千万字也屡见不鲜，订阅差则会“砍文”；甚至是为了迎合读者在故事情节上打“情色”“暴力”的擦边球。最后是为了收益而保持超快的更新速度，在牺牲质量的同时也严重透支着创作者的身体。另外，有网络作者为了在激烈的市场竞争中脱颖而出，将网络文学内容生产真正演变为流水线模式，采用团队分工合作的方法进行网络文学创作，由此也带来了一些问题。

传统文学是单一的文学艺术，即语言艺术。作者通过语言塑造人物形象，通过语言表情达意。而网络文学是一种交融性的综合艺术。计算机技术使信息的物理性从模拟信号变为数字信号，存储形式同时发生改变，比起传统文学那种单一文本来，艺术感染力增强了！由单文本转为超文本是网络文学的一个突出特点。以往，读者、研究者面对的是某一个单一的文本，而进入因特网后，艺术的组织形式发生了变化，不再仅仅是一篇文章或一本书的形式，而是一个“超文本”。其中的某些字、词、符号、短语或图像起着“热链路”的作用，显示在屏幕上，其字体或颜色发生变化，或者还有下划线，以区别于一般正文。当用鼠标器的光标移至该字词或图像时，光标的形状由箭头变成手的形状，点击鼠标，屏幕显示主页会跳到链接的新内容上，亦即链接到另一个文本。这样，超文本成为文本之间相互链接所形成的文本网络。

从阅读来看，阅读传统文学作品时，顺着句子、章节、段落，从一页翻到下一页，一个情节到下一情节，一个故事进入下一故事，这是一个不可逆的线性阅读过程；而网络文学作品，浏览时往往可以链接到相关主题、情节、故事，类似于电影画面蒙太奇式的切换，导演是浏览者本人。传统文学是一种“只读艺术”，只可被动观看，空间上有一定距离，网络艺术是一种“可读写艺术”，空间上的距离缩短为不到 1 米，一旦操起鼠标进行修改、反馈，距离消失为零。

网络文学的变革，带来文学的新面貌。受众的大众化，使文学有了更广泛的读者；文学的娱乐性在网络文学中体现得更充分；文学的审美性实现了生活化，审美不再是批评家的专利，群众从文学中学会审美，然后运用到生活里，出现了生活审美化，表现在家庭生活和处世艺术等方面，都有了文学色彩；文学的商业化，各种网络稿件交易中心、约稿之家等，都是为文学走向市场服务的，文学作品质量的优劣，通过交易也可看得出来，文学的价值更好地得到实现。从文学样式来看，网络文学出现了许多新样式，如小说接力、散文诗接力、诗歌跟帖赛等，与手机短信文学等新的样式也实现了对接。

四、创作目的的多样化

中国古代文学主张“文以载道”，即写文章是为了阐述思想道德，文章是思想道德的载体。中国当代文学则要求贯彻“为人民服务，为社会主义服务”的文艺方针路线。所以传统的文学创作目的强调体现文学的认识价值、教育价值和审美价值。而在网络文学中，文学的认识价值、教育价值和审美价值成了次要因素，一部分网络创作者是为了自娱自乐、自我宣泄，写作是他们的兴趣爱好。同样的，大多数读者阅读网络文学也是为了娱乐，打发业余时间。所以爱情、玄幻、盗墓等主题的文章点击率居高不下并屡创新高。创作目的娱乐性的转变，使中国网络文学表现个人经验的内容居多，像中国传统文学中那种表现时代、社会精神的题材就被搁置。文学深度淡化了，中国网络文学就呈现出非常鲜明的个人倾向，又被称为“个人文学”。有的网络写手往往随自己的兴趣，随写随贴，不太注重作品的艺术性和严密性，使得中国网络文学在形式上呈现出十分浓厚的拼盘化色彩。当然，这只是针对绝大多数网络文本而言，那些专业作家参与进来所发表的文本，或是有较高文学涵养的业余作家所发表的文本，与中国传统文学还是比较接近的。

在网络文学迎来商业化大潮的过程中，撰写网络小说为创作者带来了收入，使得“网络小说写手”逐渐成为一部分人的职业。他们有的将其作为专职工作，除了获得堪比其他职业的收入，还能获得粉丝追捧、出版图书、改编影视剧等属于“作家”的荣誉感和成就感。也有人将其视为兼职工作，在本职工作之余可以获得一份额外的收入。赚钱，成为他们兴趣之外的另一大写作动力。

五、传播速度的迅捷化与传播渠道的多元化

作品创作完成之后，其传播速度如何直接影响作品的受众接受度和影响力。与传统文学相比，网络文学的传播载体更新、更有效，传播渠道更宽泛、更畅通，传播速度更快捷。

传统文学的传播载体是纸质媒体，作品多以书籍、报纸、杂志等物态化的形式流通。这种载体在制作上耗时、耗材，运输时笨重难行，储存时挤占空间，购买时价格昂贵，导致作品不能更快捷、方便、有效地到达读者那里，影响了传统文学的传播受众面。而网络文学的传播载体是电子媒体，是通过“比特”这种数字化形态在网络中传播。这种信息传播载体体

积小，容量大，耗材少，传输快，辐射广阔，准确性高，易于检索、复原和复制，节约时间和空间，还能降低消费开支。古人云“学富五车”，实则信息量并不是很大，今天一张小小磁盘或光盘就能储存下一座图书馆的所有资料，这充分说明了当代数字化载体与传统纸质载体之间在传播领域的优劣势。没有重量的比特通过互联网能够迅速把作品传递到世界的各个角落，这种载体极大冲破了传统意义上的地域、种族、信仰、意识形态、文化观念等方面的束缚和障碍，把文学文本以数字化形式传播到无数用户手中，极大扩张了自己的受众。

传统文学作品的问世是一个相当漫长的过程，从完稿到编辑手中，再经由审稿、改稿、录入、校对、印刷、发行等一连串烦琐的环节，耗时之多、传播周期之长可想而知，极大降低了作品的传播效率。网络文学作品的传播速度就快多了，单是通过“比特”这种数字化载体形式以光速在网络中传播就大大缩短了作品和读者的见面时间，凸显了网络的特点和优势。另外，网络文学传播迅捷化还体现在作品的发表不需要层层传统意义上的审核把关，流程大大简化，缩短了很多不必要的中间时间，只要没有违反法律法规，把作品粘贴到某一社区或自己的博客上，按下确定键，作品就传播出去了。最后，网络文学传播快捷化还体现在读者对文本的迅速反馈、作者和读者之间、读者和读者之间的及时交流上。网络文学作品一边写一边就可通过网络传输出去，只要读者在网上，就能马上阅读反馈，形成读者与作者的即时交流互动，推动作品的修改完善和下一步进展。可以设想，一部网络文学作品刚在网络上发表，世界各地任何网上读者只要知道其地址，就可以进入阅读，这是怎样的一个速度！传统文学作品要传播到国外，需要经过版权、意识形态把关、翻译等程序，要多少时间才能传送到该地读者手中呢？网络文学通过网络的传播很方便就解决了这个问题。

那么多的人参与到网络文学的创作，除了网络本身的匿名、自由、宽松等条件外，就是作者不用再考虑通过网络写出的作品能不能发表、能不能传播出去，只要你愿意，随时可把你的作品发表于某一文学网站、文学社区、BBS 或者个人的博客上，从而享受一下当作家的感觉。当互联网上各种文学网站、BBS 等出现之后，传统意义上的专业编辑和出版商在网络空间就消失了，发表作品不再需要编辑、不再需要标准、不再有限制，传统的“门槛”破除了，传统渠道拓宽了，作者可以将自己写出的任何作品，不论是精致或是粗糙，都能够自由地在网上发表。民众找到了抒发、表达、宣泄和传播的载体和渠道，这不能不说是网络时代的进步。

六、文本阅读的非线性与批评的随意性

文本如果没有经由读者的阅读、欣赏和批评就是残缺的、没有完成的文本，完整的作品应该是作者—文本—读者三方互动所形成统一体，这一点在网络文学上更是明显。传统文本脱离作者后，就成了孤立被动等待读者阅读赏析的状态，读者通过文本与作者的互动很少也很受限制，不如网络时代三方互动那么强烈、那么迫切。

从阅读来看，读屏与读书显示了网络文学与传统文学接受载体的不同，而阅读的非线性和阅读的线性则构成了二者在接受上的一个显著区别。阅读传统文学作品时，对象多是纸质书籍、报刊，读者面临的是一个物理化的固态独立存在文本，呈现静态化和封闭化特点，与读者的疏远状态较显著，读者对之任意改动与调适的可能性不大。面对这样的文本载体，读者阅读习惯多是顺着句子、章节、段落，从前向后，一页接着一页阅读，读者受制文本的约

束较大，往往是被动观看。而阅读网络文学作品时，对象是电子显示屏，作品通过电脑显示屏的呈现具有动态性和开放性特点，读者在这样的屏幕上阅读作品时主动性更强，与作品的交互活动更容易些，可以把作品的字形、字号、颜色、图像等做些技术处理，直至达到自己满意的阅读状态为止，对待传统文学作品要做出这样的主动性处理是办不到的。更重要的是，网络上的阅读一直面临着五光十色、内容纷繁的开放性信息的诱惑或引导，读者很难全身心就一篇文章反复阅读，浮光掠影似的浏览代替了传统凝神屏息似的揣摩和研读，网络浏览时通过超文本链接往往可以链接到许多相关主题、情节、故事，或者一下子跳跃到根本毫不相干的作品上去，开始了一个新的文学文本的浏览。这种非线性、跳跃性很强的阅读和网络自身特点有很大关联，构成了网络文学接受上的一个显著特点，这种接受的过程是浮躁的，收获的结果是断裂的、表层的，影响到对作品全局性、深层次的把握和赏析，但也带来了自身欣赏上的一些独特之处。

网络文学的开放性和娱乐性，使很多读者可以对网上的阅读作品进行一下不十分严肃的和带有娱乐化性质的批评。这种批评以前只是某些理论家的特权，批评是严肃严谨和规范的。有了网络的媒介，任何读者都可以在网上对自己所读的作品批评一下，哪怕对方是大师的作品也无所顾忌，因为网络是匿名的和自由的，愿意的话多写几个字，图方便写上“沙发”两个字也算是一种评论了。总之，相比较传统文学在接受层面上的文学批评而言，网络文学批评更多地呈现出参与者广、随意性强、内容简单、形式杂陈等特征。网络文学批评参与者众多，但专业性的文学理论批评者并不多，决定了网络文学批评水准总体上不会很高，这和大众素质普遍不高有直接联系。但也正因为批评的大众性，网络文学批评中的平民化价值取向较明显，不会被传统中文学批评的政治标准和艺术标准等束缚。网络特点也决定了网上批评的随机性很强，往往是路过看到一篇作品，在没有仔细阅读的情况下，就贴上了帖子发表看法，之后转瞬就消失了。这直接导致网络文学批评内容也是简单轻松随意居多。网络文学批评在形式上表现为错综杂陈，传统文学批评多是真名真姓，一个对一个，网络文学批评多是匿名的，批评更直接尖锐，往往是多个对多个，表现为多数评论者在对同一作品贴帖子发表看法的同时，作者与评论者之间、评论者与评论者之间往往也会展开激烈论辩和批评，批评与反批评同时出现，呈现强烈的多方互动性。

第三节　网络文学的价值

网络文学不仅仅是一种高新技术的产物，同时也是一种文化。它对传统文化的生产、流通和传播、接受方式产生着深刻的影响，促使传统文化生成新的文化范式。而且，网络文学自身蕴涵着丰富的文化价值意蕴，本身就构成一种崭新的文化传承范式。这种新文学、新文化是在一个前所未有的载体上发生，又是以一种全新的界面出现在人们面前，对传统文学范式来说，进行一场脱胎换骨式的变革不可避免。因此，建构网络文学新型的价值观念，应以网络时代新型的思维方式和对网络文化价值的全面认识为出发点，结合网络文学的特征，从网络文学对文体学的创新、对话语权的重建、对自由精神的复归等几方面，全面认识网络文学的价值。

当前，对于网络文学的前两种价值已有相当的肯定性认识，但对于第三种和第四种价值的认识，却还远远不够全面和深入，没有充分认识到网络文学作为一种文化本身对于传统社会和传统文化的解构和建构作用。其实，早在 1962 年，科学哲学家兼科学史学家托马斯·库恩在《科学革命的结构》一书中就已提出“范式转变”的概念，即随着科学的发展而产生许多新事物、新现象，而原来的一些理论却无法解释——过去的理论框架与现实之间出现了“方枘圆凿”的尴尬，必须有一种全新的和更加完善的理论框架来解释新事物、新现象，这就必然导致范式的转变。今天，互联网上产生的不仅仅是新技术、新经济，还更是一种新文学、新文化。

一、网络文学的文体学创新

文体具有广狭两义，狭义的文体指文学体裁，包括文学语言的艺术性特征、作品的语言特色或表现风格、作者的语言习惯以及特定创作流派或文学发展阶段的语言风格等。广义的文体指一种语言中的各种语言变体，如因不同的社会实践活动而形成的新闻语体、法律语体、宗教语体、广告语体、科技语体；因交际媒介的差异而产生的口语语体与书面语体或因交际双方的关系不同而产生的正式文体与非正式文体等。由于文体有广狭两义，文体学也就形成了“普通文体学”（即语体学）与“文学文体学”两大分支。本文则立足于文学文体学，在这个领域范围内考察网络文学的文体创新及其意义。

在文学文体学范畴内，文体是“指一定的话语秩序所形成的文本体式，它折射出作家、批评家独特的精神结构、体验方式、思维方式和其他社会历史、文化精神。从表层看，文体是作品的语言秩序、语言体式，从里层看，文体负载着社会的文化精神和作家、批评家的个体的人格内涵”[①]。

在古代文论中体系最恢宏、结构最紧密的所谓“体大而思精”（章学诚语）的文学理论专著《文心雕龙》中，在篇名中标出来的文体大类就达三十三类之多，在大类下又常常分细类，如“论说”篇中又分传、注、评、序、引等，“书记”篇中又分谱、籍、簿、录、方、术、占、式、律、令、法、制、符、契、券、疏、关、刺、解、牒、状、列、辞、谚等各种不同的体裁。

值得指出的另一点是，中国古文论文体分类学有一个致命的弱点，那就是受儒家封建正统思想的影响，在分类时，始终只把诗文作为对象，而把戏曲、小说以及其他俗文学或排斥在外，或极少涉及。缺少戏曲、小说等的文体分类显然是不完整的。

中国现代的文体论范畴与文体分类方法主要是“三分法”和“四分法”两种。所谓“三分法”是以抒情、叙事、戏剧三种类型作为划分的标准。“四分法”即将文学文体分为小说、诗歌、戏剧、散文，则更加符合我国传统的文体分类方法，易于为人们所接受。

在网络社会中，其社会语境与前网络社会有巨大的不同。从这一角度出发，我们不难发现网络文学对文体学创新的价值主要表现在以下几个方面。

（一）体裁的创新

尽管当前网络文学大体上还是遵循传统的文体分类方法，有网络小说、网络诗歌、网络散文等，但无论是《文心雕龙》中的三十三类，还是西方现代的“四分法”，都很难准确地涵

① 童庆炳：《文体与文体的创造》，云南人民出版社 1999 年版，第 1 页。

盖网络文学的体裁特征。尤其是当前已经开始尝试的超文本小说、多媒体小说，更是超越了传统文体的分类标准，独创一格，自成一体。这已成为网络文学研究者的共识。人民文学出版社于 2001 年出版了 2000 年中文网络中 BBS 人气最旺的帖子之一的小说——《风中玫瑰》。这本小说由一向出版名家大作的人民文学出版社出版——“不仅是对作者的肯定，更是对新兴的文学形式的肯定：一本书不再是作者单独的发言，读者的心声也得到了发表的机会，在书中占有了本来没有的一席之地。这种尝试的结果虽然还看不到，可以肯定的是，作为最普通的老百姓的感想，在互联网上吐露的真实心意得到了鼓励，文学再也不是少数人的专利，它以新的样式回到普通人的心里。特别有创意的是保留了网络文学公开创作的写作形式，是出版界的一个突破性尝试。”①

这种随意的、时断时续的“创作”在最终由出版社集结成为纸文本之后，仍然尽最大可能地保留了 BBS 聊天室的原汁原味。在这一文本中，黑体字是风中玫瑰凄美的爱情故事，但并没有很强的情节性和连续性，随时都有可能被打断，也随时因为心境的不同而不同。如以下这段：

风中玫瑰　张贴于 2000-01-06　10：48

下了几天的雪，今天，太阳终于出来了。灿烂的阳光照耀着大地，明晃晃的一片。玫瑰心里暖融融的……

风中玫瑰　张贴于 2000-01-06　20：13

心事将谁告，花飞动我悲。埋香吟哭后，日日敛双眉。

风中玫瑰　张贴于 2000-01-06　20：20

第二天吃完晚饭，我梳洗打扮一番，穿得漂漂亮亮的跟父母道别，看看时间还很充裕，就慢慢踱着步，顺着农林下路来到水果店买了一大堆柚子、龙眼、杨桃之类的应节水果，再到花店精心挑选了一大束兰子最爱的百合花，才来到兰子的家，按响了她家的门铃。

……

从这个文本，我们清晰地看到风中玫瑰在这 2000 年 1 月 6 日这天进入了聊天室 3 次。早上 10 时 48 分，看到久违的太阳，“心里暖融融的”，这是因为天气而出现的短暂的好心情；到了晚上 20 时 13 分，却又以五言诗的形式抒发心中的悲苦。这两次发帖，心境大不相同，与她要讲述的故事也没有逻辑上的联系，完全是一时兴起的文字。而从 20 时 13 分的抒情到 20 时 20 分再续上昨天所讲述的情节，读者仿佛可以看到风中玫瑰对写作思绪的整理。这一文本如果除却了张贴时间，成为传统作品的样式，读者恐怕会感到凌乱而混杂，是很难接受的。但在网络的聊天室中，却是个再自然不过的写作形式。

在风中玫瑰自己在聊天室中随意的讲述之间，还时时穿插着网友们的跟帖，发表对这一故事的议论。如在该书第 6 页的一段故事至第 9 页的下一段故事之间，就插入了 8 个网友的跟帖，表达他们对风中玫瑰的关注和共鸣，支持风中玫瑰将她的故事继续下去。也是在网友的支持下，风中玫瑰才从 2000 年的 1 月 4 日写到 2000 年的 9 月 23 日，花了十个月，将本来只为她的爱人而动笔的爱情故事毫无保留地讲完。在“大功告成”之后，风中玫瑰感叹道：

真心相对的朋友啊，正是有你们的关心、支持，玫瑰才能在经历曲折之路时，笑意洋溢，畅快通过；冷言讥语不断的朋友啊，也正是有你们的鞭策，玫瑰才会令前行疾速的脚步稍作

① 《风中玫瑰》前言，人民文学出版社 2001 年版，第 4 页。

停顿，自我检测一番，有则改之，无则加勉。无论是何种朋友，玫瑰一一地铭记于心了。一声谢谢，不能尽表玫瑰心中之情，就请，喝了玫瑰亲手冲泡的玫瑰花茶，如何？谢谢你们，我亲爱的朋友们，玫瑰在心中，深深地，爱着你们！

在传统小说体裁中，这一段真情表白应该是放在“后记”中。但在网络原创文本中，它却成为整个故事必不可少的一段，没有这一段，就少了风中玫瑰对网友的回应，让人觉得聊天还没有完结。在网络原创文学中，这种作者与读者的沟通、交流是原创作品中重要的一部分，也只有在线阅读，才能理解其意义。而这种随意的交流，何种体裁可以归纳呢？当前绝大多数的网络原创作品经由出版后，往往删去了这一部分，形成网络文学无异于传统文学的假象，这是对网络原创文学价值的极大误导。

此外，网络超文本文学及多媒体文学的兴起，不仅打破了传统文学文体之间的界限，也打破了文学与艺术的界限，突破了“文学是语言的艺术”这一经典命题，抹平了诗与画、文学与音乐的疆域，文学即艺术，艺术即文学，二者合二而一。它们展示了文学发展的另一生存样态。

（二）语体的创新

语体即语言体式问题，一般认为，一定的体裁在语体、语式上有特定的要求。所谓“诗缘情而绮靡，赋体物而浏亮”①，说明了诗主要是表现、抒发感情（缘情）。与表现、抒发感情相适应，就必须运用“绮靡”的语体写作，以细微精妙的语体与之相匹配。“浏亮”即清明畅达，这是由赋这种写景陈事（即“体物”）的语体所要求的。

网络原创文学的创作和阅读是在线式的，因此，其语体的创造性也十分明显。

1. 由于汉字输入特点而形成的新的语言表达方式

在信息时代，不管哪种文明，所有语言都必须转换成计算机代码才能进入比特世界，才能在数据库中存储，在不同电脑之间进行交流。在使用拼音文字的国家和地区，比如使用英文，由 26 个字母和其他符号组成的键盘可以敲出所有的单词。而中文在这方面却一筹莫展，中国人既不能把键盘设计成由五六个笔画组成，更不可能把 3 500 多个常用汉字都搬上键盘。

到今天，汉字的电脑输入已经出现过好几百个方案。从原理上说，基本可分成拼音输入法和字形输入法两大类，但这两种输入法对写作思维都会产生较大的影响。

字形输入法，如五笔字型、仓颉输入法等，在学习之初，首先要学会拆字，并练习不同笔画和字根在键盘上的位置。如果练习不熟，拆字和摸键达不到近乎本能的反应，那么输入就会给写作带来障碍。在输入时既要考虑字的形体拆分，又得“检索”其所在键码，这自然会分散写作的注意力，干扰思维的流畅运行。

而拼音输入法，尽管比字形输入法更符合人的思维习惯，并且得到来自语言学、教育工作系统及汉字信息处理领域许多学者的认同，然而这并不是说汉语的拼音输入和英文的电脑写作没有区别。那些用双语写作的人也许最能体会到这一点。美籍华人张晓明认为使用拼音输入法时有这样的困扰：

必须在头脑中同时运行两套系统，一个是拼音汉语系统，另一个是汉字汉语系统。两个系统必须随时互相转译，交错进行。我觉得这就是我中文输入远不如英文输入顺畅的原因。②

① 陆机：《文赋》。

② http: //www.csdn618.com.cn/century/pingtai/0102c/gonggong/0102213012.htm.

就思维与技术两者的关系而言，技术不是处于被动地位的工具，而是主动地促进或阻碍前者的发展。不管使用什么样的文字，表意文字还是拼音文字，都影响着人们的思维习惯。在网络时代，电脑写作这一新型写作方式所运用的键盘输入方式，势必会对写手产生潜移默化而意义重大的影响。最直接的表现是出现了一批只有长期混迹于互联网世界才能读懂的网络语言，其组成形式大致可以分为提取中文词组首字母或是以英语词组缩写而来的字母型；借助数字谐音而来的数字型；将中文、数字、英语单词或字母进行任意组合的混合型；为了规避网络敏感词或是增加文字的灵动性以文字、词组或英语单词等原生词谐音化的词意变异型；利用符号组合形成的图画型；建立在传统语言基础上的新词汇；将一个相对完整的长句子缩为几个字或是将文字拆分形成缩略和扩张型；以及根据社会热点衍生出的网络用语。

具体示例如下表：

类　型	网络用语	意　义
字母型	CP	英语 Couple 的缩写，代指作品中的角色配对
	OUT	落伍、过时
	JC	警察
数字型	23333	表示大笑
	213	脑残
	818	找一找、扒一扒的简写，代指八卦
	5555	表示哭
混合型	V587	威武霸气
	幸福 ing	中文词与英语动词后缀组合，表示正在进行时
	Hold 住	控制住
词意变异型	稀饭	喜欢
	童鞋	同学
	奇葩	指稀奇古怪、让人无法理解的人物或现象
	王道	相当于权威、真理
图画型	:D	张嘴大笑
	(╯^╰)	愁眉苦脸
	(→_→)	怀疑
新词汇型	高富帅	形容男人在身高、长相、财富上都无可挑剔，由日本漫画演化而来
	小鲜肉	指年轻、帅气的男生
	颜值	指对人和物外貌特征优劣程度的测定
缩略和扩张型	喜大普奔	“喜闻乐见、大快人心、普天同庆、奔走相告”的缩略
	何弃疗	何必放弃治疗，用于嘲讽
	走召弓虽	超强
社会热点型	我爸是李刚	由社会热点事件而来
	元芳，你怎么看	由热播电视剧而来
	摩擦摩擦	由热门网络歌曲而来
	也是醉了	由热门网络游戏而来

于根元主编的我国第一部网络词典——《中国网络语言词典》(中国经济出版社 2001 年版)更是收词 2 000 条左右，正文约 40 万字，成为网络语言的集大成者。网络写作中因汉字输入的特点而产生的这些带着情感的字符，体现出方便、快捷的传播特点，可谓网络时代独特的文化。

迄今为止，网络文学的主导语言无异于传统文学；网络语言仅仅是网络文学的语言资源之一，如果这一切无非是网络写作常用的速记符号，人们没有必要过分惊奇。耐人寻味的是，这些符号的背后是否隐含了一个追求——追求语言与实在的重合、对称，甚至重新回到了"象形"或者"象声"时代？如果这些速记符号与简单的造句或者有限的词汇共同预示了一种简单化思维的蔓延，如果这即是速食文化的前锋，人们就不会仅仅用"有趣"这个词形容网络语言。

有论者指出：

某些抽象的、脱离实在具象词汇，表明了人类精神的飞翔高度。"永恒""理想""幸福""零"——这些感官体验无法证实的词汇承担了人类精神结构的一系列重要关节。语言从铢两悉称的实物命名进入形而上的抽象，这是一个巨大的超越。许多时候，文学实验之所以孜孜不倦地启开语言的潜能，恰恰是试图延伸人类精神的地平线。无论是李商隐的"沧海月明珠有泪，蓝田日暖玉生烟"，还是庞德的"人群中这些面孔幽灵一般显现：湿漉漉的黑色枝条上的许多花瓣"，只有诗的语言才能为人们组织如此奇诡的幻象。这里，语言显出了不可思议的弹性和变幻的可能。然而，这一切突然成为网络的累赘。[①]

网络的标准语言是清晰的、可视的、易解的、可以立即还原为实物的。复旦大学顾晓鸣教授认为，"网语"是一种可以体现现代人生存和思维状态的新语言，它的出现在语言史上具有划时代的意义。作家陈村则认为，在电脑上，中文表达本身存在缺憾，使用"网语"会显得更加生动、活泼和形象，在日常生活中使用也会显得新鲜，有个性。用电脑来表达汉字本身是个复杂的问题，特别在汉字快速使用的聊天室里，汉字输入更是棘手。所以，聊天时采用英文、符号，甚至是"白字"等一些约定成俗的"网语"，也必然流行。[②]

网络语言及其书写方式正深刻地影响着当前年轻人的日常生活。20 世纪初因广播电影和近代印刷术等传媒的普及而产生的白话文，是语言史上最具革命性的；现在，21 世纪已经到来，白话文又在电脑网络和多媒体的激励下，派生出了新颖的"网语"及"网话文"，它与新一代青年的语言紧密相连，将成为 21 世纪的语言方式。

2. 由于在线创作和阅读的特点而形成的短句短段的句法

狭小且流动不停的电脑屏幕使得创作和阅读失去了连贯性，而昂贵的网络费用也让作者和读者尽快地完成创作和阅读的快速交互。从总体来看，相对于书面语言，网络语言简朴粗糙。少君在厦门大学、福建师范大学所作有关"网络文学"的演讲时承认：

网络文学的基本表现：通俗化、速食化，不过分讲究文句的修饰，不太考虑表达方法。而其中最重要的是：语句构成简单、情节曲折动人和贴近网络生活本身。

网络的浏览行为注定了网络文学的主流是一种速食文化，而幽默作为一种吸引浏览的行为，无论是大师式的笑中见泪，还是胡闹而已的"无厘头"搞笑，无疑都是网络民众所喜闻

① 南帆：《游荡网络的文学》,《福建论坛(文史哲版)》2000 年第 4 期。

② http：//culture.netbig.com/topic/935/20001120/83537.htm.

乐见的。[①]

陈村倾向于认为，网络文学的句法是网络写作的必然后果：

工具的变化会带来文风文体的变化，从文学的历程看，书写越来越容易，文字也越来越“水”。[②]

徐坤告诉人们，她正在越来越习惯于大量运用网络符号写作和交谈：

网络在线书写就是越简洁越好，越出其不意越好，写出来的话，越不像个话的样子越好。一段时间网上聊天游玩之后，我发现自己忽然之间对传统写作发生了憎恨，恨那些约定俗成的、僵死呆板的语法，恨那些苦心经营出来的词和句子，恨它们的冗长、无趣、中规中矩。整个对汉语的感觉都不对头了。我一心想颠覆和推翻既定的、我在日常工作中所必须运用的那些理论框架和书写模式，恨不能将它们全都变成双方一看就懂的、每句话的长度最多不超过十个汉字的网络语言。[③]

徐坤解释说，因为无法免费阅读网络，人们必须快速浏览。于是，短促简捷代替了冗长晦涩，词汇量少、用词简单成为造句的基本规则。如果网络作者日益增多，现代汉语的书写必将遭受重大冲击[④]。安妮宝贝的作品就是一个典型的例子。如她的小说《七月未央》中的一段：

我转过头看朝颜。我的眼睛凝望着他。

朝颜的神情带着狼狈，他说，未央，我没有想过要爱上你。

我微笑，我也没有。我说。

这种一句一段的句法格式是网络原创文学的最典型的特征。它有助于读者在屏幕翻滚的同时读到完整的段落，而不至于因为冗长的句子而不停地上下滚动屏幕。同时，网络文学表现凡俗生活离不开生活话语和感性陈述，许多网络作品都是网民生活用语的网上挪移，而生活中的口语大都是简短、直陈的。应用语言学研究表明，人均每分钟正常呼吸为 14 ~ 15 次，即 60 秒内单呼单吸各 30 次左右。汉语口语表达时的正常语速为每秒 3.6 字，因此，正常语速下，每句话的最佳字数应为 3.6 × 2（秒）= 7.2 字，这样的短句说起来才不会使人感到吃力。网络作品大量采用短句式表达，是与网络的民间话语和所要表现的凡俗世象相吻合的。

当然，句法上的简约并不排斥丰富的韵致。安妮宝贝的小说就以另类的风格、阴郁艳丽的辞藻和飘忽诡异的叙述而引人注目。她的作品独树一帜，在网络上拥有极高的点击率和访问量。在她的小说集《告别薇安》[⑤]中，收集了发表在网上的 23 篇作品，作者以非常细腻的笔触，描写一群在网络时代既颓废又清醒的新新人类，写他们的情感，他们的焦灼和空虚，以及他们漂泊在城市边缘的理想。这是新世纪中国网络文学里不容忽视的一道瑰丽风景。其他如《性感时代的小饭馆》《曹西西恋爱惊魂记》《如风》等网络小说之中，人们也可以察觉到这种民间话语的别外韵致。所以，尽管一句一段的简约句法表现为一种单向的、平面化的、一目了然的语言图像，但网络文学的想象高度却并不因此而遭受限制。这种类似于诗歌的排列方式可以同诗歌一样表达出丰富的思想内涵和人生哲理。网络语言独特的表达旨趣不仅满

① 少君：《第 X 次浪潮：网络文学》，《深圳特区报》2000-05-03。
② 陈村：《网络两则》，《作家》2000 年第 5 期。
③ 徐坤：《网络是个什么东西》，《作家》2000 年第 5 期。
④ 参见应建：《网络文学能否成气候》，《深圳周刊》2000 年第 155 期。
⑤ 中国社会科学出版社 2000 年版。

足了当下阅读的时代要求，而且在某种程度上隐含了导致文学复兴的可能。古人云：“世道既变，文亦因之”（袁宏道语），所谓“文章应时而生，体各有当”（姚华语），“时运交移，质文代变”“文变染乎世情，兴废系乎时序”（刘勰语）等，都是把文体变异的原因归于时代的变迁，文体的变异受时代情趣的制约。在 20 世纪 80 年代后期，“文学失去轰动效应”就已经是一个普遍性的看法。尽管曾经有过先锋派文学在艺术形式方面作出卓有成效的探索，90 年代也有过各种各样的热点和现象，但并没有改变文学处在弱势的命运。到了 90 年代后期，没有人怀疑文学已经从这个时期的精神生活的重要位置退到边缘位置。传统文学既无力创建社会的共同想象关系，也不再有统一的文学规范支配文学实践。导致这样一种局面，原因之一就是传统的“宏大叙事”已被 20 世纪 70—80 年代出生的新新人类所厌倦，转而寻求能充分满足自己表达欲望的“微小叙事”。可以认为，一句一段的句法格式正好符合这一要求。蔡智恒《第一次的亲密接触》被誉为“网上第一部畅销小说”。这部小说一再被各种网站转载，网络用户表现出了异乎寻常的热烈。从传统文学的句法要求而言，这毋宁说是一部爱情传奇的缩写本罢了。网络聊天室的交互将立体的现实简化为一些不无风趣的对话，红颜薄命的老套子设计了一个煽情的悲剧。相对于传统文学的爱情经典，《第一次的亲密接触》稚气未脱。但饶有趣味的是，没有多少人挑剔故事的单薄和肤浅——许多人宁愿认为这是网络时代的浪漫标本。从这个意义上讲，《第一次的亲密接触》的风靡暗示了网络语言简单快速原则的胜利。

（三）风格的创新

风格是文体最高和最后的范畴。严格的风格定义必须包括作家的创作个性，无论中外，风格从根本上说是与作家的创作个性相关的东西，是作为成熟的创作个性在作品内容和形式相统一中按下的印记。黑格尔认为，风格是指“个别艺术家在表现方式和笔调曲折等方面完全现出他的人格的一些特点”，风格作为艺术独特性的标志，总是“揭示出艺术家的最亲切的内心生活”①。离开作家的人格、创作个性和活跃的内心生活，根本就谈不到风格。网络文学风格的形成与网络创作者的生活状态息息相关。

1. 题材的风格

网络文学的先行者们好像没有文坛的“业内人士”，学生和年轻的 IT 业人员占了绝大的比例。作为由非职业作家基于兴趣创作的直接面向阅读的故事，当然不能被解释为对某种现代文学创作论的实践。

生于 20 世纪 70—80 年代的年轻网络写手被冠以“新生代”“后新生代”“晚生代”等头衔，他们少年时期已经开始享受改革开放的经济成果；他们步入青年的时候，已经是 90 年代，这是一个技术主义和官能享乐的时代，一个强调个人的时代。“现实，再现实一点”是这一代人共有的口号。什么力量也阻止不了他们卷入自己所热爱的生活中。他们的生活哲学就是简简单单的物质消费，无拘无束的精神游戏，任何时候都相信内心的冲动，服从灵魂深处的燃烧，对即兴的疯狂不作抵抗，对各种欲望顶礼膜拜，尽情地交流各种生命狂喜包括性高潮的奥秘，同时对媚俗肤浅、小市民、地痞作风敬而远之。这种简约、自我的生活态度，再加之这一代人正处于“坐二望三”的年龄，必然使“个人化”小说、“欲望化”小说、半虚构

① [德]黑格尔：《美学》第 1 卷，商务印书馆 1979 年版，第 373 页。

半自传小说以及“另类写作”为主要创作题材。反映在网络创作中，个人的历史、记忆、经验、躯体感受被视为写作赖以存在的基点，视为最可靠、最直接的文化资源，其核心即是抛却经典与传统的个人主义精神。

当然，在网络原创文学中，有部分作品将个人主义发展到了极端，只讲个人权利不讲个人责任，只要纵情享乐不要节制和建设，成为网络文学中为人不齿的东西。但从整体而论，网络文学的个人化题材正在吸引越来越多的网民上网倾诉心声，从而将文学返回本身原初的价值。

安妮宝贝素以潇洒深沉的文笔而著称。其代表作《告别薇安》讲述了主人公在网络中与现实生活中的爱情故事。对现实厌烦、无奈的他在网上偶然邂逅了一个叫 VIVIAN 的女孩，并与她有了相互依恋的感情。VIVIAN，应该是维维安，可是他叫她薇安。在地铁站的一次事故中他遇见了一个 VIVIAN。他为了这个 VIVIAN 放弃了现实中依恋他的乔。然而多次约会后他发现这个 VIVIAN 吸过毒，文过身，现在只为“不想贫穷不想死”而甘愿作别人的情人。他们分手了。在酒吧里等候十几个小时的他在电话里告诉那个与他在网络中相遇的薇安：“在这个夜晚和凌晨，你耗尽了我最后百分之十的感情。”最后无法把网络与现实联系在一起的他来到薇安所在的城市，并在心里轻轻地告诉她：“再见，薇安。”这部作品以网络为故事的发源地。

与安妮宝贝的风格相比，牧羊的《随风网事》同样与网结缘，但就更显得幽默而不乏浪漫。一个名为“木杨”的大学生第一次进聊天室便与自己的第一个网上女友“可非”相遇。两人从一开始的幽默调侃到后来深深相爱，从网上的畅所欲言到电话中“沉默中的尴尬”，以致到最后，木杨南下寻觅却得到“回家路上看到满天繁星想大哭一场”的结局。木杨与第二个女友“灵”的故事更是感人。在夜深人静的广场上，几盏昏暗的路灯下，两个相恋的网虫共同放起各式各样的烟花，在奇异的色彩中他们忘却了时间，跑着笑着跳着，在童话世界里相互追逐。最后在一个装满各色星星的精致小玻璃瓶中装下写着各自心灵语言的小纸条，共同把它埋在一棵小树下，待五十年后一同去开启。

邢育森的《浪漫的人是不应该相遇的》的故事也与网络有关。“我”在网上爱上了喜欢被人在网上“握手”的“小可爱”。而现实中的“小可爱”却是两个人：因事故失去双手的丁小可和帮丁小可上网聊天的翡儿，两个十分要好的朋友。当丁小可在聊天中了解并爱上了“我”时，翡儿也爱上了“我”。而“我”一开始却茫然不知，直到那一次的见面。“我”陷入了两难的境地……

以网络为重要背景的小说是网络文学与传统文学的一个区别，甚至由此衍生出网游小说，包括由网游改编的小说、描写玩家体验的小说、讲述职业玩家比赛的小说或是按网游套路以主角不断练级为主线剧情的小说。

网络文学在来源于现实的基础上努力超脱现实。当第一代网络创作者逐渐走向沉寂，网络文学环境也在发生着巨大变化，不断涌现的新一代网络创作者为了在群星浩瀚的竞争者中脱颖而出，不得不绞尽脑汁求新求异。在网络开放包容的前提下，不仅灵异、恐怖、仙侠、玄幻、耽美这些在传统文学中受到限制的题材可以大行其道，网络文学创作者们还别出心裁地在传统文学的基础上加入了诸如末世、奇幻、穿越、异能、机甲、女尊、伦理道德禁忌等超脱于现实的元素，很大程度上满足了创作者和读者在现实中无法满足的情感需要。

2. **语言的风格**

上文已论及网络语言体式上的特点，而对于6.68亿网民来说，网络语言风格更有着独特的魅力。虽然时常有人对网络语言提出批评，但是网络毕竟是一个相对自由的虚拟空间，用现实的规范去规范它，反而不大现实。

网络文学的形式和语言，是网络文学最具试验意义的领域，也是最有可能进入当前文坛话语权力握有者"法眼"的敲门砖。形式上的改变目前来看明显但多样，无法表现出有研究价值的趋势。从细节上来说，大量的情节信息通过文学网站和社交媒体叙述出来，而这些又往往在那些感人的网络恋情中被赋予掀动情节波澜的重任。而语言上的新变化更集中、力度更大一些。"出色的幽默"与"难得的清纯"这两个特点也代表了当下网络文学独特的语言风格。如果要谈汉语网络文学，恐怕谁都不能回避《第一次的亲密接触》。很多人在读完《第一次的亲密接触》之后，都对它的两个特点赞不绝口。为了更形象地说明当下网络文学的这两个特点，下面以《第一次的亲密接触》中的文字为例：

说到恐龙，又勾起了我的惨痛记忆。我见过几个网友，结果是一只比一只凶恶，每次都落荒而逃，我想我大概可以加入史蒂芬史匹柏的制作班底，去帮他做电影特效了。室友阿泰的经验和我一样，如果以我和他所见到的恐龙为X坐标轴，以受惊吓的程度为Y坐标轴，可以经由回归分析而得出一条线性方程式，然后再对X取偏微分，对Y取不定积分，就可得到"网路无美女"的定律。因此，理论上而言，网路上充斥着各种恐龙，所差别的只是到底她是肉食性还是草食性而已。

他说他心情也不好，刚好跟我来个负负得正是吗？搞不好会让我雪上加霜嘛！：-不过他真会掰，竟掰得我不好的心情烟消云散：D而且他竟然猜到我留长发以及不常穿裙子不知怎的，跟他聊天好愉快：）

"呵：）……痞子……那你想我吗？……"

"A.想 B.当然想 C.不想才怪 D.想死了 E.以上皆是……The answer is E."

"如何想法呢？……"

"A.望穿秋水不见伊人来 B.长相思，摧心肝 C.相思泪，成水灾 D.牛骨骰子镶红豆——刻骨相思 E.以上皆是……The answer is still E."

"呵呵……：）……"

看来她真的也累了……虽然"呵"是笑声，但此时我却觉得她在打"呵"欠……

《第一次的亲密接触》语言上的最大成就是各种各样的幽默，这一点读过小说的人自然深有体会，在此不必啰唆例证。之所以选上面的三段文字，是因为它们在一定程度上还代表了当今网络文学作品的其他风格和特征，这就是戏谑炫技、拼接凡俗、依托数码技术的链接修辞。

（1）戏谑炫技。

网络写作要用短、平、快的方式简洁、直白地表达思想和情感。除了使用能够调动气氛的网络用语，还要求作者的语言风格尽可能地生活化、大众化，在语句上则要求摒弃长句、复句、句群，大量使用短句、单句、力求以情节取胜。除了个别题材，网络小说语言多追求调侃、戏谑，以新奇叛逆的姿态搏出位。

谐谑是吸引网民眼球的有效手段。炫耀谐谑的技巧，展示幽默的智性，巧置诙谐的语言，编织搞笑的噱头，常常能为作品招徕更多的看点，也能为公众的凡俗狡智提供更为诱人的审美张力。痞子蔡的《第一次的亲密接触》以痞子味的调侃和诙谐表现一个凄婉的网恋故事，三十的《和空姐同居的日子》在情色的书名下，用清新幽默的文笔讲述了一个极其煽情的纯爱故事，《我的美女老板》《赵赶驴电梯奇遇记》《理工大风流往事》《杉杉来吃》无不摒弃了一本正经讲故事的套路，而选择在不经意间透露出小幽默、小段子。有学者曾对文学网站的原创作品做过调查，结果发现：爱情、搞笑和武侠题材位居前三位，其中滑稽搞笑类作品占网络作品总数的17%，谐谑的话语表达已成为网络文学的主要语场和语流。鲁迅说过，喜剧是将无价值的东西撕破给人看，钱钟书先生说，"幽默是思想的放假"。谐谑之语，对于作者是炫技，对于网站是卖点，对于作品是亮点，对于读者则是交流凡俗的媒介和吸引阅读的策略。因为高贵、典雅和崇高的东西是不可以谐谑的，只有以轻松的平民姿态表现生存智慧才需要这个谐谑的话语平台，它是运用谐谑炫技表现平庸崇拜的必然产物。

（2）拼接凡俗。

拼接又称拼贴，是后现代主义艺术的一个美学特征，在现代绘画、音乐、行为艺术中时有所见。网络写作的拼贴是基于平庸崇拜的游戏式理念，利用计算机链接和复制技术，将两个或两个以上的文本巧妙地拼贴在一起，构成一个新的带有凡俗色彩的文本。常见的有语词拼贴、语段拼贴、故事拼贴、人物拼贴、意义拼贴等。语词拼贴如：

Girl（女孩）和 Boy（男孩），
何必拼命 Study（学习），
不如挣几个 Money（钱），
生个漂亮的 Baby（婴儿），
天天生活 Happy（幸福）。

这是把汉语与英语词汇拼贴在一起，构成一种陌生化的巧置表达，以实现观念上的脱冕与凡俗。语段拼贴就更多了，如人民文学出版社出版的 BBS 小说《风中玫瑰》：

花自飘零水自流。
一种相思，
两处闲愁。
此情无计可消除，
才下眉头，
却上心头。
本以为时间能让人忘了一切，
现看来时间也能让人淹没在一种感觉中。
知我者谓我心忧，不知我者谓我何求。
悠悠苍天，彼何人哉！

在这个帖子中，使用了三首古典诗词的语段或语句加以拼贴，并以此构成意义拼贴，作者拼凑的虽然是典雅的诗词，表达的却是最世俗的愿望。

署名白开水的《东邪西毒之上海宝贝版》，巧妙地把两个不同文本拼贴在一起，用"东邪西毒"的叙述方式来重述"上海宝贝"，两套话语相互借用又相互拆解，组合出一种扑朔迷离的反讽效果。

还有网络接龙小说、合作小说等通常进行故事拼接，都是典型的拼接作品。

（3）依托数码技术的链接修辞。

文学作为语言的艺术，在一定意义上也是修辞的艺术，如果没有修辞，文学便在相当程度上失去了自己的特色。作为网络文学典型形态的超文本文学同样要使用大量的修辞手段，但超文本修辞区别于一般意义上的语言修辞，主要体现在针对链接所做的修饰上。

按照布尔布勒斯（N.C.Burbules）的解释，网络上的链接修辞有："隐喻"（Metaphor）、"转喻"（Metonymy）、"提喻"（Synecdoche）、"同一"（Identity）、"反平衡"（Antistasis）、"词语误用"（Catachrdsis），以及"顺序与因果"（Sequence and cause-and-effect），等等①。有关链接修辞的研究成果，国内学者黄鸣奋教授的新作《超文本诗学》第四章"超文本范畴与文艺活动"中，也详细地探讨了超文本写作、阅读中链接修辞问题。链接修辞主要适用于超文本作品连贯整体的组织，其功能是以语义关系和整理逻辑为基础，将内容节点予以有目标的链接，以便更好地将文本内容网络结构化，密切各部分间的联系，扩大欣赏时的审美张力，并在结构与内容的多线性巧置链接中，方便读者对超文本的选择和理解，为他们提供更有效的"赛伯航行"的手段。链接修辞与语言修辞的区别不仅在于一个是有关作品内容的构成方式，一个是作品形式的表达方式，更在于语言修辞作为一种现象基本上是在同一语境当中产生的，而链接修辞则产生于不同语言教养的转换之间。

比起印刷媒体来，网络空间是自由得多的天地，写作不规范，词语误用的可能性较大。某些虽是误用但具有表现力的词语确有可能趋于规范化，成为新的辞格；但也应该注意到由于链接修辞与普通语言修辞的差异而造成的理解障碍。

二、网络文学对话语权重建

（一）重建的可能

如果我们赞同马克·波斯特的观点，即印刷媒介开启了启蒙文化的序幕，那么我们也就承认，民主权利作为启蒙文化最重要的观念也是通过印刷媒介得以实现的。20 世纪初中国新文化运动中，现代报纸杂志这种现代印刷媒介由于采用的是简单易行的印刷术，文化产品的大量复制就成为可能，文学作品的出版效率与传播面都得到大大提高，这就导致了平民文化浮出文化的地平线。这种新型的文化形态对新文学产生了重要的影响：相对于传统的封建正统文学，新文学在题材上不再以帝王将相为表现对象，而以普通平民的生活为主要的表现对象；在语言风格上，新文学摒弃了晦涩迂腐的文言形式，采用平民熟悉的白话文进行创作。周作人就曾提出"平民文学"的概念，他认为新文学就是以平民生活与情感作为表现对象的。可以说，21 世纪初，中国知识分子利用现代报刊与杂志这种印刷媒介，旨在建立现代性的民主文化格局，它使得文学不再只是贵族特权，文化空间向平民开放。然而值得注意的是，新文化运动中体现的平民文化并不是指作为主体的平民取得主动的言说权利，而是平民文化取得被表现的权利。文化的权威性仍然存在，文化权力从封建贵族转移到知识分子手中。马克·波斯特在谈到印刷媒体的文化意义时说过：

启蒙运动这一思想传统具有根深蒂固的印刷文化渊源……句子的线性排列、页面上的文

① N. C. Burbules: Rhetorics of the Web：Hyperreading and Critical Literacy.http：//www.ed.uiuc.edu/ facstaff/burbules/ncb/papers/rhetorics.html.

字的稳定性、白纸黑字系统有序的间隔，出版物的这种空间物质性使读者能够远离作者。出版物的这些特征促进了具有批判意识的个体的意识形态……印刷文化以一种相反但又互补的方式提升了作者、知识分子和理论家的权威。①

现代文学的权力主要是一种话语权力。某些作家和写手相互争风吃醋谩骂攻击大肆炒作，实际就是在争夺这种话语资源。在读者和市场有限的情况下，一个写者有了更大的名气，他（她）便能够更容易地推出自己的作品，从而也能够获得更多的金钱和更高的地位，因此他（她）也便有了更大的权力。在这种权力的形成和分割过程中，有两部分人起着至关重要的作用。一部分就是文学出版物的控制者（编辑、主编等），另一部分就是文学评论者。文学出版物的控制者能够决定你的作品能否发表，从而也就决定了你能不能够参与话语资源的争夺。很明显，如果他们不给你发表作品，你就别想让别人知道你的文学，那么你什么也不会得到。这些人的话语控制权是相当有力的，甚至曾经断送了无数人的文学梦。无数曾经对文学怀有梦想的人，很可能就因为自己没有名人推荐或在编辑部没有熟人，便无法使自己的作品被发表，在辗转碰壁之后，他们灰心地另投它途了。这其中不乏一些很有文学天赋的人。文学评论者也是强有力的话语权力所有者。他们能够捧红一个写者，也能够棒杀一个写者。甚至有的人能够轻车熟路地充当文学的炒作者。在传统文学中，话语权力在这两部分人的维持下，能够在很大程度上规限文学的发展方向和规模。所谓文学的主流和非主流，在很大程度上就是由他们决定的。当然，政治权力也会影响文学话语权的状况，尤其是在中国。

20世纪末，中国社会文化发生了一次巨大的转型。市场经济推动市民社会的崛起，大众文化开始从精英文化中解脱，文学走向边缘，精英文化式微。在这次文化转型中，大众媒介也实现了从印刷媒介向以广播电视为代表的电子媒介的转型，并对大众文化起到了重要与直接的构建与推动作用。

影视媒体的出现使世界进入图像文化时代。如果真像海德格尔所说的那样：诗人看待世界的眼光就是真理的开启过程，那么，世界图像时代就不是指关于世界的一幅图像，而是指“世界被把握为图像”②。因而，文化的视觉转向不但标志着一种文化形态的转变，而且意味着一种思维范式的转换。黑格尔说过，视觉不同于其他感官，它属于认识性感官，透过视觉人们可以自由地把握世界及其规律，不像嗅觉、味觉或触觉那样局限和片面③。阿恩海姆则认为：

知觉活动在感觉水平上，也能取得理性思维领域中称为“理解”的东西。任何一个人的眼力，都能以一种朴素的方式展示出艺术家所具有的那种令人羡慕的能力，这就是那种通过组织的方式创造出能够有效地解释经验的图式能力。因此，眼力也就是悟解能力。④

这些都说明，影视传媒为代表的视听文化也能传达主体对于世界的理解和对世界本质的把握，而相对于文字印刷传媒来说，影视图像文化更加直观、更易普及和更为大众化和解魅化，在接受方式上更便于与现代消费方式接轨。但影视媒体带来了两个显而易见的后果：一是图像叙事和视听直观导致了文字诗意韵味的散失，二是图像霸权对“语言逻各斯”的拆解。前者培育的文化消费者日渐丧失对美的体验能力，排除了艺术里“诗意栖居”的想象因子，

① [美]马克·波斯特：《第二媒体时代》，南京大学出版社2000年版，第84页。
② 孙周兴：《海德格尔选集》下卷，上海三联书店1996年版，第899页。
③ [德]黑格尔：《美学》第3卷上册，商务印书馆1979年版，第331页。
④ [美]鲁道夫·阿恩海姆：《艺术与视知觉》，中国社会科学出版社1984年版，第56页。

对外造成了“快餐文化”“速食文学”的泛滥，对内则使主体失去对事物的体察能力和对社会的批判能力，进而成为文学边缘化的诱因；后者则形成现代人对视觉行为的过分依赖和对“观听殊好”的不堪重负，如英国人迈克·费瑟斯通所批评的：

广告、电影业、时尚和化妆品生产等无处不在的视听消费文化，将直接导致精神贫乏空虚、追求享乐和利己主义，追逐反映眼前的快感，它发展的是自恋和自私的人格类型。[①]

我们看到，自打影视媒体兴起后，文化符号趋于图像霸权已是不争的事实。电影、电视、广告、画报、卡通自不待言，就是文字阅读的出版物，图像的比重也在急速攀升。在生活中，视觉化生存正改变着人类对世界和自身的看法，街头的人造主题公园和频道越来越多的电视新闻成了人们认识世界的主渠道，电影和电视剧成了我们了解古典名著的“捷径”，可视电话、电子传真成了与人交互的工具……一言以蔽之，世界已进入视听泛滥、图像霸权的时代，它带给文学的不是话语权的解放，而是言说场的收缩和表征方式的异化。炫目的图像消费是一种被欲望膨胀和商业化操作所控制世界，大众话语和民间审美意识不过是一团被裹挟的泥沙。

真正实现文学话语权向民间回归的是网络媒体。诞生于 20 世纪末叶的因特网（Internet）被称为“第四媒体”，它就像是一头电子巨兽，不仅把已有的报纸、广播、电视三大媒体以及它们的延伸物如 CD、VCD、DVD、LD，还有戏剧、影视等所有的传媒一股脑儿地“拉”到自己的怀里，而且如尼葛洛庞帝所言：

数字化网络已经改变了人类的学习方式、工作方式、娱乐方式，一句话，生活方式，转变了现行社会的种种模式，形成一个以“比特”为思考基础的新格局。[②]

同时他还指出，数字化生存有四种特质：分散权利、全球化、追求和谐和赋予权力。网络文学在两个世纪的交叉点上，为精英意识的瓦解有力地推了一把。网络时代是制造英雄的时代，但也是消解英雄的时代。制造的英雄是科技英雄、经济英雄，科技和经济是推动网络向前发展的强大动力，网络时代的英雄们在其中推波助澜。而对于文学，网络时代是一个没有英雄的时代。以往振臂高呼、应者云集的英雄要么大彻大悟地平民化，要么成了独善其身的现代隐士。这是因为，“大众”的存在，是英雄、权威存在的前提，一个不被大多数人认同的英雄不是英雄；一个不被大多数人理睬的权威也不是权威。网络的诞生和普及，以及随之而来的印刷术霸权受到的巨大冲击，加速了文化“小众时代”的出现。传统的三大媒体都已将传播策略由“广”播转向“窄”播，而被人誉为“第四媒体”的互联网，更是一个重新分配话语权、消解知识权威与精英的场所。

较之于以往的传播媒体，网络革命带来的传播优势是显而易见的。一方面，传统媒介的传播主体一般是一个组织机构，而网络既可以是一个组织，又可以是个人。每个人都可以在网上较为自由地发表自己的观点，同时只要申请个人主页空间，个人还可以在网上创建自己的个人网页，以此作为个人性的传播空间，这使得每个人都获得了传播的权利；另一方面，传统媒介传播方式是由点到面，而网络传播则是“网状结构”，既有点对面的传播，更有点对点、面对面的相互传播方式，这使得任何人在网络传播空间中都处于平等的交流地位。网络的交互性是指传授双方的双向互动传播，当传播者将自己的信息在网上传播之后，接受者对信息马上作出反馈，并按自己的喜好进行增补、修改，然后及时反馈给信息的原传送者，这

① [英]迈克·费瑟斯通：《消费文化与后现代主义》，南京译林出版社 2000 年版，第 165 页。
② [美]尼葛洛庞帝：《数字化生存》，海南出版社 1997 年版，第 84 页。

就实现了信息交流的双向互动。传播者与接受者的界限模糊了，信息的权威性也在双向互动传播中消解了。而对权威的消解就是对权力的拒绝，对权利的强调。几乎每一个使用过网络的人都惊叹于网络的非凡特性，网络使每一个普通人能不分等级贵贱，无论时间与空间的远近，跨越种种差异与障碍平等地进行交流。在网络上，文化的空间向每一个人开放，权威不再存在，每个人都能取得传播与交流的权利，每个人都能相对自由地发表自己的思想与各种文化观念。

更进一步说，计算机及其网络的出现正是源于人与环境的和解，其观念基础是如哈贝马斯所说的“交往旨趣”，而不是“技术旨趣”——是人文、社群和经济、伦理的诉求奠定了网络技术的价值根基。微软帝国的成功，固然离不开创业者锲而不舍的坚韧品格和顽强进取的科学探索精神，但更离不开他们对现代社会架构、人类精神需求和社会心理的理解与迎合。比尔·盖茨和他的同伴们将他们所理解的现代社会人性化诉求——如个性独立、平等交往、意志自由、信仰多元、资源共享、市场机会扩展、跨境交流等，用“比特”的技术演绎表现出来，创造了可用于世界收缩而信息扩散的视窗平台，从而为世界新经济起到了伟大的支撑作用，是人文主义背景和数字技术的合谋打造出了“世界首富”的幸运儿。如果追索到发明微积分的莱布尼茨，发现“三大定律”的牛顿，发现天体演化的布鲁诺、康德，甚至像解答“哥德巴赫猜想”的陈景润等，他们的科学思维无一不是超越了实证科学“一加一等于二”的层次，而升华到了人文精神和哲学素养的境界。康德曾经说过，人类的“理解力”的功用在于认识世界，获取知识，并技术性地改造世界；人类“理性”的功用在于思考世界，为生活世界提供“意义”，并对技术运用提供思想指导，他号召人们“推拒知识，以便为信仰留出空间”。后来胡塞尔、海德格尔和马尔库塞等人呼吁“欧洲科学的危机”“存在的被遗忘”“人的单向度化”等，技术的心灵旨趣和人文诉求一直响彻在科技文明史的每一扇窗口。历史一再证明：只有作为生产力的科学技术为作为解放力的人文精神服务的时候，它才是福音；相反，如果简单地把科技进步作为衡量社会进步的唯一标杆，或者将技术霸权认同为人文诉求是否得以合法存在的仲裁者，那它只可能带来灾难。价值理性的任务就是在新技术的剑锋上锻铸道德律令和制度约束，让科学精神与人文精神一道回归“认识你自己”这一古老的人学命题。

可以说，网络比其他任何媒介都要强调对大众权利的珍视，网络是真正意义上的大众文化媒介。它使大众文化不再只是被表现的对象（如印刷媒介开启的精英文化中）或被模仿的对象（如传统电子媒介开启的大众文化），它开始作为一种言说的主体，充分运用自己的权利自主地表达自身的文化。而这恰恰说明了网络文化最重大的意义。曾经的第一代网络写手，现在的知名出版人李寻欢在谈到“网络文学的真正意义，就是使文学回归民间”之后，分析其原因为：

这是文学和社会生活发展矛盾的产物。过去的所谓文化体制是建立在工业文明的基础之上的。而工业文明的核心理念就是分工，详细的专业化的分工。于是，有人种庄稼，有人炼钢铁，也就有人创造精神食粮——这就是专业作家的由来。然而在知识经济时代，信息量变得如此之大，传播变得如此之快，以致原有的生产生活方式正在被极大程度改变和重组着。比如说对于文学。现在我们有了这个网络，于是不必重复深更半夜爬格子、寄给编辑、等回音、修改等等复杂的工艺了。想到什么，打开电脑，输入，发送——就 OK 了。你甚至可以在几分钟之后看到读者给你的回应。这就是网络文学的真正意义，就是它借助网络这个工具使文学回到民间，使之成为人们表达自己和彼此沟通的便利工具——而文学的意义，不就是表达和沟通吗？①

网络文化的公共空间最大限度地向私人话语敞开，网络给了每个人以平等的发言机会，“我是网虫我怕谁”的口号表明，这是一个人人都能参与的自由、平等、非权威化的精神乐土，它抛弃了旧有的文学体制，避开了文学的等级制度，拆卸了文学资质认证的门槛，消解了文学发表、传播的所有壁垒和创作的一切范式，开启了“后纸张时代”的“快乐文学”。在这里，任何人都可以染指文学、发表作品，都可以评价他人和随时被他人评价——大师与无名小辈、智者或庸者可以平起平坐，无论是惊世骇俗之作还是陈词滥调之文都无关紧要，重要的是文学摆脱了贵族书写，品尝到了文学归还大众的那份惊喜，感受到了无名（匿名）者浮出文学地平线的那份傲岸。这个文学普泛化的世界可能只是一个俗人的世界，一个非承担的世界，一个反诗意化的世界，但却是一个尊重个性的世界，一个张扬自由的世界，一个坚守民间立场和文学兼容对话的世界。《爱是生命的舞蹈》的作者杉娃说：

在BBS里涂鸦的日子很快乐，比自由撰稿的日子自由得多，虽然没有现实的报酬，却多了很多和读者直接交流的途径。我可以看到我的读者如何评价我的文字，可以看到我的文字给他们什么样的感觉、什么样的影响。有时我会提醒自己这是一种虚荣心（而写作只是为了表达的意愿而已），转而我又觉得这是一种快乐的虚荣，一种任何文字着的人都希望被了解、被进入的共性。②

这样一种快乐的写作心情，对于文学创作无疑是重要的。

（二）话语空间的展现

互联网技术把自身的逻辑和规则施加给文学后产生的“文学洗牌”，可能导致形而上审美意味的缺失和文化精英立场的“沦陷”，但它却关注和描绘芸芸众生本真的生存状态，满足了社会公众交流、抒情、创造和表现的欲望，给创作自由和自由创作以彻底的心灵解放，实现文学的广场狂欢和心灵对话，这又从本体上拓展了文学的发展空间，激发出社会底层的艺术活力，用网络开辟出了文学的新民间时代。

1. 对话平台

网络文学的民间话语意义也许可以从巴赫金的“对话”理论和“狂欢化”诗学中得到学理佐证。苏联语文学家、哲学家、美学家米·巴赫金在《陀思妥耶夫斯基诗学问题》等诸多著作中提出了革命性的“对话”（Dialogics）理论，他认为，人文科学在本质上是倚重对话形态的科学，在人文科学领域，“真理只能在平等的人的生存交往过程中，在他们之间的对话中，才能被揭示出一些来”③。巴赫金认为，生活就其本质来说就是对话的，对话的边界纵横交错在人们现实的思维空间里，“一切莫不归结于对话，归结于对话式的对立，这是一切的中心。一切都是手段，对话才是目的。单一的声音，什么也结束不了，什么也解决不了。两个声音才是生命的最低条件，生存的最低条件”④。人也只有在对话中，才能交流思想感情，从事种种社会活动，显示出人之所以为人的本质特性。

---

① 李寻欢：《我的网络文学观》，引自 http：//www3.rongshu.com/poblish/readArticle.asp?id=4851.

② http：//www.chinapostnews.com.cn/279/tb01.htm.

③ [俄]巴赫金：《文本·对话与人文》，河北教育出版社 1998 年版，第 372 页。

④ [俄]巴赫金：《诗学与访谈》，河北教育出版社 1998 年版，第 340 页。

在巴赫金那里，“对话”是基于“复调式小说”的前提而提出的。巴赫金没有赶上网络时代（他病逝于1975年），但他有关“对话”的人文立场和思辨方法却与网络的交互式对话模式形成耦合，并且他所倡导的“对话”理念也只有在计算机网络技术中才可能真正成为现实，因为网络变传统媒体单向式交流为双向互动式交流，使人们不再是被动地接受外来的恩赐与强迫，而是可以根据自己的爱好和需要来自主地选择。

互联网是人际交往最理想的对话平台，这里有聊天室、QQ、微博、微信、论坛、个人主页等，一颗颗渴望交流的孤独的心灵，可以在这个由数字化打造的“赛伯空间”（Cyberspace）里即时又实时地交流个人的观点、感受、情感，而无需像日常生活交往那样要考虑人际间阶层、身份、年龄、性别、职业、长相、家庭背景等社会面具。由于互联网人际交流的虚拟性、匿名化、偶然和不确定性，对话双方抑或多方对于压制的情感常常直接释放，常常实话实说，平等交流，率真对话，重在过程。网络邂逅的互动交流排除了日常对话的“面具焦虑”和书面表达的思维延时和表达延时，对话双方的话语更多的是受情绪而不是受理智的支配，网民在表达自己的观点和感受时，即使不是出于顾虑，往往也无法做到深思熟虑或字斟句酌，因此，网络的对话具有生命的本真性和性情的率真性。这样的“对话”是真正自由的对话，完全平等的交流，如池田大作所说的，是“把灵魂向对方敞开，使之在裸露之下加以凝视”[①]。而这种对话的意义在于：

有的人从中发现与自己兴趣相投的网友，有的享受舌战群儒的乐趣，有的人可能只是为了解闷或发泄，有的人只想体验某种另类的身份和角色。甚至，也许有的人就愿意呆在一边默默地旁观，因为在他的现实生存处境中，他连当一名旁观者的愿望都难以实现。[②]

2. 全民参与

网络文学基于计算机网络技术，起于民间俗众，是文学圈外无数漫游和聊天的网民，以游戏的心态，在赛伯空间晨光熹微的地平线上打造出来的一方蓊郁的园地，它的活动方式是全民参与的，它的姿态是平民化的，它的本性是大众化的。尼葛洛庞帝所说的“人人都能成为艺术家”，在网络时代不只是一个扣动心扉的预言，而是一个可以践诺的现实，因为蛛网覆盖的数字化网络所提供的大众参与、自主独立的“在线民主”，已经为大众文学和文学的大众化构筑了理想的技术平台。全民参与文学的诗学意义在于：它革新了文学旧制，颠覆了文学主体的等级观念，彻底消除了“贵族书写”，打破了传统作家对舆论工具的垄断，分享了社会精英、文化贵族的话语权力，如巴赫金所说的：“狂欢节具有宇宙的性质，这是整个世界的一种特殊状态，这是人人参与的世界再生和更新。”[③]另一方面它开辟了文学回归民间的坦途，创造了文学民主的新神话。尽管这样的创作自由和文学民主未必就代表了文学进步，但至少是蕴涵着文学陈规的破除和文学观念的新生，正如陈村在《网络文学两则》一文中所说，文学史素来都不是杰作史，“文学的全部意义并不仅在于它有高峰。许许多多的人在文学中积极参与并有所获得，难道不是又一层十分伟大的意义吗”？

3. 宣泄逻辑

文学网民走进网络不是要打造经典以“经邦治国”或“为民请命”，而多是恣意宣泄以张扬个性，或网海觅奇以打发闲暇、网上交流以排遣孤独。上网者匿名登录个个如生猛海鲜，

① [日]池田大作：《我的人学》，北京大学出版社1992年版，第155页。
②③ 巫汉祥：《寻找另类空间——网络与生存》，厦门大学出版社2000年版，第87页。
④ 马龙潜：《走进网络原创文学的世界》，《中华读书报》2002-04-17，第18版。

无不以各种方式吸引网民眼球，只要悦心快意、畅神游心，哪怕“过把瘾就死”。宣泄以图表达或者如何表达自己的宣泄，成为文学网民要遵循的基本逻辑。马龙潜先生在描述“网络写手”时曾这样说：

这是一群特殊的边缘艺术家，他们有自己的规则，在网络上多以化名出现，文风洒脱自然，思想无拘无束，天马行空，任意为之，“仗剑行千里，微躯敢一言”。这些“地下世界的游侠儿”们，在一片烽烟中，各据山头无人喝彩，孤傲独立。……网上贴文，真是有很多乐趣的言说，有时笔者觉得，它其实很像网络游戏，既可创作，又可娱乐。看着自己的点击数不断增加，想象着有许多人为自己的作品欢喜或流泪，那是何等美妙的感觉！④

文学网民需要的就是这样一种感觉，这种感觉正是宣泄逻辑的必然结果。

网络文学能达成宣泄逻辑，是基于两种主体焦虑的消除：一是社会面具焦虑的消除，二是审美承担焦虑的消除。前者使网络写手抛开身份角色定位，化身为匿名的网虫在赛伯空间“玩的就是心跳”，获得一种现实中无法实现的选择身份的自主和变换角色的自由；后者则使作者从传统的艺术重负中解脱出来，满足在纸介质印刷媒体中无法轻易兑现的发表欲和自我表现欲，自由地舒展内心深处的文学热望——面对历史时，他们无需仰视前辈文学大师巍峨的文学神殿，没有践履规范的沉重包袱；面对现实时，他们没有兼济天下的责任和稿酬版税的焦虑，无需将文学当功名做，而使自己处于超脱功利的审美状态，真正做到率情率性，以手写心，让文学回到舒张人性的本真状态。有评论者做过这样的追问：传统媒介文学和网络文学，谁更能接近个体的心灵的本身？最初的文学，不管是源起于关关雎鸠，还是源起于杭唷杭唷，不就是自由随意地表达出来的么？那时谁还会想到求得什么名利？比起投稿—筛选—编辑—出版—发行—评奖—成名成家，这套现行的文学体制，网络文学难道不是返璞归真？①

4. 广场诗学

巴赫金曾说，狂欢化打造的是一种“广场文化”——广场不像哥特式建筑那样尖顶直逼云霄，气势咄咄逼人，也不像中国古代庙堂那样层次分明，等级威严与神秘；相反，广场平坦，有很强的亲和力，不分男女老少、尊卑贵贱都可以在这里休憩、聊天、狂欢，它那平等的结构特点正是人与人之间平等的暗示。赛伯空间就是这样一个公共“广场”。这个“广场”是看不见的，但存在于广袤无际的虚拟世界；网络上的狂欢不像广场狂欢那样亲历躬行，但身体的阻隔和主体的间性并没有妨碍心灵的无等级沟通，因为孤独的“出场”和心灵的“在场”就足以构筑众声喧哗的网络“狂欢化”诗学。如果说传统文学是过去时间的再现诗学——以回忆、记忆、时间的经验模式作为诗学精神的理性约定，网络文学则是当下时间的在场诗学，它隐含的是一个独特的审美本体论的隐喻体系——以人的存在的在场、境遇和畅快式宣泄，使艺术的时间编码回到生命的当下状态去把握永恒。赛伯空间的文学狂欢，注重虚拟空间的时间体验、个人境遇的在场倾吐和生命话语的循环阐释，它使得个体生活的原生态在时序的重新编码中，以狂欢的瞬间碎片体验生命中永恒的诗性，将过去和未来化作在此营造时间的迷宫，让消解了时序性的写作变成一种现在时的表达。

---

① 邢小群：《网络文学是啥东西》，转引自郭炎武、王东《歧路花园中的幽灵狂欢——论网络对文学创作主体的三种影响》，《社会科学》2001年第9期。

三、网络文学对自由精神的复归

互联网最重要的精神表征是自由。文学的精神本性是自由的象征。网络之接纳文学或者文学之走进网络，就在于它们共享一个兼容的精神支点——自由。可以说，“自由”是文学与网络灵犀融通的桥梁，是艺术与电子媒介的精神纽带，网络文学最核心的人文本性就在于它的自由性，网络的自由性为人类艺术审美的自由精神提供了又一个新奇别致的家园。

（一）网络对“中心”的消解

网络文化对人类信息传播的最大贡献，就是通过蛛网重叠和触角延伸的方式，实现了世界收缩和信息扩散，达成人、机、网的共生共存，开辟从信源到信宿的自由通道和广阔空间。1994 年中国加入国际互联网时，网上曾盛行一句广告语：“全世界计算机联合起来，Internet 就一定要实现！”而当网络日渐普及后，网民为了反抗微软视窗系统的技术垄断和商业控制，在世界范围内曾出现了以 Linux 为代表的自由软件运动，网友们呼吁：“全世界网友联合起来，网络的自由就一定要实现！”以此高扬网络的自由精神。对于这种源自民间的真诚吁求，不能止于一种简单的道德评判，要对具体情况进行具体分析。评论家李洁非曾提出：“关于网络文化精神，如果非得用一个词加以概括，我所能想到的便是 Free。”他还说：“必须注意到，这种写作的冲动，不是平面媒体上作家写作的‘文学冲动’，它没有边界，完全‘Free’（取其所有含意）。”如“自由的、不受别人管制的”“自主的”“宽松的，无拘束的，随便的”“自愿的”“免去……（比如免费）”“空闲的，打闹的”“随时有的”“任意的”，等等[①]。而网络文学这个名词本身，就带有后现代的“拼接”（collage）的味道，将“网络”和“文学”拼接在一起，有着后现代“无中心”“不确定”的特点。当然，在实际上是没有绝对的自由。

在互联网时代，信息传播和交流的全球化所确立的信息公开和公平原则，打破了昔日信息垄断的中心话语模式，促成了个体话语、小众话语对主流传媒话语权力的消解，形成了开放、透明、民主、平等、宽容的大众话语新格局。网络传播的全球化、高时效性、开放性和低成本性等特征，冲击和削弱了信息控制和舆论垄断的行为。面对四通八达的电子网络，人们将更为自由和自主地发布和接收信息；面对海量的网络信息资源，人们又可以更充分、更全面地享受信息；而面对众多来源的信息和不同立场的观点，公民的信息知情权有望得到真正的行使。

获得第二届老舍文学奖的网络文学作品《蒙面之城》[②]当初以自然来稿方式分章节寄过《收获》《花城》《钟山》《大家》《黄河》等五六家杂志，但只有《黄河》杂志很快同作者宁肯进行了联系，其他均无任何反应。然而，当这本小说于 2000 年 9 月率先在新浪网上连载后，立刻引起轰动，在此情况之下，2001 年 4 月作家出版社才出版了单行本。有了这种“无处发表，无家可归”的惨痛经历，宁肯面对“它是不是网络文学？”的质疑，肯定地回答说：“它当然是，它天然就是，它最先诞生于网络，是网络给了它成长的可能。”并感慨道：

网络是什么？网络就是自由写作呀。就文学创作而言，还有什么比自由更可贵的？自由是文学的土壤，无论它长出多少荒草，自由都是值得的，因为长不出荒草的土地，你怎么指

---

① 李洁非：《Free 与网络写作》，《文学报》2000-04-20。

② http：//edu.sina.com.cn/2000-09-13/5/45.htm.

望能长出乔木呢？所有指责荒草的人我认为都是无知的，愚蠢的，不知道自由为何物。[①]

网络表达所拥有的这种散点辐射、触角延伸方式，是一种天然的消解中心话语模式，它从技术载体和文化精神上赓续并强化了后现代文化的边缘姿态。弗·杰姆逊就曾说过，后现代主义的一个很主要的话题就是所谓“主体的非中心化”，因为现代人已不再处于一个仍然存在着“个人”的社会，我们都不再是个人了，而只是被“他人引导”的人群。他说：

如果说现代主义时代的病状是彻底的隔离、孤独，是苦恼、疯狂和自我毁灭，这些情绪如此强烈地充满了人们的心胸，以至于会爆发出来的话，那么后现代主义的病状则是“零散化”，已经没有一个自我的存在了。[②]

主体作为现代哲学的元话语，标志着人的中心地位和为万物立法的特权，然而在后现代话语中，昔日的主体已经由“边缘化”而丧失了中心地位，由“零散化”而没有一个自我的存在了。人成了一个非中心化的主体，无法感知自己与现实的切实联系，无法将此刻和历史乃至未来相依存，无法使自己统一起来。现代人曾经拥有的孤独、焦虑、畏惧的情感被掏空了，人的历史感和现实感抽掉了，成为一种没有根基、浮于表面的人。现代主义名噪一时的先锋色彩和个人魅力也不再成为关注的中心，因为后现代艺术不再表现人的精神和个性，它只表明主体性、自我、人格、风格的结束。无论是在现实社会还是艺术文化领域，后现代人都成了远离中心话语的边缘人，他们在自己的心灵中放逐了自己。后现代主义的边缘姿态使得人的主体支配意识丧失，人成了一个没有中心的自我，一个没有任何身份的自我。如果说尼采宣布“上帝死了”是对基督上帝和现代理性的叛逆，那么，后现代理论家宣布“人死了”（福科）、“知识分子死了”（列奥塔），则戳破了现代社会以人为本、以人取代上帝而成为“绝对主体”的虚妄性，以及知识分子特殊精英地位的脆弱性，因为在他们眼中，只有把中心意旨、二元对立的神学模式解构为多元、歧义的“踪迹运动”，才是知识演进的结构规律。

这种非主体性、非中心化的边缘立场，正是网络文化的持论范式和思维逻辑，因为网络的文化本质就是消解中心话语模式的最有效的工具。

（二）虚拟空间所提供的自由平台

网络文学的自由精神基于数字科技的哲学命题——虚拟。作为观念形态的“虚拟”，是数字化时代要面对的哲学认识论预设，也是数字化网络的逻各斯存在。从现实性哲学转换到虚拟性哲学，这将是我们时代哲学所发生的最为巨大的历史性转换。这一哲学框架的转换是时代转换的映现，是一个客观的不可逆转的态势。网络的虚拟通过数字化构成，为人类提供了一个“赛伯空间”（Cyberspace），这不再是一个以原子、分子构成的物质世界，而是一个以“比特”构成的数字化虚拟世界。确切地讲，赛伯空间是思维和信息的世界，它利用信息高速公路作为最基本的平台，通过计算机实现人与人之间的感情交流与文化交流，而无需面对面接触，只需操作鼠标、键盘就可以实现心灵的沟通。网络的空间是虚拟的，又是真实的，因为在这里不仅可以共享海量的有效资源和财富，而且可以与无数真实的个体的人进行交往，所以才有了“虚拟现实”（Virtual Reality）这样一个二律悖反的名词。

以前的哲学，从柏拉图、苏格拉底到尼采、海德格尔，从孔子、老子到现代哲学，都是现实性的哲学或者以现实为解答对象的哲学，而电脑、网络等高科技带来的数字革命使哲学

① 新浪读书，http：//www.sina.com.cn/ 2002/11/18 17：55。

② [美]弗·杰姆逊：《后现代主义与文化理论》，陕西师范大学出版社 1986 年版，第 178 页。

面对的不仅是现实，还有数字化虚拟：一是对现存事物的虚拟，即对象性的虚拟或现实性的虚拟，实际上是对现实事物的模拟或仿拟，这一点传统艺术也能做到。二是对现实超越性的虚拟，即对可能性或可能性空间的虚拟，如艺术虚拟、虚拟主持人、虚拟明星等，我国首部国产数字影片《青娜》中的数字偶像“青娜”就属于这种虚拟[①]。过去的浪漫主义、象征主义以及现代主义如荒诞派作品也在这个层面上进行了虚拟，不过那是一种想象中的虚拟，而不是如现代电子艺术那样“真实的虚拟”。三是对现实背离的虚拟，一种对现实而言是悖论的或荒诞的虚拟，即对现实不可能的虚拟，如赛伯空间中对“方的圆”或“圆的方”的虚拟，或依托于赛伯空间的各种网络游戏，网络超文本、超媒体艺术的虚拟等，这样的虚拟只有在数字化时代才有可能出现。根据钱学森的论证，作为赛伯空间的重要技术基础，虚拟现实技术创造的是“灵境”，它将与人的思维能力、形象思维和灵感思维理论、大成智慧等相联系，从而能够推动思维科学和自然科学大发展，引发科技革命，甚至还会推动文艺的巨大进步和引发人类的文化革命。

数字化虚拟本来是科学的产物，属于高技术的范畴，但它所拥有的沉浸性、想象性与交互性却拓展了人类精神的自由空间，创造了一个前所未有的自由天地，并且与网络文学、网络艺术的自由想象和审美沉浸珠联璧合，形成了网络虚拟的艺术哲学和自由的美学本体。

网络自由的美学变革是电子技术媒介之于人性自由的馈赠。人类第一次媒介革命的标志是语言文字符号的产生，传统的文学就是以语言为唯一媒介的艺术。语言导致了人类文明的巨大发展，人类至今取得的一切成就，都与语言文字符号系统密不可分。但语言文字符号对于表征人类的自由、人性的自由又存在较大的局限性，因为语言文字的实指言传只存在于指称意义对象的关系之中，是一种现实关系的表述和创造。语言能创造间接想象的自由空间，这使得海德格尔所讲的“诗意的栖居”成为可能，这是文字符号具有审美性的一面；但语言文字却不能建构直观呈现的虚拟现实，难以提供让每一阅读主体交互沉浸的有意味的临场形式，这又形成了审美的局限和自由的桎梏。语言文字创造了思维空间、符号空间，而数字化虚拟则是在思维空间、符号空间中创造出了虚拟空间、数字空间、视听空间和网络世界，它指向不可能的可能，使不可能的可能在人类历史上第一次成为一种真实性，从而使语言符号变成了一种较低级的媒介方式，它表明了哲学中的主体、客体和中介系统关系发生了根本性的变革。

虚拟的自由性在于它不仅超越现实，虚拟了现实的各种可能性，提高了人类对现实性的合理选择性，使现实性的进行有着广阔的空间和可选择性、可比较性，而且在虚拟空间中形成了对于现实性来说是不可能的可能性，甚至形成荒诞的悖论或梦境的虚拟，把痴人说梦中的虚幻变为真实。例如从互联网上可以进入巴黎某一超市看到琳琅满目的“真实”的商品，驾驶虚拟的汽车穿过纽约的大街小巷，看到如地图一样的路标、路牌和高楼大厦。如果配上电子头盔、数据手套、数据服和电子引擎，还可以到人类的血液中去游泳，钻进地心感受岩浆的温度，拥抱天堂里的银河，造访仙境中的爱丽丝……这样的虚拟并不一定是现实的，但却是“真实”的，因为你已经获得实实在在的真切体验。换言之，虚拟至少是在虚拟空间通

① 青娜是由北京紫禁城三联影视发行公司与北京世纪坛数字传媒公司运用最新影视 3D 技术打造出的一位美少女，即《青娜》的女主人公。2001 年十一期间该影片走进了中华世纪坛数字影厅。这个数字偶像综合了东方美女的特点，身着白色纱衣，有着一双大而明亮的眼睛，精致而美妙的五官和合乎黄金分割比例的身材，给人清纯略带倔强的感觉。

过数字化的方式存在着，并让人切实感受到了这种存在。在数字化的虚拟看来，传统的现实性，无非是对一种可能性的选择，而计算机网络中的虚拟则展开了其他未被选择的可能性，并在虚拟中使其成为虚拟空间的真实，这便大大开拓了人的选择空间，打破了束缚身心自由的坚冰，为人类以自由意志实现心灵的自由插上了科技的翅膀。

在技术的层面上，数字化网络技术为文学的自由精神带来了“返魅”的契机。

1. 感觉的开放性

网络中的作品不仅是一字字、一行行、一页页线性排列的文字（即使是就文字阅读，读屏的文字也有着字号可调、选择色彩、同步翻译、用电脑自动阅读而用耳机助听等功能），还可以有视频、音频等多媒体表达，把文字、数据、影音和图像结合起来，构成一种丰富而生动的组合，还可以运用超文本链接的多向选择获得阅读的能动性，打破传统思维的线性逻辑而显示一种跳跃性思维。这一切都将形成对主体感觉的全方位敞开，以表达方式的更多自由唤起接纳途径的充分完善，使人的精神、意识和智慧成为确证自身的本质力量，也使得感觉的开放性成为合规律与合目的相统一的人的自由精神的有效中介。

2. 体验的沉浸感

网络文学表现的虚拟生活来自对网络的体验，这种体验常常是在虚拟社区中获得的，它不是一维的，而是三维的甚至多维的；不是想象的现实，而是虚拟的真实，能使人达成迷恋的沉浸感和孤独的狂欢化，有一种切入肌肤的深刻体验性。如加拿大学者德克霍夫在《文化肌肤——真实世界的电子克隆》一书中所描绘的：

> 人们认为三维图像是视觉的，但三维图像的主导感官则是触觉。当你在VR中四处闲逛时，你的整个身体都与周边环境接触，就像你在游泳池中身体与水的关系那样。①

从某种意义上说，“网虫”“网迷”就是由这种沉浸的网络体验形成的。

3. 对艺术界面的穿越

网络的现实是无中介的虚拟真实，它使人们逼近第一现实（客观生活现实）又进入第二现实（人造现实）。网络写作被称作“空中的文字舞蹈”，它能利用虚拟现实引导欣赏者穿越界面，占有与创作者同样的赛伯空间，采取与对象同样的视点，从有限的视窗界面背后获得无限的阅读资源。电脑显示器上的文学网站、根目录或搜索引擎犹如无所不能、无奇不有的“阿拉丁神灯”，“在场”的文学作品犹如满天繁星又随风飘荡，真正让欣赏者实现了阅读的自由或自由地阅读，这与传统文学艺术止于书页、止于画布、止于银幕的给定对象、被动接受和有限欣赏是大相径庭的。

（三）网络文学的自由本性

基于数字科技支持和虚拟现实的艺术哲学平台，网络文学用自己独有的方式实现着艺术对自由精神的永恒向往。

1. 反叛陈规

只要不是将网络文学简单地视为“印刷文本的电子化”，你就不能否认一个基本的事实：网络文学是对印刷文学陈规范式的反叛和颠覆，并且在这个过程中开辟文学的新道路。

譬如：在艺术哲学的层面上，网络文学改变了过去心物相分的“二元对立”模式，而呈

① 黄鸣奋：《比特挑战缪斯——网络与艺术》，厦门大学出版社2000年版，第72页。

现“非心非物”或“亦心亦物”的认知本体和表征对象。网络作品的表现对象不再限于作为客观存在的现实生活，而多是图像化的虚拟现实或网络生活（如网恋故事等），作者不限于感应世相、体察时艰、以我观物，以历练世俗的生存来获取创作的资源，而是以“数字化的生存”为认知本体，以赛伯空间本身为表征对象。建立在“二元对立”范式上的艺术哲学基石已被抽空，传统的反映论、再现论、表现论、审美意识形态论、主体性等诸多文艺理论的元命题都失去了言说的语境和思维的平台。网络“读屏”的乌托邦改变了文学关注的方式，文学活动不再像过去那样对生活现实作静观默察，或者是在文学与生活、心与物之间寻求比照和印证，而是在主观、客观的观念本体和主体、客体的本体观念之间探求一体化的新语境。

在文学传播的层面上，网络文学以媒体的开放性来反叛文学的私密性，以电子文本的共享性颠覆作品的专有性。网络彻底打破了权力话语和知识垄断，拆卸了编辑、印刷成本、发行商、权威批评家、有关权力部门等几乎所有的文学传播壁垒，这意味着所有的网民都可以尽情地写作、发表和欣赏文学作品。正如英国人安吉拉·默克罗比所说的，“图像和讯息交流侵入到先前的私密性空间当中”，“自我的边界被消抹和变形”，“所有事物都被暴露在信息和讯息残酷无情的光芒里”[①]。网络文学的这种开放式传播和资源共享，让文化公共空间最大限度地向私人话语敞开，真正实现了“文学面前人人平等”，使畅通无阻的自由传播书写着全新的文学传播学和文学社会学。

在角色主体的层面上，网络文学对创作职业化的否定和对功利性模式的消解，是文学主体的解放，更是对文学自由精神的肯定。

2. 主体间性

网络文学的自由本性在文学主体性上体现为主体间性，即主体的显性消逝和隐性在场、“我”的能指退位和所指凸显，孤立的个体主体变为主体间的共在、对话、交往和“视界融合”，变成交互主体性。在这里，主体既是主体间的存在，又是以交互的个体组成的，主体间性就是个性间的共在。在传统的创作中，作家操持着先验的话语霸权，把自己的言说不可抗拒地推向接受者，而接受者别无选择地聆听着作家的独语，作者与读者的关系类似于牧师与信徒的宣讲与倾听的关系。这种对知识话语的垄断实际上是对一种意识形态的天然占有，可以时刻对社会施加主体精神影响。网络的出现，意味着文学“众声喧哗”局面的形成和文学普泛化时代的到来，创作者与接受者的间隔被拆卸了，传统作家的地位被彻底解构了，“作家死了”，传统的文学主体没有了，文学主体性也成为被悬置、被虚位、被消解的“夕阳”概念，它只在用于填补传统文论话语的理论豁口时才会被人提及，才可以被给定，也才是有意义的，而在网络文学的元命题中已不可能再有“主体性”的先验地位，只有“主体掩蔽”“主体退场”造成的“主体间性”。因为在网络中，原先由某个作家独立构思、独立写作、具名发表的文学体制已经被打破了，具有整体品质的人物、情节、主题、意图、文体、语言、风格等，这一切都解体了，或者成了未定的东西，它们要随着续写者续写的变化而变化。文学不再是孤立的个体活动，而是自我主体与对象主体间的交往活动，是主体间共同的生存方式，只有通过对他人的认同才能达到自我认同，其自我体验与对象体验是合而为一的。它要通过互相倾诉和倾听，使自我主体向对象主体敞开心扉，在共在与共识、沟通与交流中彰显自由个性，打造主体间性。

---

① [英]安吉拉·默克罗比：《后现代主义与大众文化》，田晓菲译，中央编译出版社2001年版，第24页。

在传统的康德哲学视界中，实在物构成的空间具有经历的先决性，任何审美感知都要基于体验实在。但在图像技术制造的虚拟空间中，人们体验的是空间形成的过程，空间体验就是经历和存在本身，它不仅会改变人的感悟方式，还会改变人本身的主体性存在观念——“我虚拟我体验”“我在线我存在”“我交流我在场”。于是，在网络中，“不是人说语言，而是语言说人。”① 文学的主体性已经被分享、被“间性”了，文学却在对先验主体的颠覆中赢得了一种新的自由。福柯在《何为作者》中提出：

作者在他自己和他的文本之间产生的狡辩和对抗，抹去了他特有个性的印记。如果我们想弄清楚今天的作者，就必须通过这种作者不在场的特性以及他与死亡的关系，这已使作者变成了他自己写作的受害者。②

主体性被敲击键盘的无名者击碎后，主体间性则引领自由重返文场——丧失了审美承担的主体可以一身轻松地自由言说，人机合作，众人交互，文学将不再拖着锁链，而是展开双翼。

3. **救赎孤独**

孤独是精神的拘囿、灵魂的寂寞和生命的苦酒，也是自由的殉道者。在社会心理学的意义上，孤独是“现代文明病”的典型征兆。美国意象派诗人庞德的名句“人群中这些面孔幽灵一般显现，湿漉漉的黑色枝条上的许多花瓣”③，真切地表达了一颗孤独的心灵在这个纷繁世界里无以认知的孤寂感受。但有孤独就会有对于孤独的体察与救赎，正如海德格尔所说：“人是谁？人是必须为其所是提供见证者。”④ 可借以追究存在的存在者是人，只有人，只有对存在发问的人，才能领会着人的存在；存在总是存在者的存在，所以必须通过存在者通达存在。现代人类曾有过多种摆脱生命孤独的尝试，但却无法真正救赎孤独。如卡拉 OK、迪斯科可以使人发泄却无法使人沟通；影视图像文化能使人观赏却难以躬行和参与；世界杯、奥运会等体育盛事和旅游活动能使人参与和沟通却摆不脱成本纠缠和时空束缚……这时候，计算机网络犹如文明时空悄然飞来的一只仙鹤，为现代人类救赎孤独、寻找自由的精神家园构筑了最便捷的赛伯空间。有学者形象地将网络的自由世界称之为“孤独的狂欢”：

个人电脑造就的是一种崇尚少年精神、鼓励越轨、强调创造性的个人文化，它使中年期和更年期的文化返老还童，社会成员将像汤姆·索亚那样在不断地历险和寻宝中体会到一种“孤独的狂欢”。同时，人与人的交往抽象为机与机的交往，人类浪迹在虚拟的世界里，远离大地和尘土。这是另一种意义上的“孤独的狂欢”。⑤

是的，网络上的孩子为王、少年精神、技术牛仔、黑客伦理等体现美国文化精神的个人历险是一种“孤独的狂欢”，人在赛伯空间里与“机”交往，以实现嬉皮士的社群主义和自由主义的政治理念也是一种“孤独的狂欢”，而一个个处于现代“生存围城”中的个体通过互联网找到“海内存知己”的网友和“天涯若比邻”的知音，更是一种救赎孤独的生命狂欢。这时候，网际间的沟通拆卸壁垒、打破封闭，引领孤独走向敞亮，疏瀹焦虑进入澄明，救赎心

① Kearney R: It is not man who speaks language but language who speaks man, Modern Mouements in European Philosophy, Manchester University Press, 1986: 6.

② Foucault M: “What is author?” in Adams H., Searle L. (eds): Critical Theory Since 1965, Florida State University Press, 1986: 140.

③ 庞德：《在一个地铁车站》。这是一首典型的意象叠加形式的诗，是庞德意象派诗歌的代表作之一。

④ [德]海德格尔：《荷尔德林诗释》，转引自陈嘉映《海德格尔哲学概论》，三联书店 1995 年版，第 56 页。

⑤ 吴伯凡：《孤独的狂欢》，中国人民大学出版社 1998 年版。

性通达自由，不仅在电子化网络空间中实现海德格尔所说的使自己"成为你所是的"，而且可以与他人共在，以此来重新加以选择和限定，使自己的"在场"和文学的"出场"成为他人救赎孤独的表征和消弭焦虑的确证。网络及其文学对于人类心灵家园的呼唤和慰藉，体现的是网络人道情怀的诗意亮色，诉求的是以人文理性填补心灵豁口的文学道义。现代人自由的精神家园也许就是在这个过程中重新打造的。

四、网络文学是对社会文化的映射

网络文学如同其他文学样式一样，是由技术发展和特定社会环境塑造的。[①] 互联网是探视社会文化走向的一面窗口，网络文学已成为表达社会文化形态和内涵的重要阵地。阅读和创作网络文学作为青少年休闲娱乐的重要渠道，侧面反映了年轻亚文化群体的文化表达和文化追求，这就为研究当代社会文化问题提供了生动的活标本，为思考当代社会特定人群的价值观、道德观、审美观、心灵趋向等提供了方向与内容，为幽微体察亚文化群体的日常生活与价值理念提供了契机。

思考题：

1. 请谈一谈你对网络文学定义的理解。
2. 请谈一谈网络文学的特征。
3. 试论述网络文学的价值。

① Michel Hockx: Internet literature in China, Columbia University Press, 2015.

第二章　中国港台地区及海外华语网络文学

第一节　华语网络文学产生的背景

一、中国海外留学生的发展情况

1978 年以前，中国历经了三次留学浪潮。第一次留学浪潮是在辛亥革命以前。当时，中国派赴欧美的留学生极少，派到日本的留学生相对较多。第二次留学浪潮是在 20 世纪 30 年代至 40 年代间。这期间赴美留学的中国学生约有两三万人，赴欧洲的留学生为三万人，到日本的留学生为 10 万人。第一次和第二次留学浪潮时的中国留学生加起来约有 20 万人，留学生的总数仍然很少。第三次留学浪潮是在新中国成立后至 1978 年改革开放前。当时派赴欧美等西方国家的中国留学生非常少，主要被派往苏联。1978 年改革开放，拉开了第四次留学浪潮的序幕。自此，中国迎来了史无前例的留学大潮。

华语网络文学产生在海外，与我国留学生的发展密切相关。我国改革开放后留学生的发展为网络文学的产生准备了各方面的条件。1978 年 12 月 26 日，中国改革开放后首批留学人员——52 名国家公派访问学者——搭乘飞机前往美国学习深造，开启了新时期中国内地留学大潮的序幕。1985 年，国家提出“支持留学，鼓励回国，来去自由”的出国留学方针，开始允许自由地自费出国留学，这大大激发了社会支持留学教育的积极性，并且那段时期，中美关系比较密切，申请美国的院校和奖学金比较容易，大量留学生赶赴美国。1990 年前后自费留学教育不断成熟和规范，自费留学大军直线上升。从托福和 GRE 的参考人数中可以感受到出国留学人数之巨。1981 年 1 月 14 日，国务院颁布了《关于自费出国留学的暂行规定》，出国留学之路被打通，当年首次参加托福考试的考生只有 285 人，两年后就达到了 2 500 人，1986 年则达到了 1.8 万人，而到了 1989 年全国的考生则达到了 4 万多人。自此大量中国学生远渡重洋，留学海外。2005 年，中国成为世界上留学人数最多的国家。中国留学生学习的专业涵盖了各个学科，留学生大多以攻读硕士和博士学位为主。中国公派的留学生以理工科为主，2006 年赴美国公派留学生 2 500 多名，理工科占到 80%～90%。

中国留学生流向世界的各个国家，如美国、加拿大、澳大利亚、新加坡等国。这些旅居国外的游子，在求学、工作的过程中，积累了大量的生活素材，积淀了大量的生活感受，有了交流、表达、倾吐的渴望。

二、华语网络文学产生的背景

华语网络文学的产生是各方面因素共同作用的结果，其背景是复杂的。对于所有网络文学来说其产生的一个最根本的背景是电子计算机的应用和互联网的开通。1946 年世界上第一台电子计算机问世，1969 年 11 月，美国国防部高级研究计划管理局（Advanced Research Projects Agency，ARPA）开始建立一个命名为 ARPAnet 的网络，1977—1979 年，ARPAnet 推出了目前形式的 TCP/IP 体系结构和协议。1980 年前后，ARPAnet 上的所有计算机开始了 TCP/IP 协议的转换工作，并以 ARPAnet 为主干网建立了初期的 Internet。1983 年，ARPAnet 的全部计算机完成了向 TCP/IP 的转换，并在 UNIX（BSD4.1）上实现了 TCP/IP。ARPAnet 在技术上最大的贡献就是 TCP/IP 协议的开发和应用。1985 年，美国国家科学基金组织 NSF 采用 TCP/IP 协议将分布在美国各地的 6 个为科研教育服务的超级计算机中心互联，并支持地区网络，形成 NSFnet。1986 年，NSFnet 替代 ARPAnet 成为 Internet 的主干网。1988 年 Internet 开始对外开放。除此之外，20 世纪 80 年代出现的超文本技术也为网络文学的出现奠定了技术基础，网络文学的出现，绝对离不开超文本技术和网络传播技术，华语网络文学亦产生在这一大背景下。

世界网络文学的产生也是华语网络文学产生的背景之一。世界最早的网络文学出现在美国和欧洲，开始于 20 世纪 70 年代的网上写作，到了 80 年代，开始有了自觉地网络文学创作活动，90 年代，网络超文本写作进入了大学课堂。世界网络文学的产生、发展以及日渐成熟，影响着华语网络文学的产生。

以上两个方面是华语网络文学产生的大的背景，华语网络文学的产生还有一些中国特有的背景。1985 年，国家提出支持留学的出国留学方针，允许自由地自费出国留学，这大大激发了社会支持留学教育的积极性，世界各国的中国留学生越来越多。1988 年，美国留学生严永欣开发出第一个普及使用的汉字处理软件“下里巴人”，攻克了当初 DOS 系统不能进行汉字书写和阅读的问题。1989 年，中国留学生开发出 HZ 汉码，解决了汉字在互联网上传输的问题，这两个软件解决了在电脑和网络系统进行华语文学创作、传播和阅读的问题，对于华语网络文学的出现，起着至关重要的作用。但是初期的时候在电脑上进行汉字输入颇费周折，需要比较高的电脑使用技能和专业知识，属于高科技产物。网络技术和电脑写作技术的高门槛，限制了网络写作的普及，理工科学生接受能力、动手能力和对高科技的使用能力很强，同时，当时的中国留学生中理工科学生占大多数，在各种因素的共同作用下，能够使用计算机软件，熟悉计算机系统和网络系统的中国理工科留学生理所当然地成为北美华文网络文学的先驱。

当时的中国社会和美国社会相比，政治、经济、文化等各方面存在着巨大的差异，留学生们都承受着各方面落差带来的压力：一是身份落差带来的苦闷——从中国精英到美国穷学生、洗碗工、招待员、送报工、仓库工、送外卖等体力劳动工人的身份落差。二是经济落差带来的苦闷——公派留学生一个月 50～100 美金生活费，和美国一个月 2 000～3 000 美金的平均生活费相比的经济压力。三是情感婚姻破裂的苦闷——距离的隔阂，生理和心理抚慰的缺失，上演了一幕幕曾经海誓山盟如今劳燕分飞的悲剧。[①]“一时冲动地来到美国，一下子从行走中南海的年轻学者变成中餐馆端盘子的小侍者，从指点江山的青年理论家变成美国二流大学的留学生，其中失落与痛苦的情感真是‘罄竹难书’。”（《最后的自白》）苦闷郁积于胸急需发泄，但是那时候的美国不仅办杂志成本极高，邮费也高得让中国留学生汗颜，由此网络成为留学生们发泄内心苦闷最好的平台。

① 蒙星宇：《网事如烟——北美华文网络文学 20 年》，《华文文学》2009 年第 3 期。

第二节 华语网络文学在海外的发展概况

一、华语网络文学的产生

华语网络文学的产生，与留学生创办的电子刊物和网络新闻组发布的原创作品有密切的关系。

一般认为，1991 年创办的《华夏文摘》和王笑飞创办的海外中文网络诗歌通讯网是华语网络文学的最初萌芽，华语网络文学从此开始了它的耕耘。1991 年 4 月 5 日，《华夏文摘》在美国诞生，这是全球第一家中文电子周刊，对华语网络文学的产生有着极大的影响。迄今能见到的第一篇中文网络文学原创作品是署名张郎郎的杂文《不愿做儿皇帝》，该文发表于 1991 年 4 月 16 日《华夏文摘》第 3 期。第一篇中文网络原创小说是名为《鼠类文明》（作者佚名）的小小说，该文发表于 1991 年 9 月 1 日《华夏文摘》第 31 期。[①]

20 世纪 80 年代中期，海外的中文媒体很不发达，远离祖国的留学生急于知道各方面的信息。1989 年，4 名留学生利用大学的电脑系统建立了每日一期的电子刊物《中国新闻摘要》（China News Digest，CND）。《中国新闻摘要》创刊之后，为海外华人及时了解大洋彼岸故国的局势变化提供了方便，暂时满足了这些海外留学生对祖国各种时事新闻的需求，但这一新闻性的电子刊物却难以化解只身在异国他乡的忧愁烦闷。除了新闻，留学生们还希望了解祖国的文化生活、家乡的见闻等，同时他们也希望自己能够在感慨之余，将自己的忧愁写出来，一解乡愁。

《中国新闻摘要》不断完善和发展，到 1991 年，《中国新闻摘要》的读者已经达到 1 万多人，遍及 20 多个国家和地区。于是，《中国新闻摘要》编辑部决定建立一个全新的系统——《华夏文摘》中文网刊。1991 年 4 月 5 日，全球第一家中文电子周刊《华夏文摘》应运而生。《华夏文摘》是海内外第一份通过电脑网络传送的综合性中文杂志。这份周刊的编辑主要是分布美国各大学读书的中国留学生。每期周刊在星期五编定后，通过网络传送到全球各国数万个订户，这成为当时众多华裔学生不可或缺的精神食粮。《华夏文摘》力图包容政治、经济、文化、艺术、科学等各个方面。选稿的原则注重新闻性、趣味性、知识性和资料性，使读者在周末消闲的时光中得到收益和享受。《华夏文摘》虽称为文摘，但有相当数量的原创文字，特别是文学作品。从 1991 年第四期的留学生少君的纪实小说《奋斗与平等》到后来连载 14 期的《回国求职随笔》，都在留学生和华人社会中引起极大的反响。当年在美、加、澳、日留学的近 20 万中国留学生，几乎所有人都看过这份杂志，其影响力超过任何一种中文平面媒体。

网络文学的最初运作方式除了电子文学期刊外就是网络新闻组。在汉语网络文学的产生过程中，ACT 也功不可没。留学生们在异国他乡的压抑、苦闷和思乡使他们急于发泄急于交流，故土、故乡和方块字是他们魂牵梦绕的，于是一个可以用中文交流的 BBS 应运而生。1992 年 6 月 28 日，在美国印第安纳大学出现了一个以 alt. chinese. text 为域名的互联网新闻组（简称 ACT）。ACT 虽然仅仅是在互联网的局部功能上使用了中文，但它的意义极为重大。1993—1994 年这两年间，ACT 这个新闻组特别活跃，参加新闻组的大部分人都是在大学里学

① 欧阳友权：《网络文学概论》，北京大学出版社 2008 年版，第 21 页。

理工的留学生，而且主要成员几乎都来自加拿大和美国。ACT 是最早可以用中文交流的 BBS，这是众多留学生梦寐以求的，它的受欢迎和喜爱的程度可想而知，它上面一度聚集了大量海外华人，在当时海外留学生中产生了深广的影响。大批留学生为了抒发游子思乡情怀和表达对汉语母语的留念，在 ACT 上发表了小说、散文、诗歌等大量汉语文学作品。ACT 在短短的一两年时间内聚集起了分散在世界各地的来自中国大陆和台湾的留学生。当时的抽样统计表明，简体和繁体两种版本的 ACT 有将近 8 万的读者群，其中简体版读者数近 5 万人。[①] ACT 当时之所以能够汇聚到各色各样的汉语使用者，有两个因素：第一，全世界就这么一个中文新闻组，仅此一家，别无去处。第二，其他的新闻组大抵都有一个主题，ACT 却是主题不限，只要用中文就行。[②]

二、华语网络小说的发展

从 1991 年 4 月 5 日《华夏文摘》在美国诞生到现在，网络小说已经经历了 20 多年的发展历程。在这 20 多年里，网络小说经历了多个阶段的发展，蒙星宇先生将海外华语文学分为“借船出海：在英文网络系统中发泄苦闷”“造船环游：在汉化视窗系统中回望故国”和“四海欢腾：在全球华文网络语境中多元创作”三个阶段。

第一代北美华文网络文学的作者大都是国家公派的精英，他们到达北美后从满怀希望到举步维艰，巨大的落差使他们内心彷徨郁闷，他们将内心的郁结诉诸笔端，所以华语网络小说产生初期，发泄苦闷成了这一时期最集中最能引起共鸣的文学主题。华语网络文学产生初期，比较活跃的作家有少君、丁健、严永欣、阿羊等，其中少君有“华文网络文学开山鼻祖”“网络爷爷”等美称。比较有影响的作品有《奋斗与平等》《乡音》《祖国啊，我亲爱的祖国》等，少君的《奋斗与平等》在美国留学生与海外华人社会引起了很大反响，直接带动了华文网络文学的发展。

1992 年微软公司推出了 Windows 系统，实现了华文的直接输入与阅读，这大大降低了华语网络文学创作的难度，华语网络文学创作不再是理工科留学生的专利，大量纯文学网站在这个时候创建：1993 年 4 月“窗口”，1993 年 6 月“枫华园”，1994 年 1 月“未名”，1994 年 2 月“新语丝”，1995 年 3 月“橄榄树”，1991 年 1 月“花招”，1996 年 11 月“涩橘子的世界”……随着大量网站的创建，涌现出大量优秀的华文网络作者、作品，比较知名的作家有图雅、方舟子、散宜生、莲波、阿待、王辉云、瓶儿等。20 世纪 90 年代初的新网络作者非常关注国内的政治形势，由此大量反映中国现实社会的作品应运而生。总的来说，这一时期的作品并不一定有很高的审美价值，却有着极高的现实价值，很多作品反映的是在社会转型时期人们扭曲的心灵以及麻木的灵魂，文笔直白，内容引人入胜，问题发人深省。代表作品有《处女塔》《遥远的汽笛》《故国回望》等。除此之外，回忆故国旧事，把理想寄予已经过去的纯真岁月也是这个时期较为集中的创作主体，莲波的《歌台留思》《红裙记》《小南瓜》，图雅的《养鸡记》《小野太郎的月光》《头人的龙门阵》《马蜂的故事》等作品都是很有趣的代表作。

---

① 徐文武：《论中国网络文学的起源与发展》，《江汉石油学院学报》2002 年第 1 期。
② 施雨：《北美网络文学（02）：全球首家中文 BBSACT》，《中外论坛》2008 年第 1 期。

1997 年第一个中国原创网站“榕树下”创建，华文网络文学延伸到了中国，由于中国的文学网站拥有巨大的聚焦力和数量众多的网络读者，北美华文网络创作开始流向中国的文学网站，北美华文网络文学网站虽然数量依然巨大，但规模不大，前两个阶段人气比较旺的北美华文文学网站如“未名”“布法罗人”“红河谷”等陆续停办，同时也涌现了一些新的文学网站，例如 1997 年 12 月创建的“一角”、1998 年 1 月创建的“晓风”等，其中影响比较大的是 1999 年创建“银河网”。这一时期由于网络的延伸、读者的增多、作者的扩展、多层面的生活经历，使这个阶段的文学主题变得多元化，主要包括反思留学移民生活、幽默闲适的小品、旅行行走文学、反映中西文化冲突和融合等四类主题。除了上述特点外，这一时期，北美网络文学还出现了一个比较重要的特点，那就是北美网络文学创作出现了网络、纸媒、影视三栖的现象，越来越多的北美华文网络写作进入中国纸质媒体和影视行业。①

三、华语网络诗歌的发展

20 世纪 80 年代末 90 年代初，曾经盛极一时的诗人纷纷出国，如大陆著名诗人多多去了荷兰，黄翔、北岛旅居美国。这些诗人到了海外，诗歌作品被贴到互联网上，形成了海外诗坛的繁荣景象。

北美最早刊登诗歌的网刊是《新语丝》。《新语丝》所发表的都是网络上的原创性诗歌，具有朦胧派的遗风，题头诗更是非常醒目，十分受欢迎。除了月刊上每期一首题头诗，《新语丝》的诗歌电子文库也非常可观，曾组织大量人力输入、勘误、校对唐诗、宋词以及现当代著名诗人的诗歌作品，是值得称道的一个在网络上弘扬华文诗词的义举。

《橄榄树》于 1995 年 3 月由诗阳、鲁鸣等人创办，为最早也是当时唯一的纯诗刊，虽然《橄榄树》也登一些旧体诗，但基本上是以现代诗为主。但是，1995 年年底正在发展中的《橄榄树》发生了抄袭事件，由此引发了反对派与支持派激烈的争论，乃至骂战。纷争过后作者与读者都大量流失，后来，《橄榄树》由马兰与祥子负责，改为诗歌、小说、散文、戏剧、评论、文史等无所不登的综合性文学网刊。作为综合性文学网刊的《橄榄树》，其特点是检索非常方便，每期分成 ABCD 四册，读者可以各有所好，自行捡取。每期“首页”，重点推出一位作者。刊物不但分小说、散文、诗歌、评论等几大版块，还可以作者名字来检索，类似现在的博客。这种方式存取自如，查阅起来十分方便。

除了《橄榄树》，《新大陆》诗刊是另一份在北美影响广大的诗刊，先是平面媒体印发，于 1996 年上网。它是由海外华文诗人自费组成出版的平面媒体诗刊，1990 年 12 月创办于美国洛杉矶，诗刊创办者陈本铭、千瀑、陈铭华三人，都是来自越南的华裔诗人。诗刊虽印刷量不多，但有限的资源都能充分利用，加上网络的普及，读者、作者遍及东南亚、中国、欧澳二洲和美加各地。“新大陆丛书”亦已出版了诗、散文、小说、评论、书法等各类书籍 25 种。历年来，《新大陆》诗刊发表了种类丰富的各色特辑：“沙漠风暴诗专辑”“祝福纪弦八十大寿特辑”“微型诗辑”“女诗人小辑”“网路中文诗选辑”“麦地与诗人”（海子、骆一禾诗选辑）“非马诗辑”“澳门诗人作品辑”“陕西青年诗人作品选”“广东青年诗人作品专辑”“北京青年诗人诗辑”等。作为一份汉语纯诗刊《新大陆》坚持了整整 25 年，并且将一如既往地

① 参考蒙星宇：《网事如烟——北美华文网络文学 20 年》，《华文文学》2009 年第 3 期。

继续下去，如期出刊，这在北美，甚至在整个海外诗坛都是绝无仅有的。

四、华语网刊简介

留学生由于身处在外语环境下，又各自分散在世界不同的角落，因此迫切需要交流和阅读，海外的电子刊物和中文网站的繁荣，其中持之以恒地办下去并且深具影响力的有《橄榄树》《花招》和《新语丝》。[①]《橄榄树》已经在第三节做了比较详尽的介绍，不再赘述。

（一）第一份创作性网络中文纯文学刊物——《新语丝》

1994年2月，方舟子与古平等人创办了《新语丝》，从此中文网络文学有了一个较为正式的发表园地。《新语丝》月刊为文化性综合刊物，每月十五日出版，并不定期出版专题增刊，主要登载文学、艺术、史地、哲学、科普等方面的稿件，只刊登创作稿，不登文摘稿。它是第一份不隶属于任何机构、以远离时事政治为特色、自始至终百分之百刊登创作稿件的中文电子刊物，风格清新。除了是在网络上传播，《新语丝》与传统文学刊物并没有很大的区别，如果将它打印装订，也就是一份传统文学刊物，并不具有很大的网络特色。

新语丝网站的宗旨是以出版电子刊物、建立电子文库等方式在计算机网络传播中华文化。"不谈政治"是《新语丝》杂志创办时就定下的办刊方针，它只刊登文史哲方面的创作稿，注重文学性、思想性。编辑们给《新语丝》杂志的定位是"文化刊物"。《新语丝》最著名的有两个版块，一个是它的题头诗，发表的都是网络上的原创性诗歌，另一个是它的电子文库，以收藏古代、近代经典作品和文史资料为主。总之，《新语丝》从来没有背离它"文化刊物"的定位，一直有着很浓厚的文学兴趣，文学种类很多，作品风格迥异，并且组织过多次留学生网络文学奖，在留学生中有很广泛的影响。

在界面的设置方面，新语丝网站采用白色和绿色，对比色的运用带给读者很强的视觉冲击力，它的整体设计干净简洁，链接的文章和刊物都直接运用"txt文本格式"。页面设计讲求方便实用，各种设置都很简单，页面侧重点在于"新到资料"这一栏目，这一栏目按照发表的先后顺序排列，让网友能够在第一时间内掌握网站的关注热点以及最新动态。《新语丝》作为一份网络杂志，在许多方面是其他网络杂志所不能及的：首先，《新语丝》杂志的校对、排版质量完全可以跟专业文学杂志媲美，这在以错字连篇、格式错乱而出名的网络刊物中是极其罕见的。其次，《新语丝》创办20年以来，每一期正刊都按时出版，从未拖延，这在网络刊物中也是少见的。新语丝草创之初，作为为海外中国留学生提供交流和信息服务的园地，每天的点击率达到40万。互联网络在国内兴起后，新语丝加强了与国内的联系，国内的作者和编辑都占有了一定比例，国内读者的数量目前大约占总数的一半，最初以文史界人士为主，在新语丝网站因学术打假而名声大振之后，则成了以科教界人士为主。新语丝在海外的读者，以来自国内从事理工科工作的留学人员为主。

新语丝是一个非正式的组织，成立的时候就约定不设编辑，每人轮流担任一个月的编辑，方舟子是新语丝的"联系人"。1997年2月，新语丝正式更名为"新语丝中国文化社"。

---

① 参考孙雯雯《新语丝华文网络文学研究》。

新语丝创办以来培养了许多才华横溢的作家，其中受到社会各界广泛推崇的有阿待、百合、图雅、路离、少君、莲波等人，这些人可以算是新语丝的元老级作者，大部分都获得过“新语丝华人留学生网络文学奖”。方舟子称这些作家是新语丝大家庭中的一员，但实际上，代表作家和新语丝之间的关系更像是一种互惠互利的伙伴关系。一方面，新语丝为这些作家提供一个创作和发表的渠道，让他们的作品能够被更多读者认识和了解，例如图雅的杂文最受网友的推介，具有多重知识性和趣味性，在网上流传甚广。新语丝给作家们带来了网友的关注，也为他们带来了其他传统媒体的关注，使他们在从网上走到网下的过程中名利双收。百合的长篇小说《天堂鸟》、图雅的文集《图雅的涂鸦》等已在国内出版，方舟子将其发表在新语丝上面的一些文章集合成《方舟在线》出版发行，也获得了巨大的成功。另一方面，代表作家们的知名度也提高了新语丝网站的点击率，一些作者为新语丝长期撰稿，甚至只为新语丝撰稿，他们的作品自成一格，对留学生的影响很大，在网上拥有很高的点击率，这些为新语丝吸引了大量的读者，对于新语丝在留学生群体之间的流传和推广功不可没。

新语丝作品的特色之一是关注自我、注重对人性的探讨。与上一代留学生文学多反映中西文化碰撞产生的失衡、失调不同的是，新一代的留学生文学开始花较大笔墨描绘两种文化碰撞之后的彼此认同和融汇，其超越时空的对历史和人性的反思，以及对生存真义和生命价值的拷问和追索，成了 20 世纪 90 年代后期留学生文学的一个新走向。例如少君的《人生自白》系列，呈现出的是一幅没有过去和未来，只有当下的画面，没有对理想的追求和探询，个体只能被本能和欲望所驱使，变成了现代社会的“空心人”。新语丝文学的第二个特点是怀旧心理、乡愁主题经久不衰。以往留学生文学中的乡愁情节多呈现出对祖国命运和未来发展的关注，新一代留学生文学则将关注点更多地放到了故乡亲人身上，单纯的对亲人思念的文学作品占据了很大的篇幅，例如觅之的《城南往事》中对老房子和杨老太喜欢骂人的描写，再如程勇的《傻女》中对姐姐和儿时故事的回忆等无不充满了浓浓的感伤。故乡，在离开它之后，又回到了留学生的心里，并在作品中再现了出来，记忆中的家园和亲人不仅没有随着年月逐渐模糊，反而通过反复怀念、记忆而得以永久的保存。而另外一些年纪比较大的留学生，则经常回忆起“文化大革命”、插队生活，由于他们身在异国，所以在描写的时候常常由于超脱了自己的华人身份，呈现的是一种隔岸观望的视角，相对客观冷静，例如《父亲是个红卫兵》中对于“文化大革命”的描写较少个人情绪起伏，而是以旁观者的角度客观陈述一个特定年代的历史事件。

新语丝华文网络文学在北美的华文网络文学中处于先锋位置，引导着整个北美华文网络文学的走向，而北美华文网络的诞生和发展使华人有了毫无顾忌地表达自己、随心所欲地进行文学创作的机会，当然也造成了网络文学在水平和质量上参差不齐的现状。但从影响深度来看，北美华文网络对华人的语言、价值观、行为方式、文化等深层次影响在不断增强；从影响的广度来看，北美华文网络不仅影响着当地的留学生、华人团体，还一直延伸到国内，从而推动了国内网络文学的诞生。新语丝一直恪守自己的办站宗旨，将华文网络文学的原创性、宽容性、实验精神和先锋品质发挥得淋漓尽致。它一直坚持用正确的舆论引导网民，努力为北美华人提供一个及时、公正的交流平台，积极倡导和弘扬华夏文化的精粹，既为其他华文网站起到了很好的示范作用，也促进了华文网络文学的发展壮大，在整个华文文学中占有越来越重要的位置。

对于新语丝的成功，方舟子将其归纳为七点原因：一是办得早，在互联网方面，先声夺人特别重要；二是持之以恒，十年来毫不间断，而同期的杂志、文库多已停办或者衰落；三是有理念，理念就是为了在互联网上传播中华文化和科学精神；四是主办动机单纯，不带商业目的，可以说是为了兴趣，也可以说是保留了互联网早期的那种奉献精神；五是质量上严格把关，绝不迁就；六是民主与“独裁”相结合的独特编辑制度，每期《新语丝》月刊都由责任编辑全权负责，轮流担任责编；七是广大读者的支持，《新语丝》的读者未必是最多的，但她却拥有一个最忠实的读者群。因此，在中文电脑网络杂志逐渐成为传播华文文学创作的最佳渠道的今天，新语丝的成功尤其具有借鉴和指导意义。

（二）全球首家中文女性网刊——《花招》

《花招》于 1996 年 1 月创刊，两位发起人是当时网络知名女性写手鸣鸿与红墙。编辑中心设在加州硅谷的《花招》文学月刊，当时以发表小说、散文、诗歌等纯文学作品为主。一年之后，1997 年 1 月开始，《花招》在原本以电子邮件发行为主的基础上尝试网页版，页面设计清新雅致，增加了不少阅读快感。《花招》还注册了自己的域名，并取得美国国家图书馆杂志编号，成为北美第一家具有自己专有域名，并获得法律认可的网站。

《花招》自创刊以来一直深受读者们的欢迎，为了满足创作者与读者的要求，1997 年 10 月《花招》又增加了《花絮》生活周刊，主要面对生活，刊登富有生活情趣和生活感受的小品文。随后，又相继增加了以通俗小说为主的《花会》通俗小说选刊、以介绍和探讨中国古典文化为主的《花雕》古典系列季刊，以及张贴中外友人才艺作品的《花廊》等。

《花招》编辑部全是清一色的女将，一开始由中国大陆留美的女工程师、女科学家创建，接着有女学者、女教师加盟。她们中大部分是三四十岁有家有儿女的中年母亲，工作之余奉献自己的才智、精力和时间，实现着自己的文学梦，也丰富了海外新移民的业余生活。《花招》于 2000 年停刊。在这 4 年里，《花招》文学月刊推出上百位作者，刊登了数百篇作品。据统计，《花招》系列每月大约有 50 万读者，其中 30% 来自中国大陆。当时大陆读者的网速慢，费用高，很多读者来信询问可否在国内购买印刷版的《花招》，于是，河北人民出版社于 2001 年 1 月出版发行了由鸣鸿主编的“花招网络文丛”系列——《人在江湖》《凡尘》《潇洒不起来》《一笑了之》和《知味观》5 本书。

1998 年 10 月，《花招》总第 34 期刊登了一篇笔名为“北京同志”的女作者写的小说《北京故事》，首开“同志”小说先河，在网络上流传很广，争议也很大。当时《花招》编辑米舒还用了 3 500 字的篇幅做了评论加导读。后来，《北京故事》于 2001 年被导演关锦鹏拍摄成电影《蓝宇》。这应该算是最早被改编成电影的一部网络小说。

第三节　港台网络文学的发展情况

一、概　况

台湾网络文学创作的第一个高潮发生在 1998 年。这一年，蔡智恒的网络小说《第一次的亲密接触》风靡整个华文网络世界，从台港热到大陆，又从大陆热到海外，为全球华人网友争相传阅。此后，《蛋白质女孩》《一杯热奶茶的等待》《几乎错过的恋爱》在网上蔓延开来。

这 4 本书后来被网友称为“台湾网络小说四大名著”。网络文学似乎是在一夜之间就热了起来，并立即在大陆形成燎原之势。1999 年，《第一次的亲密接触》在台湾出版，其简体中文版同年 11 月在大陆出版之前，盗版已经在京沪等地高校中流传。在《第一次的亲密接触》的热浪中，台湾城邦商周出版社从 2000 年起推出大批网络纸版爱情小说，陆续为 30 多位“奋力演说的梦想家”出版了专属他们个人的恋爱情事，培养出一批上万书迷热烈支持的网络写手。就在同时，大陆原创网络文学迅速崛起，声浪之高，一度让台湾的网络文学影响式微，风光不再。

2004 年，台湾网络文学界再度掀起一股新的浪潮，有“女痞子蔡”之称的女作家王兰芬扛起了属于新一代网络写手的大旗。她在网上受追捧的程度，让人想到当年《第一次的亲密接触》的热闹场景。她的新作《寂寞杀死一头恐龙》于 2003 年首度在网络上亮相，一下子引起了多方的关注，2004 年达到高潮，被喻为最值得期待的网络爆笑小说。台湾女作家张曼娟公开表示出对这本书的喜爱。台湾新生代作家张大春也说这是他一年中看过的最有趣的一本书。而在北大“一塌糊涂”网站，甚至还有热心的学子做了份详细的《寂寞恐龙小百科》，对书中的名词一一注释。由这部小说引出的网络话题宽泛而驳杂，而令网友迷恋不已的还有王兰芬的语言。一只网络“恐龙”的现实遭遇，以一种坦然、率性与大大咧咧的姿态讲述，给小说平添了许多笑料。

在耽美小说的流行之风从海峡对岸刮到大陆的同时，以穿越小说为先锋的大陆原创网络小说也风靡台湾。有相当数量的大陆网络作家在台湾出版繁体版图书，在数量和销量上力压持续低迷的台湾本土小说。

香港网络文学市场很奇特，一方面香港人爱读网络小说，一方面却没有几个香港人愿意写网络小说。有记者在香港书展上调查发现，书展有十几万种图书，真正属于香港本土作者写的网络小说纸质书只有寥寥几本，而香港的付费阅读网站更是凤毛麟角。事实上，香港本土写手鲜有每天更新内容的写作习惯，要么不写，要写就是一本书印出来给读者看。香港青年作家洪天宇分析说，除了没有书没写完就拿给别人看的习惯，更重要的一点是，香港作者都比较爱惜自己的身体，无法适应内地写手经常熬夜码字的生活。

“高登文学”堪称香港网络文学的一面旗帜，不过它并不是一个文学网站，而是一个类似天涯社区的网站。香港高登讨论区是以恶搞闻名的讨论区，以会员制运作，上面发表的话题从形式到内容都包罗万象，并且在讨论的过程中，不时创造出一些新的俚语，逐渐成为香港俚语的发源地之一。

网络小说是高登讨论区中人气颇高的内容。第一部大红的作品是高登会员“向西村上春树”于 2011 年开始连载的网络小说《东莞的森林》，小说在 2012 年年初出版，单行本发行量超过 3 万册，被称为“时下香港宅男的必备读物之一”，后改编为电影《一路向西》在香港上映。

香港影评人、作家汤祯兆将《东莞的森林》的电影化评价为“粗制滥造的低成本三级软性色情片，目的只在乎攫取小说版名声上的剩余价值，完全不值一哂”。并将《那夜凌晨，我坐上了旺角开往大埔的红 VAN》作为“高登文学”的成功标志。

《那夜凌晨，我坐上了旺角开往大埔的红 VAN》是一部悬疑科幻网络小说，由 Mr. Pizza 创作。故事先在高登讨论区上发表，后因大受欢迎出版为纸质图书，并由金马奖最佳导演陈果改编为同名电影。故事讲述了主角游梓池坐上凌晨时分的红色小巴回大埔，当小巴穿越狮子山隧道后，仿佛进入另一个世界，除了车上 17 个人外，整个世界的人好像都消失了，继而发生的一连串惊险故事。

除了上述两部作品之外，2014 年上映的电影《男人不可以穷》也是根据最初连载于“高登讨论区”的香港畅销小说改编的。

相较于内地网络小说产业化、规模化的趋势，香港因为市场狭小，很难创造出巨大的价值，也就不能吸引优秀创作人的加入，加之其起步晚、发展慢，想要形成更大的影响力还需要一段时期的探索和磨砺。

二、《第一次的亲密接触》

1998 年 3 月 22 日到 5 月 29 日，台湾成功大学水利工程博士蔡智恒以网名痞子蔡在 BBS 上分 34 集连载《第一次的亲密接触》。小说发表之后，立即受到众多网友的追捧，在网上广为流传。此后两年间，《第一次的亲密接触》一直位居中文网络原创小说流行榜前 3 名。1998 年 9 月，台湾红色文化出版社出版了纸质版本《第一次的亲密接触》，图书销售处于排行榜前位，热销近 60 万册。在大陆，竟有 30 余家出版社争夺版权。

1. 故事简介

《第一次的亲密接触》写的是痞子蔡和轻舞飞扬的恋爱故事，开局是“偶然相识、日渐生情”，结局是“红颜薄命、空留伤感”。作者以幽默诙谐的笔风描写了一个几近真实的令人潸然泪下的爱情故事。从女主角在工学院路上的轻舞，到与男主角在麦当劳里的初会，再到南台戏院内的泰坦尼克号、胜利路巷口的香水雨，终于到荣总病院的依依嘱托，终至女主角 22 岁生日的那天男主角收到女主角生前特地留给他的遗书……一段美丽的故事结束了，结束的悲凉让人心痛，但刻骨铭心的爱却永远留在了人世间的每一个角落，让人们慢慢地品尝，就像那杯香浓的咖啡……小说中的阿泰是一个 ladykiller，他能“万花丛中过，片叶不沾身”，与痞子蔡是个恋爱新手形成鲜明对比。阿泰英俊潇洒，女友很多，并因此颇为得意；痞子蔡长相平平，性格内向，没有女孩子喜欢，颇为压抑。痞子蔡上网结识了亮丽女子轻舞飞扬，两人成了好朋友。并在她的帮助下，克服心理自卑，开始恢复自信。阿泰频繁更换女友，这次又瞄上了学导演的女生小鱼。千禧之夜，痞子蔡为轻舞飞扬买了她喜爱的 CD 香水。阿泰和小鱼在舞会上也尽情狂欢。最终轻舞飞扬的病情开始恶化，患了绝症的她给痞子蔡留下一封告别信，住进了医院。小说中有意味的是，痞子蔡并没有完全接受阿泰的理论指导，而是在爱情面前把自己“陷”了进去。惟其“第一次”，才显得真实可敬。这种故事设置在读者读来却产生了另外一重效果，众多未曾恋爱或正在恋爱的青年人可以从小说中学到某些恋爱的心理学，小说的浪漫化又能满足他们对爱情的向往。它是一个时尚性的文本，触动了人们的心弦，与时代发展的潮流相契合。它触及了网络情缘，让人知道世界上还有这样一种谈情说爱的方式。而且中英文相互夹杂，搞笑、夸张、诙谐、风趣的网络语言无疑给读者留下了强烈的印象。

2. 作者简介

痞子蔡，本名蔡智恒，BBS 上的 ID 为 jht，痞子蔡只是昵称，而非笔名。1969 年 11 月 13 日生于台湾嘉义县的布袋镇。1984 年到台南念台南一中，至今生活的范围仍以台南为重心。个性有点散漫，而且懒，习惯在不同的环境中维持既定的习惯。无特定的兴趣，也不沉溺于特定的娱乐，较无生活情趣。2000年从成功大学水利工程研究所博士班毕业。1998年3月，在网络上连载《第一次的亲密接触》，成了网络文学开始受注目的关键点，也因此被比喻为“汉语网络文学旗手”。成名作是《第一次的亲密接触》，主要作品有《回眸》《遗忘》《雨衣》《暖暖》《夜玫瑰》等。

痞子蔡专访

台南渔村是我家

我出生在台南市北边的嘉义县布袋镇，是一个靠海的渔村。不过我们家并不打渔，小的时候，爸妈开一间杂货店，但是后来由于经济上的原因，这间杂货店也没开多久，爸妈都去台北了。爸爸读过中学，在他们那样的年代已经很了不起了，去一家贸易公司做了个小职员，现在因为心脏病回了嘉义老家。妈妈还在台北做工，因为她只念到小学，所以真的是去做工了。

《水中的孤坟》不是一篇小说，那全部是真的，慧珊是我的二妹，大概在四五岁的时候走了。她是我儿时最要好的玩伴，所以特别的怀念，时间太长了我已经记不起她的模样。那年清明我去看她，坟就是被水淹的那个样子，因为抽地下水养鱼，地面下沉了。今年脱不开身，明年一定会去看看。也好奇怪，慧珊走的那年我也懂得用功念书了，我们把这叫“开窍”，这以后从国小到大学从没下过第二名。本科毕业我是第一名，所以念研究生是保送的。《阿妹》说的是我大妹，也不是小说。

我现在还没有订婚，只是有一个很要好的朋友，她是大家在一起玩的时候认识的，念的是文科。我其实没有一点玩世不恭，我和她之间没有鲜花，没有电子贺卡，只有静静地坐在一起吃一顿饭，比买花省钱，买花还会买出习惯来。

我的小说是写生活

写《第一次的亲密接触》的时候是处于匿名状态，比较没有顾忌，如果你已经成名的话再写身边的人，人家当然会对号入座。但因为我是刚开始写作，虚构的成分少一些，真实的自然要多一些。

“痞子蔡”还是蛮像我的，但肯定会有很大的主观性，有不少的美化，不像我写别人那么不留情了。

“阿泰”是我的一个本科同学，在我住学校宿舍的时候我们在一起，一个屋里四个人。我认为他就是那样的一种人，但他自己肯定是不承认。

“轻舞飞扬”有两个原型，最后的结局灵感来自我一个朋友的笔友，那个女孩在和我那个朋友见面的前一天出了车祸，被一辆装砂石的工地车撞了，最终还是没有见上一面。“轻舞飞扬”的前半是我在网络上认识的一个网友，网名也是“轻舞飞扬”。那个“假如我有一千万”的PLAN就是我在BBS上的PLAN，不过那时候的网名不固定，到写小说的时候就懒得改了。我和她之间就是那样的关系，但后来就断了，我想她肯定知道《第一次的亲密接触》，但一直没有和我联系。

《雨衣》中的板仓雨子是成大的日本留学生，我教她中文，作为交换她教我学日文，不过绝对没有小说里写的那种暧昧关系，后来她嫁到了马来西亚。我去马来西亚签名售书，她在报上看到了我，于是就和丈夫一起来找我。

家庭书籍塑造了我

我的性格应该比较像我妈，她是台湾小村里的农民，淳朴厚道。我性格里的软弱、保守应该来自于她。我的待人处世、个性，没有进攻性，在爱情上守株待兔。我还记得我很小的时候，妈妈握着我的手，一笔一画教我写自己的名字，这是我最初学写字，是妈妈牵着我的手。自从大二，仅有的两个女生也不堪重负改读别的专业了以后，接下来的几年，我都是在没有女孩的学生生涯中度过的，我其实不了解女孩子，可因为不了解，总是想揣摩她们心里怎么想，再说在网上也有掩盖自己性别的欲望，所以好几篇用了女性的口吻，反正网络写作也没有什么既定规则。从我小的时候就很喜欢历史，读了不少这方面的书，不过由于经济原因一般是去图书馆借，我念大学的费用主要是靠自己做家教。唯一的一本书是《三国演义》，大学时放在我的床头，每天晚上睡觉前总会读个一两回，享受高潮迭起的故事。我特别爱看以历史人物为主的小说，像是刺客列传、成吉思汗、薛仁贵等。西方的看得不多，也许是中文作品比较接近。除了历史小说以外我看的书还是大众化的。小时候爱看童话和民间故事，日本漫画也迷过一阵子。比较特殊的阅读体验是国小第一次看报纸就看到了金庸的《倚天屠龙记》，觉得非常精彩，每天都读，都是在书店租来读，对小孩子来说租金也是个压力，所以总是很努力的看，希望多看几本。

我有一个很要好的朋友，他原先和我是大学同班同学，非常喜欢心理学，后来就考到另外一所学校的心理学研究所了，因为接触他我了解了一些心理学的观点。

网络让我轻舞飞扬

创作本质就是要自由，限制束缚越少越好，而网络就提供了这样的自由，加上匿名的性质，写的时候会少一点顾虑。网络小说像是电视直播节目，观众会清楚地看到你出丑，写网络小说要有很大的勇气，因为一旦你的作品在网络上发表，读者的反应可能在一分钟之内就会出现，而且由于网络的匿名性，他们的发言可能会很直接，甚至是劈头盖脸就骂，当网络小说家常会有意想不到的事，作者的心脏要更坚强，我曾经说过写网络小说就像是绑了铅块在练功。不过也有一些热心的读者会提供作者编剧的灵感，有些会提供专业知识供作者参考，但是也要区别意见的好坏，不然到最后小说就不是你自己的了，甚至写不出结局。《第一次的亲密接触》写到快结束的时候，很多网友发 E-mail 给我，向我求情，不要让轻舞飞扬死去。

我以前看小说最讨厌看沉重的故事，因为对于我们每天都要接触沉重的专业科目的研究生来说，看书只是希望得到很好的调剂，来放松心情。所以我认为不是任何的大道理都必须由小说家告诉你，而是从小说中去心领神会。未来的创作方向还是会以爱情故事为主，毕竟爱情在年轻人的生活中还是占很大部分，我认为爱情是随时随地都有可能发生的，可能只需要一个眼神。但老实说，我也很想写推理小说，那是以后的事了。

成名之后我还是我

成名对我的影响并不大，我每天在成大校园里晃来晃去，也没有人认得我就是“痞子蔡”，这就是在网络上成名和在传统媒体上成名的不同，要是在传统媒体上走红，日子就不会有这么太平了。我家里的人一点也不认为这有什么，只是不断地劝诫我，不要得意忘形，不要忘记自己的本行，要心存感激。我得到的版税除了给家人的之外都放着，因为我没有什么物质欲望，对钱的需求不多。

我是 29 岁才开始创作的，当我开始被人骂的时候，我才有点意识到自己的作品好像真的很不错。我的信念是，宁愿被仇恨，但是不要被轻视。在未成名之前，我只是糊里糊涂走进网络这块大饼，如今因为我的成功，似乎告诉了别人，这里有一块大饼，大家可以一起进来，从事网络的文学创作。成名之后我考虑创作的事会多一点，目前已经写完了一部16 000字的新中篇小说《爱尔兰咖啡》，这也是一部爱情小说，但已经不那么纯粹了，这次回去之后可能就要在网络上发表，等到几篇小说完成的时候，我会考虑再出一本书。刚开始的时候我也觉得好奇怪，小说在网络上都能看到，为什么还会有人去买我的书呢，其实网络的读者和买书的人还是不一样的，这样的话两者都可以兼顾。

3.《第一次的亲密接触》的价值

首先，《第一次的亲密接触》展现了现代青年人的爱情心理。在中国传统文学当中，有着大量的对生死爱情的描写。如牛郎与织女的故事、《孔雀东南飞》，但那是一种受到封建家长压制的、不得不分离的爱情；也有《霍小玉》《杜十娘》这种生死爱情，那是跨越了等级的、世俗的，而最终以女主人公被抛弃为结局的悲惨的爱情故事；还有《牡丹亭》这样为了爱生生死死、死死生生的爱情故事……在传统文学中，总体来讲，呈现出来的是对爱的执著、对爱的向往。而在网络爱情中，不论是阿泰还是痞子蔡，都对网上爱情持怀疑态度，有一种既渴望又抗拒的特点。这从痞子蔡与“轻舞飞扬”的交往中可以看出：

跟她是在网路上认识的。怎么开始的？我也记不清楚了，好像是因为我的一个plan吧！那个plan是这么写的：

“如果我有一千万，我就能买一栋房子。

我有一千万吗？没有。

所以我仍然没有房子。

如果我有翅膀，我就能飞。

我有翅膀吗？没有。

所以我也没办法飞。

如果把整个太平洋的水倒出，也浇不熄我对你爱情的火。

整个太平洋的水全部倒得出吗？不行。

所以我并不爱你。”

其实这只是我的职业病而已。我是研究生，为了要撰写数值程式，脑子里总是充满了各种逻辑。当假设状况并不成立时，所得到的结论，便是狗屁。就像去讨论太监比较容易生男或生女的问题一样，都是没有意义的。在plan里写这些阿里不达的东西，足证我是个极度枯燥乏味的人，事实上也是如此。所以没有泡到任何美眉，以致枕畔犹虚，倒也在情理之中。

而她，真是个例外。她竟mail告诉我，我是个很有趣的人。有趣？这种形容词怎么可能用在我身上？就像用诚实来形容李登辉一样，都会让人笑掉大牙。我想她如果不是智商很低，就是脑筋有问题。看她的昵称，却又不像，她叫轻舞飞扬，倒是个蛮诗意的名字。

不过网络上的昵称总是虚虚实实，虚者实之，实者虚之，做不得准的。换言之，恐龙绝不会说她是恐龙，更不会说她住在侏罗纪公园，她总是会想尽办法去引诱你以及误导你。而优美的昵称，就是恐龙猎食像我这种纯情少男的最佳武器。

说到恐龙，又勾起了我的惨痛记忆。我见过几个网友，结果是一只比一只凶恶，每次都落荒而逃，我想我大概可以加入史蒂芬史匹柏的制作班底，去帮他做电影特效了。室友阿泰的经验和我一样，如果以我和他所见到的恐龙为X坐标轴，以受惊吓的程度为Y坐标轴，可以经由回归分析而得出一条线性方程式，然后再对X取偏微分，对Y取不定积分，就可得到“网路无美女”的定律。因此，理论上而言，网路上充斥着各种恐龙，所差别的只是到底她是肉食性还是草食性而已。

痞子蔡的诗就是对传统爱情表白的一种否定。它体现出的是现代青年对爱情的理解，用“大海”来比喻爱的深和广，是传统文学常用的一种意象，而在这里也是全面否定的，他用了一个小小的逻辑推理来否定了传统的经典爱情。它使神圣的爱情回归到了日常生活中，去掉了它的光环，这种态度到了阿泰那里，就极端化成了“Lady Killer”，爱情回到了其生物性。当代年轻人看到的更多的是爱情的负面，在爱情的问题上是保留多于付出，怀疑多于相信。当“轻舞飞扬”mail他有趣时，他也表示怀疑，甚至嘲笑对方“脑筋有问题”。而“轻舞飞扬”对一些诗表示“有趣”，也表明了她对此是持同样的态度的。痞子蔡则更是把这种心理发展到了极端。尽管怀疑，尽管抗拒，但是对爱情同样充满了幻想，“看她的昵称，却又不像，她叫‘轻舞飞扬’，倒是个蛮诗意的名字”。痞子又对比了以往的交往经历，这些失败的经历又为他与“轻舞飞扬”的交往设置了心理障碍。

两个人交往的整个过程，就是逐渐打破这种心理障碍，打开心门的一个过程，是两个人的精神一步步走近，走向灵魂的契合的过程。它摒弃了阿泰那种低级的欲望，而寻觅到了爱情的真谛。

其次，小说情节虽不能说堪称曲折，但作者在描写中却精心构思，进行了层层铺垫。当你阅读后面的故事发展时，会发现前面早已有了安排，设下“埋伏”，让你幡然醒悟，若有所思。作者在小说中三次描写了痞子碰到轻舞飞扬的手时的感觉，为轻舞飞扬的病情埋下了伏笔。小说写道：“痞子第一次碰到轻舞飞扬的手指，是在麦当劳两人干杯时不经意间碰到的，他发现轻舞飞扬的手指异常的冰冷。”从作者对轻舞飞扬手指异常冰冷的描写中，可知美丽的轻舞飞扬并非身体健康的女孩儿。这是为轻舞飞扬的病情埋下的第一次伏笔。第二次碰手是在两人第二次见面时发生的。轻舞飞扬和痞子在电影院里看完《泰坦尼克号》往学校赶的路上，小说描写：“天空突然下起了一阵雨，痞子蔡不假思索地拉起了轻舞飞扬的手，往学校警卫室旁的屋檐下奔去，轻舞飞扬的手指与第一次一样异常的冰冷。”这是对其病情所作的第二次铺垫。第三次描写，是痞子在送轻舞飞扬回公寓的路上，轻舞飞扬想在香水雨中走过，文章写：“就在走香水雨之前，轻舞飞扬把香水擦在痞子左耳后以及脖子上和左手的静脉，痞子感觉仍然是冰冷。”这是对轻舞飞扬病情的第三次铺垫。再如在几场香水雨过后，痞子送轻舞飞扬回公寓，小说写道：“就在轻舞飞扬转身打开公寓门的刹那，痞子看到轻舞飞扬的后颈，有一处明显的红斑。”这是对轻舞飞扬病情的第四次铺垫。这次铺垫与前三次有着明显的不同，它不是身体直接接触的感觉，而是从视觉上对病情作了具体描绘。如果说前三次描写是隐性的，那么这次描写则是显性的，写得更直接，也更鲜明，让读者一目了然，轻舞飞扬得的是红斑狼疮。另外，作者还从梦境的角度，对轻舞飞扬病情的发展以及不可逃脱的死亡命运进行了生动的铺叙。小说是这样描写的：当轻舞飞扬和痞子走过香水雨之后的那个夜晚，痞子做了一个梦，他仿佛看见一只美丽的蝴蝶，在火海中化为灰烬。而那处红斑，也由淡红渐渐转为赤红，将痞子吞噬……他“突然全身发冷，而那股凉意，竟直透内心深处”。这段描写既表现了轻舞飞扬病情的不断恶化，也预示了痞子和轻舞飞扬爱情的悲剧结局。作者对小说中轻舞飞扬的病情描写是逐渐加深的，从触觉、视觉、梦境，多角度、多侧面进行铺叙，这在文学创作方面是很值得借鉴的。[①]

最后，《第一次的亲密接触》的语言与传统文学的语言颇有不同，风趣幽默、返璞归真。小说中巧妙地、有选择地利用计算机既有的文字、符号系统，构建出许多各种有趣的、可以十分生动地传情达意的身势情态符号，并由此产生有符号所传达的一种真实的交流效果。这可能是网络语言最大的魅力所在。如：

不怪我吧！？……：P（用：P表示吐舌头顽皮的笑）

不过他真会掰得我不好的心情烟消云散：D（用：D表示哈哈大笑）

更有趣的是，随着同一符号的转换，其象形字会意显现视点也随着转换，如表示“笑”的最基本符号“：)”是以侧面形象来表现语义信息的。（请注意，需要顺时针转90度才能看出其庐山真面目）文中也有这样的用例：

以前的就常遭很多无聊的男性骚扰……：)（表示笑）

这些神秘的象形符号之所以会迅速流行，就在于他们有一种视觉霸权，它们能给人以较为强烈的视觉刺激，从而引起人们的注意。这正符合现代人喜欢新奇刺激的心理表征，这在交际心理学中叫新奇求异。新奇求异的原则是“词汇系统中的现成词汇缺少了新鲜感，于是就临时性地创造出一些新的词语的表达方式”。因此，有人把网络文学称为“眼球文学”，网络语言显著的视觉效果已成为一种标记。除此之外，小说中还多次出现了以旧换新的仿词现象、调侃幽默的旧义新解、现代机智的比喻手法、浅白的现代诗作，这些在另外一章会有较详尽的说明，总之，《第一次的亲密接触》的语言颇具特色。

《第一次的亲密接触》树立了一种网络文学的风格。小说的思想含量不高，艺术上缺少创新，但小说内容鲜活，语言生动、有趣、时尚化，读来趣味盎然。正如轻舞飞扬对痞子蔡所说的，你是一个有趣的人，这句话也可以转换成，一篇好的网络小说首先应该是有趣的小说。《第一次的亲密接触》带来了大学校园网恋题材小说的繁荣：江南的《此间的少年》（2002）、ZT的《理工大风流往事》（2003）、何员外的《毕业那天我们一起失恋》（2002）、孙睿的《草样年华：北X大的故事》（2004）、黄湘子的《大四了，我可以牵你的手吗》（2004）等校园恋情小说红遍了网络。2005年9月，新浪第三届原创文学大奖赛设青春校园类大奖。2007年3月下旬，在中国现代文学馆举办的“2006—2007中国网络文学节”，其主题为“网络文学与青春校园”。

三、港台其他作家作品

江山代有才人出，一代新人换旧人。继痞子蔡之后，藤井树（吴子云）、穹风、洛心等台湾新一代网络写手开始在网上大显身手，引人注目。

藤井树，痞子蔡之后出现的另一位知名写手1999年发表第一篇短篇小说《一杯热奶茶的等待》，从此一发不可收。从第一部成书的作品到现在，他在网络上公开发表的文章已经超过80万字。目前他的触觉已经延伸到影视世界，并且凭借他在音乐方面的天分，有意涉足音乐创作领域。著有《我们不结婚，好吗》《猫空爱情故事》《这是我的答案》《有个女孩叫FeeHng》《听笨金鱼唱歌》《B栋11楼》《这城市》等七部长篇小说及短篇合集《从开始到现在》。其在

① 王丽梅：《第一次亲密接触的文学价值》。

台湾所出版的作品，销量已达百万之多，每部作品销量都在十万册以上。藤井树的作品具备网络小说能够成功的一切特质：幽默、风趣，兼备感性与感动，接近日常生活，且文字极为细腻优美。包括海岩在内的大陆著名畅销书作家对他予以了关注，他们认为，藤井树作品所表现的正是专属于 e 时代男生女生的那种时尚的优美。很多人喜欢上藤井树还因为他敏锐的创作思维、独到的细腻笔触以及对平常人情感世界纯粹而彻底的描述。他作品的一个非常明显的特征是并不刻意去塑造复杂曲折的故事情节，却极为注重刻画一个个栩栩如生的人物形象并且在通篇文字中始终展现某种起伏的心情氛围。

穹风，台湾网络小说创作新生代领军人。所著的《大度山之恋》一度在台湾校园热销，后又推出长篇小说《听风在唱歌》，另外还写有不少短篇小说，现与其他网络写手的作品一起整理出版为短篇小说系列——《爱情主题馆》。其文风飘逸，精于对字句的斟酌。

洛心，台湾新生代网络小说作家，具有旺盛的写作精力，曾出版长篇小说《小雏菊》《夏飘雪》。其数篇短篇小说被收录进《说再见的那一天》《寻找我的恋爱盒子》《写一首情歌给谁听》等书中。

Mr. Pizza，1988 年出生，80 后新派作家，曾于英国大学主修电影，回香港后以自由身为电影公司写剧本及翻译。2012 年年初在香港著名论坛“高登”连载其首部长篇科幻小说《那夜冷晨，我坐上了旺角开往大埔的红 VAN》，后被书商看中推出纸质版，首日就卖出近 5 000 本。之后更被导演陈果看中，计划开拍电影。

第四节　海外华语网络文学的著名作家

一、图　雅

图雅，别名涂鸦，网友昵称鸦，20 世纪 50 年代出生于北京。1993 年 7 月上网，1996 年 7 月离网，从此失踪，曾旅居北美。方舟子在代序《怀图雅》中这样写：“‘鸦’大概可算是网上绝无仅有的‘语言大师’，文章用语极富个人特色，光读文章不看署名也可猜出是他的手笔，别人也无法假冒。‘鸦’长于叙事、抒情而拙于说理，所以他的文学作品的质量远胜于评论文章。‘鸦’的诙谐往往富有韵味，类似于西洋的幽默，在品味上，比油嘴滑舌高出了不止一筹。‘鸦’的文学作品，也以语言取胜……”据《新语丝》负责人方舟子回忆，当年 ACT 的网民并不刻意隐瞒自己的个人资料，但图雅是个例外。他的真实身份，到现在仍然是个谜。自《图雅的涂鸦》出版后，现代出版社还特意公布一则寻人启事：“图雅，看到此‘寻人启事’后请与以下地址联系，以便领取此书出版后的大额版税，并为翘首以待的读者、网络后辈写手以及崇拜者们签名。凡提供图雅准确信息的朋友，将以重礼酬谢。”然而，他依然杳无音信。海内外不少知名论坛用各种方式呼唤过这个网络奇人，但是他始终没有露面。人们对他有过各种各样的猜测，迄无定论。

图雅的作品多以“××记”为题，描写作者赖以成长的大院生活、尔虞我诈的工作环境，以及海外生涯的奇人、奇事、奇遇：杂文酷似王小波的风格，知识性、趣味性并重，而且奇思异想，层出不穷。涂鸦被称为“网上王朔”，他的小说有着俏皮的京味，与别人绝不雷同，他的诗意象清新而又平易浅近、情感真挚而又萦绕着挥之不去的感伤情调，读来令人久久难忘。

图雅的小说很少和爱情沾边，题材广泛到包含“土插队”(下乡的知青生活)、洋插队(留学生活)、少年故事、政治寓言等。他常能用夸张的故事情节、变形的人物形象、极其生动的语言来叙述故事，并往往辅以海阔天空的背景，叫人看得津津有味。文章中常有痞子话语、京味话语出现，显得“一点正经没有”，但是他的语言更以创造性的譬喻、幽默乃至反讽见长，而不只是化朽为奇的口语再现。比如，在他的文章里可以经常看到这样的句子：“(黎莹)是我的同事，家庭出身不详，本人成分妖精”(《拱猪记》)，“令我的心鲁迅般沉重起来”(《拱猪记》，“所有的人都皱起了眉，好像得了第三期的脑癌”(《曹操吃瓜》)。此外，他的文章中也不时会有诸如“月亮劈头盖脸”(《小野太郎的月光》)让人一惊的句式。《养鸡记》《小野太郎的月光》等篇讲述“文化大革命”期间的儿童生活，特殊年代里的童真时时闪烁于字里行间。《画饼记》《曹操吃瓜》等都是近乎政治寓言的故事，生动的语言、近似荒诞的情节被用来讽今喻古，颇有“嬉笑怒骂，皆成文章”的意思。他的小说多为短篇，因此常常满溢着小小说的精致和聪明，如《MAZE 啊》《吃狗肉记》《良心问题》《剃头的故事》等文章，无不只是用两三千字的篇幅就将人物形象跃然屏幕之上，或讽或讥，或笑或赞，逞尽笔墨风流。

二、少　君

少君原名钱建军，笔名除了少君以外，另有李远、未名、马奇、赵军、程路、剑君等 30 多个。少君是位经济学博士。他曾就读于中国北京大学声学物理专业，美国德州大学经济学专业。离开学校后曾任职工厂工程师、报社记者、大学教授、上市公司经理等职业。在当今北美华文创作的文坛上，少君是一位颇为年轻而又才华出众的作家，已发表了数百万余字的诗歌、散文、报告文学等作品。

少君是在他人生最得意的时刻离开故土留学美国的，用他自己的话说是：“一时冲动地来到美国，一下子从行走中南海的年轻学者变成中餐馆端盘子的小侍者，从指点江山的青年理论家变成美国二流大学的留学生，其中失落与痛苦的情感真是罄竹难书。”(《最后的自白》)正是这种独特的人生视角，使少君获得了较为丰富的人生苍凉感和历史沧桑感。在美国，他担任北美华文作家协会理事及北德州分会会长，努力推动华文教育，广泛联系华侨华人。正是在与各种各样人生的接触中，他获得了极为丰富的创作素材，并在创作中注入了十分深刻的人生感悟。

少君的诗歌数量虽不算多，但内容比较广泛，大致有如下方面。一是对人生的亲情、友情的歌唱。如在《答杜鹃》《赠 G 先生》《给 A》等诗歌中，少君颇有激情地描绘了他曾经和同学、友人和睦相处的生活。二是对忠贞爱情的歌唱，这在少君的诗歌中占有较大的比重。他一方面歌唱初恋时的欢乐：“还记得吗——/那一朵蔷薇？/花枝上有我们的天真，/花香里有我们的迷醉。”(《还记得吗》)另一方面，他也毫不掩饰失恋后的惆怅：“她走了——带去了轻轻的歌唱，/留下我/在孤独中徒然地渴望。”(《她走了》)在少君创作的诗歌里，还有独特的一类内容，那就是对各种各样复杂人生表达的情思。在《人生五步曲》中，诗人较准确地抓住了人生的幼年、少年、青年、中年、老年的生活特征，颇有情趣地描绘了他们各自的人生画面。少君的诗歌又有较深刻的哲理性。他的诗中熔铸着诗人丰富而深刻的人生感悟。在《生活》一诗里，少君写道：“一次毫无准备的远足，/幸福和厄运随时都会血屠。/一杯浓烈的醇酒，/香甜中浸着辣苦。”短短四句，颇能使人联想起现代诗人臧克家《生活》一诗的深刻意蕴。类似这样具有较深刻哲理性的诗篇，还有《梦》《醋》，以及《太阳》《广告牌》等短诗。

少君不但是位诗人，还是位小说家，他在海外华文文学创作领域的一个独特贡献，是创造了一种自白式的小说体。大约从1997年年初开始，少君在美国的华文报纸《达拉斯新闻》上发表连载小说《人生自白》，每周一整版，至今已有上百余篇。这些作品中的主人公相当丰富，既有中国的出租车司机、工人、保姆、商贩、演员、记者等，也有在美国读书奋斗的留学生、学者、画家、商人。少君的小说中，可读性最强而又有较高思想、艺术水平的，是《奋斗与平等》《杜兰朵》《愿上帝保佑我们》《洋插队》等。作品的主人公，多是中国大陆和台湾的留学生，他们在美国的职业则是形形色色，其人生经历也多艰难曲折，因而他们的人生画面也就尤其显得色彩斑斓。《奋斗与平等——大陆人》讲述的是一个留学生在美国奋斗并且成功的故事。被誉为描写当代留学生文学作品的佳作，曾被海内外数十家报刊登载，影响极大。

少君说：“我们在海外的生活，如同得到了天空，却失去了大地。”显然，在少君以及整个海外华文作家心田不可或缺的生命之根，应深植在祖国的土地上。他们正是凭借着中华文化的生命之根，也只有凭借着这种文化之根，才有可能在大地和天空之间翱翔。

三、海外其他作家

方舟子，本名方是民，1967年9月生于福建云霄县。1985年考入中国科技大学生物系。1990年本科毕业后赴美留学。1995年获美国密歇根州立（Michigan State）大学生物化学博士学位，先后在罗切斯特（Rochester）大学生物系、索尔克（Salk）生物研究院做博士后研究，研究方向为分子遗传学。目前定居美国加利福尼亚州，为自由职业者，主要从事网站开发和写作，担任《环球》《科学世界》的专栏作者，定期为《环球时报》《南方周末》撰稿，并同时在搜狐网、新浪网、人民网、牛博网、中国青年报、经济观察报设有专栏或博客。他的著作包括：《进化新解说》《法轮功解剖》《网路新语丝》《方舟在线》《叩问生命》《进化新篇章》《溃疡——直面中国学术腐败》《长生的幻灭——衰老之谜》《科学成就健康》。1994年，方舟子邀集几位朋友创办了世界上第一份中文网络文学刊物《新语丝》，每月一期，并主持新语丝网站。

百合，以写流落异域他乡的留学生的儿女情长见长。她的长篇小说《天堂鸟》，已经由国内出版社出版。她的诗歌、散文，以及最受欢迎的小说，都充溢着在网络文学中很罕见的澎湃激情。百合的《这样一种关系》和《哭泣的色彩》两部作品由于深刻揭示了人的内心世界和欲望冲突，在国内外都受到极大的欢迎。尽管她自己说过“从来就知自己不是诗人”，但她一直保有一颗纯真的心，是网上女作者中最具有传统女诗人气质的一位。《这样一种关系》是一篇描写一个女人同时爱着一个男人和另一个女人的小说，如泣如诉的叙述，宛如一首热情洋溢的情诗。但是在纯真、热情之下，我们也隐隐可以发觉一丝挥之不去的痛苦、忧伤：“就像隔着玻璃看一幅风景画吗？还是像搁置在一起的两幅不同格调的风景画？人生是那么多的景色堆积而成，不同的经历和沧桑，怎能留下相同的色彩和风格？只因孤单，只因孤单我们就走向一个陌生的人，交出自己，然后失去自己？没有办法再仁慈些的，是不是？谁是谁的岸，谁又是谁的帆？我们真会骗自己，骗得像真的似的，编这样的童话，就像是喝酒，为的是使自己不要那么清醒。”她的代表作品还包括：小说《萍聚》《中国心》《另一种爱情故事》《也是爱情的故事》《可金》《樱花恋》《浪漫》等；散文《百合散文选》《不想发出的信》《做女人的心情》《为什么流浪》《爱你》《离愁别绪》《初恋的童年》《美国梦》等；诗歌《百合诗集》《百合诗选》等。

阿待，《新语丝》主编方舟子认为“她的小说在总体上都有着欧·亨利式的结构特征和博尔赫斯式的神秘色彩”，而且“每一篇又都有着不同的特色，《儿子》的深沉、《猫眼石》的怪异、《我的太阳》的感人、《处女塔》的气势、《K鸭》的诙谐、《拉兹之歌》的纯真、《金手镯》的离奇、《路杀》的魔幻、《乌鸦》的阴郁等，绝不单调”，“这样的手笔，在网上创作中很罕见”。她的小说结构精致，文字从容，内容横跨海内外，纵贯历史和现实。阿待的小说，经常会穿插一些类似诗歌中的意象元素，例如《乌鸦》中不时出现的或狗或鱼的“乌鸦”，《猫眼石》里面有时是眼睛有时是古董的“猫眼石”，《影子》里面的影子肖像和手枪，《古玩》中那本很脏很黄的古代性事秘籍，《最后的生日礼物》里胡敏的肚皮舞衣装，这些生命中看似偶然有时又是必然的元素被作者巧妙地引进到小说创作中来，让人读后忍不住要追思、遐想和感叹。阿待的创作风格跟她的小说人物形象、故事情节一样，绝少重复和雷同，有时是第一人称和第三人称的叙事主体在不同小说中的灵活运用，有时以死者的身份来叙述往事，如《处女塔》，她最擅长的是在看似平常的故事中带给读者出乎意料的结局，例如《儿子》中的纷繁世事间神秘而复杂的相似与联系，《艳遇》里做过乳腺癌切割手术的朱梅和美国无腿男子之间的艳遇真相，《K鸦》里中国男留学生和美国妇人同去进餐野鸭美味的诙谐结局……正是在这种不重复不雷同之中，阿待凸现出一个属于她自己的风格和文体特征。

阎真，1957年9月出生。湖南长沙人。1984年毕业于北京大学中文系，1988年获湖南师范大学文学硕士学位。同年8月赴加拿大留学，在圣约翰大学社会系学习。1992年回国。现为中南大学文学院教授，中国作家协会会员。其小说《白雪红尘》又称《曾在天涯》，描写了大陆青年高立伟为了和在加拿大留学的妻子林思文团聚，来到加拿大，依靠妻子的帮助得到历史系研究生奖学金，但是觉得读历史系难以就业遂停止学业，到处打零工赚钱补贴家用，其中遇到经济、语言、感情、婚姻、心理、生理、前途等各方面不可承受之折磨，主动选择离开北美的故事。这篇小说就立即在北美留学生、新移民中引起了共鸣，具有极高的影响力和认可程度。他的另一篇小说《沧浪之水》，不仅形象地揭示了社会生活的矛盾和人生抉择的困惑，更重要的是，作者并没有浅尝辄止，仅仅停留在对官场亚文化的穷形尽相、铺陈描摹上，而是以更加冷峻的目光，进一步审视官场浮沉背后的文化生态和社会场域。小说获得了《当代》年度文学大奖和第三届毛泽东文学长篇小说奖。

诗阳，1963年出生，中国首位网络诗人。原名吴阳，出生于安徽省芜湖。诗阳曾旅居法国美国并获得博士学位。1993年3月开始通过电子邮件、网络大量发表诗歌作品，1994年在互联网中文新闻组和中文诗歌网上刊登了数百篇诗歌，被认为是历史上第一位中国网络诗人。诗阳于1995年创办了世界上首份中文网络诗刊《橄榄树》并担任第一、二届主编。他曾提出“信息主义”的网络诗歌创作手法。主要作品有《远郊》《晴川之歌》《世纪末，同路的纪行》《人类的宣言》《影子之歌》等。

思考题：

1. 简述华语网络文学产生的背景。
2. 简述华语网络文学产生之初的特点。
3.《新语丝》对当今中国网络文学网站的发展有何借鉴意义？
4. 分析《第一次的亲密接触》成名的内在和外在原因。

第三章　网络文学网站

第一节　网络文学网站的发展概况

网络文学依附于互联网，就像传统文学依附于印刷术一样。网络网站作为一种新的媒介，为网络文学的发展提供了平台和基础。文学网站有自己的独立服务器，有相应的编辑队伍，最终成为网络文学发展的主要载体。中文网络文学站点从海外发展到国内，数量也从一家（“榕树下”）发展到数千家，逐渐呈现网络文学的空前繁荣景象。

一、从个人主页到文学网站时期

CN 域名——1990 年 11 月 28 日，中国注册登记了中国的顶级域名 CN。1991 年，我国香港地区和台湾地区分别连入了 NSFNET，中文互联网由此迈出了历史性的第一步。CN 域名，是中国网络文学诞生的“摇篮”。

网吧——1995 年，中国内地出现了网吧，为众多还没有电脑，没有登录互联网的人，提供了网上冲浪和网络阅读的场所。1996 年，网吧在内地迅猛蔓延，内地网民第一次出现了激增。网吧的出现，为网络文学带来了巨大的传播空间。

个人主页——1997 年后，网易、雅虎等提供了免费空间，很多网民在网上注册自己的个人网站，其中包括一些喜欢读书的网民开办的个人网站。1997 年，朱威廉创办的榕树下个人主页，后来发展成著名的榕树下文学网站。

文学网站——1998 年 3 月，“文学城”问世，该站点目前月页面浏览人数已超过 100 万人次，邮件订阅人数达到一万人次。同年 5 月，“黄金书屋”在网上推出，详尽的分类和多方位的信息使该站点现在每天的访问人数大约在 3 万人左右，邮件的订阅数则接近 1 万人。同年 7 月，“书路”正式创办，很快发展成为首页日访问量过万的大型文学网站。当时的网络还处在门户为主时期，读者发现新的文学类网站大都是通过雅虎等门户进入，或者是通过各站间的友情链接。

初期的文学网站主要以转载图书为主，网站通过将武侠、言情等实体书扫描到网上来充实网站内容，或是直接从别的站转载。当时，《大唐双龙传》《星战英雄》等香港武侠小说很受欢迎。因为这些小说的出版方式是连载，一个月在香港只出一卷，上网自然成了先睹为快的最佳方式。很多新读者都是为了追看黄易的《大唐双龙传》而主动“触网”的。为吸引读者，各大网站纷纷刊登这些连载作品，哪个网站上传得快、扫校的质量高，哪个网站就能吸引更多的读者。

这一时期，影响最大的文学网站是“黄金书屋”。当时，有网友号称“上网读书不识黄金书屋，再称网虫也枉然”。该网站凭借率先进入网络的优势、极快的更新速度、高质量的内容

（主要是它采用了当时校对质量最好的卧虎居网站的版本）、海量的作品和整理适宜的目录，在 1998 年个人主页大赛上获得亚军。次年，黄金书屋被多来米中文网以 400 万收购，成为多来米中文网旗下极具特色与影响力的文学频道。

在各个个人主页热衷于转载各种武侠小说时，网络原创小说作品开始兴起。1998 年，台湾的蔡智恒在自己的主页上发表了原创小说《第一次的亲密接触》，引发了全球华文地区的痞子蔡热潮。也是这一时期，邢育森在 BBS 上发表《活得像个人样》，引起了网上的转载高潮。

而此时的黄金屋，在有了资金支持和品牌影响力之后，也开始意识到发展中的问题——网上原创作品的比重还不够，在书评的重视度上也不够，于是开始向原创网络文学进军，创办了“网人原创”专栏，并积极参加各种原创大赛，参与网络出版（比如和文汇出版社合作出版网络原创小说集《我爱你的垮掉》）。2005 年黄金书屋全面改版，将自己打造成为集读书与购书于一体的网上俱乐部，不仅内容更全，检索更方便，同时还涵盖包括文学搜索、文学评论、阅读排行榜、作家介绍、文化专题、新闻万象等诸多内容。

此时网络文学网站发展的另一件重要事件，是“博库文学网站”1999 年在美国硅谷成立。它是按照国外网络营销的模式进行的：首先是进行了大规模的建立品牌营销活动，在各大媒体进行铺天盖地的广告宣传；继而与中国青年出版社、北大等单位联手合作，推出“走马黄河”“敦煌行”等活动，大造声势；后又在大量收购作品电子版权，以培养中国的“斯蒂芬·金”为名，与王朔、陈村等大批作家签约合作。在中国网络市场还没有培育起来，网络行业行规还非常不完善，知识产权在网上还没有得到有效保证的情况下，博库采用了与当时网站经营不同的模式：收费，这既是国内第一次 ebook 收费的尝试，也是对文学网站运营的一次探索。但由于各种原因，2001 年年底，博库宣告倒闭。

在个人主页发展的同时，网上的 BBS 也成为网络文学网站发展的另一个聚集地。“西陆”“水木清华”等都是当时著名的一些论坛。西陆是 2001 年创建的网络社区，它迅速发展成为网络上著名的论坛，曾与腾讯 QQ 论坛、新浪论坛并列为最受网友喜爱的论坛。它的独特的板块式设计使其成为网络原创文学的摇篮。从这些论坛中发展起来的“龙的天空”文学网站，以其强大的资源成为网络玄幻文学的新中心。但是由于它的网络技术落后，服务器资源不足，网站的访问速度越来越慢，导致了大量的读者流失。之后它放弃了网上发展的道路，成立北京幻想文化公司，签走当时网络上最好的原创作品，买断了网站上的大批作品，进行出版运作。

二、原创文学网站的繁荣与发展

20 世纪末的网络泡沫使网络文学网站的发展受到了影响，但是热爱文学的人们依然在网上寻找发展的空间。21 世纪初，文学网站在探索中继续发展。

（一）孕育萌芽期：纯文学的原创文学网站

在这个阶段，网络文学的作者将创作网络文学视为兴趣爱好，文学网站还没有建立完善、明确的盈利模式，绝大多数文学网站都处于亏损状态，也无法为作家提供更多帮助。而网络文学网站如何实现盈利、如何解决泛滥的盗版问题也在接下来的十几年一直困扰着原创文学网站及其驻站作家。这一时期表现突出的原创文学网站有：

1. 榕树下

榕树下全球中文原创作品网（http：//www.rongshuxia.com），是一家以中国青年倾诉和表达思想、情感为主的文化时尚网站，是上海榕树下计算机有限公司为服务于全球华语作者及读者的著名中文原创作品网站。

“榕树下”成立于1997年12月25日，最初是美籍华人青年朱威廉（英文名字 Willian Zhu）创作的一个个人主页。随着来稿的不断增多以及影响的不断扩大，“榕树下”逐步发展成为一个发表平台。最初的一批知名网络作家如宁财神、李寻欢、安妮宝贝，甚至包括现在活跃在影视圈的偶像作家郭敬明也聚集于此。1999年8月6日，朱威廉注册成立了“上海榕树下计算机有限公司”，“榕树下”正式作为一个商业网站开始运作。2006年，“榕树下”由于经营不善被欢乐传媒以5002万美元收购。2009年12月，“榕树下”被盛大文学收购，盛大文学与欢乐传媒开始携手打造新版“榕树下”。

绿色的大榕树、绿色的版面、绿色的文字……一切都是舒服护眼的颜色，榕树下给人的第一印象是一个温馨舒适、充满活力的网站。实际上，从网页设计、服务功能到稿件筛选，榕树下都充溢着人性化的关怀。“榕树下”作为最早的原创文学网站，追求的是纯文学的理想，坚持“文学是大众的文学”，倡导“生活、感受、随想”的宗旨。创建初期的“榕树下”，文学氛围非常浓厚，几乎没有商业色彩，网络文学的爱好者可以将自己的原创小说、随笔等生活感受发表在“榕树下”的各类栏目上，还可以设计自己的个人文学主页，甚至可以通过“榕树下”这一平台将自己的作品发表在传统媒体上。

2. 红袖添香

1999年6月20日，孙鹏发起的荆棘鸟文学小组成立，即红袖添香网前身，成员7人。7月20日世纪青年正式开通，首日访问量：890人次。同年8月，世纪青年首次改版，荆棘鸟成员增加至12人。8月20日，红袖添香正式开通，这是世纪青年制作的第一个专题系列站。

红袖添香算得上是这一时期国内最具影响力的纯文学网站，拥有完善的投稿系统、个人文集系统、媒体联络发表系统及高创作水准的原创书库。相较于榕树下、幻剑书盟等网站，红袖添香网在注重长篇作品积累开发的同时，也保留了较大比重的各类体裁的短篇作品，如散文、杂文、诗歌等。当然红袖也在不断地探索商业化的模式，在组织新武侠文学大赛、科幻文学大赛的同时，也对外合作开展杂文大赛、日记大赛等。

红袖添香于2007年被盛大文学收购之后，转型为女性小说网站，网站主要由四大板块组成，即言情小说、免费小言、武侠·玄幻、惊悚·悬疑，其中言情小说是网站的核心板块。现在的红袖添香已经形成了以女性为阅读受众、言情小说为特色的原创氛围，深受白领女性喜爱。

3. 起点中文网

2001年，一些爱好玄幻写作创作的作者在“西陆”创建了玄幻文学协会，并于2002年5月筹备成立文学性质的个人网站，并改名为“原创文学协会——起点中文网”，简称“起点中文网”，是以收录玄幻、仙侠小说为主的文学网站。起点中文网的初创阶段是定位于发展原创文学、催生创作者的非营利性文学兴趣类网站，更强调的是网站的文学性定位，网站呈现的也是文学性色彩。2004年10月，起点中文网被盛大收购，开始探寻商业化发展模式。

（二）蓬勃发展期：原创文学网站的商业化与产业化

2004 年 10 月 9 日，中国最大的在线游戏运营商盛大宣布，该公司全资收购了原创娱乐文学门户网站——起点中文网，掀开了文学网站发展史上新的一页，宣告了以纯文学特色、诸强并存的文学网站时代结束。此后，一系列兼并、收购等行动纷纷出台，资金大面积进入原创文学网站，网络文学的商业化与产业化的趋势逐步显现。

1. 一家独大：盛大文学

2004 年靠主营网络游戏发家的上海盛大集团收购了起点中文网，开始向网络文学领域发展，并于 2008 年 7 月 4 日成立了盛大文学，全称为盛大文学有限公司。旗下包括起点中文网、红袖添香网、小说阅读网、榕树下、言情小说吧、潇湘书院六大原创主流文学网站以及天方听书网、悦读网和晋江文学城（50% 的股权）。还拥有三家图书策划出版公司，分别是华文天下、中智博文和聚石文华，占据整个原创文学市场 72% 的份额。网络了一大批当红网络文学作家，成为行业巨头。盛大文学成立之初，就以网络文学版权为中心，展开了全媒体运营，建立了完整的垂直一体化产业链，包括经营从网络付费阅读、实体书出版、无线阅读、动漫游戏、影视等所有版权，形成以版权交易为中心的网络文化产业链。

2. 后起之秀：腾讯文学

腾讯文学于 2013 年 9 月 10 日正式推出，主要由创世中文网、云起书院、QQ 阅读组成。自 2013 年横空出世后迅速崛起，强势占领市场份额，2014 年与盛大文学、百度文学形成三分天下的格局。腾讯文学主要实施泛娱乐化发展战略。所谓泛娱乐化发展战略是指腾讯基于旗下的游戏、文学、动漫、影视等业务平台，创造“同一明星 IP、多种文化创意产品体验”的发展环境，构建一个让创作者和 IP 拥有者发挥无限想象力、让用户和粉丝感受极致互动娱乐体验的泛娱乐新生态。

3. 合二为一：阅文集团

2015 年 3 月 16 日，盛大文学与腾讯文学联合成立新公司——阅文集团。该集团整合了腾讯文学旗下的 QQ 阅读、创世中文网、云起书院，以及盛大文学旗下的起点中文网、潇湘书院、红袖添香、小说阅读网和盛大文学旗下出版机构中智博文、华文天下等文学品牌，同时依托腾讯的社交资源进行统一的管理和运营。阅文集团成立后还积极整合自身的作者资源与读者资源，并且引入了迄今为止中国互联网上最大最丰富的图书资源。同时，阅文集团也于 2015 年投入了上亿的资金用于非网络文学内容的采购，并与出版机构合作。阅文集团提出的泛娱乐化的 IP 开发战略将为中国的文化产业提供创意源头，并形成一条动漫、游戏、影视等产业为主体的完整产业链。阅文集团以雄厚的实力成为网络文学网站的新寡头。

4. 其他网络巨头纷纷试水

2014 年 11 月 27 日，百度文学正式成立。百度文学的旗下产品有纵横中文网、百度书城以及 91 熊猫看书，同时还拥有百度贴吧、百度游戏、百度音乐、百度视频等百度资源的支持。纵横中文网是目前百度文学旗下唯一的原创阅读网站，提供大量的原创网络文学作品以及 IP 资源；百度书城和熊猫看书是百度文学旗下的无线阅读平台，提供手机等移动终端的作品阅读服务。

阿里巴巴文学（简称：阿里文学）是阿里巴巴移动事业群于 2015 年 4 月 23 日推出的新业务，阿里文学将与书旗小说、UC 书城组成阿里移动事业群移动阅读业务的主要部分。阿里文学主要负责的业务是以内容生产、合作引入以及版权产业链的双向衍生为主。阿里文学会从数字内容阅读、数字内容传播、版权衍生、粉丝经济等多个角度出发，建立跟文学产业相关的开放生态。阿里文学也与阿里影业、光线传媒、华谊兄弟等公司达成深度合作关系。与腾讯的独占版权不同，阿里文学寻求的是以移动阅读为突破口，实施开放的版权政策。

在目前的网络文学市场上，自盛大文学与腾讯文学合并为阅文集团之后，腾讯文学就占据了网络文学的半壁江山。而此次阿里文学的入局，促使网络文学市场不可避免地形成了BAT（百度文学、阿里文学、腾讯文学）三足鼎立的新局面。网络巨头纷纷进军网络文学产业，目的都是围绕一个核心，即IP，力求打通影视、游戏、文学等泛娱乐产业链，这已经成为大家的共识。

三、其他类型文学网站

文学网站，是不论职业、年龄、性别，人人都能去看的，是网上受众群最多的一种网站类型。在网络上，除了有主流的以原创小说为主的原创文学网站以外，还有不少其他类型的以制作、传播文学作品为主要服务项目的文学网站，也在网络文学的各个领域取得了一定成就。

1. 综合文学类

此类文学站以信息量大、内容丰富而著称，以搜集古今中外各种类型、性质的文学作品为主：诗歌、小说、散文，国外、国内，古代、近代、现代等不一而足。像当年的“黄金书屋”“书路”和“文学城”被并称为中文文学个人站中的“三驾马车”。这种类型的网站只要有足够的时间精力去维护，保持高的更新频率就能迅速提高访问量。谁的藏书越多，浏览起来越方便，访问速度越快，谁就越受欢迎，因为它俨然就是个网上的图书馆，任何人都可以进去免费翻阅所需要的文字资料。还有一些文学网站以提供电子书下载服务为主，电子书来源既有文学网站自己制作的，也有网友自发上传的，内容包罗万象，包括还在连载中或是刚刚完结的原创网络小说、某一作者的作品合集、已出版图书的扫描版等，电子书格式包括TXT、CHM、PDF、PDG等。书包网、E书吧、浩扬电子书城甚至是新浪微盘都可以算作此类网站的代表。

但建这种综合文学站需要注意版权问题。个人站长们往往肆无忌惮地去转载他人的文学作品，以充实自己的数据库，却未经过原作者或出版社的同意，结果造成了法律上的麻烦。

2. 文化文学类

现在提供免费空间的服务商已经越来越少，加之受到网络文学版权的约束，做综合文学站的站长不是转型只做某个专题，就是离开了个人站的领域。大型门户网站除了开辟原创文学板块之外，也在网站上开设读书频道，在立足文学与文化的基础上，在原创文学之外的领域摇旗呐喊。2002年，新浪作为读书频道的先行者，在短时间内就突破了日均百万的点击率。此后，腾讯、搜狐、网易等门户网站纷纷效仿，推出自己的读书频道。门户网站读书频道以新书推荐为主，同时提供已出版图书的试阅，吸引流量是这些门户网站读书频道的根本目的。

除此之外，还有一些由个人或是作家协会主办的文学网站，内容主要涉及诗歌、散文、小说，或是报道作家的思想与行动。

3. 个人文集类

网络上还存在着一种个人文集类的文学网站，其特点是每个网民注册完账号并登陆后，均可以免费发表文章（可以是网友在线发表，也可以是 E-mail 投稿，可以是网友在发表后即时看到，也可能需要等到管理员批准才能发布），以形成自己的个人专辑，但前提是发表的这些文章都是你自己原创的且与文学有关。这种让网友共同参与建设的文学个人站，在增加交互性的同时大大激发了网友（网络作者）的创作热情，如果这些网站还配以文章评选活动、按发表点击次数、文章篇数等排行榜，影响更大。

除了以诗歌、散文、随笔为内容的个人文集，还有一些用户热衷于发布兼具娱乐性和知识性的文章。目前比较流行的网站 LOFTER、豆瓣和知乎，都属于基于社交媒体的、以文学为内容的、提供给个人发表原创文章的平台。LOFTER 是网易公司推出的一款轻博客产品，专注于为用户提供简约、有品质、重原创的博客工具、原创社区，一经上线就受到了互联网众多文艺青年的喜爱。豆瓣和知乎都设置了专栏页面，为具有某方面专长的用户提供具体、明确、特定主题的创作平台，就其本质而言与传统博客类产品并没有明显区别，而是对内容的要求比较高，多为理财、情感、故事、科普、旅行等，不再是漫无目的的私人日记。该类产品可以说是在纯文学的网络文学和纯娱乐的网络文学之外走出了第三条道路。

第二节　文学网站的运营

文学类网站要生存，必须要进行商业化运作。也就是说，文学作为信息载体的一种，同时充当着商业网站上商品的角色。文学类网站的商业化运营，即网站围绕网络文学作品这种特殊的商品展开的一系列的商业活动。只有进行商业化运作，扩大网站本身的知名度，稳定作者队伍，网站才能实现良性发展。网站发展了，网络文学才可能发展。

一、文学网站的运营模式

（一）全版权运营

所谓“全版权”是指一个产品的所有版权，包括网上的电子版权、线下的出版权、手机上的电子版权、影视和游戏改编权以及一系列衍生产品的版权等。而全版权运营就是将产品的内容版权进行多次开发，催生出纸质图书、影视产品、动漫产品甚至网络游戏产品，从而实现价值的最大化。全版权运营的核心就是版权的生产和分销。版权的生产主要是由文学网站完成，而分销则通过不同的渠道将版权销售出去。

文学网站的全版权运营，首先是与出版社合作，涉入传统出版领域。“起点”“幻剑书盟”等都有与之合作的出版社，其中既有信昌出版社、冒险者天堂等高度商业化运作、体制灵活多变的台湾出版社，也有人民出版社、朝华出版社、漓江出版社等大陆大型出版社。文学网站从连载的作品中挑选出符合出版标准的热门作品向出版社推荐，由出版社负责具体的后期操作事务，当然根据合作级别的不同，文学网站涉入的程度也不同。

其次是与影视公司的合作。2011 年，投资不足千万的《失恋 33 天》拿到 3.5 亿元票房，成为当年国内电影市场的一匹黑马。网络小说正在成为影视剧选材的沃土，众多文学网站也一改之前被动等待影视公司来发掘作品的态度，主动与影视剧制作公司联系，洽谈出售文学作品的改编权。

此外还有与游戏公司、音频制作传播公司以及海外版权运营的合作。

（二）举办系列活动

文学网站还充分利用已有的写手资源与自身平台，举办了一系列的活动进行推广和告知。盛大注资起点以后，迅速召开了第一届原创文学大会，举办原创奇幻文学写手与读者的见面会，建立更多的作者与作者之间、作者与读者之间的沟通交流渠道。“幻剑”与“腾讯”建立起初步合作关系后，也在知名门户网站搜狐开辟了幻剑作品专区，组织新浪绝对现场栏目对作者进行专访，与《电脑商情报·游戏天地》共同举办九城杯全国游戏文学大赛，还通过长达年的首页强推，不遗余力地对外宣传。推广签约作品，在外来资金和强势媒体产业媒体的扶植下，文学网站的知名度得到了很大的提高，而文学网站强推的原创奇幻文学也进一步吸引了人们的注意，这对双方来说都是有利的。

各大文学网站还积极举办网络文学大赛来提高知名度。2015 年 5 月，由国内最大的女性文学网站红袖添香、言情小说吧联合举办了“2015 华语言情小说大赛”，共收到参赛作品 20 余万部。迄今为止，“华语言情小说大赛”已经成功举办六届，一些热门的作品如《裸婚时代》《盛夏晚晴天》均出自这项大赛的获奖作品。

（三）建立 VIP 收费制度，实行收费阅读

早在 2003 年，一些刊载原创奇幻文学的网站就已经拥有了惊人的浏览量。幻剑书盟在 2003 年 6 月份的总流量达到了 500 万，日均 10 万～20 万，在全球网站流量排名中排到第 1 000 多位，但是这些浏览量并没有转化成即时的效益。

为了提高网站效益，各文学网站也进行了各种尝试，包括寻求网络作品实体化出版、自行印发会刊等。当时很多书站都与台湾出版社进行合作，将手中的作品资源转让给出版社，由出版社进行出版，但是这样的做法往往是将大部分效益都转手让给了出版社，网站只能分到很小的一块。也有网站开辟了发行会刊的道路，如以刊载耽美小说（面向女性读者的同性恋小说）为主的露西弗网站，其会刊发行经营就做得非常不错，但会刊的印刷成本和渠道成本都很高，而且原创奇幻文学作品的篇幅通常较长，会刊无法容纳，因此会刊也无法做到真正的商业化。

各文学网站都在为着如何收费进行探索。2002 年 9 月，读写网成立，这是第一个实行网上收费阅读的玄幻网站，成立时它向作者许诺“为推动原创文学的发展，本网计划向作者支付网络刊载的稿酬，欢迎原创作品加入”。读写网主要通过手机短信收费。但是由于手机收费问题太多，很多相应的机制没有建立起来，读者的积极性并未调动起来。而作者所得的稿酬非常低，不足以稳定作者队伍。读写网宣布“作品在读写网书库发表，读写网每月按其作品的读写网正式会员访问人数（无重复，简称会员阅数）付给其作者稿酬，具体如下付费：人民币 0.06 元/人”。也就是说，稿酬是按照访问人数计而不是访问次数计。读者和作者都不满意，读写网的收费探索失败了。

一般认为，VIP 制度最初是流行于台湾文学网站的一种收费制度，其宗旨就是把免费的

网络阅读变为付费，网站通过提供给读者文学作品来获取盈利，读者通过一定的渠道付费给文学网站，从而获得可供阅读的精神产品。这是一个交易的过程。大陆 VIP 的概念是 2002 年年底，由“明杨·全球中文品书网”首次提出。这个创意虽然很好，但是由于没有持续提供好的作品，很快就走向发展的瓶颈。究其原因，“明杨”的付费标准是会员用户每看你的章节一点，作者可得 0.01 元。这样作者其实只能拿到 10% 的稿酬，收入依然很低。因此，由于收费网站没有加强作者队伍的建设和管理，将稿费压得太低，使得 VIP 制度始终没能对作者产生太大的吸引力，没有良好稳定的作者队伍。

然而网站自身生存压力使经营者们不断地探索网站的盈利模式。在对 VIP 制度探索的过程中，最成功的是起点中文网。2003 年 10 月建立制度的起点中文网，其执行方式如下：

一些比较热门的作品在连载一段时间后，经作者允许，文学网站将其中一部分新发表章节转为 VIP 阅读内容即会员版章节，读者必须要有会员资格并支付一定数量的费用后才能够阅读。读者在注册为起点网站会员后，通过缴纳一定费用成为会员，所缴纳的费用转换为一种名叫“起点币”的虚拟货币，并使用这种货币来进行 VIP 会员版章节的付费阅读。读者选择付费阅读某章节称之为订阅。一般来说，初级会员的付费标准是每千字 3 分，如果照一部小说 20 万字计算，看完一部要 6 元，比起线下通过租借进行阅读，在价格上并没有优势。但由于会员版章节通常都只有在一部小说连载到中段时才开始出现，而且只有最开始更新的那段时间作为收费章节出现，一段时间以后仍然转为免费章节，所以实际上在线阅读仍然比线下的阅读更为便宜。而 VIP 除了初级会员外，还有高级会员，要成为高级会员就必须一次性缴纳 30 元会费，可以享受每千字 2 分钱的付费阅读优惠价格，并有其他的一些会员福利。其他网站在经历了观望后，纷纷采用 VIP 制度。大多与“起点”大同小异。VIP 制度的建立，缓解了文学网站的资金困难，使它们获得了生存的空间，并借此建立起自己的盈利机制。

探究“起点”的成功，其原因在于：一是互联技术的发展、网民数量的持续增加使得网络进一步普及，网络文学的不断出版使更多的读者了解到网络文学，更多地在网上寻找作品，各个网站的流量都迅速增加。二是“起点”为收费进行了精心的准备。相对于其他网站的作品数量不足，起点收费伊始，就刊出了 5 部 VIP 作品。三是抓住了读者和作者。起点在推出新制度后承诺给作者 1 角钱 5 千字的稿酬。这在当时是非常高的稿酬，而且付费的标准是以点击次数来算的，对作者产生了很大的吸引力。在开始 VIP 制度的第一个月里，订阅成绩最好的作者已经取得了超过千元的稿酬。这一制度实行后，“起点”签约了一些高质量的写手。比如，网名为蛤蟆的写手，以其《天鹏纵横》在网上的成功，为“起点”赢来了大批的会员。为吸引读者，“起点”在第一个月对会员免费，并且确立了 2 分/千字的全额优惠的稿费制度。这一营销手段大获成功，甚至成为 VIP 收费的标准。

为了促进 VIP 收费的发展，文学网站还在努力开辟便捷的付费途径。互联网购物（无论是物质产品还是精神产品）的最大优势就在于便利性，文学网站的商业运作也正在努力向便捷化发展。各文学网站都努力开辟多种多样的充值付费模式。像盛大在 2004 年 10 月收购起点中文网后，就利用自己手中强大的游戏卡贩售系统，开放了“起点”的游戏卡充值渠道，将点卡卖到内地每个有电脑的地方，让众多喜欢看书并有付费能力的读者成了起点会员。而幻剑书盟的 VIP 支付方式包括了固定电话充值、手机充值、Q 币充值等。幻剑书盟还推出月卡制度，设置 VIP 卡的有效期，有效期后卡内余款不能再次进行消费，这样就刺激了 VIP 会员的月消费，当年幻剑书盟的年营业额突破了 600 万元。这些渠道保障了文学网站能够最大限度地推进 VIP 制度，同时也保障了作者的稿费来源，为作者的创作提供了有力的物质支撑。

（四）建立健全奖励制度

网络文学网站在建立 VIP 制度后，为了提升网络作家的积极性，建立了一些奖励制度。创世中文网就于 2013 年 8 月实行了“全勤奖”方案，规定签约作家如若能在一个月之内每天都完成一定数量的合格更新，当月就奖励一定数量的奖金。

打赏制是网络文学网站依托新媒体环境下建立的作者与读者的新兴互动方式。它的本质是基于互联网的一种非强制性的付费模式，只要读者喜欢作者提供的内容，就可以自愿奖钱。这是一种不影响用户体验的盈利模式，被各大文学网站竞相推崇。目前，新浪微博以及起点中文网都是这种盈利模式的领路人，微信也于 2015 年春季开通了“打赏”功能。目前打赏制的分成原则是网站与写手进行五五分成或三七分成。有统计数据显示，网络文学的总产值早已突破 10 亿元，每年网络文学通过“打赏制”产生的收入保守估计也已突破千万元。

2014 年 1 月，知名网络作家唐家三少在起点中文网的连载小说《斗罗大陆Ⅱ绝世唐门》，就被网名为“zxingli”的读者连续打赏 10 次，总打赏金额高达 100 万人民币。再如网络作家梦入神机在纵横中文网的作品《星河大帝》，获一位读者的打赏达 100 万人民币。

“打赏制”的出现，有利于激励网络文学写手更加注重内容的质量，为文学网站带来了新的盈利点，从而推动网络文学的繁荣。

二、文学网站的运营案例分析

（一）“榕树下”中文文学网站运营模式

“榕树下”曾经是全球最大的中文网络文学网站和原创作品网，虽然在现阶段已远远落后于同类文学网站，但是“榕树下”一路走来，其所展现的运营模式和兴衰成败非常值得我们探究和思考。

1. “榕树下”的发展历程

“榕树下”网站是中国历史最悠久、品牌形象最好的文学网站之一。它的创办打开了我国网络文学的第一扇大门，为我国网络文学的迅猛发展贡献了力量。纵观“榕树下”十几年的发展，主要经历了两大阶段。第一阶段为 1997 年创立至 2006 年被欢乐传媒收购，这一阶段“榕树下”的主要收入来自图书出版、电台广告、网络广告三部分。但收入并不足以维持网站的运营，再加上没有找到可持续盈利的模式，网站最终卖给民营企业欢乐传媒。

“榕树下”的第二阶段为 2009 年被盛大文学收购至今，这一阶段“榕树下”最开始是致力于恢复影响力以及品牌形象，随后逐渐探索可盈利的运营模式。和其他的文学网站相比，“榕树下”从文学网站的先行者到现在的追赶者，还需要不断创新运营模式以提高自身的竞争力。

2. “榕树下”的特色

（1）品牌形象。

创办初期的榕树下排斥和拒绝商业化色彩，走“纯文学”路线，初期的“榕树下”几乎成了“网络文学”的代名词，由此初步建立了自己的品牌形象。“榕树下”以开发“网络文学”资源为中心，整合了以互联网为主题的各种资源，利用图书出版发行、电台广告等传统手段，巩固自己的品牌地位。总之，从“榕树下”网站的页面设计到网站的定位以及网站的内容，都已经形成一个具有代表性的原创文学网站品牌。

（2）目标用户。

“榕树下”网站的目标用户锁定在 18 ~ 25 岁的都市青年白领和准白领。此阶层拥有固定收入，而且收入水平居于中上。他们的审美趣味相对较高，对网络和网络文学等新生事物认同感强。部分人爱好网络文学并且有较为充裕的节假日等业余时间从事相关活动，忠诚度也较高。

（3）网络文学资源丰富。

在“榕树下”一词几乎成为网络文学的代名词的同时，丰富的网络文学资源成为其最傲人的资本。写手资源、读者资源以及作品资源都是当时的网络文学网站界的“垄断者”。而且“榕树下”对网络文学资源的开发可谓不遗余力，从版权代理、图书出版、电视广播节目制作到广告业务，一切都围绕“网络文学”来进行，挖掘潜力，充分利用。榕树下还依托其丰富的文学资源举办了六届网络文学大赛，吸引了全国各地近百家媒体的关注与讨论。

3. “榕树下”的运营模式

（1）付费阅读。

在众多文学网站都通过付费阅读的运营模式大获其利的时候，老牌的“榕树下”并没有开始付费阅读。原因是榕树下曾经尝试过付费阅读模式，但由于收费标准过于生硬，导致了一大批网站的忠实读者的流失。直到 2012 年 12 月，“榕树下”成立 15 周年之际，才推出了“2013 年榕树下千万福利计划”，宣布将斥资 200 万元运作“状元作家计划”、300 万元打造买断计划、600 万元打造最完善的作者福利体系和付费订阅系统，提高“榕树下”作者的收入水平。这也标志着“榕树下”正式开启器付费阅读时代。榕树下的付费系统跟其他的文学网站的模式不太一样，它希望作者不要单纯为了追求经济利益而扩充文章的字数而不注重质量，所以采取的是单本定价以及包月等策略。

（2）网站广告。

在朱威廉时期的“榕树下”，互联网不像现在这么流行，而且网站又走的纯文学路线，吸引力不强，加上网站拒绝商业化色彩，广告数量不多，因此在这一时期的“榕树下”，广告价值不高。此后的贝塔斯曼时期和欢乐传媒时期，“榕树下”开始走向衰落，人气骤降，因此广告收入也越来越低。2009 年“榕树下”被收购后的盛大文学时期，榕树下网站的访问量骤增，Alexa 全球网站排名也上升了 56 000 多位，各广告商又重新瞄准了慢慢恢复生机的“榕树下”。现在打开“榕树下”文学网站的官网，可以发现首页上有少量的广告链接。广告收入是文学网站最重要的收入来源之一，“榕树下”有必要利用自身的优势制定网站广告模式，以确保网站的良好运营。

（3）版权运营。

前文已经介绍过全版权运营的模式，这里不再对概念进行赘述。早在 2000 年 10 月，“榕树下在线交易平台”就已经建成，已注册用户可以借助这一平台将自己的网络文学作品发表在传统媒体上并赚取相应的稿费。“榕树下”举办的前三届“网络原创文学奖大赛”在得到关注度之后就顺势与杭州出版社合作推出了“网络原创文学作品奖”系列丛书，并获得了可观的销售成绩。2009年，加入盛大文学旗下的“榕树下”版权运营的目标更加明确，即建设强大而又独立的版权运营中心。2010年开始，盛大“榕树下”又相继举办了三次网络原创文学大赛，取得了大众的好评。由于“榕树下”作品的核心竞争力在于现实类原创题材，这是与其他文学网站不同的地方，所以盛大文学将“榕树下”构想为一个大型的互动文学社区及独立的、以现实题材和严肃文学为主的版权运营中心。

（4）无线增值业务。

随着新媒体的发展以及生活节奏的加快，人们已经习惯于“碎片化”的阅读方式。在这一背景下，“榕树下”在2011年9月接入了中国移动阅读基地，并与云中书城、掌阅、网易云阅读、360桌面阅读等达成了合作协议。2012年，“榕树下”又推出了手机客户端软件，即“榕树下故事会”。

4. “榕树下”的衰落

“榕树下”经过三度易主之后，盛大文学开始重塑“榕树下”的商业模式，即便取得了一定成绩，“榕树下”也已经不再是网络文学网站中的领头羊。在这个文学网站泛滥的时代，人们的阅读口味日趋复杂化与多样化，“榕树下”已经不能像21世纪初在纯文学定位下毫无阻碍地发展。另外，随着网络文学产业链的延伸，各种后来居上的文学网站对“榕树下”造成了很大冲击，也因此而引发一个问题，即在“内容为王，娱乐至上”的当今网络文学界，“榕树下”没有形成自己独特的类型小说产业，缺乏吸引力与娱乐化的网络作品，读者自然不会买账。在新的文学网站抢占市场份额的同时，曾经的纯文学网站红袖添香已经成功转型，“榕树下”的未来是继续立足纯文学，在差异化经营中逐渐走向小众，还是如温水煮青蛙一般在迷失的泥沼中彻底没落，时间将会给我们一个答案。

（二）“起点”网站的“破冰”运营策略

起点沸腾了，单从Alexa上的排名（第4名）就能看出来。在一路唱衰的Web2.0所谓“寒冬渐近”中，起点中文网却一路破冰，成功的原因也正是其与时俱进的商业化运营的策略。

1. 起点中文网的发展历程

起点中文网与“榕树下”相比，算是后起之秀，可是它的发展却异常迅速，目前起点中文网在浏览量、注册用户、原创作者数量、原创小说数量等方面都居于首位。可以说，起点中文网已经成为中国最大的原创文学网站。

2003年，起点中文网进入了高速发展的阶段，它开创了VIP收费阅读制度并被多家文学网站效仿，这项制度甚至在潜移默化中成为行业标准。2004年6月，在世界Alexa排名第100名，成为国内第一家跻身于世界百强的原创文学网站。2004年10月正式成为盛大全资子公司。2006年9月，日平均浏览量突破一亿，成为率先盈利的web2.0网站。“起点”的迅速崛起也依赖于盛大雄厚的资金支持和便利资源，“起点”一度占领了市场90%的作者和读者资源。目前，“起点”已经形成了一条完整的产业链，在商业化道路上日趋成熟。

2. 起点中文网的特色

（1）品牌战略。

起点中文网在初创时走的是“品牌定位、细分市场、网站品质”路线，“品牌定位”即嫁接于前身“中国玄幻文学协会”，坚持以原创玄幻文学为主；“细分市场”即为了迎合受众的娱乐化需求，主打能满足读者的娱乐性动机的玄幻文学；“网站品质”即在作品内容上严格把关，严格禁止色情小说或愤青小说。

“起点”于2003年真正走上商业化道路之后，做出了品牌战略上的调整，在以往的基础上进行了品牌的扩张，主要包括品牌差异化战略和品牌低成本战略。品牌差异化战略即“起点”旨在加强自己的造血机制来满足市场的需求，并依靠盛大强大的资金实力来阻止竞争对手的模仿，从而保持自己的特色；品牌低成本战略是“起点”利用自身核心竞争力的优势，在各种战略活动中，通过比竞争对手更低的价格展开活动。

（2）人才队伍建设。

“起点”非常注重对网络作家的培养，“起点”的目标是培养出中国未来一代的文学大师，并将网站打造成全球最大的华文文学创作与阅读平台。为此，网站通过多渠道挖掘和培养作家。2006年，起点中文网还与上海社科院合作，创办了全国第一个网络作家创作研修班，对文学创作者进行扶持。2008年10月，起点又与18位畅销书作者签约，如海岩、郭敬明、宁财神、饶雪漫、陈凯歌等，他们都拥有数量庞大的固定的读者群，这有利于起点中文网人才的储备。

3. 起点中文网的运营模式

（1）VIP制度——商业模式新思路。

阅读付费是文学网站最主要的盈利方式，起点中文网从2003年10月起确立VIP收费制度，注册会员在阅读时通过支付一定的费用，可以阅读被隐藏的内容。由于前期积累了庞大的读者群，“起点”的VIP制度大获成功。这一运营模式为“起点”的商业化道路奠定了坚实的基础，改变了整个行业的格局，实现了一招三赢：起点在确立自身盈利模式的基础上，一方面为网络作家获得了稿酬，提高了创作的积极性；另一方面也吸引了更多的作者聚集于此，从而拥有更多优秀的网络文学作品。

（2）原创——内容为王新把式。

作为原创文学网站，“起点”找到了以内容突围的导向，70 000余本原创小说，总字数超过50亿字的空间以及400万注册用户，更是建立了职业化的写作队伍，稳定了原创作品的供给。应该说，“起点”控制了娱乐小说发布市场大部分的资源，也就是在内容上培养了一种持续竞争力。而且，“起点”让作者与读者利用这个平台阅读自己喜爱的内容，且随时创作自己的小说给广大用户欣赏、交流，使整个平台的质量得以提高。“起点”充分利用Web2.0的交互优势，将其转化为生产力。

（3）用户主导——服务新概念。

基于交互之上的内容离不开良好的服务，“起点”有着电子阅读的多方位体验，进行了社区化拓展，且配合论坛、站内短信等用户回馈方式打造了一个和谐快乐的阅读环境，这让“起点”增加了读者群的黏度，也作为其核心竞争力所在。所以从这一点上，用户主导例证了一种成功的网络文学运营模式。

4. 起点中文网存在的问题

（1）网络盗版的巨大冲击。

“起点”VIP制度的成功，无疑将网站推向了盗版的深渊。有部分网站通过注册一个VIP账号，将付费作品更新的章节下载扫描或者手工打字等方式盗版下来，挪到自己的网站上，供读者免费阅读，继而通过高点击率来赚取广告收入。这种盗版网站对于习惯于免费阅读的读者来说具有非常高的吸引力，因此经久不衰，屡禁不止，而像“起点”这样的原创文学网站却流失了大批读者。

（2）网络文学作品质量欠佳。

随着“起点”商业化道路的进展，VIP 付费阅读的制度也渐渐凸显了一些负面效应，即作者一味追求数量而不注重质量。网络文学网站为了商业价值的最大化以及产业化开发的最优化，迫使网络作家沦为生产文字的奴仆，机械地为了满足读者的欲望而码字，这种现象导致的后果便是网络作品质量低劣，同质化现象严重，缺乏创新。长此以往无疑是饮鸩止渴，自掘坟墓，文学网站应该在商业化过程中积极探索按字数付费以外的更有利于网络文学可持续发展的付费模式。

（三）文学网站的跨媒体经营

网络文学是随着“第四媒体”——网络的兴起而逐步发展起来的，文学网站成为网络文学传播的载体而存在。而随着“第五媒体”——手机、电子书阅读器的兴起，网络文学在文学网站的基础上又有了新的传播载体。各大文学网站都竞相将自己的触角伸向“第五媒体”来进行跨媒体经营。

所谓跨媒体经营，指的是将平面媒体（报纸、杂志、图书等）、电子媒体（电视、广播等）和新媒体（网络媒体、手机媒体等）三维媒体平台联合进行组合经营的模式。网络文学网站要走多元化的路线就必须进行跨媒体经营，走多终端路线，从而在整合资源的基础上发挥出最大效能。

1. 跨媒体经营的动力

（1）国家政策支持。

2014 年被称为“媒介融合元年”，中央全面改革深化领导小组审议通过了《关于推动传统媒体和新兴媒体融合发展的指导意见》，以新媒体为本，形成移动化、数据化等多态化发展模式成为媒体发展的大方向，也为网络文学网站的发展提供了政策支持，指明了未来道路。

2015 年 10 月 20 日，中共中央通过的《关于繁荣发展社会主义文艺的意见》提出要充分发挥新媒体的独特优势，把握传播规律，加强重点文艺网站建设，善于运用微博、微信、移动客户端等载体，促进优秀作品多渠道传输、多平台展示、多终端推送。

国家的政策支持无疑为文学网站进行跨媒体经营创造了良好的大环境。

（2）新媒体技术的发展。

新媒体技术带领网络文学走向了一个新的里程碑，正是由于新媒体的出现，网络文学网站才有了新的传播媒介，文学网站由单向传播走向互动传播，由 PC 端走向手机、电子书阅读器等多终端。全国涌现出很多致力于新媒体服务的专业网站，并且不断向平板电脑以及智能手机等客户端进行技术开发。文学网站还可以利用新媒体技术对用户的长期阅读和阅读内容进行跟踪分析，从而更加有效地为读者推送信息。

（3）网络文学网站增强竞争力的需要。

这是跨媒体经营最直接的动力，全国大大小小的文学网站有好几百家，文学网站之间的竞争日趋激烈。面对激烈的竞争，各家网站都想突破重围，在竞争中处于不败之地，就必须紧跟新媒体的趋势，不断提高自身的竞争力，在网络文学网站中占领高地。

2. 跨媒体经营的途径

根据易观智库发布的《中国移动阅读市场年度综合报告 2015》数据显示，近几年纸质书的阅读量只有小幅增长，而电子书的阅读量翻了近一番，到 2014 年，中国移动阅读用户规模达到 5.9 亿人，收入规模达 88.4 亿元，增幅达 41.4%。预计 2017 年移动阅读市场规模仍会呈现 20% 以上的增长速度，收入规模将突破 150 亿。这也从侧面反映移动阅读用户与收入的快速增长，会带动网络文学网站的发展以及网络出版的优化。

（1）积极开拓手机阅读基地。

在这个手机已经“凌驾万物”之上的年代，智能手机用户已经超过了八成，这其中拿着智能手机阅读小说的用户又占了一半。越来越多的人拿着智能手机进行手机阅读，手机阅读已经成为网络阅读的延伸。这代表着人们利用碎片化的时间来阅读网络文学的习惯已经养成。根据 CNNIC 于 2014 年 7 月发布的报告显示，手机上网比例首超传统 PC 上网比例，同时各类网络应用发展势头良好。

通过手机来阅读网络文学作品，主要是通过以下两种方式：

① WAP 网站在线阅读。

据百度大平台数据显示，我国“用户的网络文学消费向移动端的转移非常明显，移动端的搜索指数占比已经超过 80%，而且在持续增加”。在这一大环境下，“盛大文学”早在 2009 年就开始了 3G 战略，开通了 WAP 站点“qidian.cn”，推出了手机文学原创平台“MOGA”。

② 手机阅读客户端。

随着 3G 商用的推进和拥有大容量存储能力的智能终端日益普及，手机正逐步演变成为一个新型的数字阅读终端。例如盛大文学曾推出“云中书城客户端”，对于亮度方面有白天、夜间、柔和三种阅读模式；还提供个性化的阅读界面和自定义书签；采用智能推荐、名家推荐等方式为读者推荐信息。

除此之外，还有“iReader”“开卷有益”“掌上书院”“QQ 阅读”等使用率较高的手机应用，手机阅读客户端的影响迅速扩大。

（2）开发电子书阅读器。

电子书阅读器是一种浏览电子图书的工具，屏幕的大小决定了可以单屏显示字数的多少。而应用于电子书阅读器屏幕的技术有电子纸技术、LCD 技术等。现在的电子书阅读器厂商大多放弃了 LCD 屏的制造，转而研究电子纸屏幕。

电子书阅读器的出现要追溯到 1998 年的国外的“火箭电子书”，在国内，最早的电子书阅读器是 2001 年博朗和津科电子推出的相关电子书阅读器，但主要是提供给企业，还未完全面对市场。2007 年，亚马逊（全球最大网络书城）推出的电子书阅读器 Kindle 风靡全球，掀起了一股电子书阅读浪潮。此后，汉王、方正、中文在线等中国的公司也借着这股潮流，集体发力，国内的电子书阅读器市场开始步入正轨。

据中国报告网发布的《中国电子书阅读器市场全景调查与投资战略研究报告（2014—2019）》显示，目前电子书阅读器市场表现低沉，这其中肯定有新媒介技术的发展引发阅读终端市场竞争日益残酷的因素，但不可忽视的是，电子书阅读器仍然有着其他阅读器无法采用 E-ink（电子墨水）阅读技术的优势，因此，在今后的数字阅读市场中，电子书阅读器还是有一定优势的。

也有业内人士认为，未来各种阅读终端一体化会成为一种趋势，内容资源或许会成为普及电子书阅读器最有力的推手。网络文学网站的巨头盛大文学就曾推出自有的硬件平台——Bambook。Bambook 是盛大推出的全球首款支持太阳能充电的电子阅读器，只要在有阳光的地方就永不断电；并且 Bambook 与盛大自有的云中书城无缝对接，随时可以下载正版书籍，还支持多种上网方式。

（3）二维码识别软件。

随着二维码技术的兴起，读者只需要在手机里安装二维码识别软件，对准网络文学网站上相应页面的二维码拍照，就可登录相应的手机网站进行下载，读者还可以通过手机扫描自己喜欢的作者的二维码，直接浏览作者的个人简介、微博账号及作品等相关信息。例如，盛大文学就曾在 2013 年推出了部分作者的官方二维码，为作者增加了新的“二维码身份证”。

另外，现在很多图书馆都引入了电子阅读机，用户可以通过手机“扫一扫”进行下载和阅读服务。二维码技术的引进，实现了多渠道之间的互联互通。

三、文学网站的运营展望

（一）资本介入

无论文学网站多么想保持自己的“清高”，但是如果不能盈利，就不可能长久支撑下去。所以被更大的、更有技术优势与管理优势的公司良性收购，对整个文学网站的发展无疑是有益的。越来越多的文学网站走向了商业化的道路，资本与网站之间相互吸引，相互作用。特别是近年来，网络文学公司的并购风起云涌，风险投资的目光都转向了文学网站，无论是“榕树下”还是“起点”抑或是“红袖添香”都经历了这样的被收购之路。再如后来的“盛大”与“腾讯”合并为阅文集团，互联网巨头的纷纷入水，使得现在的网络文学阵地进入了 BAT 时代，即百度文学、阿里文学、腾讯文学三家割据的局面，其中腾讯文学在目前的网络文学市场上俨然是一个“巨无霸”，但无论局势怎样变化，寻找其内容和赢利模式完美结合的方式仍然是众多的文学网站所面临的最关键的问题。

（二）线上销售

网络文学是目前市场上少有的具有清晰盈利模式的产业，而作为产业中的重要一环——线上销售，其盈利来源主要有用户付费阅读和粉丝经济。其中，粉丝经济成为近年来网络文学新的盈利点。据了解，众多网络文学公司都将打造“大神”作者当作公司的核心战略。“大神”即指写作功底强、粉丝群体庞大的网络写手。无论是“起点”还是“红袖添香”的转型，都通过线上销售这一环节吸引了更多的资金，也对文学网站运营模式的探索作出了很大贡献。

（三）全版权运营

网络文学的发展使出版业享受到了鼠标点击带来的快感和效益，而各网络文学网站在为出版业提供了海量的文学资源之后，也逐渐意识到可以利用自己的资源优势，发展全版权运营。全版权运营是近年提得较多的一个词，即在一个产品的所有版权上进行多渠道扩张与销售，除了传统的纸质图书出版还可以扩展到影视、游戏改编等多角度分销，使版权的价值得到最大化利用。文学网站转向全版权运营应该说是未来发展的一大趋势。

（四）广告策略

广告收入作为文学网站的收入之一由来已久，很多文学网站都有广告收入，但并不是最主要的盈利渠道，因为很少有企业愿意大量投入广告到文学网站，文学网站所能吸引的更多的只是一些书商、中小企业等。虽然仅靠这些少量的广告收入来维持一个网站的运营几乎是不可能的，但是广告收入并不是不能被采用，只是看文学网站如何去走这条路子。目前文学网站的广告主要是点击式广告，效果不理想，而植入式广告应该纳入文学网站今后的广告策略内。

第三节　文学网站对网络文学发展的意义

一般来讲，网络文学是指经电子化处理后在网上刊出的所有文学作品，即通过互联网传播的文学通称为网络文学。狭义地讲，网络文学多指通过互联网发布的原创文学作品。这些作品将文学语言与网络技术巧妙地结合起来，散见于作者本人的博客或者网络空间上。文学网站则为这些作品提供了集中展现及大范围传播的渠道，将阅读、发表、交流融会贯通，颠覆了传统的文学欣赏途径。

自 1994 年我国国内出现第一个原创文学网站——“榕树下”以来，全世界范围内的中文文学网站已经有约 4 000 余家，而国内的文学网站则已超过 300 家。这些网站的建立、发展、成熟之于网络文学不再单纯是一个传播渠道，应该说，文学网站对网络文学的发展意义是多重的。本节将分为两个部分，结合一些网站建设实例展开论述。

一、文学网站的建立，使传统文学获得了新生

在纸质传媒中，传统文学类期刊的生存状况从 20 世纪 80 年代的辉煌到 90 年代的没落，旧有的文学体制造成的种种腐败现象使文学一蹶不振。尽管人们已经找出了种种理由来为它辩解，但是网络文学的兴起使种种理由显得那么薄弱。因为文学网站打破了旧有的体制，使文学挣脱了缚在身体上的重重枷锁。目前有些学者认为，由于网络的过于自由，网络文学作品格调低下，题材单一，影响文学发展。但不可否认的一点是，文学网站的建立，使传统文学获得了新生。

（一）文学网站的建立促进了文学的发展

文学网站这一空间是与传统的文学机构，如文学联合会、各种文学研究机构的作用相一致的，但其容量却是传统媒体的很多倍，因而能最大限度地吸引文学爱好者。文学网站打破了文学霸权主义，使传统体制下的无名小卒在网络环境下有了一个成长的空间，因而为文学注入了新的活力。

1. 培养了文学新人

一批批的新作者通过网络而成名，通过网络走向文学事业，如安妮宝贝、宁财神等。还

有更多的新人通过网络成长起来。如 2004 年 1 月，春风社的“青春爱情坊”系列丛书，全是网络新作者的作品。伊人的《天使的眼泪》，作品以唯美、青春、感人之特色迅速在青少年读者中升温，一个半月之内再版 4 次，目前累计印数已达 6 万本。还有如小北风的《我恋爱，我容易吗》，黄湘子的《大四了，我可以牵你的手吗》等，都是网络新作者的作品。传统体制下的无名小辈们通过网络这一平台被出版社发现，再实现他们的文学梦想。

为了保持网站的吸引力，加强资源的独享性，文学网站选择了主动邀请优秀作者驻站并自主培养作者，并在宣传上保持一定的力度。网站为获得自身的发展，必须要吸纳和稳定优秀的写手，并保护作者的权益。作者的权益通常指版权，还有就是作者的经济收入。网站为此不断探索，制订了一系列的办法和规则。这些规则也成为网络文学的一部分。

“分级授权制度”虽然是网站为保持作品独家性而设立的约定，但是对保护写手的权益也起到了一定的作用。分级授权制度是指作者选择在某文学网站发布作品时，对自己的作品进行授权级别的指定，按照授权级别的不同，文学网站对作品享有不同的使用权。

以“起点”为例，在“起点”的投稿须知中，作家授权级别被分为三等，授权级别最低为“授权作品”，在此授权级别中，起点中文网及其合作网站、平台和媒体可以使用该作品，但不能向出版媒体推荐，其他媒体要使用该作品必须通过作者的同意。授权级别次低的是驻站作品，在此授权级别中起点中文网享有授权作品的相关权利，其他媒体使用该作品时除了取得作者同意外，还必须取得起点中文网同意。而在授权级别最高的专属作品中，作者必须保证作品首发并独家发布于“起点”，而且作品在传统出版物上的发表和转载都由起点中文网全权代理。根据作者的授权级别不同，作者获得的稿酬资助也不同。一些知名作者的专属作品电子稿酬可以达到 100 元/千字，几乎与平面媒体持平。随着经营状况的日益多元化，文学网站也越来越多地与纸媒体尤其是出版社合作，出版在网站上受到欢迎，且达到出版水准的原创网络文学作品，在选择向出版社推荐作品时，文学网站是优先推荐本站专属作品的。也就是说，作者的授权级别越高，作品被推荐的机会就越大，出版的可能性也就越大。而一旦作品以实体书形式出版，作者不仅可以得到电子文本的稿酬，还可以第二次拿到实体书出版的稿酬。这是文学网站吸引更多作者成为专属签约作家的手段。这种授权分级制度在提高文学网站作品资源独享性的同时，也稳定了作者的收入，为作者的创作提供了动力。

文学网站的编辑制度之于培养新人而言，也是一个很好的机制。和传统出版社的编辑不同，文学网站的编辑对于作品的内容、主题和深度都不加干涉，除了作品含有国家法律不允许传播的内容的特殊情况外，一般都会照原来的样子发布到网络上，这给了作者相当大的自由度。文学网站编辑的主要工作，就是审读稿件，对作者的文字加以润色，并将优秀的作品通过推荐榜等形式推荐给读者，以及不断与作者联系促发作者的创作热情，这对培养作者来说是非常重要的。文学网站的主力作者通常是非专业作者，写作的动机都是偶发性的，除非有强烈的兴趣支持，否则很难继续下去。而编辑是除了读者反馈以外，最能鼓励他们继续创作的因素。文学网站编辑与作者的互动比传统纸媒体更加频繁和直观，利用网络的便利性，编辑可以在作者创作的同时与之沟通，利用自己的专业素质避免作者的一些非专业错误。如果缺乏这一环节，一些有潜力的优秀作者可能会难以完成对初次创作者来说相对浩大的创作工程。

布迪厄曾经说过，一部文学作品的流传，一个艺术家的成名，都是文学场中多种力量作用的结果。这句话在网络文学新人的培养中同样适用。各文学网站都设有自己的推荐榜。这些推荐榜大多分为网站推荐榜和读者推荐榜两类，读者推荐榜一般以点击率和读者评分作为标准，点击率越多、评分越高的作品排名越靠前，网站推荐榜则是以网站编辑的推荐为标准，二者对于拉动作品的人气都有着极为重要的作用，为了吸引更多的专属签约作者，网站推荐榜也都会选择本站专属作品进行打榜。除了对网络写手的创作进行鼓励指导外，各文学网站都不遗余力对新人作品进行推广。由于文学网站的作品库存量非常之大，作品的水准又良莠不齐，读者要在浩如烟海的作品中去寻找自己喜欢的具有一定水准的小说是相当困难的，这时候除了使用分类、搜索等功能外，最为便捷的方式就是关注推荐榜和点击榜，看看网站编辑的推荐作品以及最受欢迎的作品。虽然由于需要推广宣传的作品越来越多，各文学网站的推荐榜也越来越长，推荐的作品质量有所下滑，推荐榜的品牌效应不再具有曾经的公信力，但这仍是读者选择阅读作品优先考虑的标准之一。新作者一旦登上网站的推荐榜，作品点击率就会一路飙升，这对新作者的创作也是极大的鼓励。

2. 扩大了文学的主题

在文学网站向出版社推荐并合作出版的作品中，原创奇幻文学占了绝大多数。这是因为在文学网站刊登的海量文学作品中，原创奇幻文学在数量上具有一定的优势，而且原创奇幻文学中的史诗类，即东方奇幻类和架空历史类都对作者的文字功底与知识面有一定的要求，也比较容易产生具有出版价值的精品。也正是通过文学网站的推荐出版，原创奇幻文学才开始出现在主流视野之中。

在 2003 年以前，主流媒体中提到奇幻时通常都只会联想到《哈利・波特》《魔戒》等西方作品，很少会想到原创奇幻文学，而当时原创奇幻文学已经在网络上风靡一时了。直到《诛仙》《小兵传奇》的出版和热销，主流媒体才真正关注到原创奇幻文学这一新兴的网络文学类型。从这一点来说，文学网站在传统出版领域的开拓也进一步扩大了原创奇幻文学的传播范围，让它从单纯地依靠网络进行传播变成了通过网络和传统出版同时进行传播，使这一网络文学的新形式被更多的人接受。

网络小说超长的篇幅也与其网站运作模式有关。以已经出版一部分的网络小说《天行健》为例，已出的 4 卷本共 100 万字，但还只是作者构想情节的一个序章，根据作者自己安排的年表来看，前卷的内容只占到一小部分。再如网络文学《紫川》，单行本已经出了 20 多册，故事还远远没有结束的迹象。就是这种超长篇幅的文体特征，与网站的运营有关。VIP 制度实行的是付费阅读，比起传统的纸面阅读来说，读者需要付出的金钱较少。要维持网站的正常运营，文学网站就必须要依靠文字的数量和规模来薄利多销。实际上，很多网站与写手的以字数为标准的分成模式，也促进了写手以堆积字数为要务。最终形成了玄幻网络小鸿篇巨制的特征。

（二）文学网站的建立，必然会提高网络文学的质量

文学网站的运作都有一个从个人网站向商业网站转向这一特征。竞争机制的引入，其核心就在于打破了权威，打破了人治，而以绩效来衡量。为在残酷的竞争中获胜，商业趋利的本质就使文学产品质量的竞争成为了第一。当然这也可能在商业利润的驱逐下，使作品更加媚俗，甚至出现黄色、暴力等倾向。这是一个网络管理的问题，可以通过制度来解决。比如各大网站签订的制止黄色暴力的条约，就起到了很好的作用。

（三）文学网站的建立建构了新的网络文学场

在这个文学场中，文学价值的评判，一个作者文学资本的积累，文学声望的获得，都呈现出与传统体制下完全不同的形式。文学编辑的权力大大不如传统体制下的编辑所享有的权利。文学的审判权被最大限度地交给了读者。作者、编辑、作品之间的关系被改写。

（四）文学网站发展，促使网络文学产业链延伸

网络的神通令无数英雄竞折腰。著名作家马原感慨：使雪村名扬天下的竟是毫不起眼的一个小东西：Flash，雪村进“天堂”省略了从炼狱到地狱全部的痛苦与挣扎。网络在此展示了它相对于其他媒体的独特优势。

时至今日，网络小说变成纸质图书，甚至是改编成影视剧早已不是什么新鲜事，网络文学在出版业、影视业产生经济效益的同时，也让人们看到网络文学的巨大潜能。网络文学之所以能够成为产业基础，以文字的形式不断为产业链下游输送内容，一是因为网络小说本身的高关注度势必降低图书、影视剧产销的风险系数；二是网络小说相比成熟名家的低廉身价又进一步扩大了投资商的利润空间。另外，在版权出售的过程中，作者不但获得物质上的收益，还因此提升了知名度，进一步激发创作热情，网络文学资源的可持续性得到保证。在这一产业中，文学网站作为网络文学的重要载体成为连接上下游的中心环节，在帮助作者推广作品、开发代理衍生版权、与购买版权的投资商定价议价中起着必不可少的作用。

二、如何进一步发展文学网站

文学网站作为一个知识型实体，它应该与时代同步，与市场同步。这不管在创站初期，还是以后的发展方向，都应如此。单纯靠道义的支持，而没有经营头脑，发展下去只能让自己已有的“效应”“资源”白白浪费，人才资源不断流失。

网站作为一个信息媒介或服务平台，但这个媒介或平台具有非常大的特殊性和优越性，它相比于传统的媒介如电视、广播、报纸杂志更具有交互性、实时性，这是传统媒介或交易平台无法比拟的。但我们也要看到，不论网络如何先进，最终还是要回到现实的生活，最终人与人还是要互相交往的。然而怎么样才能让自己的网站更好地生存和发展，在日益激烈竞争的今天，使自己立于不败之地呢？

（一）人才资源尤其重要

一个文学网站要生存和发展，最关键的还在于有人才资源。有人说，读者才是最重要的，但如果没有优秀的作者，是不会有读者的。对于网站建设来说，优秀的写手，就是网站的人才资源。各大网站也早已意识到这一点，不知从何时起，一场写手争夺战在各大网站间悄悄拉开序幕。开办专栏，提高稿酬，举办征文，网站使出种种手段，希望能将各路写手聚集在自己的麾下。曾有人指出：“许多网站已经看清，写手本身就是财富，利用得好，便可财源滚滚。”“起点”“幻剑”“红袖”“榕树下”也是经历了漫长的过程，才聚集了众多的人才资源。

如何才能拥有优秀的写手？除了要尊重优秀的写手，网站还要为他们创造一个宽松的、能充分发挥其个人才华的空间，同时也要给他们提供各种机会，满足他们的发表欲，并给他

们力所能及的宣传，让他们成为知名写手。网站的知名写手越多，越能提高网站知名度。在“红袖”“榕树下”等大型网站，可谓人才济济，这是因为他们对写手长期的支持分不开的。

但对一些小一点的网站，没有什么知名写手该怎么办呢？我们知道网络知名写手毕竟不多，他们大多固定选择了自己喜欢的网站，那么没有知名写手支持，有些网站就开始自己造星。在自己网站上的作者中选择一些有潜力的写手，慢慢培养，并对他们进行一些包装，让他们走出去。

在这方面，读写网就做得很不错。他们没有名牌写手的支持，但读写网常免费地为自己的作者做一些宣传，将自己作者的作品推出去，这对作者来说，很有鼓励作用。如此而来，他们也有了自己的知名写手，有了固定的读者和市场。

（二）网站的特色

网站特色其实就是我们所说的一个亮点，就是“人无我有、人有我精、人精我特”。在建设网站特色时，值得注意的就是网站进入速度及发帖程序。比如“发帖简单，色彩明快”亦可成为网站的一个特点。反之，有的网站太花哨，打开很困难，或者发帖程序繁琐，读者很难有耐心等待网站打开发帖。所以，风格和特色，是我们建设网站所不能忽视的。

网站的建设特色，离不开优秀的写手，更离不开优秀的管理人才，这些人才是哪些？网站的老总和网站斑竹。网站的“斑竹”大多来自四面八方，能力和兴趣爱好也不一样，所以，网站建设如何，老总在里面起的作用是关键性的。一个好的领导，不仅要善于发现人才，善于使用人才，还要在关键的时候，善于保护自己的人才。老总不仅要注意保护“斑竹”人，维护他们的尊严，因为维护他们就是维护自己网站的尊严。同时也要倾听他们的心声，找出不和谐之音，尽快消除和协调，以维护网站的正常发展。

（三）媒介支持

对于一个文学网站，如果没有固定的媒介支持，那结果注定是要失败的。这里所说的媒介，既包括出版社、杂志社等传统媒体，也包括手机软件等新兴媒体，还包括影视公司、游戏公司、海外版权购买商等。传统媒体可以为网络文学网站分摊选稿与编辑的工作，对作品的质量进行严格把关；新兴媒体则可以为文学网站的发展提供媒介技术支持；而影视公司、游戏公司以及海外版权购买商则为文学网站创收带来了更多渠道，有利于文学网站的优秀作品走出去，从而进一步提升网站的知名度和美誉度，也为吸引作者资源增添了砝码。

思考题：

1. 部分网络作品点击率高但出版后并不畅销，原因何在？
2. 试着从Ⅵ系统设计等角度进一步分析榕树下网站的页面设计。
3. 试论网络文学网站的运营。
4. 网络文学网站对网络文学发展的意义。

第四章 网络文学写手

第一节 网络文学写手概述

一、网络写手的界定

何为“网络写手”？目前《现代汉语字典》中还没有收录这个名词。顾名思义，“网络写手”是与网络有关的写手。关于“写手”一词，在《高级汉语大词典》中有一个词语与之意义接近——“作家”，此词条的具体内容是：“以写作为职业者，从事文学创作有成就的人。”这一概念包含两层意思，第一层意思是说，作家是一种职业；第二层意思是说，作家的文学创作是得到了认可的。那么，根据这一定义，“网络写手”也应具有这两方面的含义。

如果结合作家的定义，我们可以尝试着对网络写手作这样的界定：

指网络上的写作者，也可以称之为“网络作家”或“网络作者”，他们直接在网络上发表原创作品。这里又有两种情况：一种是广义的写手，只要在网络上发表原创作品，都可以看作是网络写手，所以有这样一句话：“在网络上，人人都可以做作家”；而狭义的网络写手则是以此为职业的人，他们兴起于20世纪90年代，经过20多年的发展，已成为文学创作的重要力量。

二、网络写手的形成与发展

那么，网络写手是如何形成的呢？首先，网络是一个必不可少的重要的工具，这是网络写手与传统写手之间最大的一个区别，也是得以迅速发展的一个得天独厚的条件。

一个人要成为作家，是相当艰难的，或者说一个作家的成长历程，是一个艰苦的过程。某人在成为作家之前，至少可以用这样一些称谓来称呼他，如“文学爱好者”“业余作家”“作者”“作家”等。广义的文学爱好者，还包括那些几乎不写作，但非常喜欢阅读文学作品的人。“作者”则是指有作品发表的人，只不过有的作者经常发表，有的则较少而已。而从历史角度来说，这些称谓的变化也在某种意义上反映了作家的成长过程。

与传统写手相比，网络写手在最初当然也要经历“文学爱好者”这样的过程，否则他们也不会想到要在网络上发表作品。但是，由于他们依靠的媒介与工具的不同，其形成过程与传统写手之间也有着很大的区别。

传统写手依靠纸与笔来表达，而电脑与网络则是网络写手的武器，后者的工作效率大大高于前者[①]。传统写手发表作品，要先将作品寄到媒体，等编辑审稿后，才能得知结果，

①目前传统媒介也会借助现代网络工具，此处只是突出网络写手的形成特点。

其间与编辑联系也需借助信件与电话，需要耗费大量的时间与精力，同时还要受媒体定位与编辑个人喜好的制约；而网络写手则方便快捷得多，他们可利用电脑直接将作品发表在网络论坛或自己的博客上，发表更自由，完全不受时空和版面影响，更无需考虑编辑个人喜好。

其次，在网络上写作不受任何形式的束缚，网络写手可以更多地保留自己的个性，这也是越来越多的人选择用网络表达自己的原因之一。网络写手的写作动机相对而言要单纯得多，他们多是本着对文学和网络的热爱，较少功利性，所以其作品能更直接、更真实地反映生活，让人更能体会到网络作家的真诚[①]。

最后，在网络上，所有的作者都是平等的。网络写手都以虚拟的网名发表作品，没有地位高低之分，所有写手，无论性别、年龄、职业，读者都是一视同仁，这给网络写手提供了极大的空间。而读者阅读网络作品也更为方便快捷，还可随时提出自己的意见，与作者之间进行互动，这一点是传统写作不可能做到的。

正是由于上述特点，网络写手这一特定群体得以产生。其发展势头更是相当迅猛。

20 世纪 90 年代末期，是网络写手发展的第一个阶段。当时几乎没有职业的网络写手，如最早的网络写手痞子蔡、慕容雪村等人，并非专业作家，有评论说他们既荒唐又迷惘，完全是为了满足虚荣心才在网络上写作。但这时的网络文学却有着一种难得的真诚。

21 世纪初期，网络写手有所发展，已出现一大批著名的职业网络写手，如李寻欢、宁财神、邢育森、安妮宝贝等人，他们被称为“四驾马车”“四大写手”，可谓是第一代网络写手中的领军人物。他们的作品也是风格各异，深受读者喜爱。

之后，随着网络文学的繁荣，网络写手的队伍也逐渐扩大，水平越来越高，当然也有越来越多的普通人加入了网络写手的行列。如 2007 年由网络作家“当年明月”创作的长篇小说《明朝那些事儿》，还引起了很大的争论，争论焦点是历史能否以另外一种方式呈现，但“当年明月”的历史文化功底却是公认的。2008 年孔二狗创作的《黑道风云 20 年》，更是得到读者及出版社的青睐，而他本人俨然成为网络写手的风云人物。

现在，网络写手的发展速度越来越快，规模也越来越大，已成为文学界不可忽视的一股力量，下面一组数据可以非常直观地说明这个问题。《华西都市报》于 2014 年发布的第九届作家榜网络作家榜中，唐家三少以 5 000 万元版税登顶榜首；辰东以 2 800 万元版税名列榜单第二；天蚕土豆以 2 550 万元版税位列第三。唐家三少 2014 年 5 000 万元的版税收入相当于第二名版税（2 800 万元）和第三名（2 550 万元）的总和，也近两倍于自己 2013 年的成绩（2 650 万元）。不只是唐家三少收入暴涨，网络大神们的收入整体上都处于上升趋势。2014 年上榜的十余位作家，其版税收入都有大幅度的提升，甚至数倍于前。单从价值上看，网络写手已经远远超过传统作家。

另一方面，网络文学广阔的群众基础使得网络写手这一职业不会面临后继无人的尴尬。百度曾做过一项名为“十大梦想新职业”的调查，在该项调查中，“婚礼策划师”是年轻人的第一梦想职业，而位居二位的热门职业就是“网络作家”，相信随着行业体制的不断完善，未来会有越来越多的新鲜血液加入到这个行业中。

① 当然，这只是相对而言，也不排除有的网络写手只是为了哗众取宠，赢得关注。

三、目前网络写手的规模与水平

据中国互联网络信息中心（CNNIC）2015 年 7 月发布的《第 36 次中国互联网络发展状况统计报告》统计，我国网民规模居世界第一，数量已突破 6 亿。又据中国互联网信息中心统计，在我国，以各种形式在网络上发表过作品的人数高达 2 000 万，注册写手达 200 万。当然其中绝大部分属于“玩票”性质，真正当作职业甚至“成神”的凤毛麟角。

那么，目前网络写手的整体水平如何呢？

1. 水平参差不齐

“强的强到让你无法想象，弱的弱到连渣都不剩……”①

有人曾将网络写作称为“文学的卡拉 OK”②，以此将网络写手与专业作家区分开来。的确，目前的网络写手水平参差不齐，因为从广义上来说，它所涵盖的范围极大，只要是在网络上发表作品的，都可包含在内。最早台湾网络小说《第一次的亲密接触》的作者痞子蔡等人被称为“网络作家”时，就有人提出反驳，认为像痞子蔡这样的一批网络写作者与“作家”这个称呼之间还存在着较大差距。“网络写手”这一中庸称呼的出现，就正说明了其水平的参差不齐。

2. 文学功底薄弱、跟风习气浓厚

“有构思的没文笔，有文笔的跟风作。”

不可否认，很多网络写手的思维活跃，想象力极其丰富，如网络上曾风行一时的“玄幻小说”“穿越”类小说等，正是这一优点的体现。但是大部分网络写手的文字功底并不尽如人意，他们虽然拥有相当精妙的创意，但是将其付诸文字时，却显得平淡无奇。而有些网络写手拥有深厚的文字功底，却又缺乏想象力，只能炮制一些跟风之作，颇令人惋惜。

3. 缺乏社会责任感，创作粗糙

“一味追求想象和刺激”，“作品漏洞百出”。

很多低俗网络文学的出现，导致人们认为网络写手普遍缺乏社会责任感。当然有很多网络写手受经济利益的驱使，作品一味追求想象和刺激，这是问题出现的一个主要原因。另外一方面，整个社会的浮躁风气对网络的影响也是很大的。要改变这一现象，需要大家的共同努力，同时，网络写手也要加强自身的社会责任感。创作粗糙也是人们对网络写手的评价之一，这是由网络的特殊性决定的，在网络上更新速度要快，快餐文化占主导地位，使得很多网络写手异常浮躁，对自己的作品缺少精雕细琢。

当然，以上几点是对网络写手整体水平的评价，在众多的网络写手中，也不乏佼佼者。我们相信，随着参与网络写作的写手们素质的提高，其整体水平也会有所提升，并上升到一个新的台阶。

第二节　我国网络文学写手的生存状态

随着网络文学的发展，网络写手已是遍布网络了。他们活跃在每一个网站，或发起话题，挑起论争，以犀利幽默的风格引起网上激烈的唇枪舌剑；或笔耕不辍，进行创作，引得数万

① 评论均出自普通网友之口，来自百度贴吧。

② 来自新华网，作者胡浩、李靖。

跟帖。作为网络文学产业重要的生产环节，网络写手的素质直接关系到网络文学作品质量的高低，网络写手的影响力关系到一个网络文学网站的影响力[①]，网络写手的数量和未来发展直接关系到网络文学的繁荣与否。如果没有网络写手们创作出的大量脍炙人口的文学作品，如果没有上亿的写手真实的存在，网络文学的规模和影响力将会继续处于边缘化的位置。

网络写手的生存状态是一个让人迷惑的谜面。一方面，各种媒体中将网络写手描绘成一项日进斗金、显赫非常的新兴职业；另一方面，却是散见于各个网站的一些关于网络写手生活的描写性文字。有一篇名为《网络写手，你为什么哭泣》的帖子，作者描绘了自己作为网络写手所经历的经济窘迫、生活潦倒、无法自立于社会的尴尬状况。而另一篇帖子《专业作家与网络写手》，则记述了网络写手与作协成员的社会地位之间的悬殊：网络写手无法拥有和专业作家同样的文化资本，在社会资源的占有上，二者更是不可同日而语。

网络写手作为网络文学生产的源头，他们的生存状态直接关系着这一领域的发展与稳定，进而影响着网络文学的规模、影响与竞争力。本节所关注的是，网络写手作为一个类群，他们在社会中的经济状况、社会地位等。那么，我国网络写手的真实生存状态究竟如何呢？

一、我国网络写手的生物群落状况

我国有多少网络写手？这个数据难以统计。如果以仅在网上发表言论就算做写手来衡量的话，那么也许有多少网民就有多少网络写手。当然，本节所讨论的网络写手至少需要在网络上发表原创作品，作品质量如何则另当别论。根据传统的文艺理论，作家是某种具有特殊能力的人，应归于艺术家一类。对作家的探讨往往从其经历、学历、心理上入手，并对其人格进行分析。网络写手是否还符合人们对传统作家的种种研究，值得关注和讨论。如果将这一群体的年龄、职业、学科背景、性别等视为网络写手的生物群落属性，那么我国的网络写手现状呈现出以下特点。

（一）网络写手的年龄跨度大

写手的年龄反映了人们对网络写作的关注及参与情况，反映了网络文学的影响力。2008年新华网发布了一条新闻：《世界上年龄最大的网络博客写手去世 享年108岁》，其主角便是目前世界上年龄最大的网络博客写手——澳大利亚新南威尔士州的奥莉夫·赖利。她在107岁时开通了自己的博客，共撰写博文70多篇，在文章中她讲述了自己漫长而丰富的人生，包括抚养3个子女的经过、如何熬过两次世界大战以及她担任厨师和酒吧招待的工作经历等。我国的网络写手年龄跨度也是相当之大，其中最小的已低龄至几岁的孩子，比如北京的四岁半[②]小女孩，网名“猴哥”；而最大的是一位81岁的汪姓奶奶，“猴哥”正是她的孙女（下文附有“猴哥”及汪奶奶的博文）。当然，网络写手的中坚力量大部分是处于18～38岁年龄段的网民，特别是以大学生群体为主。这个年龄段的人精力旺盛、思想活跃，往往敢于打破常规，撇开传统文学的条条框框，表达方式大胆独特，为文坛吹来清新空气。

也有作家对目前网络写手的年龄层次趋于年轻化有一定的担忧，如著名作家蒋子龙在“作家走进网络”的研讨会上，发表自己的看法说：“文学创作与网络相结合，赋予了作家、尤其

① 有网站号称“每天有六万写手为你写小说”，以显示自己的实力。

② 2007年，“猴哥”开始写作博文时，仅四岁半。

是青年作家一番可以任意驰骋的新天地。作家的创作思维就像互联网上随时更新的内容一样活跃，灵魂的火花不断闪现，好的作品层出不穷，但是，也应看到大部分网络写手与读者的年龄层次太过年轻，人生经历匮乏，其作品内容缺少亲身体验与厚重文化底蕴。同时，网络开放性的特点也决定了各种层次的文学作品都可以随意发表，加上当以赢利为目的的网络文学成为压倒一切的主流时，一部分作品便被引上歧途。”但笔者认为，网络写手年轻化正是网络文学的一种优势，对于部分网络文学的品位低俗问题，应适当采用强制手段进行遏制，而要从根本上解决，则需要整个社会的共同努力。

附：

1.“猴哥”博文

一鼓作气（2007-03-25）

前天谢老师给我们讲了一个成语，叫一鼓作气，就是一下子把事情都做完，一口气，不能休息一点时间。比如，我昨天弹琴，就一口气把曲子从头到尾地弹了完整的一遍，这就叫一鼓作气。

滑轮滑（2007-04-01）

昨天和今天爸爸和妈妈带我去世纪坛滑轮滑，刚开始的时候，我老容易摔倒，妈妈说：别着急，总有一天你会学会的。可是，还没过几天，我就学会了，怎么学会的呢？哈哈，我先在草地练了一会走，找着感觉了，就到石头地上练，摔倒了，我脸上满是笑容，没有一点哭的表情，最后就会站了。哈哈，还有一步忘了和你们说了，我还让岳教练看看我这个徒弟练行了吗？教练说可以了，她夸我有进步，我就加入她们的队伍了。

2. 汪奶奶博文

一个人的晚餐

今天我的晚餐是：主食 龙虎斗。副食 凉拌五彩海带丝。

儿子、媳妇、孙女每天忙得不亦乐乎，清晨出门，晚上八点多才回家，于是我就得自己伺候自己，今天我的晚餐就来个创新，说白了就是馄饨面条一锅煮，为什么叫龙虎斗呢，因为面条是长长的，像条龙，馄饨也叫猫耳朵，猫还是老虎的师父哩，所以就叫龙虎斗了。

凉拌五彩海带丝，原料很普通，经济实惠，那就是海带丝，黄瓜丝，胡萝卜丝，鸡蛋摊成皮后切成丝，再加上粉丝，五种颜色，配以香油、盐、味精拌一拌就 OK 了。吃起来清爽可口，做起来简单易行。

一位伟人云：自己动手，丰衣足食。自己能干活，才是永久牌的劳动力，所以小时工就是帮助搞清洁卫生，我还是愿意自己做饭，想做什么，就做什么，找人做饭还得费口舌，不如自己边想边做来得痛快。

（二）网络写手的职业范围广

从职业来看，网络写手以非专业人员为主（专业人员是指受到文学艺术的系统学习，或是受到过这方面培训获得资质的人员），这也是网络文学的一个特点。网络写手中，除占据很大一部分比例的学生之外，其职业是形形色色。其中，以普通的白领居多，如“黑可可”，一直在外企任职，担任过秘书、总经理助理、客户关系主管等职务，拥有丰富的人生阅历。网络写手中，还有实验室的普通实验员，或是电脑、网络、广告、设计等职业的从业者，还有三轮车夫、个体经营者（如网名为“唐家三少”的张威就是帮母亲负责照看汽车配件店），还有公务员、警察、医生、演员，甚至是某些特种行业者……这些人在过去难以成为专业作者，而在网络上，他们却都可以成为一名网文作者。在传统文学刊物的编辑选稿过程中，如果作者缺乏名气和一定的社会关系，作品发表的几率是很小的，而网络却给年轻人提供了一个展现自己才华的新天地。①

我们可以通过网络文学大奖赛为例来了解网络写手的职业情况。例如，在 2005 年 3 月 25 日，首度海峡两岸共同举办的“第一届凤凰网络文学大赛”中，其中获得头奖的是大陆写手杨露的小说《蜘蛛之寻》，他当时任北京某广告公司华中区域经理；另外获得佳作奖的是左小佑，来自台湾，他今年 54 岁，是一位退休公务员；而年龄最小的是三等奖获得者张芊，当年只有 20 岁，还是一位学生，就读于衡阳师范学院。三人的职业和身份都完全不同。

在传统的职业分工中，一个人的工作一旦确定，就很难改变。而且，作者要成为专业作家，往往要进入作协、得到文学体制的认可方能成功。但是网络写手却广泛地打破了职业的限定，不需要传统文学界的认可，它使最大多数的人都可能成为文学作家。现在，网络写手本身也已成为一门新的职业。

（三）网络写手的学科背景层次高，以理工科为主

网络文学写手的学科背景不一，但目前理工科学生的数量大大增加，在有影响的写手中，也都具备较高的学历。网络文学最初主要是由各大学、各研究机构的海外理工科留学生发起的，因为他们有更多的机会接触网络，如少君、方舟子等。而在我国大陆网络文学中，理工科学生同样也是创作的中坚力量。如晋江原创网首席女作家施定柔是多伦多大学东亚系博士研究生，“吾不笑”是工程力学专业的博士研究生，沈璎璎则是天坛医院的医学博士，又如 SIEG 毕业于生化工程系食品工程专业，方舟子从事生物工程行业等。据《文汇报》对网络写手的调查显示，新锐网络写手多是学理科的大男孩②。这种大部分网络写手都是理工科背景的社会现象，有研究者将其原因归结为：理工科学生的创作过程少了一些文论束缚；电子媒介的发展使理科生的右脑功能更加突出。③对网络写手的理工学科背景，虽然有不少批评人士认为他们的专业素质低，但是不可否认的是，他们自身的学科背景为文学带来了不同的视角和新鲜的内容。

附：

1.《读书报》对网络写手“旧欢如梦”的采访（节选）

《读书报》：你大概也发现了，网络写手中，大多是理科生。你对这一现象有什么看法？

旧梦如欢：现在网络上很多热门的小说都是出自理科生之手，并且还有愈演愈烈的趋势，这可能跟当前的社会大环境有关。理科生在社会上的需求量较大，找工作比较容易，导致许

① 现在有些著名的文学网站也体制化了，聘用了一大批专职、兼职的编辑来筛选稿件，但不是每篇来稿都可以发表，有时来稿太多，编辑来不及看就“毙”掉的也有。

② 资料来源：《第 23 次中国互联网络发展状况统计报告》。

③严天武：《网络写手多是理工科背景的原因探究》，《哈尔滨学院学报》2015 年第 1 期。

多有文采的学生都选择读理科。在传统媒体盛行的年代，理科生去写文章，恐怕很难引起编辑们的注意，但是在网络时代，有一个可以随心所欲发布自己文章的平台，理科生纷纷涌现出来也就不足为怪。

但是理科生和文科生还是有差别，对于中文科班出身的人，文笔都较为优美，在事物的细节描述和情节的组织能力上，远非非科班出身的理科生能比。但是有一点，学文科的人容易陷入一种无病呻吟的状态，经常会有大段大段的抒情，在这个快餐文学盛行的年代，这些很容易让人丧失阅读的兴趣。理科生很少有这种情况，不是不想写，而是写不出来。写这些东西对于写的人而言，很有成就感，因为需要较好的文采，但这是理科生的弱项。不过对于读者而言，很少有人有兴趣去看大段的抒情文字。所以相对而言，理科生平实的文字反倒还招人喜欢。

2.《网络写手调查：新锐多数是学理科的大男孩》节选（《文汇报》，王磊）

最让你想不到的，领军网络文学的新锐竟然大部分是学理科的大男孩——

网络写手什么样？

网络写手什么样？每天对着闪烁的电脑屏幕敲敲打打写小说，产量 5 000 字至 8 000 字；喝矿泉水、吃方便面；停下手打电话叫便当就算休息。鲁迅先生笔下“躲在寓里弄文学”的亭子间“文青”形象，莫非正是网络时代“文学宅男”的标准像？10 年间，国内几家知名文学网站的注册写手“发酵”到了 70 万，不过，有的无声无息成了“睡眠账户”，有的却签下号称年薪百万的写作合约，顶上了“白金作家”的光环。

找网络写手们聊，却发现他们很实在；最令人意外的，领军网络文学的新锐竟然大部分是学理科的大男孩。

……

“理科大脑”，更适合网络写作？

……

每年文学网站都会召集作者开年会，作者们也常全国跑来跑去彼此拜访。聚会时，一桌子人聊起各自的专业，竟发现基本都和“文学”无关。“白金作家”原来都是些理科男孩。就连因为新概念第一名保送中文专业的“格子”，最终也中途辍学，回到他“物理班”的世界之中。“我吃西红柿”专职“宅”在家里写网络小说之前，在大学读数学系；写玄幻的血红，虽然如今电脑对他来说只是写作工具，可他抽屉里藏着张计算机专业的文凭。

“当网络写手需要自律。最早一批‘白金作家’都是坚持 3 年，每天更新 3 000 字的人。”“格子”说，或许“理科大脑”让网络写手能有更强的“规划感”和责任心，可以强迫自己不像传统作家那么“率性”——“毕竟这是一个淘汰率很高的职业。一开始你不更新会有人惦记你，提醒你；你再不更新，你就等着被别人‘更新’吧。”

（四）网络写手的地理分布主要在城镇

网络调查统计显示，在广大的网络写手当中，由于经济水平和地域条件的限制，农村网络写手的比重仅占了不到十分之一，剩下的网络写手全部来自城镇或大中城市。至 2015 年 6 月，我国农村网民规模达到 1.86 亿，跟全国 6 亿多的网民数量相比，普及度还远远不够。甚至有学者指出，“城市化”是网络写手的特质之一，“统计结果显示，网络写手 100% 居住在城市，工作和生活中经常接触互联网，其中公司白领、学生占 75% 以上，大多以电脑、网络、广告、设计为专业，键盘熟练，他们以业余的心态写作，几乎没有文学专业的科班出身。因此他们作品中的生活场景也 100% 地发生在城市，而且大都在白领中间”。①

地域对文学的影响是巨大的。歌厅、酒吧、网吧、麦当劳、电影院、地铁、溜冰场、保龄球馆、卡丁车场威士忌、泰坦尼克、普罗旺斯、爱情海、法国香水、喇叭裤、萨克斯、拉斯维加斯……这些都是网络作品中常见的生活场景，呈现出小资、城市化的特点，这当然是与其写手的分布特点紧密相连的。地理虽然是一个自然属性，但是写手生长的地理环境及其地域文化往往对其审美倾向和艺术风格的形成产生深刻的影响。

随着网络在农村的进一步普及，必然会有大量的农村写手加入，我们也期待这将会给网络文学带来不同地域的新风貌。

附：

《情场屠夫》节选：一枚糖果

姜莜莜反问道：“你家白医生呢?”

许诺发动车子，一边说道：“那早就是过去式了，你不知道公司最近发生很多事情么，对于我个人，也是这样。”

看到了酒吧舞台中间偌大的生日蛋糕，姜莜莜才知道今天是许诺的生日，包了这个酒吧来庆祝。

难怪门口的豪车那么多，升职、生日一起庆祝，真够开心的，姜莜莜心里有点泛酸。

即使是自己过生日，戴精诚肯定也不会搞得这么奢华这么大排场。

客人很多，但没有看见白哲瀚。

“怎么没见男主角啊？”姜莜莜端起一支香槟，笑着问。

“等下你就知道了。”许诺掩饰不住的得意洋洋，这次生日 party 老爸许长春没少花心思，连在新疆的中学同学都请了过来，当然来回机票是老爸出了。

许长春没有出现，他跟白哲瀚一起出国去了。

灯光开始变得亮堂，酒吧的兔女郎服务员把蛋糕推到了中间，许诺穿着香奈儿宫廷褶皱小礼服，虽然是素雅的蓝色调，但在与宫廷感的褶皱设计相结合后，也散发出不一样的优雅，装点上饰珠宝的腰带后更添奢华韵味，站在上面就是集万千宠爱于一身的公主，礼服上的小钻石在灯光照耀下熠熠生辉。

“今天对于我来说是个高兴的日子，所以来到这里，今天是我的生日，也是我的第一份工作得到肯定的日子。谢谢大家的到来。”许诺环顾四周，公司的几个高管坐在台下，黄玉的打扮很高贵，米色丝绒钉珠旗袍配淡紫色披肩，花色优雅大气，手工美观细腻，一看就是由专业绣花师傅做的，昨天收到请柬，因为总经理也要来的缘故，把压箱底的衣服都拿出来，听说许诺这次请了很多人，也包括他父亲的一些朋友，说不定会有好的机会，35 岁的自己被圈子里的人称为“齐天大剩”，谁都希望有个不孤独的生活状态，但没有合适的，绝对不迁就。我有房有车有工作有能力保养得也还可以，凭什么要接受那些平庸的人，去厨房受苦然后还要被他挑三拣四，黄玉的前夫就是这样，自己干得不顺利还嫉妒妻子干得顺利。

① 姜燕：《网络写手创作特质解析》，《山东师范大学学报》（人文社会科学版）2004 年第 6 期。

二、网络写手的现存问题

尽管网络文学的发展非常迅速，尽管有人说网络文学拯救了文学，例如余秋雨先生就认为网络文学是当代文学的一片新天地，但是对于网络文学的生产者——网络写手来说，却仍然有很多现实的问题摆在他们面前，这也是值得社会关注的。

（一）网络写手的经济状况、社会地位处于边缘位置

最初的网络写手没有收入，他们是为着文学的理想和热情，为着缪斯殿堂的神圣而写作的。除非他们的作品能被出版社看中，否则很难获得较高的稿酬。不过随着文学网站的兴起，能够与网站签约的作者，可以获得一定的收入。2003 年，盛大网率先实行了 VIP 收费制度之后，网络写手的收入有了新的局面，很多网站都竞相模仿。具体说来，读者阅读文学网站作品时需要支付千字两分或三分钱的费用。其中 30% 归网站，70% 归作者。有不少学生通过与网站签约写作，收入颇丰，如上海大学生命科学学院生物工程专业大四学生张磊，已写作 3 本网络小说，收入超过 10 万元，并且用自己做网络写手一年半赚的钱买了一部车，成了校园里令人羡慕的有车一族。2014 年的网络写手排行榜上，排名第一的唐家三少一年版税收入高达 5 000 万元，网络写手似乎成为高收入群体。但是，真正能够获得相对满意的报酬，继而以此为业的人比例极小，绝大部分网络写手仍然没有经济保障。

一篇名为《网络写手的悲哀》的网文可以让我们对其经济状况有一定的了解：

再来看看 VIP 作品，现在各大网站的 VIP 点击基本为 3 分钱/千字，而网站抽取 1/3 左右作为网站收入（人家也要赚钱，理解万岁吧！），所以加入 VIP 的写手，千字只是在 2 分钱而已。那些大叫着我们是看白书的朋友和那些大叫着我们没钱的朋友，一章 1 万字你点一下才 3 毛钱啊！3 毛钱是什么概念？丢地上一元钱你可能会拣，而要是地上有三毛钱，我估计你是一定不会弯下腰去拣，甚至看到都会当作没有看到，可是你们想过没有，我们这些靠这个赚点生活费上网费电费烟水费的写手，就是靠着那些支持我们的 VIP 成员几毛钱几毛钱的积累起来的，看书容易写书难，或者可以说不养儿不知父母苦，没有写过小说的人永远无法体会到作为一个写手，用千字每小时的速度写小说的感受，而我们的每小时只要 3 分钱，呵呵！我们算是低廉的劳动者吧！

而对于专业作家来讲，境况要好得多，即便是在作协改革的背景下，也还是有保障的。因为改革后，作协依然为作家提供了最基本的生活费。以北京作协的改革为例："现在我们实行的是五种合同制：一是专职合同制作家，面向在原单位办理停薪留职或无单位的居京作家，签约后由作协发给生活补贴，每月 1 000 元。二是返聘合同制作家，面向在原单位已提前退休的居京作家，签约后由作协发给创作补贴，每月 500 元。三是兼职合同制作家，面向不脱离原单位本职工作，兼职从事创作，工资待遇由原单位承担的居京作家，签约后不领取生活或创作补贴。四是选题合同制作家，面向北京及各地中青年作家，合同期间给予创作补贴。五是特殊合同制作家，史铁生作为特殊情况长期签约的著名残疾人作家，在本人坚持创作的情况下，每月发给 1 000 元生活补贴，并且由北京市委宣传部出面协调解决透析费。"①

在前文提到的网文《专业作家与网络写手》中，写手称"'专业作家'是一种令人敬仰，

① 《绕不开体制纷争，中国作协忙碌并困惑着》，《出版商务周报》2006-11-01。

让人羡慕的身份。‘专业作家’有如正规部队，有如警察叔叔，而网络写手就像游击队，像保安人员。‘专业作家’有‘专业’的优越性”。“‘网络写手’的作品想变成铅字，却是一件比登天还难的事。”

当然，这段话带有一定的主观感情色彩，但是专业作家的确比网络写手更容易占有出版资源，也是一个不争的事实。很多作家本身就身兼主编或责编之职，拥有文化出版的把关权。中国作协一共有 5 800 多名会员，绝大多数都有固定的工作岗位，80%分布在新闻、出版、文化、教育部门，如刘震云曾在《农民日报》工作，莫言曾在《检察日报》挂职，也有一边当教授，一边涉足文坛的，如余秋雨、曹文轩、徐坤等。

因此，网络写手要真正跻身于主流文坛，与专业作家平起平坐，还需要一定的时间与条件。

很多网络写手在“大神”的光环、强烈的兴趣以及不如意的工作或学业下，都会生出这样一个愿望：专职写作。而现实的情况是，真正做到哪怕是敢于迈出这一步的十分寥寥。大家的顾虑大多集中在：网络写手多如牛毛，想要出头十分困难；相比工资起征点 3 500 元，稿酬起征点则是 800 元，低稿酬高赋税让人望而却步；相较于稳定的工作，网络写手既没有底薪也没有完善的社会保障；风险较大，创作的作品是“大火”还是“扑街”无法预料；社会地位低，“网络写手”作为一种职业不被家人和社会认可；专职写作会不会脱离社会或是灵感枯竭；长时间“码字”会不会患上职业病……

要想让有志于从事网络文学创作的人士完全放下顾虑，还需要各级政府和文学网站为网络写手提供完善的政策支持和福利保障。目前，已经有网站尝试实施保底分成、底薪作家计划，也有网站为签约作家购买保险，只是实施范围相对较小，普通写手的全职之路依旧是困难重重。

（二）网络写手的著作权得不到有效保护

著作权，又称为版权，是指自然人、法人或者其他组织对文学，艺术或科学作品依法享有的财产权利和人身权利的总称。其中著作人格权的内涵包括了公开发表权、姓名表示权及禁止他人以扭曲、变更方式利用著作损害著作人名誉的权利。著作财产权是无体财产权，是基于人类智慧所产生之权利，故属智慧财产权，是知识产权的一种。

在网络上，侵权现象非常严重，其侵权行为主要表现为以下方面：

（1）将网上作品下载并发表到传统媒体上。这种行为可分为两种：一种是侵害上网作品即数字化作品，另一种是侵害网上作品，即直接在网络上创作并发表的作品。

（2）将传统媒体上的作品上传到网上。虽然被数字化的传统媒体上的作品不形成新的作品，但是传统媒体上的作品一旦被数字化进入网络后，网络的公开性和流通的迅捷性使其非常容易遭到侵权。在这个领域无论是著作人身权还是著作财产权或邻接权，与传统的著作权侵权相比变得非常简便易行。

（3）链接行为。超级链接除了可链接文本外，也可链接各种媒体，如声音、图像、动画等，通过它们，我们可享受丰富多彩的多媒体世界。对于超级链接，采用的方式多是在网页上列出一系列的地址，来将浏览者引入到地址所链接的页面，这里的页面可能是文本文档，也可能是多媒体文件。这使得人们可以在一个网页上找到并看到这些地址所链接的文本影音等资料。有的人说这并不构成侵权，曾经有这样一个比喻，超级链接的行为就如同有人打开自家房间的窗户，让来访者看到对面人家的风景，不论外面的景致看得多么真切，毕竟不是这房间的真实组成部分。① 这种链接行为，在其所链接的网页为公开的没有任何侵权的情况下，是不构成侵害所链接的页面内容的著作权的。但是如果其链接的网页的内容为某一个网络作品，对其进行使用需要经过网络著作权人的许可或授权时，那么将这个网址链接在自己的网页上的行为就已构成侵权。因为这与将所链接网页的内容直接编辑到自己的网页中没有任何区别。

（4）网页作品的著作权侵权。网页是由正文、图片、声音、视频输出片段及音像广播节目组成。在页面上，包括颜色配比、按钮位置安排、页面背景选择和板块内容的归类，等等，无不融有网页设计者的独特构思，所以一个页面往往具有独创性、可复制性，是一个作品。既然网页属于作品的范畴，那么具有自己独创性的网页理当受到著作权法的保护。在网络上存在大量网页著作权侵权现象，最典型的形式便是网站互相抄袭。

传统文学从写作、投稿，到印刷、出版，每一个环节都离不开作者，无论是作者、编辑，还是出版商，都异常重视版权。而网络文学由于其作品形态及发表媒介的特殊性，导致网络侵权行为相当普遍。由于网络侵权行为非常普遍，并且取证困难，网络写手的著作权也成为目前影响网络写手写作积极性的一个重要因素。在网络上，一篇受到欢迎的网文很快便会被个人或网站所转载，有些会注明转载，但也存在不少将他人作品据为己有的行为。而由于网络的特殊性，网络作品很容易被网友在转贴的过程中进行修改、增删，这也使得网络作品缺乏稳定性与严密性。

但在网络版权被日益重视的同时，我们却发现对于某些网络写手来说，作品版权似乎并不重要。这样的现象几乎随处可见，如 2009 年上半年流行的《致西方的诗》，在网络上被争相转载，但其作者并未现身，他的身份引起了各种猜测。在网友“八声甘州”的日志中，说作者是一位美国大学教授：“前些日子，一位教授朋友传给我一首题为‘致西方的诗’的英文诗，说是纽约州立大学布法罗校区（University at Buffalo，State University of New York）的林教授所写。”但究竟是真是假，目前也无定论。曾子江为此专门撰文《那首“致西方的诗”作者究竟是谁？》，对其推崇备至，此文被新浪网站推荐到首页，也说明了公众对于诗作者的好奇心理。汶川大地震期间，在网上流传着众多的感人诗篇，如《孩子快抓紧妈妈的手》《总理，您好疲惫》等。《孩子快抓紧妈妈的手》成名后，一时间出现了六个人，都竞相表明自己是诗歌的作者。可见，网络写手本人对于自己作品版权的忽视也是造成网络侵权的原因之一，因此必须加强作者的版权意识。

附：

1. 致西方的诗

当我们被称为东亚病夫时，我们被称为黄祸。/当我们被宣传为下一个超级大国时，我们被称为威胁。/当我们关上我们的大门时，你们走私毒品来打开市场。/当我们信奉自由贸易时，你们责骂我们夺走了你们的工作。/当我们被碎成几片时，你们的军队闯进来要求公平分赃。/但我们把碎片重拼接好时，你们又叫嚣解放被入侵的西藏。/好，那么我们尝试共产主义，你们恨我们是共产分子。/当我们容纳了资本主义时，你们又恨我们是资本家。/当我们有十亿人民时，你们说我们正在摧毁这个星球。/当我们实行计划生育时，你们说这是违反人

① 张平：《网络知识产权及相关法律问题透析》，广州出版社 2000 年版。

权。/当我们贫穷时，你们认为我们是狗。/当我们借给你们现金时，你们骂我们使你们负了债。/当我们建设我们的工业时，你们称我们是污染者。/当我们卖给你们商品时，你们责备我们助长了温室效应。/当我们购买石油时，你们称是剥削和种族大屠杀。/而当你们为石油而发起战争时，你们称为解放。/当我们在动乱时，你们要替我们制定律法。/当我们依法镇治暴乱时，你们称违反了人权。/当我们沉默时，你们要我们言论自由。/当我们不再沉默时，你们称我们是洗脑式的仇外。/你们为什么那么恨我们？我们不禁要问。/不，我们不恨你们，你们说。/我们也不恨你们，但是你们理解我们吗？我们问。/当然了，你们说，我们有媒体AFP，CNN和，BBCS./但是你们有谁能真正了解我们？/ 思考一下 然后回答/你们只是想找寻一切机会/永无休止地让世界变得伪善。/为世界我们祈祷让这个地球到处充满和平。

2. 孩子 快抓紧妈妈的手

孩子/快抓紧妈妈的手/去天堂的路/太黑了/妈妈怕你/碰了头/快/抓紧妈妈的手/让妈妈陪你走/妈妈/怕/天堂的路/太黑/我看不见你的手/自从/倒塌的墙/把阳光夺走/我再也看不见/你柔情的眸/孩子/你走吧/前面的路/再也没有忧愁/没有读不完的课本/和爸爸的拳头/你要记住/我和爸爸的模样/来生还要一起走/妈妈/别担忧/天堂的路有些挤/有很多同学朋友/我们说/不哭/哪一个人的妈妈都是我们的妈妈/哪一个孩子都是妈妈的孩子/没有我的日子/你把爱给活的孩子吧/妈妈/你别哭/泪光照亮不了/我们的路/让我们自己/慢慢地走/妈妈/我会记住你和爸爸的模样/记住我们的约定/来生一起走

第三节　网络写手的发展

随着网民的激增，一批又一批网络写手诞生了，他们以雨后春笋般的态势涌现在各大网络论坛和文学网站，将不计其数的帖子和文章推向了网络里每一个空间，或许这是我国许多作家们所没有料想到的。尽管这些网络写手当中有一部分人是真正热爱文学的，他们只想借网络这种新的载体表达自己的文学思想。但是，现实的网络环境却并没有给他们提供理想条件，他们无法像一些专业作家一样去专心写作。在工作、生活、家庭、责任、道德、规范等多重压力下，他们疲于奔命，真正属于自己的创作时间也许就是每个难得的休息日或午夜。这种夹杂在传统介质与网络环境之间的创作，是否能够达到较高的水准？网络写手们今后的发展和走向实在令人担忧。就目前的网络文学发展状况而言，网络写手们大体有以下三条路子可以尝试。

一、回归制度——走传统道路

在我国大的写作环境下，有些网络写手在取得一定成绩和影响力之后，开始回归到制度下，走传统载体的发展道路。比如宁财神由网络写手转向《武林外传》电视编剧，俞白眉从《网络论剑之刀剖周星驰》转型写《西安虎家》《相邻不远》《东北一家人》《闲人马大姐》等电视喜剧剧本。又如著名作家、剧作家“西门大官人”（天涯 ID），最早在天涯论坛上发表作品，后出版小说《你说你哪儿都敏感》《谁的莲衣》《骚戏》《红粉世家》、诗集《曾经一样的流浪》等，之后又逐渐向影视编剧转型，成绩斐然，迅速成为国内知名的影视编剧，先后推出了《红粉世家》《香粉传奇》《我的三个母亲》《雪琉璃》等一批具有社会影响力的影视作品，成绩不俗。这些作品都在社会上引起了不小反响，当然也给作者本身带来了较可观的回报，这是当前网络所不能给予的。

还有的网络写手加入作协，进入传统文学的体制。有网友惊讶地发现，在第八届中国作协全国委员会委员名单中，出现了当年明月、唐家三少这样出色的网络作家。作为首个加入中国作协的网络作家，唐家三少在2010年6月加入作协时就曾引发媒体的强烈关注。中国作协现已吸收三十余位网络作家为会员，省市级作协中网络作者更为广泛。这充分证明了网络文学作家的实力和日益增强的影响力，也呈现了中国作协更开放开明的新风貌。网络写手这类“野生动物”已有被传统文学“收编”的趋势。

那么，加入作协有何条件呢？一篇署名“严高歌”的网文指出，《中国作协章程》规定：“凡赞成本会章程，发表或出版过具有一定水平的文学创作、理论研究、翻译作品者，或从事文学的编辑、教学、组织工作有显著成绩者，由本人申请，各省、自治区、直辖市等作家协会推荐，或本会会员二人介绍，经本会书记处征求申请人所在省、自治区、直辖市等作家协会的意见，由本会书记处会议审议批准，即为本会会员。”在文中，作者认为网络写手与作家在实质上并无区别：

第一，网络写手是时代发展的产物。网络写手和作家本来就是一家人，不同的是，前者使用键盘和网络，后者使用的是笔和纸，两者只是使用工具和发表方式的不同。何况网络写手中也不乏写作高手，如果将网络文集出版成书，岂不同样具有加入作协的条件？

第二，尽管网络写手众多，但没有人说他们都可以加入作协，就像所有文字作者一样，不可能每个人都能成为作协会员。

第三，网络写手和文字作者一样，都是将思维和文字联结在一起的劳动者，其成果就是文章，其目的在于传播、传递信息，交流思想。从制作精神产品意义上说，他们的创作是创建精神文明，发展文化、科学的一种不可缺少的活动。

上海作协副主席、《萌芽》杂志主编赵长天也认为，作协向网络写手、年轻一代敞开大门是有必要的。所以，无论是文字作者还是网络写手，只要符合加入作协的条件，都不应该被拒绝，而且要将网络写手加入作协变成一种常态。

不过，当杭州作协欲“吸收”网络写手时，又有不少网络写手对此持不同看法①。

被邀为杭州市作协“类型文学创作委员会”主任候选人的“沧月”告诉上海东方早报记者，仍在犹豫是否应邀，她怕这个职务成为约束，“写作是独立的事情，加入作协并不说明自己已达到某种制高点”。

“沧月”表示，网络写手的生存、成长渠道与传统作家有很大区别，相对作协“黄埔军校”式的精英培训模式，网络作家更习惯从“草根”厮杀中赢得读者。“网络写手本来就是松散群体，没必要、更不可能把他们‘捆’在一起。”

看来，无论是社会各界，还是网络写手内部，对于网络写手是否能加入作协都有不同意见，但是抛开这个虚名，绝大多数的网络写手还是期待能得到与传统作家相同的待遇。

除了传统的作协，全国各地也在酝酿成立网络作家协会。2014年1月7日，浙江省网络作家协会正式成立，麦家被聘任为名誉主席，曹启文当选主席。夏烈、流潋紫、沧月、天蚕

① 据上海《东方早报》。

土豆、陆琪等当选为副主席。这是全国第一家由网络文学创作、评论、编辑和组织工作者自愿结合的省级协会组织。2014 年 7 月 3 日，上海网络作家协会宣告成立并召开首届会员大会。与此同时，由四家网络文学网站发起的全国一级协会“中国网络作协”也已进入审批流程。随后，安徽、广东、四川也相继成立网络作家协会。2015 年 11 月 10 日，杭州市网络作家协会成立，这意味着国内首家省会城市网络作家协会率先出炉。

这些网络作家协会的成立标志着主流文学界已经向网络文学敞开怀抱。同时，对于网络作家来说，他们将摆脱身份认同的尴尬，成为被社会认可的真正作家。除此之外，网络作家协会对网络作家、编辑队伍的思想和业务上的培训还能为网络作家提供技术上的指导，借此提高网络作家的综合素质。另外，网络写手长期处于封闭的创作状态，网络作家协会作为一个平台，有利于网络写手同行前辈的交流。更重要的是，网络作家协会能为作家集体关注的版权问题提供保障，有利于维权。这些举措无疑将进一步提升网络文学的影响力。

对于各省市网络作家协会的成立，也有反面声音出现。有人认为网络作家协会给网络写手提供“单位”，但并没有工资保障，象征意义大于实际作用。而且网络写手的收入差距非常明显，既有像唐家三少这样的“大腕”级写手，也有苦苦熬夜却挣不到钱的草根写手，造成这种差距的原因在于商业化运作的成功与否以及网络写手能否抓住网络文学受众群体的心理需求，这两方面原因恰恰与具有官方色彩的网络作家协会关系不大。几年前，知名网络写手慕容雪村在接受采访时被问到是否加入作协的问题，曾表态绝对不会加入作协，因为他反对作协这种体制。可见在网络写手界，有的人就想做个自由自在的写手，有的人可能想戴上网络作家的帽子，人与人的追求不同，对待网络作家协会的态度自然也会不同。

除了初具规模的网络作家协会，加大对人才培养的投入也体现了主流文学界对网络文学的重视。截至目前，有三家机构开展对网络作家的培训，被业界形象地称呼为“三驾马车”。这“三驾马车”分别是：盛大文学与上海视觉艺术学院联合创办的国内首个网络文学本科专业；鲁迅文学院开办的网络文学作家培训班，至今已开办七届，培训学员 262 人；由中国作家协会指导、中文在线发起成立的国内首家网络文学大学。[①]

二、继续写作——走可持续发展之路

暂且不论网络写手们写作的初衷到底是什么，但是能够肯定的是，如果真是一位有才能的写手，无论是在网络载体还是传统媒体载体中，他们都能够找到自己所需要的，都能获得社会应有的尊重和认可。在网络文学的发展道路上，仍然有一批坚定的写手，他们紧跟时代步伐一如既往地写作，为广大读者创作了很多作品，也拥有了自己一批稳定的读者。如天涯论坛“莲蓬鬼话”栏目的著名写手“一枚糖果”，虽然从 2004 年开始网络写作以来，几乎每一部作品都被出版社看中而得到出版，但她仍然立足于网络，坚持在网络上进行创作，得到大量“糖粉”的喜爱和支持。

对于这类网络写手今后的发展来说，如何发掘出新的网络写作道路，是目前迫切需要解决的问题。现在大多数网络写手都是写网络小说，而涉及诗歌、散文、电视剧本、电影脚本

① 陈苑，姜泓冰：《网络文学饱受诟病，“三驾马车”培训网络作家》，《人民日报》2014-02-26。

等方面体裁的网络写手比较少。在形式上创新或许比内容上创新更容易，在这方面，俞白眉、宁财神、雷立刚等人已经走在了前头。雷立刚开始上网的时间虽然比较晚，但自从长篇小说《秦盈》成名后，就陆续开始创作一些散文和诗歌，并成为一名电视编剧。他在四川师范大学教书的同时，还不断进行多形式创作，成为一位有代表性的多产网络写手，在当前网络文学格局下开辟了一条“可持续发展之路”。

对于网络写手来说，走可持续发展之路可以创造更好的网络写作环境，从而使得网络文学更加繁荣。

三、不断消沉——走向没落

市场经济体制下的网络文学，或多或少掺杂了一些利益的东西。有些文学网站打着发展网络文学的口号，做的却是一些挂羊头卖狗肉的非文学行径。而在庞大的网络写手队伍中，由于层次、水平、阶层的不同，也不乏有一些人为了所谓的名利，丧失了自身对文学的高尚追求，为了迎合经济利益的需要而转向编写一些哗众取宠、趣味低下的作品。如当下的某些文学网站中充斥着各种低俗、色情的商业广告以及大量以鬼怪、灵异、艳情为噱头的粗俗作品。它们为何如此猖獗且屡禁不止，是值得媒体人深入思考的。

在网络日益深入人们生活的今天，它已经不再是一个简简单单的媒介平台，俨然成了一个复杂的小社会，加之某些网络写手自身出发点的问题，部分写手的利益需求可能已经超过了对文学本身的热爱。为了满足自身的消遣与娱乐，那些低俗写手们已经挣脱了道德和法律规范的束缚，炮制出了许多连他们自己都不愿看的鬼怪、灵异、艳情类文字。这些不但影响了没有自制能力的年轻一代，也玷污了中华几千年所沉淀的历史文化，甚至导致某些伦理道德和价值体系的沦丧和扭曲！面对这种窘境，作为文化传播的各种网站、报纸媒体就需要加强把关，多宣扬一些高尚的作品、摈弃一些低俗的八卦信息，共同为净化社会环境和媒体环境出一份力。要建立一个干净、纯洁、对读者有益的网络文学世界，就亟须从网络、网络写手、网络监管做起，社会多方协调合作，完善网络写作空间。

因此，教育部新闻学学科教学指导委员会委员、南京大学新闻传播学院教授杜骏飞综合网络写手和传统作者的发展历程，结合网络文学的突出特征和传统文学发展的规律，拟定了“网络写作的23条戒律”，对网络写手今后的发展提出了以下建议：

（1）网络是语言和行为的延伸，网络写作由此而可能。

（2）网络写作的第一要义是尊重网络，尊重网络即是尊重它所代表的社会空间。

（3）网络写作的第二要义是要尊重他人——包括你的论敌，尊重他人，才会得到他人的尊重。

（4）网络写作的第三要义是要尊重语言，尊重语言才会使你成为真正的写作者。一味耍酷的网络语言，可以成为流行，不过，通常它也只是流行。

（5）对于网络写作者来说，赢得尊重，与赢得注目是两回事。一只反复号叫的小狗也可以赢得注目，但它永远不会赢得尊重。

（6）比网络写作更重要的，是网络阅读。唯有一流的阅读，能产生一流的写作。

（7）网络写作不止是在线写作。尽管你可以在线写作任何文字，但是，人类真正重要的、杰出的、成熟的作品，都来自离线写作。深思熟虑和反复修改，仍然是一切写作的真谛。

（8）要学会感恩地书写，学会感谢给你启发的人们。要学会诚实写作，杜绝抄袭的最好方法是：诚实地注引他人的资料和观点。

（9）网络只是媒介，它是装盛信息和意见的容器。没有内容，网络就什么都不是。不写作有用的内容，网络的写作者也就什么都不是；同理，不使用网络上有用的内容，网络的漫游者也什么都不是。

（10）从来就没有什么网络作家——只有使用网络的作家，和使用网络的非作家。作家的名望只基于写作本身。

（11）个性写作比比皆是，规范写作也不足为奇，真正困难的是它们的统一。

（12）互联网是发言者的天堂，但是，沉默的旁观，也同样使人受益。因为，最好的思考者都是冷静的。

（13）不要对一切来自网络的信息都信以为真。网络上的虚假和欺骗比现实中更多，因为在互联网上弄虚作假的成本更小。网络上的偏见和缪见更多，因为奇谈怪论在互联网上的流传更广。

（14）进一步的，不要对网络语言过分信以为真——尽管，在未来某个成熟的网络时代，网络可能是极其真实的。作为人类交流的一种间接符号，语言是现实的影子；而当语言来自更为表象化的网络媒介时，你所看到的，通常只是影子的影子。

（15）在现实中忧郁和孤僻的人们，有可能在网络写作上分外活跃，对于他们来说，网络生活是一种对人际交流缺陷的弥补；但是，这种弥补有时是饮鸩止渴。应该切实的改善性格、人格和人生处境，而不能完全依赖虚幻之境。失之于现实的，仍然应该补之于现实。

（16）聊天室里的写作是人际交流，它通常不是文本的写作；BBS 的写作是讨论，它通常是写作前的准备；博客可以是写作，但是，写给自己的博客，与写给大众的博客，不是同一种写作。真正严格意义上的网络出版或发表，应该具备以下五个要素：作者具有可识别的真实身份；来自严肃而负责任的写作；不违背法律及伦理；言之有物；刊登于有公信力的网络媒体。

（17）网络写作的责任，等同于大众媒体。虚拟的言行，一样会有可能触犯现实的刑律。网络没有秘密可言，要学会保护你笔下的当事人，包括保护你自己。思想无疆界，写作有准绳。

（18）网络写作不仅是文字，未来的网络写作者，有可能是以视频、音频全副武装起来的人；即使如此，在任何时候，你仍然应该苦心修炼语言文字的技能。

（19）网络写作不仅是汉语，未来，众多网络写作者会精通外语；即使如此，你仍然应该葆有对汉语写作的热爱和忠诚。因为，不只是悠久、独特、有力，而且，汉语的确是美好的。

（20）不管你如何依赖网络写作，都不可放弃对纸面书写的练习。纸面书写更加严整和郑重。纸面书写更加独立和安静。纸面书写饱含着对汉字的深沉体认，它所传承的不仅是书法，而且是中国文化的精神。纸面书写更加接近写作的本质。

（21）学会适量的写作。写作很多的人，未必是作家；当然，写作很少的人，也很难成为作家。不管写作多少，每一次写作都应该全力以赴。

（22）不是所有人都可以成为“作家”。即使你不是作家，你仍然可以做一个具有良好素养的写作者。

（23）最后，我要总结并陈述以上戒律中最为重要的部分：比网络更重要的，是现实；比写作更重要的，是人生。

思考题：

1. 你认为网络写手应如何界定？
2. 你认为目前网络写手的素质如何？
3. 网络写手与专业作家在写作风格上有何不同？为什么？
4. 网络写手的发展方向如何？
5. 列举一些你喜爱的网络作家，分析其文风特点。

第五章　网络出版

1987 年 9 月，王运丰教授和李澄炯博士等人在北京计算机应用技术研究所向德国成功发出了一封电子邮件，中国出版界就此逐渐面临着“忽如一夜网络来，出版竞开网络花”的局面。2000 年 8 月 31 日，辽宁出版集团首先推出第一代中文电子图书。紧接着，北大方正、博库、超星数字图书馆、中国数字图书馆、书生科技有限公司等相继投入巨大人力、物力、财力，开发生产电子图书及相关产品。2016 年 3 月 10 日，《网络出版服务管理规定》正式施行。网络出版已成为出版界的重要力量。

20 世纪 90 年代，网络小说《第一次的亲密接触》的出版，不仅让整个华人世界感受到网络文学的魅力，也让更多的出版界人士关注网络出版。什么是网络出版？网络出版的特点怎样？网络出版与传统出版之间的博弈如何？现代媒介让中国文学在 20 世纪发生了翻天覆地的变化，获得了长足的进步。而作为 21 世纪出版业焦点的网络出版，又将给文学带来怎样的新面貌？

第一节　网络出版概述

信息技术的飞速发展，特别是互联网的广泛应用极大地改变了人类社会的生活方式。就出版领域而言，网上购书、网上阅读已成为消费的方向和趋势。虽然以纸质媒介为代表的传统书刊在当今出版业仍占据主导地位，作为一种新的出版方式，网络出版已逐渐被人们认识并成为未来出版的发展方向。

网络出版最早产生于 20 世纪 70 年代。1971 年由意大利人 Michael Hart 发起的古登堡计划，这种以电子化的形式，基于互联网提供大量版权过期的书籍计划是最早的电子书免费在互联网上出版。1972 年，Dialog 成为第一个提供在线服务的商业数据库。到 1988 年为止，已出现了 3893 个在线数据库。再加上 20 世纪 80 年代末，数字照相与 WWW 技术在互联网的应用，加强了网络出版的发展。世界上第一份联机杂志是 1991 年 9 月由美国科学促进会和美国共同开发的，名为《最新临床实践联机杂志》。1995 年 10 月出现了中国第一份网络版的报纸《中国贸易报》。20 世纪 80 年代世界著名的美国兰登书屋、巴诺网站、培生教育集团、IBM、时代华纳等大公司和大出版商出版了大量电子图书，推出了一系列相关服务。巴诺网站在 1997 年开始经营电子图书，并把已出版的传统图书变成电子网络版，为读者提供绝版书和新版电子书，2000 年，巴诺书店与微软合作，共同促进电子书的开发，并宣称年内结束纸质图书。日本、韩国、英国、德国等都纷纷进军网络出版。

聂震宁在《从挑战到联姻审视中国网络与出版之关系》，描述了中国出版界对网络由无知到惊讶到紧紧跟上的这一个过程。从 1987 年到现在网络出版渐成规模，仅仅过了 20 多年的时间。网络出版是以计算机技术、网络技术、一个基数众多的网民群体为基础的，这个基础现在已逐渐形成。据中国互联网信息中心（CNNIC）发布的《第 36 次中国互联网发展状况统计报告》显示，截至 2015 年 6 月底，网民规模、宽带网民数、国际顶级域名注册量三项指标中国均位居世界第一，其中网民规模达 6.68 亿。这表明以传播讯息为主要功能的网络出版已具有相当数量的读者群体与潜在读者群体。

传统出版社在稿源、内容制作、营销方面都全面面临网络的冲击。2000 年，商务印书馆、北京大学、清华大学、大百科出版社等 14 家出版社陆续开展了网上出版业务。而到 2009 年，全国各省的出版社都有了自己的网站。同时，各出版社还谋求将纸质图书进行数字化，如多家出版社已加入“北大方正”计划，即将出版社已经出版或即将出版的传统图书、电子图书电子化，使其能够在网上流通。新华书店一直是图书销售的主要卖场，而网上书店现在已成为很多消费者购书的主要场所，网上购书已成为越来越多的年轻人的选择。当当网、亚马逊、互动出版网、蔚蓝网，还有各个区域性的网站，他们以购书的方便性、选择的多样性、送书的及时性以及一对一的服务模式，给传统出版耳目一新的感受。他们不但销售纸质图书，也销售数字化图书，提供各种在线读者服务，向我们展现了一种新型的出版物销售方式。

一、网络出版及其相关概念

“网络出版”（Network Publishing），又称为“基于网络的电子出版”“因特网上的出版”等。这个词语产生于 20 世纪 90 年代初，是与传统的桌面出版相对的一个词语。周荣庭在其专著《网络出版》中指出，中国在 1994 年出现了“网络出版”一词。顾犇在《什么是网络出版》（世界图书，1994）中指出，“网络出版”就是利用计算机和通信技术来传递出版物的全部或部分，使读者能更有效地利用信息，它是在“电子出版”的基础上发展而来的。文中强调了“网络出版”就是通过计算机网络进行信息传播的“电子出版”。

早期的“网络出版”是一个从技术角度阐述的名词。广域信息服务（Wide Area Information Server，WAIS）的创始人布鲁斯特·凯勒（Brewster Kahle）在研究了 WAIS、Gopher 以及 Web 技术后，对网络出版进行了深刻、全面的思考。他在“网络出版引论”（Introduction to Network Publishing，1994）一文中指出，网络出版是计算机网络和传统的出版业的集成，为有序的信息提供基本的共享机制，它不是要拯救树林和取代书籍，而是要建立出版者与读者之间的新关系，使人们的信息获取方式发生根本性的变迁，也是新形式作品在一种廉价新媒体上的创建和出版。

随后，Web 技术的快速发展，西方媒体用网络出版指代“Web Publishing”，即 Web 出版。1995 年，在德国召开的第三届国际 World Wide Web 会议的论文选集就被命名为《走向网络出版》（Towards Network Publishing）。与此同时，网络出版也指“网络传输”（Network Transmission）。网络传输是指作品转换成可以在网络上传输的二进制数字 0 或 1，然后通过计算机网络输送出去，网络用户可以在其计算机终端上下载作品进行阅览、存储、打印或其他方式的使用。1995 年 9 月，《美国国家信息基础设施知识产权白皮书》指出，“公众通过数字网络获得作品复制本，作品就如同有形复制本在商店出售一样被出版了”，说明网络传输属于出版。1996 年 12 月通过的《世界知识产权组织版权条约》（WIPO Copyright Treaty）第八条规定，“文学艺术作品的作者应享有专有权利，以授权将其作品以有线或无线的方式向公众传播”。“网络传输”这一技术中性的名词在进一步的法律法规研讨中被使用。

1997 年以后，我国国内对网络出版进行了多方面的讨论，如《编辑学刊》进行了一系列的关于网络出版定义的讨论。比较有代表性的观点认为，所谓电子出版物，包括电子图书和电子报刊，是指以数学代码方式将图、文、声、像等信息存储在磁、光、电介质上，然后通过计算机或具有类似功能的交互设备予以阅读使用，用以表达思想、普及知识和积累文化，并可复制发行的大众传播媒体。电子出版物包括两种形式，一种是单行电子出版物；另一种则是网络出版物。最初人们还无法准确地将电子出版与网络出版相区别（黄少卿，1997）。另一个有代表性的定义从三个层面探讨这一概念：其一是指利用计算机进行辅助编辑排版的技术；其二不仅包括相关技术也包括这种技术的产品；其三是指以电子形式出版和传播信息的任何技术，即所谓无纸出版，包括可视图文（Videotext）、电子邮件（E-mail）。随着网络出版对传统出版的影响加剧，中国国内开始进行“网络出版引发的思考”（梁光铁，1998），开始分析网络出版对传统出版业的冲击（段军，2000），对网络出版的认识开始加深。聂震宁的《从挑战到联姻——审视中国网络与出版之关系》将网络出版视为未来的新的出版力量，显示了出版业界对新技术革命的重视和革新意识的兴起。

匡文波在《网络出版论》一文中，对“网络出版物”进行了定义：“网络出版物是将信息以数字形式存储在光、磁等存储介质上，通过计算机网络高速传播，并通过计算机或类似设备阅读使用的出版物。”可见，网络出版物是相应的技术发展到一定阶段的产物，是电子出版物更高层次的发展。周荣庭在其专著《网络出版》中认为：“网络出版物是面向网络最终用户的数字内容或者数字信息资源。”

《网络出版服务管理规定》中对“网络出版物”的定义为：“本规定所称网络出版物，是指通过信息网络向公众提供的，具有编辑、制作、加工等出版特征的数字化作品，范围主要包括：（一）文学、艺术、科学等领域内具有知识性、思想性的文字、图片、地图、游戏、动漫、音视频读物等原创数字化作品；（二）与已出版的图书、报纸、期刊、音像制品、电子出版物等内容相一致的数字化作品；（三）将上述作品通过选择、编排、汇集等方式形成的网络文献数据库等数字化作品；（四）国家新闻出版广电总局认定的其他类型的数字化作品。”

可以看出，网络出版物首先是计算机与网络结合的产物，数字化是网络出版物的一个特点，这一点它与 CD-ROM、CD、VCD、DVD 等电子和音像出版物是一样的；在流通形态上，网络出版物表现为通过互联网以数字形式进行传送（下载），直接面对终极用户，以下载形式完成流通过程。流通网络化（下载），是区别于纸介出版物和以 CD-ROM、CD、VCD、DVD 为表现形式的电子和音像出版物的本质特征。

二、网络出版的类型

网络出版作为一种新兴的出版形式，随着人们信息意识的增强以及计算机网络技术的发展，网络出版在人们的生活中越来越成为重要的角色。网络出版按照不同的分类标准，可以划为以下几种类型。

从网络技术支撑的角度分类，网络出版大致可以分为文字网络出版和网络图文视听多媒体出版两种。文字网络出版主要有数字图书馆、网络图书、网络期刊、各大新闻网站等。文字网络出版具有强大的搜索、检索、浏览、预览功能。网络视听出版主要是提供图文视听立体动感的效果。网络游戏、在线网络电视、电影、音乐等是主要出版形式。

从收费的角度分类，网络出版可分为免费网络出版和收费网络出版。收费网络出版又有两种情况，一种是用户订阅式的付费，如读者订阅自己喜欢的传统出版物杂志或报纸一样，一年或半年付费一次。付费方式可以通过网上银行、银行、邮局、手机等多种方式。网络出版商通常以电子邮件或者授权给用户访问的方式。另一种是根据用户访问的次数付费，用户每次访问的时候临时付费，即访问一次付一次费。这种付费有助于用户根据自己的需要，浏览所需要的内容，通过网上银行或者是手机临时付费。免费服务是指网络出版主体免费提供用户在线阅读，用户可以随时点击查看信息，浏览各种新闻，搜索所需要的任何信息，而网络用户不用付任何费用，如新浪、搜狐、网易等各大新闻网站。网络出版主体主要是靠广告赢利。这种新闻网站因为免费，点击率高，点击率成了它最大的卖点。各大广告商看好此市场，纷纷在此投入广告，新闻网站因此赢利。这是一种三赢的局面，网站、用户、广告商均获利。但是，也不是所有的免费网站都是靠广告来赢利的，如中央政府网、省直机关等网站是免费开放给用户浏览的，主要宣传政治导向的作用，与赢利无关。

从网络出版主体角度，可以分为个人网络出版、网络出版公司与出版社合作出版模式以及出版社或网络公司独立出版三种模式。个人网络出版是个人或小集体经过新闻出版机构及网络信息部门的审批后取得合法的出版资格，把自己已出版的作品放在因特网上实现网络在线传播的行为。个人网络出版一直是网络出版中一股不容忽视的力量，它虽然与专业出版机构所进行的网络出版行为不同，但由于出版主体的灵活性和独立性具有专业出版机构所没有的诸多特点。网络出版公司与出版社合作出版模式是一种常见的网络出版模式，由于出版社拥有大量的出版信息资源，网络公司拥有先进的网络出版技术，两者的结合弥补了双方独自开发网络出版不足的一面，两者的结合是黄金搭档，使双方共利。出版社或网络公司独自开发网络出版模式也是网络出版中较常见的。拥有出版资源同时又有开发和维护网络现代网络出版对传统出版的影响，以及具有应变策略和技术人才的出版社或网络出版公司，有能力开发独立的网络出版模式，他们有能力解决开发网络出版中的两大难题——出版资源问题与网络出版技术问题。

从出版的周期分类，网络出版可分为定期出版物和不定期出版物。定期出版物是按照一定的时期固定出版的出版物，如网络期刊、网络报纸。不定期出版物出版的周期不固定，只要有出版的信息就随时出版，如网络新闻、网络图书、网站信息等。目前为止，网络出版以不定期出版为主。

从网络出版物类型分类，可分为网络图书、网络期刊、网络报纸、网络游戏、网络音乐、网络电视。网络新闻只指各大网站的网络新闻，不包括网络期刊和网络报纸内的新闻。网络文学只指各大网站的文学，不包括网络期刊或网络报纸内的文学等。目前，我国的网络图书大部分是传统印刷图书的网络版。网络期刊按是否原创分为两种：一种是传统期刊的电子网络版，即把传统期刊放在网络上供网民在线阅读或下载，如中国学术期刊网络出版总库、瑞丽、时尚等时尚期刊也有网络版，供网民在线阅读。另一种是原创型网络期刊，即直接在网络上进行组稿、编辑、发行的过程，如《神界漫画》。网络期刊、网络报纸以传统出版的网络版为主，如《南方周末》的网络版，与传统印刷报纸有所不同，即重新把内容归类，以及有相应的热点问题链接。网络游戏、网络音乐以及网络电视可归为多媒体网络图文视听出版。

从版权属性的角度分类，网络出版可以分为传统出版的网络化和独立版权网络出版。传统出版的网络化是把传统的印刷产品因为现实的需要网络化，利用因特网在线传播，版权拥有者是传统的出版单位，不是网络公司。独立版权网络出版是指编辑、加工、排版、出版、发行一系列流程都在网上进行，版权的拥有者是实行网络出版的公司。

从网络出版内容著作权的角度分类，网络出版可以分为有著作权的网络出版与没有著作权的网络出版两种类型。有著作权的网络出版指网络出版的内容有明显的著作权，如网络游戏、网络电影、网络文学等，没有著作权的网络出版是指网络出版的内容相对而言没有很明显的著作权或者说著作权没有那么明显，如网络新闻、网络广告、网络娱乐等。

三、网络出版的新形式

博客出版。博客这一词始于 1997 年 12 月，美国程序员 jorn Barger 将这种在线日记称作博客“webblog”，其意是 log on web，而 PeterMerholz 于 1999 年提出，将其简称为“blog”，被广为接受。根据维基百科的定义，博客是一种个性化的网页，其拥有者按年月日顺序写下文章并按文章最新日期顺序显示。值得注意的是，博客一词有两种含义，其一是指博客页面；其二指博客作者，即“blogger”。博客作者在其博客里撰写一些包含特定主题的评论或者新闻，如关于食物、政治、学习、娱乐或者本地新闻等主题。

博客作为一种新形态网络出版，主要是借道传统出版业，即以博客上的文章为原始内容，由传统出版社整理结集后进行出版。2004 年《恋人食谱》《病忘书》掀起了另一轮传统出版与博客相结合的高潮，2006 年中信出版社高调推出国人第一博徐静蕾的博客书《老徐的博客》，首印十万。随后长江文艺出版社北京分社推出了潘石屹的博客书《潘石屹的博客》，上市一周就登上了各大卖场畅销榜。虽然博客因为缺乏有效的盈利模式在新兴社交网站的夹击下逐渐走向衰落，但是博客式出版一直在各个社交媒体中活跃着。微博、豆瓣、天涯都有将某个人或是某个主题的内容集结成书的先例。还有商家因此而获得启发，为普通用户提供将微博、微信、博客里的内容制作成书籍的“私人订制”服务。博客出版模式的活力与生机依然存在。

维客维客的原名为 wiki（也译为维基），据说 WikiWiki 一词来源于夏威夷语的“wee kee wee kee”，原意为“快点快点”。它其实是一种新技术，一种超文本系统。这种超文本系统支持面向社群的协作式写作，同时也包括一组支持这种写作的辅助工具。也就是说，这是多人协作的写作工具。而参与创作的人，也被称为维客。

维客的概念始于 1995 年，当时在 PUCC（Purdue University Computing Center）工作的沃德·坎宁安（Ward Cunningham）建立了一个叫波特兰模式知识库（Portland Pattern Repository）的工具，其目的是方便社群的交流，他也因此提出了 wiki 这一概念。从 1996 年至 2000 年间，波特兰模式知识库得到不断的发展，维客的概念也得到丰富和传播，网上又出现了许多类似的网站和软件系统，其中最有名的就是维基百科（Wikipedia）。维基百科是一个国际性的百科全书协作计划，与传统百科全书不同的地方，是它力图通过大众的参与，创作一个包含人类所有知识领域的百科全书。它还是一部内容开放的百科全书，允许任何第三方不受限制地复制、修改及再发布材料的任何部分或全部。每一步操作，网站都会有记录，以方便别人随时查询修改历史。

目前，国内著名的维客有维基百科、互动维客、百度百科、维库、天下维客等。

播客。最新版的大英百科全书是这样定义：“播客，是一种能够将包含音频内容的文件上传至互联网并自动通知订阅者下载的系统。”播客是数字广播技术的一种，出现初期借助一个叫“iPodder”的软件与一些便携播放器相结合而实现。Podcasting 录制的是网络广播或类似的网络声讯节目，网友可将网上的广播节目下载到自己的 iPod、MP3 播放器或其他便携式数码声讯播放器中随身收听。它包含两层含义，一是指技术，即通过这种技术，我们可以通过互联网向订阅者提供音频信息，包括相关软件、硬件与网络音频传输技术；二是指使用播客技术发布这些音频信息的人，即 podcaster。可见，播客是网民通过一些简单的录音设备，随兴或者专门录制一些语音，然后将语音文件通过特殊的软件上传至播客网站。其他网民可以即时下载收听，也可以通过 RSS 订阅。录制与发布这些音频文件的网民就称为播客，而这种能将音频文件信息嵌入以便订阅的技术就称之为播客技术。如果说博客是出版在网络时代文字出版的继续的话，那播客就是出版在音像方面的延伸。2004 年年底，中国第一个播客网土豆网成立，开启了中国的播客之路。目前，国内著名的播客网站有土豆网、新浪播客、优酷网等。它们不仅发送音频，也发送视频节目。这可视为它们的新发展。

手机出版。手机出版最早见于日本。2000 年，世界上第一部在手机上出版的小说《阿由的故事》在日本面世，“一年内，预订该小说的手机用户达到 200 万人”。而手机出版目前最成功模式也见于日本的 I—Mode，它是在日本的一种手机无线传送标准。遵循这一传输标准的手机可以很方便地从互联网上订阅或者下载特定的信息。日本的出版商利用这种便利的无线传输，向手机用户提供手机书或者手机杂志服务。

国内的手机出版最早见于 2004 年。广东文学院作家千夫长的小说《城外》被华友世纪通讯公司以 18 万的高价买断 SMS 短信、WAP 浏览、TVP 业务版权。手机出版开始为国内关注。手机出版模式随着技术的发展走过短信模式、WAP 浏览模式、电脑端下载模式，进入到目前主流的手机 APP 模式。事实上，网络文学近年呈现出的一个显著特征就是移动互联网以及新媒体带来的变化。截至 2013 年年底，手机端网络文学应用软件的使用率已达到 46.5%。专家普遍认为，全新的媒介和技术会给网络文学带来“重塑”性的影响。据估算，2014 年，网络文学为中国移动的数据包月收入贡献至少超过 20 亿元。

手机出版之所以会实现跨越式发展，是因为手机出版使数字内容资源突破了两大发展瓶颈：一是实现了用户数量的飞跃，庞大的手机用户群体为手机出版物的发展提供了丰厚的土壤。二是解决了支付瓶颈的约束，手机本身的计费功能，解决了曾经的支付难题。随着 4G 时代的到来，上网速度的不断提高、上网资费的进一步下调、智能手机的日益普及以及阅读内容的日益丰富，手机阅读将会凭借无可比拟的便捷性成为未来阅读的主流。

Open Access。Open Access 在国内被称作开放存取，或者开放获取、放仓储。它秉承开放、共享、自由为宗旨的学术出版模式。起源于英国认知科学教授 Stevin Harnad 的倡议，他建议学者们将他们未发表、未评议的原创著作出版在网络上，使全球学者可以在世界范围内通过网络方式自由获取。这一倡议得到了全世界的响应。历次国际会议与研究逐渐明确开放存取的意义、概念、特点和对象，并对参与开放存取的各种研究机构、基金会、图书馆、出版商、研究人员作出了发展目标规划。同时，一些开放存取的项目和计划开始实施，如美国学术出版与资源联盟项目，主要致力于解决学术交流之间的不畅。

中国的开放存取始于 2004 年。中科院与国家自然科学基金会签署了在德国召开的柏林宣言，将国内两大主要研究机构加入世界范围内的开放存取运动中。次年 7 月，50 余所高校图书馆馆长在武汉召开的“中国大学图书馆论坛”上签署了“图书馆合作与信息资源共享武汉宣言”，宣言中包括遵循布达佩斯会议中规定的原则，即 BOAL。与此同时，国内出现了一些开放存取的网站与相关机构，其中有中国开放期刊联盟、奇迹文库、中国预印本服务系统、中国科技论文在线、香港科技大学图书馆提供的文献检索服务等。

开放存取采用“作者付费发表、读者免费阅读”模式。开放存取目前有两种应用模式，一种是开放期刊，另一种是开放仓储，即一是原来的刊物为纸质的，后因开放存取的需要，改为数字化以便网上流通；二是由某些机构办的纯数字化期刊，发表在开放期刊的文章要求严格遵循学术规范，要求同行评审，且传播范围远比纸质期刊广，这使得发表在开放期刊上的著作能保证学术性和影响力。

需要注意的是开放存取在国内萌发于近几年，发展不如国外成熟，尤其应用过程中还存在不少问题需要解决。

电子书。电子书代表人们所阅读的数字化出版物，从而区别于以纸张为载体的传统出版物，电子书是利用计算机技术将一定的文字、图片、声音、影像等信息，通过数码方式记录在以光、电、磁为介质的设备中，借助于特定的设备来读取、复制、传输。

它由三要素构成：① E-book 的内容，它主要是以特殊的格式制作而成，可在有线或无线网络上传播的图书，一般由专门的网站组织而成。② 电子书的阅读器，它包括桌面上的个人计算机、个人手持数字设备（PDA）、专门的电子设备，如“翰林电子书”。③ 电子书的阅读软件，如 ADOBE 公司的 AcrobatReader，Glassbook 公司的 Glassbook，微软的 MicrosoftReader，超星公司的 SSReader 等。可以看出，无论是电子书的内容、阅读设备，还是电子书的阅读软件，甚至是网络出版都被冠以电子书的头衔。

网络杂志。网络杂志是集音频、视频、文本、图片、动画于一体的新型信息媒体，它不光拥有传统纸媒体杂志的一切功能，还拥有众多的新特性。

强烈的视觉冲击力：网络杂志采用先进的 P2P 技术发行，集 Flash 动画、视频短片和背景音乐、声音甚至 3D 特效等各种效果于一体，令内容更丰富生动。

较高的阅读性：它提供多种多样的阅读模式：可在线或离线阅读、直接 IE 打开或独立可执行文件等，也可通过发行方提供的阅读器进行阅读，可移植到 PDA、MOBILE 及 TV（数字电视、机顶盒）等多种个人终端进行阅读，彻底颠覆读者的阅读习惯。

较强的互动性：传统的纸媒体，读者们只能通过书信与编辑或是电话，与编辑和其他读者交流，非常不便，但网络杂志已提供了互动的接口，玩家只需轻轻一点“我要评论”，即可与世界各地的读者一起交流对杂志内容的看法，还可以及时与商家和企业交流，使商家和企业更能把握用户的需要，生产出更合时的产品。它能针对用户做阅读分析，并得到更新的信息反馈，从而为内容制作和广告投放提供参考。

简洁的发行方式：用户只要订阅，新的网络杂志将会通过小巧的客户端在订户不知不觉中自动派送到用户机器中，不用订户自己到网上寻来找去或费力下载观看。网络杂志运营商 VIKA 等所拥有的上百本杂志，便是通过客户端在短时间内派送到几百万用户手中。

细分的目标受众：网络杂志种类繁多，细分到了游戏、时尚、服饰、汽车、音乐、体育、影视等多个行业，用户完全可以根据自身需求来下载杂志。这种受众的细分让网络杂志中的信息传播得更精准、更有效。

高速准确的传播：网络杂志中应用了 P2P 技术，这使得网络杂志拥有高速的资讯传播能力，能够借助网络快速地将各类潮流资讯传播开来，VIKA 等杂志下载的速度便达到了超过

100K/秒。而杂志中所应用的订阅和分派技术可以让每一期新的网络杂志在第一时间内准确无误地分派到读者手中，实现了信息对目标受众群体的准确传递。

四、网络出版的特征

网络出版是继书籍、报纸、杂志、电子出版物之后出现的又一出版形态，是一种以计算机技术、多媒体技术、通信技术为基础的文化生产与信息传播，应用模式的运营平台，符合信息传播时代高要求的特点，把广而多的信息通过计算机网络进行传播，是一种新的出版形式。网络出版与传统的纸介质出版相比，它具有自己独特的特点。

1. 网络出版物的虚拟化与多样化

网络出版物与传统出版物相比，最大的特点就是网络出版物不是以实物为载体，而是以计算机网络为载体。计算机网络是一种虚拟空间，这就使得网络出版物在传播过程中不受时间、空间、地理位置、气候等外界环境的影响。网络出版物的形式有很多种，如网络杂志、网络报纸、网络图书、网络新闻、数据库等多种形式。这些出版物都是以数字化的形式存储，借助于因特网在线传播。网络出版物的虚拟化与多样化是其基本特点。

2. 网络出版的高效率性

网络出版是在网络上同时进行组稿、编辑、发行等流程的出版，节省了出版的时间。网络出版物在流通形态上，通过数字化的形式在网络上流通，流通的地域广。只要有网的地方都可以流通，而且传播速度快，节省流通发行时间。网络传播发行的范围大，只要几分钟时间就可遍及世界各个角落，真正地实现了发行的零等待、零库存，即时出版。

3. 网络出版的可改变性

网络出版是电子化的形式，基于计算机平台，它没有实体的载体，当发现出版物有错误时，只需直接在电脑上修改，不会造成财力和物力的浪费。

4. 网络出版的交互性

网络是信息交流的工具。网络具有的资深的信息资源以及便捷性，有利于网络之间的相互交流。网络出版的交互性使出版者及时了解读者所需要的信息，了解市场的需求，出读者所要的书，避免资源的浪费。网络出版的交互性可以满足个性化的需求，实现个性化出版。同时，读者反馈的信息通过网络及时地到达编者手中，使编者了解读者的反馈意见，根据读者的需要，定期或不定期地为读者出想要的书，也便于作品的及时修订、改版。

5. 网络出版成本低

网络出版利用网络技术实现编、排、发一体化，大幅度简化了出版的程序，省去传统出版制版、印刷、装订等过程。当一本书编辑完毕之后，不需要进行照排、制版、印刷、装订等程序，只需在网络上发布，用户在不同的地方，在不同的时间通过计算机网络就可以阅读到此内容。在人力、物力、财力等方面相对传统出版要低得多，大大降低了出版的成本，提高了工作效率，真正实现了零等待，即时出版。同时也减少了环境污染，做到了出版绿色化服务。

6. 传播信息量大

网络的虚拟空间很大，能容纳的信息量多，传播的信息量大。一台电脑在理论上可以储存万字的图书万多册，网络信息资源都是存储在网络服务器上的，成千上万台因特网服务器储存的信息量就是天文数字了。凭借网络平台海量的信息存储功能与强大的无限制的传播功能，一方面可以较完美地做到信息资源共享和无障碍交流，另一方面也使读者可以无限制地得到大量所需要的信息。

7. 易检索性

搜索引擎和数据库等具有超强的检索功能和资源共享性能,使网络出版物很容易被检索，只要输入关键字，会搜出来海量的相关信息。网络出版物的检索功能使读者在查找相关资料时变得轻而易举，只要在键盘上动一下手指，就能查找到想要的。再加上网络具有的超链接功能，使查找资料时更便捷、简单。

第二节　网络出版与传统出版的关系

21 世纪的出版是以全方位出版为依托的。虽然以纸质媒介为代表的传统书刊在当今出版业仍占据主导地位，但以国际互联网为依托进行的书刊网络出版已显示出良好的发展势头。且随着网络的日益发展和信息高速公路基础设施的不断完善，传统出版、新闻、广播电视、通信和计算机行业，以及逐渐被大家认识的 ISP（因特网服务提供商）、ICP（因特网内容提供商）、ASP（应用服务提供商）甚至个人，都越来越关注网络出版。

一、网络出版对传统出版产生的巨大冲击

网络出版已经形成强大的发展势头，正日益改变和影响着人们的阅读习惯、消费结构和认知取向，这些变化给传统出版业带来的影响和冲击是显而易见的。目前国际上有影响的期刊基本上都已实现了网络出版。2004 年 1 月，新闻出版总署批准设立了首批 50 家互联网出版机构，这标志着我国第一批网络出版合法主体的诞生。

网络出版之所以能在短期内迅速突起，一方面得益于我国网民数量和宽带用户数的快速增长，这是网络出版产业全面快速发展的重要前提。另一方面，是因为与传统出版相比，网络出版具有不可比拟的优势，适应了知识经济时代对信息传播的要求。以现代信息技术为基础的网络出版实现了出版信息载体的多样化和全球化、信息组织的数据库化、信息处理的自动化和高速化等。网络出版的特点有：① 节省资源、不需要物流配送费用而且库存永远充足；② 突破了时空限制，扩大了出版范围，传播具有国际化和个性化特色；③ 时效性强，出版与发行同步，编辑内容可以随时更新；④ 互动性强，直接面对读者，方便大众参与；⑤ 能实现按需印刷，内容结构便于查询。网络出版对传统出版的流程、经营模式无疑提出了全面挑战，形成了冲击。这无疑是一场革命性的变革，它代表着未来出版业的发展方向。

二、网络出版对传统出版的互补作用

虽然网络出版发展势头迅猛，但无论信息技术如何变化、如何提高，传统出版业仍掌握着丰富的出版资源。电子书也不可能完全代替纸质书，人们长期形成的传统阅读习惯也不是

一朝一夕就能改变的。大多数读者仍习惯于阅读传统出版物，因为传统出版物有网络出版物不能代替的优势，如阅读方便、忠实的目标读者群体、精美图文产生的阅读乐趣以及大幅面精美广告产生的视觉冲击和印象等。

总之，传统出版物的人性化、可鉴赏性和收藏性，其所代表的身份和地位象征以及价值观、群类认同标志等都是网络出版物无可比拟的。而且从目前的情况来看，网络出版也不是十全十美，也存在一些问题，如不能实现随时随地地阅读，必须具备终端设备和线路；不如传统出版物的视觉冲击力强，消费市场不成熟等。

随着我国文化市场的不断开放，传统出版业既受到来自海外传媒的挤压，又面对网络出版的挑战，正经历着前所未有的冲击。面对这种现实，我国的出版业如何应对，如何处理好传统出版与网络出版的关系显得十分重要。

其一，网络出版不是传统出版的对立，而是传统出版的互补。传统出版通过与网络的携手合作，可实现两种媒体之间的良性互动，这就要求出版社在继续满足纸介质图书读者需求的同时，密切关注网络读者需求的动向。如《第一次的亲密接触》，直接把深受网络读者喜爱的网上原创作品变成纸介质图书，该书的纸质版在台湾出版，一年热销 60 万册，大陆版 3 万册上市仅 3 天就销售一空。这是网络出版与传统出版互动双赢的成功范例。

其二，网络平台为作者与读者的交流提供了全新的沟通渠道。网络具有即时性、互动性和全天候三大优势，利用这些优势，出版社及期刊编辑部可以做以前做不到或做不了的事。北京朝花少年儿童出版社于 1999 年推出了国内第一部纸介质媒体与现代电子媒体互动的校园小说《你好，花脸道》，在纸介质图书出版的同时，还在互联网上推出“花脸道初中部网站”，在利用网络为读者服务、通过网络积累更多读者信息、探索网络时代图书出版的新形式上迈出了开创性的一步。青年作家宁肯将自己的长篇小说《蒙城之城》放在新浪网上，公开征求读者意见，引来了一大批热心“批改”的读者，宁肯在被读者改得“体无完肤”的基础上对小说进行了完善，交予作家出版社出版，网上网下的互动吸引了众多的购买者，为小说的畅销奠定了市场基础。相信在不久的将来，会有更多的网络小说转变为纸质图书，也会有更多的纸质图书转变为电子图书。

其三，网络平台为编辑与读者的交流提供了双向沟通渠道，成为编辑获取选题资源的平台和工具。在传统的信息交流模式下，由于客观原因，读者的意见不能及时或大量地反映出来，读者也无法利用媒介直接、主动地传播个人信息。而现在，网络上的任何一个用户都可以成为信息的发布者，通过“BBS”和“留言簿”随时发表自己的意见和建议。对于编辑部而言，可以通过这一渠道及时获取大量有用的信息。如出版社可以通过网络平台提供部分图书的书评给广大读者，继而了解读者意见，收集反馈，为以后的选题策划提供更多的信息资源与作者资源。

三、网络出版与传统出版的互利双赢

虽然网络出版不可能完全取代传统出版，但网络技术的飞速发展使我们不能对其漠然视之，而应及时进行战略调整，把传统出版和网络出版有机结合起来进行运作，把传统出版可能失去的利润和读者通过网络找回来，同时给传统出版业创造更大的发展空间。

早在 2001 年，在巴西召开的国际期刊联盟（FIPP）第 33 届大会的中心议题就是在数字化时代如何谋求期刊出版业的进一步发展和加速出版全球化。大会认为：网络不是期刊的杀手，而是期刊出版的有益补充，它将拓展期刊的单一形态，而形成印刷、网络等期刊多种载体并行发展的局面。网络出版和传统出版联手是出版业未来的发展趋势，要实现二者的共同发展应从以下几个方面努力。

一是传统出版业应及时转变观念，辩证地看待网络出版，认清发展方向。网络出版的发展离不开出版单位的共同努力与协作，但目前网络出版尚未引起出版社的高度重视。相反，众多软件与信息公司却走在网络出版的前列。以网络期刊为例，目前我国有纸质学术期刊 7 000 多种，但真正占据网络期刊出版平台统治地位的却并非传统期刊社，而是三家科技公司——清华同方、北大方正、重庆维普。传统出版业者认为在出版纸质书的同时又推出网络版的电子图书将影响到纸质书的销售，实际情况是，很多读者出于传统的阅读习惯，一般只是在网上进行大致浏览，一旦对该作品感兴趣，仍会购买该作品的纸质书。对大多数纸质图书来说，电子书的网络传播实际上起到了广告的作用。传统出版业应及时转变观念，增强紧迫感与危机感，锐意改革，正确认识网络出版存在的问题，理清思路，明确发展方向，及时调整步伐，积极探索发展网络出版。

二是发挥出版社的资源优势，强化精品意识。内容是竞争的核心和根本，出版物不论以何面目出现都是为了满足人们日益增长的精神文化需求，无论是纸质书、电子书还是网络，依然以其内容和内在品质为主。技术是手段，传统出版借助于网络和其他数字化手段，只是为了让其内容更丰富，因此我们在处理二者的关系时不能本末倒置。传统出版拥有丰富的内容资源，对信息的把握、驾驭能力强，善于策划选题，熟悉出版流程，有一套完整的市场营销网络，传统出版应正确认识自身的优势，充分发挥其长处，以内容质量制胜。但应注意的是，随着数字技术和网络的发展，“内容为王”有了更深层的含义，即谁对内容资源拥有更强大的集约整合能力，谁就拥有更大的市场控制力。因为网络的发展打破了传统出版业的条块分割、地区垄断、渠道不畅、资源和经营分散等弊端，它的自由开放、海量存储、传输快捷、检索方便等特点，决定在网络环境下出版社不可能再像以往那样一年靠几十种或几百种图书“独占鳌头”。以电子图书为例，目前四大电子图书出版商——北大方正、书生公司、超星、中文在线都不是传统出版单位，但它们对全国 560 多家图书出版社、120 多万种图书资源进行了数字化整合集成，成为中国电子图书市场出版的主导力量，占据 90% 以上的市场份额。而几乎所有的图书出版社在这一过程中都只是电子图书出版资源的提供者而非控制者。

三是传统出版应向个性化出版的方向发展。以读者为核心，提供个性化的内容服务已是网络出版的新概念。网络出版非常适合向有特殊需要的读者提供个性化信息服务。针对我国目前传统出版的发展现状，出版社应准确定位自己的出版领域，在专业领域做大、做强；准确定位目标读者及发行渠道，建立自己的终端客户网络，个性化渠道网络；同时还应根据自身的内容定位、出版规模、发展时段、人力资源等因素，个性化设计出版社内部组织结构与权力分配结构，合理处理集权、放权与分权之间的关系，激活组织、人员的活力与创造性。

四是传统出版业应及时调整发展战略，正确处理好纸质版与网络版的比例关系，同时发挥二者的互动作用。随着网络空间的拓展，网站提供的内容必须是读者关心和需要的。以期刊为例，用户登录期刊网的主要目的是查找资料，了解期刊的内容，因此，期刊的全文上网是大势所趋，但毋庸置疑的是，期刊全文上网必将对纸质版的发行产生冲击。

要处理好这一矛盾，期刊社网站的建设就应掌握好分寸，从期刊的客观实际出发，把两者的比例调整到最佳。如一些期刊将适合于网络传播的部分从刊物中选出放在网上，以吸引读者的注意与兴趣，并引导其购买纸质版进行深入阅读。一般而言，网络出版做得较好的出版社往往具备这样的特点，即重视电子书的同步出版与网络宣传，增强纸质书的宣传效果，达到互动的效果。因此，网络出版要与纸质书、音像电子出版物的出版结合起来，做到优势互补，相互转化，立体出版，并要做到互相宣传，互相促进。

五是出版社应积极规划网站建设，投资网络出版，培育未来市场。出版社要有自己的网站来销售网络出版物，才能最大地保证自己的利益，才能掌握市场销售的主动性，从而有目的地拓宽市场。目前一些传统出版企业正积极与新兴的网络科技公司合作，共建网络平台，实现优势互补，这为网络出版产业的发展探索了一种新的商业模式。但应注意的是，网站的建设是一项复杂的技术工作，网络出版并不是简单地将纸质书原封不动地放在网上就万事大吉，而要按照网络的特性对图书内容进行深加工，加上相关知识链接和背景知识的介绍，从而使图书增值。在网络建好之后还要不断进行更新与维护，不断上传新内容，让读者了解其动向，还要及时回应读者，否则网站就会无人访问。吸引力是网站的生命源泉，网站需要不断地创新，需要个性鲜明的招牌栏目来支撑，需要给网民提供细致入微的服务，需要与读者产生交互、产生共鸣，需要有知识含量才能产生吸引力。网站还要搭建电子商务的平台，创造赢利的空间。出版社应想方设法增加网站的点击率和访问流量，扩大网站的知名度，吸引读者从网上购买电子书。而电子书的营销与纸质书的差异较大，如何科学地制定价格，如何在网站销售自己的电子书，如何激发读者的购买欲望，都是出版社应积极思考的问题。

六是要培养一批熟悉网络出版的专业人才。网络出版与传统出版的有机结合，当务之急是要培养一批具有较高素质,既熟悉出版业务又能娴熟运用 IT 技术的复合型人才。一定数量、结构和质量的人才队伍是产业发展的支撑，决定了产业发展的水平与潜力。目前从事网络出版的人员或来自出版业、或来自 IT 业，来自传统的编辑出版行业的从业人员，往往较熟悉编辑业务，掌握国家有关出版的法律法规和政策，而 IT 技术则是其弱项；而从事 IT 专业的人员则正好相反。在网络出版快速发展的情况下，传统出版业人才结构不合理，高层次人才、复合型人才欠缺的情况日益突出，传统出版机构应紧跟数字技术发展的步伐不断更新观念，大力培养和吸收适应网络出版所需的新型复合型人才。

此外，从监管层面而言，要促进网络出版与传统出版的协调发展也必须开展相应的工作，如加强对网络出版机构的认证、监督、检查、保护，加强对网络出版的立法和监管工作等，以有助于行业规范，有助于信息提供的真实可靠以及出版业的发展和信息化进程的加快。可以预见的是，随着在线阅读的逐渐普及，传统出版市场将不断收缩，传统的出版机构只有积极进取，实现网络出版与传统出版的有机结合才是二者实现共赢的最佳选择。

第三节　网络出版对网络文学发展的意义

时至今日，“网络出书”已经不再是网民的“单打独斗”，而是发展到网站、BBS 和博客“全方位出书”阶段，越来越多带有“E”标志的新书出现在年度新书交易会上。大规模“网书”的出现已经对传统的出版模式造成了很大的影响。那么这种影响究竟是如何作用的，又集中在哪些环节呢？经过分析发现，其影响的力度与广度均与“网络出书”本身的发展成正相关的态势。

一、“网络出书”的发展脉络及风格特点

经过对近年来网络出书现象的分析，网络出版已经走过了三个阶段。

（一）崭露头角阶段（1999—2001）

以痞子蔡的《第一次的亲密接触》为代表，随着国内第一大文学网站“榕树下”第一届全球中文网络原创文学大赛的举办，国内一些知名 ID 渐渐浮出水面。尚爱兰、安妮宝贝、宁财神、刑育森、今何在……这些网络名称大都为网民们所熟悉，网络出书日渐流行开来。而陆幼青的《死亡日记》在榕树下的实时连载，更是吸引了大量眼球与传统媒体的跟进。

此阶段特点：集中于网络文学。除了出版图书之外，一些文章得以在文学期刊上登载。如邢育森的《活得像个人样》与 2001 年雷立刚的《小倩》均为首发于网络并被国内著名期刊《天涯》刊用的短篇小说，《活得像个人样》有大家气，堪称早期网络文学短篇小说的代表作。

作品举例：安妮宝贝的《告别薇安》、今何在的《悟空传》。

（二）实质突破阶段（2002—2003）

使网络创作发生实质转变的标志性事件是，宁肯的“流浪汉小说”《蒙面之城》成为获得中国权威文学奖项的首部网络文学作品。宁肯荣获“第二届老舍文学奖”，并摘得“优秀长篇小说”的桂冠。同时，越来越多的网络创作获得了出版机会。上网—写作—出版—成名，似乎成为一大批文字爱好者们的新出路。

此阶段特点：主题日渐扩展，不再仅限于文学。如著名 ID Sieg 著、上海科学技术出版社出版的《全球大脑》，在“科学时报读书杯”（2002）科普佳作评选中获奖。而作者来源上，特别体现了评论家黄集伟谈到的“三无人员”特点，即“非文学专业出身，没有受过专业训练；没有跻身文学殿堂的欲望，开始只是手痒，在网络上写着玩；本职与写作无关，无需靠写作立身”。此阶段，出版社越来越主动地到网络上寻找出版资源。期间，出现了出版社未经允许非法抢先出版网络小说的现象。同时这些网书获得了大量的纸质媒体报道。而木子美的《遗情书》将博客概念大幅度推向大众。

作品举例：慕容雪村《成都，今夜请将我遗忘》、七格（SIEG）《苹果核里的桃先生》、何员外《毕业那天我们一起失恋》。

（三）全方位发展阶段（2004 年至今）

2004 年堪称博客年。博客个人出书与博客网站出书齐头并进，如博客中国的系列丛书，包括方兴东的《中关村失落》《挑战英特尔》以及马帅的《我的联想岁月》、王育琨的《失去联想》、杨卫红的《自私不自利》等。

而国外的博客出书运动也是轰轰烈烈，一位美国华裔妓女叫关翠茜（Tracy Quan），先是在博客上连载，后来出版了《曼哈顿应召女郎日记》（Diary of a Manhattan Call Girl），这是她的第一部小说。因被《纽约时报》长篇报导并一炮而红。

随着网络文学影响力的逐步显现，网络小说实体书的出版也进入了爆发式增长期，成为各大书店排行榜名列前茅的畅销书，印数动辄数十万乃至上百万册。有评论家称，“短短 10 年，无论按字数还是篇计算，网络原创文学作品，已经远远超过当代文学纸质媒体发表作品

60 年的总和。”2002 年至 2014 年期间，中国网络文学转化作纸质图书共 300 余款作品，其中 2013 年、2014 年网络文学作品转化纸质书数量大增，占总数的 50%。

除了传统出版社的“触网”，互联网自身也在试水出版，众筹出版就是互联网思维下的图书出版新形式。

众筹出版简单来说就是由作者或策划编辑在互联网上招募“粉丝”，“粉丝们”自愿出资帮助其出版，出版内容、前期加工制作甚至传播方式等都可以通过互联网众筹的方式完成。这和自费出版最大的区别，不只是个人筹集的行为，而且是依托互联网的思维模式来运作出版，让读者自主选择和判断，和传统的出版流程相比更接近市场和目标读者群，即典型的书尚未出版就找到了潜在的读者。

适合众筹出版的图书类型有：

网络红人和名家著作：众筹出版最适合这类书的出版策划和推广，可以利用名人或者网络火爆的优势来获得众筹类网站的支持。

策划编辑拒稿的好书：在很多情况下，图书的出版权掌握在少数带有明显个人喜好的策划编辑或者总编手中。譬如《哈利波特》《平凡的世界》等作品都曾遭到过出版社的拒稿，这就说明有很多好书尚遗落在民间。众筹出版是正确判断图书价值的有效方法。

学术出版和小众出版：学术出版往往需要足够的经费才能出版，众筹出版可以帮助其筹措资金。

定制印刷也是众筹出版中的一种形式，由于中国大陆绝大部分出版社拒绝出版耽美书籍或是网络文学的内容还达不到传统出版的要求，晋江原创网等文学网站曾推出“读者定制印刷”功能。以晋江原创网为例，读者定制印刷功能由小说作者发起征订订单，并按照提示提交文档、封面、插图等，系统会计算出成本，然后由作者设定盈利数额，最终形成购买价格。作者向读者征集，以一个月为期限，一人起订，当印刷品完成后邮寄到读者手中。

关于定制印刷的合法性问题，晋江原创网对此进行了详细说明，原文如下：“定制印刷不是自主出书，我们提供的并不是出版物，而是印刷品。定制印刷提供的作品不印刷书号和售价，所以不进入发行领域，因此不是出版物，仅仅是作为印刷品存在。”然而在实际操作中，除了无需内容审查和进入正规发行领域外，其所形成的影响和出版物是没有太大区别的，因此也引起了相关部门的注意。晋江原创网知名写手长着翅膀的大灰狼就因为制作淫秽出版物并通过淘宝网店进行销售被处罚。目前，各网站已经关闭了“读者定制印刷”功能，不过私下进行的和自用性质的定制印刷依然存在。

事实上，定制印刷既能满足作者的“出书”梦，又能满足喜欢纸质体验和收藏书籍的读者的需求，如果能够顺利解决现有的法律问题，必将成为“互联网+”在出版业的又一巨大成就。

二、个案分析及访谈

（一）个案分析

《商誉》一书出版始末。

《商誉》最初由中青在线网友周益崧，用裔夫 ZHOU 的 ID 于 2002 年发表在中青论坛。文章断断续续写了将近两年，网友回帖十几页，获得数万点击。点击量在中青论坛里算是比较高的。

2003 年年底，网友原创版的版主奕奕提议畜夫 ZHOU 将其发表。经过协商，版主奕奕担任畜夫 ZHOU 的出版代理人，与漓江出版社签订了出版合同。2004 年年初，《商誉》出版，印数 10 000。版主利用自己的网络资源，联系该书在新浪上连载，并邀请阅读过此书的网友撰写了书评。当问及该书的制作过程时，当事人表示签完合同后，书就进入了传统出版的流程，出版社完全和他们没有再联系。而书的发行，也是由出版社利用原有渠道做的，他们只是在网络上配合，起到了推波助澜的作用。对书出版后的销售情况，因缺乏与出版社的沟通，作者和代理人也不甚清楚。

《一本女大学生的日记》：

作者黄孝阳，网络 ID 为一人。该书于 2001 年在 FM365 论坛上连载，15 天获点击 20 万。之后，中国戏剧出版社找到作者，买断版权后出版，印数 10 000，销售情况不详。

《我恋爱，我容易吗》：

作者小北风。是春风文艺出版社力推的另一个网络新人，最初他是在“幻剑书盟”被《春风社》发现的。对于这部新人新作，春风社大胆决定首印 6 万本。该书 5 月份在新浪读书频道连载，当月即登上“新浪读书阅读排行榜”综合阅读第三名，现累计印数已达 10 万本。

分析：

（1）的确有很多出版社热衷于与网络接轨，出版网民创作。但成功者毕竟是少数。每年的全国畅销书几乎超不过 10 册，能够大行其道的网络出版物就更少了，而且网络出书的概念业已形成，没有“新鲜”的号召力。在这种情况下，盲目跟风不会取得好的效果。而出版社是否大力宣传也非常重要，春风社已经操作了一系列的网络书，经验相对丰富，其效果就要好于前两者。

（2）作品的原发地很重要。原发地的浏览量越大，点击率越高，帖子的转载率越高，那么作品在网络上的知名度就越高，这直接影响出版后的销量。网络作家雷立刚曾撰文谈到同样类型的文章，为什么《成都，今夜请将我遗忘》非常火，但另一篇《我的北京》就不行，主要原因就是发帖的论坛不同，前者发在了一个非常大众化的论坛，并巧妙利用了 ID 间的纷争，结果帖子被越炒越热；而后者发在一个“曲高和寡”的论坛，就没有火起来。

（3）作品主题、书名的影响。目前来看，网络出书的名称就像网络新闻的标题一样，力求标新立异，如《华山论“贱”》。最近一两年出版了很多校园作品，多与恋爱有关，很能吸引在校学生的注意力，而他们，也正是上网的主要群体。相比较而言，《商誉》的目标读者——对经商感兴趣的人，可能对网络出版物的关注度就不如在校生这个更清晰的范围。

（二）对象访谈

作为一名网络作家，是如何看待自己通过上网而出版了作品呢？

问：您通过在网上的 BBS 帖子文章的方式，已经出版了哪些作品？

答：有《一个女大学生的日记》《时代三步曲》《浮世绘》（三册）等。

问：能介绍一下当时你的作品在网上的情况吗？还有具体的出版过程，有没有自费出的作品？

答：没有。都是出版社找我的。当时《浮世绘》之《女人香》以《性爱一代》为题目在天涯贴的时候，短短的时间内，就获得了 14 万的点击，总的点击量超过了最初《第一次的亲密接触》。但这也是要讲求时机的,《第一次的亲密接触》如果放到现在才出来,在网上就不会有多少人理。

问:你认为这么高的点击量和文章的题目有关吗?

答:当然是有关的。但也要看作品的水平,因为当时起类似名字的还很多。

问:出版社如何支付稿酬?是按版税吗?

答:不是,都是一次性买断。

问:你的书印数和销量是多少?

答:一般起印都是一万册。估计还没有一本书能畅销 10 万以上。

问:你怎么看网络对你的影响?如果没有网络,你能出版这些书吗?

答:肯定不能。我认为没有网络就没有一人。网络把文学的门槛降下来了,让我进来了。好比是在原本封闭的刻意里开了一扇窗,有了一种可能。网络改变的,不仅仅是出了书,它改变我的命运。

问:你认为网络上有真正的文学吗?

答:有。只是因为网络的海量信息,使得寻找真正的文学变得很困难,像大浪淘沙一样。但我相信,以后真正的文学大师一定是从网络中走出的,不经过网络就不可能了解到网络这么旺盛的生命力。未来必将是"网络文学 + 传统文学"的模式。

三、网络出版对网络文学发展的影响

网络出书对传统出版模式的影响主要集中在选题策划、编辑思路与后期宣传营销等方面,而对图书的制作、发行环节并无特别的影响。

(一)选题的显著变革

选题范围扩大、方式更加灵活:原有的选题过程,不外乎编辑先搜集信息,或作者投稿或编辑约稿。现在网络的海量信息决定编辑的选择工作有些"可遇而不可求"的意味。当然,开展网络征文是另一回事。而编辑又相对自由,在各大 BBS、博客上都有可能发现有用的出版信息。

(二)把关人角色的转换

传统的出版模式中,编辑是至关重要的把关人,对于书稿能否出版有绝对的发言权。而在网络环境下,网民读者代替编辑行使了一大部分的"把关权",他们通过点击与回复影响着作品的进程,反映着他们的认可程度。而编辑正是要凭借网民读者的把关,来确定自己是否选择某一部作品。这样,编辑本身的把关权退居二位,实质上是一种淡化。如宁肯的《蒙面之城》就是在遭遇了出版社的多次退稿之后,于 2000 年开始在新浪网上连载。一个月后,小说的点击率就超过了 50 万人次。而这个点击量也是影响其评奖的重要因素。

(三)作者队伍的海量扩增

从中文网络作家第一人痞子蔡开始,似乎就有了打破专业限制的传统。他本人是水利专业的博士生,而何员外等网络作家很多是理工科的学生。网上学者苏三,原专业是英语,后充分利用网络资源，探讨了一系列历史、考古的问题。而各类博客更是五花八门，如牧师写《传教士的真实生活》等，以此赢得看客的关注。有网友将这一点概括为：网络改变了传统中编辑和未出名作者之间严重不平等的关系。

（四）知名“网书”的营销利用网络有效开展

一部正式出版图书如果被某家网站提供免费下载，那么很可能这家网站被诉侵犯了著作权。而网上提供的链接就可能越来越扩大图书的影响力。

（五）整体编辑思路的改变

为什么出版社会迎合网络作者？“据致力于网络趋势的研究与发展公司珀尔修斯发展集团估计，2004 年年底，网上将有 1 000 万个网络日记平台，其中 90% 的博客在 30 岁以下。如此年轻的人群，也正是图书市场的主要争夺对象，所以这一前景不容忽视。”网络正在创造着越来越多的目标读者。

作为传统的纸质媒体，图书和报纸一样也需要和互联网争夺注意力。而越来越明显的趋势是，网络并没有减少图书的市场，反而为它贡献了新的内容。据报道，日本已出现“博客出版社”，这家名为“Ameba Books”的出版社打出的旗号是：把因特网上的感人之作放入你的书架，而这些“感人之作”来自于时下流行的网络日志——博客（Blog）。

在日本，以田口蓝迪、市川拓司等为代表的网络写手成了红极一时的畅销作家，日本各大出版社也两眼紧盯着网上的热门作品，来自于 BBS 的《电车男》大卖 50 万册便是成功的例证。而“Ameba Books”将自己的经营战略定位于“博客出版社”，也被认为具有相当大的胜算。

第四节 网络出版产业化

文化产业是 21 世纪的朝阳产业，《国家“十二五”时期文化改革发展规划纲要》在“构建现代文化产业体系”时，提出了以文化创意、影视制作、出版发行、印刷复制、广告、演艺娱乐、文化会展、数字内容和动漫等产业为重点，加大扶持力度，完善产业政策体系，实现跨越式发展。而网络出版产业正是文化产业中的“新金矿”，产业化趋势是网络出版的必然结果，网络出版产业正在与其他的文化创意产业相互融合，共同发展。

根据易观智库估算，2013 年中国网络文学市场收入规模达 46.3 亿元，较 2012 年同比增长 66.7%。预计到 2015 年年底，中国网络文学市场整体规模将突破 70 亿元。

在 2014 年 12 月新闻出版广电总局就曾对文学网站提出要求，要与图书影视、戏剧表演、动漫游戏、文化创意等相关产业形成多层次、多领域深度融合发展，这也就催生了“全版权运营”的新概念。“全版权”是指一个产品的所有版权，包括电子版权、线下出版权、影视和游戏改编权以及一系列衍生产品的版权等。

网络出版产业化具体说来就是从实体书出版到电影、电视剧版权销售，再到网络游戏等周边衍生产品的开发。盛大文学的 CEO 侯小强曾说过：“像《步步惊心》《裸婚时代》等非常红火的电视剧，他们并没有赚到很多钱，因为只是卖断了文学版权，没有介入下游产业链。”

由此可见，网络文学的价值不应止步于出版和影视，网络作品价值的深度挖掘大有可为。据不完全统计，2011 年至 2014 年网络文学共有 161 款作品的影视版权售出，2012 至 2014 年有 50 多款作品转换为游戏产品。

一、产业化主要途径

网络出版的产业化主要有三条路径，分别是影视出版、网游出版以及动漫出版，这三个都是网络出版产业链条中的高利润地段。

（一）影视出版

打开 2015 年年度电影和电视剧的目录，《何以笙箫默》《芈月传》《盗墓笔记》《花千骨》《琅琊榜》《明若晓溪》等都是由网络文学改编而来。据 CNNIC 调查的数据显示，网络文学用户中有 79.2%的人愿意观看网络文学改编的电影、电视剧，这就为网络文学影视化的价值转化提供了基础。还有数据显示，到 2014 年年底，已有 114 部网络小说的影视剧版权被购买，20 多部拍成电影，90 多部拍成电视剧。如果说在安妮宝贝时代，一个网络写手的最大愿望就是自己的网络文学作品能够变成纸质书；那么在《盗墓笔记》时代，一个网络写手的最大愿望可能就是自己的作品能够变成电影或者电视剧了。

1. 影视出版优势

（1）网络文学的巨大商机。

商业利益的驱动可以说是最大的优势，网络出版产业是与经济直接挂钩的。近年火遍大江南北并成功输出海外的《后宫甄嬛传》的单集收益已经达到 400 万元以上，青春文艺片《致我们终将逝去的青春》的票房收入也高达 7.1 亿元，这都说明了网络文学的影视改编市场蕴藏着巨大商机。起点中文网正是意识到这一点从而成立了影视版权交流中心，通过出售网站上作品的影视版权来获取丰厚的利益。

（2）网络文学题材资源丰富。

越来越多的影视剧都热衷于对网络文学的改编出版，因为网络文学在数量上比传统的原创剧本更占优势。首先原创剧本的制作周期比较长，创作过程脱离受众的取向，等到剧本创作完成，可能已经不符合受众的品位，跟不上时代的潮流了。其次网络文学有武侠、玄幻、都市、言情、灵异等各种不同的类型，这可以满足不同受众的品位。

（3）网络文学版权费用较低。

网络文学作品的作者大多只是业余写手出身，他们的版权费用与专业编剧相比自然存在不小的差距。虽然随着网络文学影视出版热潮的兴起，网络写手的版权费用也在逐年提升，但对于制片方来说，相较于支付给知名编剧的版权费用，购买网络文学的改编版权仍然具有较大的优势。例如热门职场小说《杜拉拉升职记》，最初只是发表在博客上的作品，通过全方位的版权运营，这部小说不仅被成功改变成电影、电视剧，还改编为话剧，登上话剧舞台。

（4）作者与受众可以双向互动。

在网络出版产业中，作为消费者的受众扮演着重要角色，在网络文学的创作过程中，作者与受众可以实时进行互动，受众可以对网络作品提出建议或意见，作者就会有意识地吸纳受众的建议，迎合受众的想法，紧跟市场潮流来创作作品。在与受众的互动中创作出来的作品一定是比较具有受众基础的，由此而改编的电视剧或者电影也就自然拥有一批稳定的观众群体，收视率或票房也就随之提高。

2. **影视出版瓶颈**

（1）受众期待难以满足。

虽然寻求影视出版的一个好处是出版的作品有着庞大的受众群，但同时受众会对影视作品抱有超常期待的心理。从男女主角的形象气质到特效的逼真再现等，都会提出细致的要求。我们常说一千个读者就有一千个哈姆雷特，每个受众对于心中理想演员的定位都是不同的，而且网络文学中的人物形象大多趋于完美，改编成影视作品难免会有出入，很难满足受众的需求。

（2）文学品质下降。

由网络文学改编而来的影视剧或电影，经常会受到观众针对国学、历史常识缺失的批评。这就要求网络文学市场在高速发展的同时也要重视对作者队伍的培养，提高他们的专业技能，补充他们的各科知识。

（3）同质化现象严重。

在影视出版的领域中，只要有一种类型的影视剧或电影火了，就会跟风出现很多类似的作品。例如《宫锁心玉》引来穿越剧的泛滥，《失恋 33 天》引来失恋题材的跟风，《致我们终将逝去的青春》引来青春题材的蔓延。跟风创作是捷径也是对观众资源的恶意消耗，仓促创作出来的作品往往质量不高，千人一面缺乏新意，影响原创网络文学的发展。

3. **对于影视出版的展望**

（1）政府的合理引导。

在网络出版产业化过程中，政府应该担负起主导作用，摒弃传统出版、影视产业形成的管理模式，积极顺应时代发展，以“互联网思维”管理“互联网产品”，鼓励优秀的网络文学进行影视出版，促进其与传统剧本的交融。除此之外，政府也应制定完善的法律法规来加大对网络文学的依法管理，维护作者的合法权益，加强版权保护。

（2）提高网络写手的参与度。

影视改编的质量直接影响着影视出版产业化的质量，要提高影视改编的质量就需要提高网络写手的参与度。例如《失恋 33 天》的作者鲍鲸鲸全程参与影视剧的改编，保证了影视剧与原作的高度一致，其独特文风和京式幽默广受好评。

（二）网游出版

近年来我国网络游戏非常盛行，网友们在紧张的学习、工作之余都喜欢在网游世界里寻求精神放松，网络游戏成为中国快速增长的新兴产业。网游出版产业正是在充分考量年轻消费群体喜好的基础上，利用网络文学已经形成的受众基础，选取热销的网络作品进行网游的产业化开发。越来越多的网络写手参与到游戏模式的网络文学创作中，网络文学俨然已经成为网游出版的主力。

根据艾瑞的数据显示，对比网络文学和游戏、视频、动漫等的重合度可以看出，网络文学和游戏的重合度最高，从 2013 年 1 月到 2015 年 7 月平均每月的重合度为 32.61%。相对而言，网络文学的影视出版，通过强有力的渠道推广，可以获得受众的广泛关注；而网游出版，更多的是可以在头部游戏玩家中获取较为可观的收益。

近年完美时空网络公司改编自同名小说的《诛仙》在市场上的大获成功，更是推动了根据网络文学出版网络游戏的产业化步伐。起点中文网的人气小说《鬼吹灯》《星辰变》也已开发了游戏，《星辰变》的游戏改编权卖出了 100 万元，《盘龙》的游戏改编权则卖出了 300 万元。这些都印证了我国网游出版产业的一个趋势，即热销的网络文学作品在度过影视出版的阶段后，正逐渐转向收购网络游戏改编版权。据统计，在 2012 年至 2014 年期间，中国网络文学转化为游戏共 50 款，每年大约有 20 余款网络文学作品转化为游戏作品。在手游市场兴起的这两年，高端作家的游戏版权价值已经提升了近 10 倍。但改编过程中也会存在一些问题，例如游戏剧情与小说剧情相似、失去悬念等，这就需要找到融合成功的必备要素：

1. 功底深厚的游戏团队

一部优秀的网络文学作品需要优秀的游戏改编团队，这样制作出来的游戏效果才能被受众认可。例如在游戏《傲视九重天》的改编过程中，游戏团队针对其小说类型，分析出其适合的游戏类型为 RPG 角色扮演类游戏，这样就有了场景细腻华丽、剧情扣人心弦的游戏效果。

2. 强盛的发行平台与营销手段

对网游来说，发行平台的高低以及推广的规模很大程度上会影响游戏发行后的知名度，没有优秀的推广手段就达不到良好的宣传效果。

网络文学出版与网游出版的结合，从现在的情况看，仍然是未来国产网游寻找出路的一个突破口，尽管还需要经历很多的磨合过程，但都在渐渐成长完善。

（三）动漫出版

近年来，网络文学改编成电视剧、电影、游戏的例子不计其数，但在动漫领域的改编作品却屈指可数。虽然腾讯早已对动漫业务进行了泛娱乐业务整合，推出了腾讯动漫平台，与迪士尼、集英社等全球动漫巨头达成深度合作，并实现了最大规模的日漫电子权引进等，但都集中在漫画改编动画上，对于网络小说的改编却鲜有人问津。究其原因可能是动漫作品创作门槛高、制作困难或者动漫作品的盈利能力不如由网络文学改编而来的影视、游戏等。

对于国内方兴日盛的动漫领域，我们也无需过于悲观。优质 IP[①]《择天记》就以 5 000 万元的高价出售动漫版权，标志着中国网络文学第一次有了改编动画。由《盗墓笔记》改编的同名漫画也创造了当时国内漫画出版的一个奇迹：十万册首印上市当天就销售一空；图书销售网站当当网放出这本书的预售不久，还没正式开始销售就宣告断货。根据艾瑞的数据显示，从 2013 年到 2015 年，动漫平台的用户在日益增多，网络文学与动漫平台的重合度在逐渐上升。我国的动漫出版领域尚处于初级发展阶段，各方面条件都还不成熟，但随着资本的不断流入，动漫出版领域的创作人才也会逐渐增多，从而带动动漫出版的发展。

（四）衍生产品开发

对衍生产品的开发，美国、日本等国家已经形成了相对较成熟的产业链，但衍生产品的开发对于国内的网络文学出版产业而言还是一个比较新的领域。

目前年轻人热衷和追捧的“密室逃生”游戏推出了《盗墓笔记》版，根据小说中人物经

---

① IP，英语 Intellectual Property 的缩写，也就是知识产权。

历的情节，让粉丝置身其中，开动脑筋探险闯关，吸引了很多“粉丝”。《择天记》在连载不久之后，腾讯文学便开始出售相关明信片、书签、礼品袋等商品，将周边生产纳入了官方“正版授权”的产业中。再如曾红极一时的《后宫甄嬛传》也在播出后产生出很多文化衍生品，在淘宝网上搜索“甄嬛传”就可以找到上百件同款饰品、服装、耳环等。

二、网络出版产业化道路中存在的问题

（一）海外版权有待进一步发展

在网络出版产业链条上，除了影视、网游、动漫改编，向海外输出网络小说版权也是其中重要的一环。网络版权输出基本上是以中国大陆为圆心，逐步向周边辐射，从台港澳的繁体字版权起步，扩展到越南文、泰文、韩文、日文、印尼文和英文。截至目前，网络文学已经在海外版权领域取得了一定成就：《鬼吹灯》《明朝那些事儿》在日本热卖；《仙剑奇缘之花千骨》在泰国一上市便被抢购一空；《步步惊心》在韩国成为畅销书；《鬼吹灯》在美国售出影视版权；改编的网络游戏《诛仙》也覆盖到北美、日本、韩国、欧洲等数十个国家和地区。

网络文学的海外版权输出，是中国文学“走出去”的一道新景观，与过去主要外译古典文学名著和现当代文学名家名作的情况不同，网络文学版权输出使得更多中国年轻人的作品、网络写手的作品也能走向世界。网络文学“走出去”也是中华文化“走出去”的重要途径，是我国文学版权出口新的增长点，有利于改善和提升我国在这些国家读者和受众中的形象。

然而，网络文学海外版权输出量无论是与网络文学的庞大体量相比，还是与版权外贸的总量相比，都存在一定差距。在“图书版权输出奖励计划”一期奖励项目名单中，网络文学所占的比例还非常之小。

目前，网络文学“走出去”尚处在起步阶段，输出途径有限，主要依靠文学网站联络推荐和民间网友自发翻译；输出形式有限，主要有出版和电子书两种形式，还有众多潜在领域等待开发；输出地区有限，多为邻近国家。综上所述，网络文学在海外的经济价值和文化价值尚有十分巨大的开拓空间。

推动和帮助网络文学“走出去”，离不开国家的扶持，相关部门要在版权外贸政策、文学对外推介、网络作者和文学网站对外交流、海外版权保护等方面，从政策、资金、人才等方面采取有力措施，创造便利条件，积极推动优秀的网络文学作品“走出去”。

（二）过度商业化

网络出版产业化中逐利行为无法避免，但过分的商业化则要警惕。有学者曾说商业化腐蚀了文学的超越性，大众化拉低了艺术的品位，这种分析不是毫无道理。由于各大出版方之间的激烈竞争，为了吸引人才、争取更多写手，出版方往往慌不择路地降低标准门槛，从而导致粗劣作品的出版，加上有的出版方为了刺激消费需求伪造点击率等数据，进行虚假包装，产生了一大批名不副实的作品。在过度的商业化包装下，网络出版产业成了机械地“打字”产业，作品的质量得不到保证。

三、网络出版产业化的意义

（一）有利于网络文学作品的最大化利用

网络出版产业化的目标是做到“IP 的一次生产，多次利用，全版权获利”，这就有利于最大化地发挥网络文学作品的价值。对网络出版资源进行产业化开发，就能实现资源的多次利用，以创意为导向实现 IP 的串联。

（二）有利于资金的流入

网络出版与资本联姻可以创造投资商与网络文学出版双赢的局面，目前我国的网络出版产业已经发展成为影视出版、网游出版、动漫出版、衍生产品这一日趋丰富的产业链，这也会创造可观的经济效益，从而吸引更多地投资商与资本流入。

四、案例分析：盛大的网络出版产业化之路

在版权的多元化开发方面，盛大文学成为业界学习的榜样。以《鬼吹灯》为例，这部作品不仅在网上拥有数以万计的点击率，出版为全八卷的纸质书后，也一直畅销至今，此外，这部作品还以高价售出网游改编版权，被某话剧团体改编为话剧。

在影视出版领域，盛大文学在 2011 年加大了全版权运营的力度，全年共售出版权作品 651 部，销售作品数量同比增长 107%。《斗破苍穹》《鬼吹灯 2》等作品都受到了影视公司的欢迎。而根据旗下版权作品改编的电视剧《裸婚时代》《步步惊心》等播出后位列同时代收视冠军。根据艾瑞报告，2011 年，根据网络原创文学作品改编的影视剧中，来自于盛大文学的原创作品是最多的。

在网游出版领域，盛大游戏全力推出的《星辰变》连续两届获得具有“中国游戏奥斯卡”美誉的金翎奖“最受玩家期待十大网游”冠军。

在漫画出版领域，热门的漫画作品中几乎都有与网络文学的改编有关的。其中，绝大多数来自于盛大的原创作品。除此以外，盛大文学还于 2013 年成立了编剧公司以及与 YY 公司展开合作。

第五节　网络文学出版规制

网络文学在快速发展的过程中，逐渐显现出野蛮生长的态势，盗版现象、低俗内容屡禁不止，对于网络文学的有效管理模式也并不明确。在网络文学领域，从业者、网站、政府应该担任怎样的角色，网络文学的最大优势“自由”与势在必行的“监管”之间又该以怎样的关系存续，这都需要我们的积极探索与思考。

一、国家政策对网络文学的影响

（一）我国网络文学领域法律法规概览

法律法规：

（1）法律：《中华人民共和国著作权法》（简称《著作权法》）。

（2）行政法规:《计算机软件保护条例》《著作权法实施条例》等。

（3）部门规章:《互联网著作权行政保护办法》《互联网信息服务管理办法》《网络出版服务管理规定》等。其中,《互联网信息服务管理办法》首次提出了“互联网出版”的概念。

（4）司法解释:《最高人民法院关于审理涉及计算机网络著作权纠纷案件适用法律若干问题的解释》《最高人民法院关于审理著作权民事纠纷案件适用法律若干问题的解释》《最高人民法院、最高检察院关于办理利用互联网、移动通讯终端、声讯台制作、复制、出版、贩卖、传播淫秽电子信息刑事案件具体应用法律若干问题的解释》《最高人民法院、最高人民检察院关于办理侵犯知识产权刑事案件具体应用法律若干问题的解释》等。

（二）净网行动

净网行动即“净化网络环境行动”，是全国“打黄扫非”工作小组办公室、国家互联网信息办公室、工业和信息化部、公安部为严厉打击利用互联网制作传播淫秽色情信息行为的一次特别行动。这一行动在扫黄打非、净化互联网环境的同时，也使网络文学行业日渐主流化。2014 净网行动取缔了包括广东广州“烟雨红尘”小说网、浙江温州“翠微居小说网”、福建福州“91 熊猫看书网”在内的数家登载淫秽色情小说的文学网站。继“扫黄打非·净网 2014”专项行动之后，2015 年，全国“扫黄打非”办公室加大整治力度，部署自 3 月至 9 月开展“扫黄打非·净网 2015”专项行动，依然是聚焦大网站和非法网站。

净网行动总体上来说是件好事，网络文学从 2010 年就开始进入疯长期，在之后的几年时间内产生大量泡沫，造成低俗作品的大量出现。不过由此引发的“网络文学恐慌”也值得我们思考。国内最具影响力文学网站之一的晋江文学城为了配合相关政府部门对互联网环境的整顿，发起了“网友扫黄”运动，规定“脖子以下不能描写”，从而引来了很多网友的调侃，甚至把此次行动称之为“新一轮的文字狱”。

网络文学之所以为网络文学就在于它与传统文学的不同，即便是传统文学也没有“脖子以下不能描写”之类让人啼笑皆非的规定，事实上，这也并非相关部门的本意，只是网络文学网站在以有限的人力资源面对海量的文学作品时，迫不得已只能使用“一刀切”式的标准粗暴管理。

网络文学是新生事物，有其独特的形成背景和运行规律，相关部门和网站也应该打破固有思维，创新管理模式，灵活运用多种手段特别是技术手段加强监管，而不是一禁了之。

（三）《关于推动网络文学健康发展的指导意见》

国家新闻出版广电总局于 2014 年 12 月 18 日印发了《关于推动网络文学健康发展的指导意见》（简称《意见》)，共三项十八条，从指导思想、基本原则和发展目标，重点任务，以及保障措施三个方面就网络文学健康发展提出指导意见。

《意见》在充分肯定网络文学重要地位的基础上，指出了网络文学在高速发展中暴露出的问题。与此同时,《意见》提出了把握正确导向、实施精品工程、不断提升作品质量、健全编辑管理机制、建立完善作品管理制度、推动内容投送平台建设、大力培育市场主体、开展对外交流等八项重点任务。全版权深度开发上升为国家层面的指导思想。

《意见》还提出多项推动网络文学健康发展的保障措施，包括开展网络文学评论引导，逐步建立科学的网络文学作品评价体系；发挥科技创新引领作用，推动网络文学企业加快相关技术研发及应用；加强版权保护，持续打击网络文学作品侵权盗版行为；规范市场秩序，加大对网络文学传播淫秽、色情等有害内容的打击力度，整治扰乱市场秩序、侵害用户利益等行为；加大政策扶持，争取各级财政对网络文学发展的扶持，完善相关出版基金和专项资金的支持方式，推动网络文学出版等环节增值税优惠政策的落实；加快人才培养，营造名作家、名编辑和高层次复合型人才不断涌现的良好环境；加强行业自律，健全行业规范，促进共同发展。

（四）相关文件的相继出台

2014 年 1 月 7 日，国家新闻出版广电总局召开了网络文学出版试点工作座谈会，表示针对网络文学出版快速发展、内容质量良莠不齐的现状，“将重点对网络文学的内容进行不定期审读，监督网站出版业务情况，加强网站内容编辑、审核人员的业务培训和资质认定，规范网络文学出版秩序，引导文学网站增强社会责任感，提升内容把关能力”，这一表态显示了管理部门希望通过构建准入机制来加强网络文学出版引导和管理的思路。

2015 年 9 月，中共中央政治局通过了《关于繁荣发展社会主义文艺的意见》，首次出现了“大力发展网络文艺”这一提法，意味着网络文学进入了官方视野，网络文学对于发展文化产业的作用已经显现。

2015 年 10 月，为了落实习近平总书记文艺工作座谈会讲话精神及《关于推动网络文学健康发展的指导意见》，国家新闻出版广电总局首次发布《关于开展 2015 年优秀网络原创作品推介活动的通知》。广电总局的首次推介意味着网络文学走向主流化。

这一系列文件的相继出台，有利于网络出版产业的发展，更会带动影视、游戏、动漫等相关产业的发展。

二、网络文学的版权困境

自网络文学诞生之日起，盗版问题就一直困扰着网络文学的健康发展。植根于互联网中的“开放共享”与伴随着网络文学的“知识产权”形成一对不可调和的矛盾，特别是在网络文学商业化、流量即现金的浪潮中，盗版的毒瘤在利益的滋养下始终无法根除。

（一）维权事件

1. 盛大文学与百度诉讼案

2009 年 12 月，拥有绝对实力的盛大文学发起对百度的联合诉讼，指控百度文库侵权。盛大文学认为，百度文库纵容盗版的滋生，盗版模式已经从盗贴文字内容变为完整的盗版文学灰色利益链。百度则认为，百度文库提供了一个免费的分享平台，用户下载与分享的内容的确存在盗版的情况，但只占非常小的部分。2011 年 5 月 10 日，诉讼案有了结果：判决百度公司赔偿盛大文学经济损失 50 万元及合理费用 44 500 元。此次案件成为中国创意产业维权的第一案。

2.《三一五中国作家讨百度书》

2011 年 3 月 15 日，贾平凹、刘心武、韩寒、郭敬明等 50 位作家联名发表了《三一五中国作家讨百度书》，指责百度已经彻底堕落成为一个盗窃公司，称百度文库“偷走了我们的作品，偷走了我们的权利，偷走了我们的财务，把百度文库变成了一个贼赃市场”。此次维权事件也是网络文学界的一次标志性事件。

（二）盗版成风的原因

1. 法律滞后

法律滞后包含两个层面：一是立法的滞后，现行的《著作权法》是1990年全国人大审议通过，1991年6月起实施的，是纸质出版时代确定的，虽然几经修订，但很多内容已不适应网络出版时代下网络环境的版权保护，很多条款都需要改进以及增加新的内容；二是执法手段的迟缓，在网络时代，信息到受众之间会涉及搜索引擎、网站等载体，这就大幅度提高了版权保护的难度，新媒体技术在增加网络侵权可能性的同时，也增加了维权的难度。

2. 公众版权意识低

首先，受众即读者的版权意识低是网络文学侵权泛滥的一个重要原因，相对于收费来说，读者们习惯了免费阅读，同样内容的作品，读者们当然愿意搜索其他盗版网站上的免费阅读作品。不仅是文学网站存在这些问题，门户网站上的网络文学也存在盗版问题。其次，网络作者的版权意识低。网络作者不同于传统作者，网络作者只是将写作视为一种副业，并不是本职工作，面对侵权问题，需要耗费大量的时间和金钱去坚持维权，大部分作者都不会这样做。

3. 侵权方式容易，维权成本高

与传统文学作品的侵权方式相比，网络原创作品的侵权方式更为便捷、成本更低，只需要侵权人轻点鼠标，复制粘贴，就可以达到转载的目的。维权成本高也是一个原因，作家维权往往只能落得“得不偿失”的后果，这让很多网络作者都望而却步。

（三）如何加强版权保护

目前，学界业界的专家们从不同的角度提出了不同的应对策略。主要是这两类：法律手段和技术手段。法律手段即要加强网络知识产权立法，严格执法，从法律的角度解决问题。

技术手段是指用以加密技术、数字水印、签名技术、权限设置以及认证制度为代表的计算机技术手段防止数字图书侵权行为的发生。除了这些，笔者认为还有一些对策可以探讨：

1. 完善相关法律体系

除了上述提到的加强知识产权立法等方面，还需要做的是完善“避风港”规则。目前我国网络文学领域的很多侵权行为都是依托“避风港”规则的庇护。“避风港”的具体规则是：网络服务商对网民上传至网络的信息没有事先审查的义务，原则上网站不为网民的版权侵权行为负责，但是版权人向服务商提示网络中存在版权侵权行为后，服务商应采取必要措施保护权利人合法权益；如果网络服务商接到版权人提示后怠于采取必要措施，那么就需要承担相应责任。可以看出来它并没有明确的界限，不同法院在判决时甚至有不同的认定，网络服务商在删除相关涉嫌侵权的文档之后，又会有新的读者将涉嫌侵权的文档上传，从而引发新的纠纷。在适用“避风港规则”时，应该明确适用该规则的具体条件，限制“避风港规则”的滥用。

2. 强化版权意识

这主要是从网络作者、读者以及文学网站的层面来说的。网络作者在更新作品时，可以告知读者盗用作品的危害。文学网站也应该在显眼处标明网络作品的版权归属以及侵犯作品版权应承担的相应责任，强化读者的版权意识。目前大多数文学网站管理者对于上传到自己网站的网络作品睁只眼，闭只眼，持放任态度，应加大对这类文学网站的惩罚力度。除此之外，还应提高作者的版权意识，网络作者在文学网站发表作品时，应合法引用他人作品。除了上述这些，国家也应进行强化版权意识的相关宣传，帮助作者以及读者了解版权的重要性。

3. **建立维权团体组织**

在版权保护领域，除了著作权人自发的维权，团体组织也扮演着相当重要的作用。与个人相比，统一的维权组织更具有专业的维权知识和实践经验，并且可以凝聚社会各界的力量。譬如中国文字著作权协会在著作权的集体管理与保护中就发挥了积极的作用，并取得了一定的效果。

思考题：

1. 试述网络出版的兴起与发展。
2. 网络出版与传统出版的关系。
3. 网络出版对网络文学发展的意义。

第六章　网络小说

随着互联网应用的发展，网络渐渐渗入人们衣食住行的各个方面，成为人们生活中必不可少的信息传递、获取的工具。与此同时，一种新的文学样式悄然出现了，而且大有向传统文学挑战的趋势，这就是网络文学。而网络小说是网络文学中最具代表性的体裁样式。

第一节　网络小说的定义

1998 年，痞子蔡首次在网络发表小说《第一次的亲密接触》，随即掀起一阵网络文学风潮。2001 年年初，光明日报出版社出版今何在的《悟空传》一书，引起图书市场的轰动，更是引发了人们对网络小说的热情。

1999 年之后，当网络文学的市场前景被普遍看好的时候，"网络写手"群体也应市场需求而自然产生。一时间中国的"网坛"也轰轰烈烈，涌现出如宁财神、李寻欢、邢育森、安妮宝贝等知名网络小说作家。"榕树下""龙的天空""爬爬书库""幻剑书盟""起点中文网"等文学网站也相继出现。

一、什么是网络小说

谈到网络小说，首先要谈一下网络文学。目前，对于网络文学的界定很多，流行的观点有四种：一种观点认为，"网络文学"就是以网络生活为题材的文学，如网上聊天、网恋等。第二种观点认为，"网络文学"就是运用超文本链接和多媒体等方式制作的作品，这类作品具有网络的依赖性、延伸性和网民互动性等特征，不能下载出版做媒介转换，一旦离开了网络它就不能生存。第三种观点认为，"网络文学"就是网上的文学，即 e 形文学，凡在互联网上传播的文学都是网络文学，这种网络文学同传统文学仅仅只有媒介和传播方式的区别。第四种观点认为，"网络文学"就是存在于网络空间、以计算机网络为传播媒介、其创作和接受具有在线性和交互性的文学样式。我们认为，前三种观点都存在不足之处，不能对网络文学提出合适的注解，而第四种观点则较为准确。这样的界定，一方面突出了网络文学存在、传播的方式，即网络空间；另一方面符合文学的活动实践，即创作和接受具有文学形式。

结合网络文学的定义，网络小说的定义也随之而出：网络小说是指首发于互联网互动性社区，在互联网上传播，在创作、发表过程中不断得到读者的反馈并能随时修正其内容的小说作品。这是一种新兴的小说体裁，随着网络的快速发展而出现。

二、网络小说的特点

（一）开放性

1. 创作的开放性

众所周知，传统小说的创作，作者是非常个人化的作业，绝大多数是一个人独立完成。随后与编辑沟通意见，然后进行修改、补充，最后在刊物发表，或者出版单行本。这时，作品才与读者见面。读者除了阅读，产生读后的感想，根本无法与作者即时沟通，甚至一起探讨小说的构思和语言等，更不可能因为读者的意愿和建议而对原作进行任何修正，反观网络小说则不然。文学是一种信息，网络是传递信息最现代的工具。同时，网络也是一个特殊的平台。在这个平台上，作者与读者可以随时交流、互动。这使网络小说形成了一个有别于传统小说的鲜明特点，那就是读者也参与了小说的创作。

网络小说大多是写手边写边发到网站、论坛或是博客等其他平台，有全文存稿或小说大纲的网络小说数量不多。读者可以边阅读小说边评论发表意见，写手可以从这些评论中获取一些有价值的信息运用到之后的创作中，而已有大纲的网络小说也会因为读者的反馈对大纲进行改动。在这一过程中，写作、阅读、评论可以同时进行，与传统小说的创作、发表、评论的程序大相径庭。作品由作者与读者共同创作，从某种意义上说，这是一种集体创作。也就是说，网络小说是一种开放性的文本。美学理论家姚斯在《文学史作为文学理论的挑战》中说："读者本身便是一种历史的能动创造力量，文学作品的历史生命，如果没有接受者的介入是不可想象的。"的确，自古优秀的作品，无论是经典的四大名著，还是唐诗宋词，都是经过读者的选择流传下来的。而今，网络时代，读者的力量对于作品，似乎更加直接。在华文网络文学社区的小说接龙中，有个有趣的关系，那就是作者本身也是读者，而读者，只要愿意，可以随时加入接力写作变成作者。正如法国解构主义美学家罗兰·巴特所言：让"读者"成为名副其实的"读写者"。

2. 题材的开放性

网络小说除了内容具有开放性，在题材选择上也具有一定的开放性。

首先，网络小说发表地点为文学网站或论坛等网络平台，这些网络平台不仅少了传统出版对小说类型的审查，而且其自身对小说题材限制较少，写手在创作小说时对小说题材的选择更加多样。现在文学网站对小说的分类众多，除了传统的言情、武侠等，还出现了同人、耽美等小说类型专题。

其次，网络写手具有年轻化特征，自身能抓住时代潮流，并能借助互联网迅速接触吸收新鲜事物，并将其大胆地运用到自身的创作中。这也成为网络小说题材开放的原因之一。

不止网络写手具有年轻化特征，同为网民的网络小说受众也具有年轻化特质。年轻的受众对新鲜事物接受程度较高，而且这一群体对娱乐性的追求愈发热烈，这些都成为新题材小说市场的保证。

（二）个人主义题材

网络写手作为当时一种新的身份，有其自身的特点。这些网络作者从职业看，有曾任公司高管的景旭枫这样的高级商务人士，也有当年明月这样的普通公务员和董晓磊这样的在校大学生，以及数量众多的自由写作者；从专业背景看，有步非烟、阿越这种出身文史专业的作者，也有萧鼎、易铭、余扬这种其他专业的作者，更有天下霸唱这类自称没读过什么书，“见了文化绕着走”的作者。作为由非职业作家基于兴趣创作的直接面向阅读的故事，当然不能被解释为对某种现代文学创作论的实践。

从年龄上来看，网络写手群体大多出生于20世纪70—90年代，他们在开始自己网络小说创作生涯的时期常常被冠以“新生代”“后新生代”“晚生代”等头衔。在他们的记忆里，很难找到属于他们这代人的共同话语，也很难从一个整体角度来谈论他们的生活与工作。那些前代人所津津乐道的政治运动、红卫兵情结、上山下乡、文攻武卫、“阳光灿烂的日子”，离他们似乎很遥远。他们更愿意相信自己的眼睛与身体，更愿意信赖自己对生活的私人理解。正如生于1973年的“文学新人类”卫慧所说：

他们没有上一辈的重负，没有历史的阴影，对生活有着惊人的直觉，对自己有着强烈的自恋，对快乐毫不迟疑地照单全收。[①]

而生于1976年的周洁茹却在一篇小说中这样描述新一代：

那些新人类们，他们是太阳，他们渴望着世界是他们的。新新人类的生活就是剃最简约的发式，比如板寸；穿最简约的鞋子，比如黑布鞋；吃最简约的饮食，比如吃素和喝白开水。[②]

可以没有文学，但不能没有思想；可以没有艺术，但不能没有个性；我们不需要指挥，也不需要英雄！[③]

这是70年代的宣言，他们放纵呐喊，他们追求个性与自由，他们试图在自己的各种尝试中寻找自己的价值。

这种个人主义精神并非是否定性的，它直接来源于欧洲文艺复兴的宗教改革，是对个人权利的发现和肯定。美国思想家爱默生指出：“我们时代的另一特征就是承认个人的新的重要性……人与人要像主权国家之间那样对待。”[④]个人主义从美国发展到整个西方世界，被帕森斯称为西方现代化的三大要素之一（另两个是市场经济与民主法治）。

当然，在网络原创文学中，有部分作品将个人主义发展到了极端，只讲个人权利不讲个人责任，只要纵情享乐不要节制和建设，成为网络文学中为人不齿的东西。但从整体而论，网络文学的个人化题材正在吸引越来越多的网民上网倾诉心声，从而将文学返回本身原初的价值。

同时，这种个人主义题材纷纷打上了网络的烙印。目前我们视野中的汉语网络文学作品，尤其是初期的网络小说，很多都是以网络为故事背景的。网络在其中成为一个符号、一种坐标，生活在它的映照下凸现出更多我们从前忽视的矛盾和谬误。而“清纯”的源头就是网络空间那跨越时间空间和个人背景等直接进行的心灵上的沟通。

---

① http：//www.etang.com/.

② http：//www.etang.com/.

③ http：//www.etang.com/.

④ 转引自周冰心：《苍凉的手势 泡沫的疼痛——论世纪末七十年代出生作家的写作》，宁亦文编《多元语境中的精神图景——九十年代文学评论集》，人民文学出版社2001年版，第268-269页。

（三）民间本位的写作立场

众多的网络文学作者虽然位列知识阶层或中产阶级，但他们在写作心态上往往秉持民间立场，坚守黎民本色，不惮于“街谈巷语”“刍荛狂夫之议”，自矜于嬉笑怒骂、“下里巴人”之文，把一种新民间写作推上网络平台，使民间本位的个我表达成为网络写作的基本立场。

1. 脱冕快慰

本雅明曾说，传统艺术品注重的是“膜拜价值”（Kultwert），而机械复制时代的艺术作品注重的是其“展示价值”（Ausstellungswert）①。网络文学作为电子化复制的典型文类，其创作动机不在膜拜，而是出于自我展示和快慰表达。网络作者少以“作家”自居，甚至贱视这一“冠冕”，而甘愿做它们的“痞子蔡”“李寻欢”“今何在”。网络写手宁财神对“咱们是为了什么而写”的回答是：“为了满足自己的表现欲而写，为写而写，为了练打字而写，为了骗取美眉的欢心而写。”② 网络是一个大众狂欢的自由广场，又是一个消解崇高、颠覆神性、贱视权威的世俗世界。与之相适应，网络文学是“脱冕”的文学，而不是“加冕”的文学。写作者并不想以此换取功名、忝列“作家”之位，乃至立言、立德而成“不朽”。因为上网写作不再被视为文人安身立命的方式和文学承担形式，而只是一种游戏、休闲方式和宣泄、狂欢的途径。它用“另类”的数字化约定破除文学旧制，用“比特”的收放转换褪去文学神圣的光环，并以蛛网勾连的交互式触角拉开文学圣殿尊贵的面纱，让“脱冕”后的文学女神走下神坛，回归民间，与民同乐，形成自由而快意的文学亲和力。这时候，平民百姓的欲望表达公开登台，如巴赫金论及狂欢节活动所说的“以丑角弄人身份亵渎神灵”，假面话语用数字符号沟通贫富、雅俗和高低的对立，让充满欢笑的怪诞、嘲弄、调侃、滑稽、耍贫嘴、假正经，以及各种民俗民间文化来颠覆尊贵和典雅，把传统的文学经典范式和文学价值理念弄得“兜底翻”（Inside out）。

2. 讥嘲崇高

彻底的平民姿态，使网络写作对于崇高的东西一般都采取戏弄和讥嘲的态度。许多网络写手常常将大众耳熟能详的成语典故、名言警句、影视歌词等，翻新为时尚或调侃的噱头，将其纳入新的语境，以制造喜剧性的反讽效果。如有人将广为传唱的《游击队之歌》的歌词戏仿为：“我们都是大美女，每一次点击消灭一颗痴心；我们都是狐狸精，哪管它网恋真不真……”周星驰《大话西游》中那几句经典的台词：“曾经有一段真挚的感情摆在我面前我没有珍惜，等失去后才后悔莫及，尘世间最悲哀的事莫过于此……”不仅被戏仿为某品牌饮料的电视广告词，在网上更是经常被文学网民在新的语境里予以套用。一些文学网站的“开心一刻”“随笔小札”“心有灵犀”“青青校园”等栏目，类似“美女如此多娇，令无数男人累断了腰”之类的戏仿之作可谓比比皆是。获首届网络原创文学二等奖的小说《我爱上那个坐怀不乱中的女子》，借“柳下惠坐怀不乱”的典故戏仿出一个现代爱情故事，作者写道：

> 前不久，我们这地方出了一件可以传诸后世的事。一个男人怀抱一个女子，心中却静如止水。有些喜欢猜疑的人说，这个男人过去一定受过伤害，心中的创伤还没有愈合；还有些人说得更难听、更刻薄，居然说人家是一个阳痿不举的废人。③

① [德]瓦尔特·本雅明：《机械复制时代的艺术作品》，王才勇译，中国城市出版社2002年版，第19页。
② 宁财神：《度过美丽的夜晚》，《文学报》2000-02-17。
③ 老谷：《我爱上那个坐怀不乱中的女子》，析自陈村主编《网络之星丛书》（小说传），花城出版社2000年版，第2页。

戏嘲崇高不是网络文学独有的东西，但由于它契合了网络“脱冕”和“祛魅”的游戏精神，因而一直在网络原创文学中大行其道。

3. **渎圣思维**

这是在价值取向上体现民间立场的一种创作理念，是反本质主义的思维表征。巴赫金将其称之为“贬低化”，“亦即把一切崇高的、精神性的、理想的和抽象的东西转移到整个不可分割的物质和肉体层次，即（大地）和身体层次”[①]。这种“贬低化”其实并不含贬义，主要指物质化、世俗化和人间化，是高雅相容于粗俗，精英存形于普泛，神圣崇高回归到低微和平凡，一切形而上的东西都向下转移，以求打破壁垒和特权，把文学连同自由平等观念一道从神坛拉回民间。如先在网上走红又在书市热卖的网络小说《悟空传》，对唐僧与他三个弟子之间的师徒关系就作了“渎圣化”处理。这里完全没有传统小说《西游记》中师傅的威严和徒弟的敬重，也没有师徒共赴危难闯天涯的大义和神圣感，仅存的只有俗世的率性而为与相互敌视。还有如获奖网络小说 Flying-max 的《灰锡时代》、Mikko 的《英雄时代》，以及 Will 的《网络 CHAT 男性照妖指南》、Jascha 的《网络 CHAT 女性防狼手册》、邢育森的《活得像个人样》、慕容雪村的《成都，今夜请将我遗忘》等，都带有犬儒主义的渎圣色彩。而网络小说《英雄时代》竟将“问题青年”的追悼会挽联写成：

上联：王遥同志永垂不朽。严禁吸烟！

下联：安息吧，朋友！违者罚款！

而在致悼词时说：

同志们，朋友们：今天我们聚集在这里，我沉痛地向大家宣布：王遥终于死了！……

把神圣化作笑谈，将崇高降格为游戏，用喜剧冲淡悲愤，以笑料对抗沉重，这便是网络写手渎圣化思维的常见套路。网络文学天然地隶属俗物，所以从不装扮高尚和伟大，它拒绝高尚和责任，结果必然与传统的价值理念格格不入。网络作家尚爱兰对此评论道：

那些要求网络文学负起社会责任和更有良心的说法，实在是良好的一厢情愿。你根本不能再要求他们像老舍一样去关心三轮车夫的命运，或者像鲁迅一样去关心民众的前途。……我们没有文化优越感，但是我们有足够的生存困境，有足够的热情和机智，有足够的困惑和愤怒，有足够坚强的神经，有足够的敏感去咬合这个时代，有“泛爱”和“调侃”这两把顺手的大刀。[②]

（四）颇具张力的语言

因网络平台的高度自由化、大众化，网络小说的语言更具简洁性、口语化、陌生化、能动性的特点。

1. **语言简洁，句式简短**

网络小说的阅读不同于传统的“读书”，而是“读屏式”阅读。这种阅读近似于“扫描”，少有人能耐心品味结构繁复的句子，所以，网络文学一般不需要读者在字缝中阅读，而要求表达力求直白、简洁，要求创作者尽量减少长句的出现，句子结构尽量松散，段落尽量短小，分段频率尽量高，以免引起读屏者的疲劳。而短句的爆发力强，表达直接，风格简洁明快，

① [俄]巴赫金：《巴赫金文论选》（中译本），中国社会科学出版社 1996 年版，第 118 页。

② 尚爱兰：《网络文学中的“新新情感”》，析自榕树下图书工作室选编《99 中国年度最佳网络文学》，漓江出版社 2000 年版，第 305-306 页。

有其适应网络书写的先天优势，作家徐坤曾就此发表看法：

网络在线书写越是简洁越好，越出其不意越好，写出来的话，越不像个话的样子越好。一段时间网上聊天游玩之后，我发现自己忽然之间对传统写作发生了憎恨，恨那些约定俗成的、僵死呆板的语法，恨那些苦心经营出来的词和句子，恨它们的冗长、无趣、中规中矩。①

我一心想颠覆和推翻既定的、我在日常工作中所必须运用的那些理论框架和书写模式，恨不能将它们全都变成双方一看就懂的、每句话的长度最多不超过十个汉字的网络语言。②

的确，在传统的小说作品中，作者使用的都是规范的现代白话文，多长句，句式结构完整。而网络小说则相反，句式简短，结构简单，这使得文章句式更加自由跳跃，节奏更加紧凑，且更富于生活气息。例如作者为佚名的网络小说《曾经年少》（摘自“网易”）有这样的一个片段：

我站在滂沱大雨中，无伞。

……

“Tangy Tangy Tangy”一个黝黑黝黑的人踩着辆28的“重型坦克”过来。

是他!兔牙。

一个急刹车，忽然发现他一双很亮很亮的眼睛。

“JJ，是你？上车!”

“……”我默然。

一把拽过我的手，“要上快上!我还有急事。”

雨似乎是没有尽头了。

一盆一盆地倒在他头上，又一滴一滴地落在我臂上。

一滴

两滴

三滴四滴

……

“停!我家到了。”

想道谢，想起哥哥，作罢。

……

那个雨天或许也从不曾有过。

这个片段所写的女高中生“我”在雨中无助之际，对她心仪已久的“兔牙”前来接送的情节。在这里每段为一行，行中每个句式都很短，甚至两三个字为一行，或是采用省略号。这样的短句的频繁使用，给人一种轻快的阅读感，与校园生活明快的节奏相辅相成。

2. 口语化的语言

普通网民并非专业文学评论家，他们的阅读追求的首先是娱乐性，网络文学的作者也多不是文学专业出身，他们的写作追求的首先是自由抒写，所以网络文学的表达与传统文学作品相比，不以字敲句酌见长，也十分不讲求奇策深警，而显得相对简单通俗。很多网络作品

① 徐坤:《网络是个什么东西》,《作家》2000年第5期。

② 转引自邵维加:《网络小说的生态环境与审美之维》，山西师范大学学报（社科版）2007年3月。

甚至用的就是“我手写我口”的口语化写作方式，方言、俗语在作品中屡见不鲜。

语言的口语化特点表现在很多网络小说对对话手法的充分使用。对话是人物描写的一种表现手法，这种表现手法在网络小说中占有很大的比例，甚至有以网上情事为主要内容的作品直接将聊天室对话放到作品中。在李寻欢的《迷失在网络与现实之间的爱情》中有一个片段：

[fengying]嗯。不过还是没有在网上好

我们好像更习惯网吧。

[fengying]我们是网人。

[qiaofeng]但也许不会永远只在网上。

[fengying]是的，也许。

这是网络聊天用语在网络小说中的表现，在痞子蔡《第一次的亲密接触》、谭竹《聊也难受不聊也难受》中都发挥得淋漓尽致。口语化的聊天用语将计算机两端个性鲜明的两个人鲜明地表现在读者眼前。

3. 文中使用新词汇、字母缩略、符号、数字语言等

网络小说的语言标新立异，不严格遵照汉语语法规则约束，如张普所说“一般来说是含有非规范用法的文本”①。经过较长时间的实践，网友们在使用网络时经常会用一些特别的文字符号、英文字母、阿拉伯数字、特殊符号等，表达相对固定的思想内容或情绪，网络小说的创作者们也将其运用到作品中。

事实上，许多网络作者为了使其作品语言“生动”，会运用当下流行的词汇。例如晋江文学网中花暮年的《大神何苦为难大神》一书中有以下片段：

@小猫爱钓鱼：怎么了大大？

@飞秦 CP 不可逆：……我看到泽路大神更新了，抚摸大大……。

@脸书不是脸叔：再见？！不要啊！没事的，我们不介意这点设定上的差异的！请务必写下去啊啊！

@山核桃：泽路大神真是出其不意……大大节哀。

@你好我是松露巧克力：其实我觉得影响不算很大？反正结果他俩是好基友。

这里除了采用当下年轻人常用的微博评论场景外，作者使用的词汇也是现今网络中比较流行的词语。“大大”“大神”多指某方面的高手、达人。“CP”则是 couple 的缩写，指某两人的配对。“好基友”则多指男性之间较为密切的交往关系。从这里我们就可以清晰地看到，网络语言文学标新立异的特点。

（五）高娱乐性特点

网络小说还具有高娱乐性的特点，它能为读者带来阅读愉悦感，而这种愉悦感的产生离不开网络文学的三大核心元素“YY 性、代入感和金手指”。

“YY”是“意淫”的缩写，是指满足人们在精神世界对美好生活的追求，尽可能让读者幻想那些欲做而无法做的事情，并成为保证写手脱颖而出的条件。而“YY”需要代入感的配合。代入感是指小说使读者产生一种自己代替了某个小说人物，并由此引发的身临其境的感

---

① 张普：《关于大规模真实文本语料库的几点理论思考》，《语言文字应用》1999 年第 1 期。

觉。“YY”和代入感有时又需要“金手指”的支持，“金手指”是由游戏中的“金手指”延伸开来的，在游戏中指“作弊器”，在网络小说中则指主角相较于其他人具有的特有的优势，而这个优势为超现实来源，比如获得一个宝物、拥有一项异能、具备独有的知识记忆等。

以女性受众为主的言情小说多注重“YY”与“代入感”，这类小说中很少有“金手指”的出现，但男主角多是帅气多金无所不能的“霸道总裁”，是大部分女性心目中的“最佳伴侣”，女主角则多为拥有某一个特质能够吸引“霸道总裁”的平凡人。女主角的平凡特征是多数女性读者的特点，易于读者将自己代入小说中，“亲身”经历一场与“霸道总裁”的爱恨情仇。

由桩桩创作的穿越言情文《蔓蔓青萝》中，穿越到架空王朝宁国宰相家三小姐青萝身上的女主角程菁这样分析自己：“大学学的是英语，无用之极，在现代生活了二十二年，懂得的知识或多或少总会用到一些。诗词可以抄袭，五千年的文化她所了解掌握的应该够用了。唐诗宋诗记不全也没关系，一些脍炙人口的句子她还是记得的。唱歌她不行，总是跑调，也没关系，知道一些曲词，说不定还能用用。会瑜伽，练过空手道。”从中可以看出，女主角在现代并没有什么特殊技能或过人之处。这给了女性读者将自己“代入”的机会。之后的故事发展证明，程菁仅凭自己对五千年文化的了解、掌握的现代生活技能以及学过的唐诗宋词在宁国众多大家闺秀中脱颖而出，并获得了“风城五公子”中两位公子的青睐，最终与男主角刘珏成为眷属。该文是这样描述男主角刘珏的：“听说都是二十岁左右的英俊风流人物。风城大半少女说起五公子就眼冒星星。”“身板儿不错，和太子差不多高，脸也不错，有棱有角，眉宇间英气毕露”。刘珏符合多数女性读者 YY 的伴侣的形象，“帅气多金，有勇有谋”。这样一部能为读者带来愉悦感的小说自然成为众多女性读者追逐的对象。

而以男性读者为受众的小说中，“YY”“代入感”和“金手指”多同时出现，满足众多男性读者想要指点江山的愿望，给男性读者带来阅读中的满足感与愉悦感。

三、网络小说的发展

对于“网龄”超过 15 年的“资深网民”而言，他们肯定熟知《第一次的亲密接触》里“痞子蔡”和“轻舞飞扬”的凄美故事。从《第一次的亲密接触》至今，中文网络小说已经有了十余年的发展，回顾中文网络小说的发展历程大致有以下阶段。

（一）孕育阶段：20 世纪 90 年代初至 1999 年

1991 年至 1999 年，中文网络小说经历了长达 8 年的孕育期，这一时期的代表作者有图雅、百合、方舟子等人。

中文网络文学最早可以追溯到 20 世纪 90 年代初，一些分布于美国各大学的中国留学生，通过电子邮件等方式将他们编辑的刊物《华夏文摘》传送到世界各地。一般认为，少君 1991 年 4 月在《华夏文摘》第四期上发表的小说《奋斗与平等》是迄今为止发现最早的一篇中文网络小说。

到 1992 年，美国印第安纳大学 USENET 上开设了 alt.chinese.text（简称 ACT），这是世界上第一个采用中文张贴的新闻讨论组。1993 年起，遍布世界各国高校的中国学生学者联谊会主办的综合性中文电子杂志也是大量涌现。围绕中文作品，ACT 上形成了一个文学意味很浓的讨论圈子，并引发了最初的网络原创潮流。

1994 年 2 月，方舟子等人创办了世界上第一份华人网络文学刊物《新语丝》（www.xys.org）。随后出现的《橄榄树》和《花招》等，良好地记录了当时的网络创作成果。

1994 年，台湾的各个大学已经使用 BBS 互相交流，PLOVER 以《往事追忆录》一举成名，成为台湾最早的网络作家。

1995 年 8 月，随着大陆第一个 BBS——“水木清华”的建立，大陆最早的自发型网络原创就此产生，其他各高校也陆续建立了高校 BBS。

1997 年，美籍华人朱威廉投资成立文学网站“榕树下”，成为我国最大的中文原创网站。

1998 年 3 月 22 日至 5 月 29 日，蔡智恒花费两个月零八天完成 34 集的连载小说《第一次的亲密接触》，风靡网络。三个月后出版，成为台湾第一部正式出版的网络文学作品。1999 年，在大陆发行期间，发行量高达 50 万，连续 22 个月高居大陆畅销书排行榜。

这一阶段的网络小说，尚未成熟，以作者的自发原创为主，加之其只为表达自我，体现了网络文学的高度自由性、游戏性和共享性，因此被人称为网络文学的黄金时代。

（二）自觉阶段：1999 年至 2010 年

随着《第一次的亲密接触》的出版及畅销，大陆网络创作迅速升温，开始步入自觉期，于 1999 年至 2000 年形成第一个热潮。这一时期的代表作者是“五匹黑马”，即邢育森、宁财神、俞白眉、李寻欢、安妮宝贝。其中，邢育森、宁财神、李寻欢有网络小说的“三驾马车”之称，安妮宝贝、吴过、Sieg 后来被称为“小三驾马车”。随后网易、榕树下等网站推出网络原创文学作品评选，并请到传统作家和批评学家王蒙、王朔、余华、阿城、王安忆等担任评委，使得网络文学开始被文学界关注。

网络小说创作由自发走向自觉，有三个重要标志：一是一些传统作家开始参与网络小说的评选，并主动将自己的作品放在网络上传播，推动了传统文学界对网络写作的认可进程。二是各文学网站先后设立原创文学专栏，甚至主题网站。于是，从早期的代理出版到 2003 年以后的 VIP 收费阅读，日渐商业化。三是商业化写作出现，通俗文学成为网络小说创作的主流。写手凭借在网站的读者人气，吸引出版商介入或直接以 VIP 收费阅读方式使网络小说转化为金钱。

世纪之交，网络文学迎来高潮期。到 2001 年，仅“榕树下”就签约出版社 37 家，签约电台 46 家；已出版图书 117 本，已发行图书 235 万册；签约媒体 521 家，图书出版收入 1 600 万，注册用户 160 万。

经历了第一波热潮之后，2001 年至 2002 年，网络小说遭遇了冷眼。虽然仍有慕容雪村的《成都，今夜请将我遗忘》、醉鱼的《我的北京》等有影响力的作品，但仍无法改变传统文学界对网络小说的态度。

2003 年至 2004 年，网络小说的第二波热潮由大学生上网普及而来。校园题材的青春网络小说红极一时，2004 年有青春文学年之称。

2005 年，被称为玄幻小说年。两大搜索引擎 Google 和百度向公众公布了 2004 年十大中文搜索关键词，唯一与文学有关的入选词语是《小兵传奇》。它与《诛仙》《飘邈之旅》被称为“网络三大奇书”。

2005 年底，以《盗墓笔记》为代表的“盗墓小说”又成为新的主角。国际在线、浙江在线、天府早报、IT 世界网、法制晚报、搜狐等报纸和网站纷纷连载，人民网、网易、新浪等也作出“江苏不慌不忙回主场 大唐忙里偷闲看《盗墓笔记》”的报道，可见盗墓小说的火爆人气。

2006年3月，“本物天下霸唱”在网上发表《鬼吹灯》，使这类小说迅速走红。甚至有人认为，探险考古的“盗墓小说”开创了通俗文学的新门派——“盗墓派”。

2006年以后，诡异离奇的惊悚小说也渐渐风起云涌。

2007年，中国网络穿越小说发展进入高潮。2004年金子《梦回大清》的连载和出版拉开了中国网络穿越小说发展的序幕。2005年桐华的《步步惊心》和晚清风景的《瑶华》这两部都以清朝为背景的穿越文与《梦回大清》一起被人们称为“清穿三座大山”，也进一步推动了我国网络穿越小说的发展。2007年后，我国网络穿越题材的小说呈井喷式发展，至今势头不减。

（三）高潮阶段：2010年至今

网络小说随着类型的不断丰富，数量的不断增加，其影响力不断扩张，地位也不断提高。网络小说不论从文学性还是商业性上都体现出一定的价值，吸引了各界的目光，也受到了更多重视。

2010年，我国第五届鲁迅文学奖首次将网络作品纳入参评范围。文雨的《网逝》成为第五届鲁迅文学奖入围的唯一一部网络作品，也是我国历史上第一部入围鲁迅文学奖的网络作品。

从第八届茅盾文学奖（2011 年）开始，“持有互联网出版许可证的重点文学网站”即有资格推荐作品参选茅盾文学奖。网络写手“菜刀姓李”的《遍地狼烟》成为当年唯一一部跻身该奖81部排名榜的网络小说。

中国文学奖项虽已向网络文学打开大门，但参评条件对于网络作品仍略显严苛。2011年第八届茅盾文学奖要求参评作品必须出版落地书，而且出版落地书的时间须在2010年之前，这导致很多网络小说失去了参评资格。《盗墓笔记》在2010年虽已出版，但因其未能全面出版致使其未能获得参赛资格，而被称为“第一部申报茅盾文学奖的网络小说”《橙红年代》也因出版时间在2011年4月，没能符合“出版落地书的时间须在2010年之前”这一标准而不能参赛。网络小说想要在文学奖项中脱颖而出，任重而道远。

网络小说商业价值的体现则为网络文学“全版权”产业链的逐步完善。“全版权”指采用不同媒介的多种版权方式全方位运营。有关网络文学的“全版权”运营就是把网络作品转让给电视、电影、广播、手机纸媒、网游、动漫等不同传媒领域，通过文字、声音、影像、表演、视频等表现手段，对作品进行全方位、多路径、长链条的版权经营，在满足受众市场细分需求的同时，让网站、作者和作品经营者一并获得商业利益。

有关网络小说的影视剧改编，从2000年就已开始，但2000年由同名小说改编的《第一次的亲密接触》电视剧并不算成功。2001年由筱禾创作的《北京故事》改编的电影《蓝宇》虽未在中国内地上映，但这部影片斩获多项大奖，在上映地区均获得不俗口碑。之后，由网络小说改编的影视剧几乎每年都会出现在大众视野。2004年的《蝴蝶飞飞》，2005年的《亮剑》，2006年的《会有天使替我爱你》，2007年六六的《双面胶》等影视剧都改编自同名小说。这一时期，由网络小说改编的影视剧引起轰动的数量较少。从2010年起，我国网络小说影视剧改编热潮全面爆发，此类型影视剧不仅数量剧增，而且影响巨大。2010年改编自网络小说的影视剧有《美人心计》《佳期如梦》《泡沫之夏》《来不及说我爱你》《山楂树之恋》等，2011年的《失恋33天》《步步惊心》《千山暮雪》《甄嬛传》《搜索》等剧都引发了极大的反响。但由于广电总局在2012年8月发表了不提倡网络小说改编的通告，2013年网络小说改编数量大为减少。2014年，随着各家广为宣传的泛娱乐策略，影视剧改变热度又重新回升。2015年网剧《盗墓笔记》、电视剧《花千骨》《他来了，请闭眼》《云中歌》等影视剧的热播宣告了我国文学改编影视第二次热潮的到来。

除了影视剧改编，网络小说的“全版权”产业链还体现在游戏改编、漫画改编等方面。《星辰变》《诛仙》等均改编同名游戏，《斗罗大陆》则改编为同名98漫画。

四、网络小说的分类

网络小说的分类多种多样，如按创作主体来说，可分为电脑小说、网络写手小说、传统作家小说；按文体可分网络游戏小说、短信小说、网络接龙小说等；按题材可分为都市网络小说、校园网络爱情小说、另类情爱小说、网络都市小说、网络校园小说、网络武侠小说、网络玄幻小说、网络军事小说等。其中言情小说是通俗文学中的热点，最受大众读者青睐。而玄幻小说、武侠小说等因其带有想象性和幽默性也颇受大众喜爱。另外，拥有广大市场的网络穿越小说也渐渐成为网络小说的重要组成部分。本章将以网络小说受众性别为标准对作品进行划分，对女频小说、男频小说以及无明显目标性向受众小说等类别进行解读。

五、网络小说存在的问题

随着网络的快速发展、网民人数的增长，网络小说同样大步伐地向前发展，并取得了一些显而易见的成就，但同时也暴露了一些问题。主要表现为以下三个方面：

（一）创作题材单一雷同、缺少原创，著作权意识有待提高

网络小说的创作题材目前仍集中在都市、言情上，去除性和暴力的元素，网络小说就基本失去了半壁江山，再删掉作品结构、模式重复的情况，所剩的优秀作品就寥寥无几。传统文学中的很多题材也还未在网络小说中出现。

同时，由于网络获取知识的方便性和快速性，网络写手间用“ctrl+c”和“ctrl+v”便完成了一部作品，很少有独立的思考和创作出现。如《第一次的亲密接触》后，网络上便出现了《第二次的亲密接触》《第三次的亲密接触》……《第N次的亲密接触》的模板，而其模式也无非轻舞飞扬与痞子蔡的爱情。“如果我有一千万，我就能买一栋房子。我有一千万吗？没有。所以我仍然没有房子。如果我有翅膀，我就能飞。我有翅膀吗？没有。所以我也没办法飞。如果把整个太平洋的水倒出，也浇不熄我对你爱情的火。整个太平洋的水全部倒得出吗？不行。所以我并不爱你。”其中的“如果……我就……我有……吗？没有。所以……”也被网络写手们作为浪漫的格式，换了情景加以引用。诸如此类的行为容易造成网络小说主题单一，而由于网络作品多缺乏对著作权的保护，导致网络小说创作过程中抄袭现象严重，内容雷同的网络小说数量较多。

（二）网络小说娱乐至上的导向

随着网络小说被越来越多的年轻人作为休闲娱乐工具，网络小说的写作也被商业化，与最初的非功利化相去甚远。最初的网络写作者以表达心中需求为写作目的，正如邢育森所说：“网络文学就是意味更少急功近利气息，更少等级观念，更少陈词滥调的、新鲜的、活跃的、年青的、民间的文字。”① 随着商业的介入，为了增加点击率、收藏率和推荐率，相当多的网络小说写手在作品公告、作品简介或每章更新的作品后面恳求读者“多砸月票”。阿三瘦马在《男人在上》的作品内容简介里很直白地道出了写作的指导方针：“一切为读者，情节很轻松，结局很圆满。”愤怒的香蕉在《隐杀》中这样介绍该书：“这本书是一本纯粹轻松的 YY 小说，充满了大量轻松和扮猪吃老虎的情节，思想淫荡而邪恶的人请进来，这里会满足你的各种需要。”② 网民的兴趣牵制着网络写手的创作形式和内容，这使得网络小说整体趋向于低俗化，而且越来越萎靡。

（三）网络小说作者责任心不强，整体写作水平有待提高

由于网络写作的开放性，大部分网络小说写作者的经验不丰富和文学功底还不深厚，表现手法陈旧，尤其缺乏深度和力度，这是网络文学作品普遍存在的问题。

同时我们也乐观地看到，目前网络文学正在经历一个由数量型向质量型的转型期，网络文学当中的一些经典作品正在慢慢成为当代文学的主流，例如阿越的历史幻想小说（又名“架空历史小说”③）《新宋》，其中的文学欣赏性及历史专业性在当代中国的历史小说界是首屈一指的。

第二节　网络小说的形式

网络小说的形式可谓各式各样。按照罗兰·巴特的理解，文本开放是指文学文本既有供读者接受的“阅读性的”成分，也包含需要读者去创造的“创造性的”成分，读者阅读文本不是要找出一个静态的结构，文学文本的结构是在读者的阅读中不断发展的东西。文本向读者开放，作为合作者和消费者的读者驱动或创造文本。④ 网络小说的优势也在此。当一本网络小说的开头部分在网上流传时，会有成千上万个网友担当着“编辑”的角色，他们猜测小说的脉络、设定网络小说的发展和结局。所以也就有了超文本小说、多媒体小说、网络接龙小说、网络互动小说、网络游戏小说、短信小说等形式。

一、超文本小说

超文本是利用计算机多媒体技术将文字、图片、动画、声音组合在一起制作成的一种超

① 张英：《网上寻欢：前卫作家访谈录》，时代文艺出版社 2002 年版，第 65 页。

② 杨燕：《浅谈网络小说的负面效应》，《文学教育》2008 年 2 月。

③ 从情节模式上看，它往往设定一个具有现代意识或现代身份的人，在一个全然虚构的历史时空，或者通过时光穿越的方式，回到正史记载的历史情境，通过一己的力量创造了历史或者改变了历史进程。（许道军：《何为“架空历史小说”》，《文学报》2008 年 9 月）

④ 欧阳友权：《网络文学论纲》，人民文学出版社 2003 年版，第 14 页。

级文本。超文本意味着一个相互关联在一起的多个文本的组合，超级链接是实现自由的超级文本的技术关键。超链接（Hyperlink）是网络上使用最多的一种技巧，它可以是通过事先定义好的关键字或图形，读者点击后它会自动连接相对应的其他文件。通过超链接方式可以实现不同网页间的跳转。采用超链接技术可以将文本制作成能指向其他文档的文本，读者也就可以通过选择点击不同的链接，以不同的顺序和路径对文本进行阅读。就电子文本而言，往往经由一个简单的链接开始，点击之后，就在打开一个文本的同时，打开了一系列不同样式的文本。

1945 年 7 月，美国科学家布什（Vannenar Bush）在《大西洋月刊》发表了一篇题为《如是想像》（As We May Think）的文章。在这篇文章中，作者提出了一项新技术——“联想检索”（Associative Indexing）。这项技术对文件、路径的描述以及对操作界面的设想事实上与我们今天在互联网上见到的超文本技术没有多大差异，由此他成为超文本技术“概念先驱”。1969 年左右，托德·尼尔逊提出超文本（Hypertext）这个概念[①]。在这里，文本中所选用的词在任何时候都能够被“扩展”（expend），以提供有关词的其他信息。这些词可以连到文本、图像、声音、动画等任何形式的文件中。也就是说，一个超文本文件，含有多个指针，这一指针可以指向任何形式的文件。正是这些指针指向的“纵横交错”“穿跃网络”，使得本地的、远程服务上的各种形式的文件如“文本、图像、声音、动画等连接了在一起”。

1989 年，欧洲物理量子实验室（CERN）专家蒂姆·伯纳斯·李发明了万维网，并提出了全球超文本项目计划，目的是能够将各自信息通过超文本传输实现网络共享。一年后，蒂姆·伯纳斯·李选择了 CERN 使用的一组 SGML 的 DTD 标记标签，在最早的 Web 浏览器和编辑器 Nexus 中进行排版，并增加了最重要的功能链接，这就是 Html 的前身。与此同时，蒂姆·伯纳斯·李也完善了 Html 语言。WWW 服务器上超文本文件是采用 Html 语言制作的，目前的 Html 标准支持文本、图形、图像及声音等多媒体信息。超文本技术作为一种全局性的信息机制运用在互联网，将文件中不同部分通过关键字建立链接，使信息得以用交互式方式搜索，这种方法，在互联网上众多的信息中，显示出全新的意义。

超文本技术作为一种全局性的信息机制运用于互联网，将文件中的不同部分通过关键字建立链接，使信息得以用交互方式搜索。互联网的出现和超文本技术的运用，为一种新的文学品类——超文本文学的产生准备了技术条件。超文本也称多向文本，针对文学的叙事特性而言，它意味着非线性的书写系统代之以传统的线性叙事，情节的原因和结果不再是严密的对应关系，文本内部结构松散，语意断裂，但又呈现相互关联和串通的特征，这种新的叙事方法对文学产生了革命性的影响。

20 世纪 90 年代初，一些美国小说家开始尝试运用超文本技术为小说创作开拓一条新路，将互联网上的超文本和超链接（hyperlink）概念应用于小说创作，进行超文本小说（hypertext fiction）的实验性创作。1987 年美国计算机协会第一届超文本会议上，麦可·乔伊思（Michael Joyce）发布了他的超文本小说《下午，一个故事》（afternoon，a story），1990 年由东门系统公司以磁盘版的形式发行。《下午，一个故事》在每页底部有一个链接按钮，通过点击不同的按钮，故事就进入到新的发展进程，由此实现小说在情节发展过程中的多重路向选择。这种技术的实现，在我们今天的 WWW 网络技术中已相当普及和简便，但在当时网络技术、超文

① http：//chinafeng.com/.

本的概念都还不完备的情况下，能将超文本技术运用于文学的创作确实是有一定的创新意义的。由此，这部小说成为早期超文本小说的经典之作，被誉为“超文本小说的祖师爷”。

从发行载体来说，《下午，一个故事》只是磁盘版的超文本小说，还不能称为“网络化文学”，但是，它为网络超文本小说的产生提供了一个范例。此后，美国作家史都尔·摩斯洛坡（Stuart Moulthrop）创作《胜利花园》，这部超文本小说虽然也是由东门系统公司以磁盘版的形式进行商业发行，但在网络上发表有一个简本[①]。《胜利花园》不同于《下午，一个故事》将多重路径统一放在每页的文字之外，而是将多重超链接直接穿插于文内，每页字行间都选定几个字句作超文本链接的标志，供读者自由选择直接跳页。这标志着网络文学作家在应用超级链接技术进行创作方面开始走向成熟，已经开始在“文学”这一特定的大范畴中观照和应用超级链接技术，于是超文本链接渐渐在文学的叙事层面上具有了合法性。1996 年，马修·米勒在网络上发表名为《旅程》的小说，后来被誉为超文本小说的典范。它讲述了一个男子走遍美国，为两个孩子寻找他们的母亲。小说是屏幕上的一幅美国地图，读者可以任意点击上边的某一个州、某一条公路开始自己的阅读之旅，也可以中途更改线路。未知的“旅程”不断激发读者的阅读渴望，人们不知道自己身处文本的第几个段落，也不知道结局在哪里，但超文本的变幻莫测吸引着读者踏上阅读之旅。

超文本文学在不长的发展历史中，已经形成了从新旧网络功能转化而来的创作技巧，这些技巧的运用，丰富了文学的表现形式，提升了文学的表现力。如在文本主体之外进行链接、跳转，可以称之为“外部链接”，《下午，一个故事》就是采用的外部链接。在文本之中选择接点进行链接，可以称之为“内部链接”，《胜利花园》采用的就是“内部链接”方式。此外还有其他超文本链接、跳转方式，如随机链接、定时跳转等。摩斯洛坡的《漫游网际》（Hegirascope）是采用定时跳转的超文本小说。读者在阅读小说的过程中，如果不使用浏览品的“停止”功能，小说的页面会在 30 秒内自动跳转页面，引导读者阅读下去。1999 年，摩斯洛坡在他的新作《雷根图书馆》（Reagan Library）中，再次尝试了随机跳转技术在文学中的运用。《雷根图书馆》内的超链接对象并不是一一对应的，而是一个页面与多个页面进行链接，在跳转时，由计算机随机从多个被链接的页面中选定一个跳转，这样，便形成一个多向路的叙事。读者在第一次阅读或第二次、第三次阅读之时，随机的跳转都会形成不同的文本对象，从而产生不同的文本意义。只要读者有兴趣和耐力多篇反复阅读，每一次阅读都会有新的发现和理解。

在美国，超文本文学已进入大学课堂。1992 年前后，美国小说家罗伯特·酷佛（Robert Coover）率先在布朗大学开设超文本小说写作班（Hypertext Fiction Workshop）；Janet Murray 教授也在麻省理工学院开设了“交互式和非线性小说”（Interactive and Non-linear Fiction）课程。网络上也出现了讨论超文本小说的专门网站，如“超地平线”（Hyperizons），为读者阅读超文本小说提供向导。一些优秀的超文本文学作品已被制作成光盘版发行，这表明，超文本小说已由实验田进入文化产业领域了。

在中文网站中，台湾作家较早进行了超文本文学的实验和探索，其中作家有代橘、须文蔚、曹志涟、李顺兴等。台湾的超文本实验作品中，小说创作很少。李顺兴的《文字狱》就是一个典型的超文本小说，文章的首页是一把“钥匙”，点击“钥匙”就会出现文字犯“长相”“罪状”“判决”等字样。读者既可以根据自己的想法随意链接，也可以直接读下去。

---

① http：//www.eastgate.com/VG/VGStart.html.

大陆网络文学中，超文本文学的创作也零星有一些试验性作品闪现。网友 Faye 曾写过一个网恋故事，故事中的主人公在电子邮件的通信中，互传贺卡和歌曲。故事行文中链接有贺卡和歌曲的地址，阅读者可以点击这些链接欣赏贺卡或歌曲。这些链接只是故事文本的一种自然延伸，去掉这些链接也并不影响叙事的展开，而加上这些链接使故事更具有真实可信度，起到深化主题的作用。在 1999 年度榕树下文学网站举办网络文学大奖赛期间，吴满可曾在榕树下论坛介绍自己创作的超文本小说《仲夏情人》。这篇小说写的是一对情侣之间的恋情，故事情节展开后，每一个叙事单元后都有“真话”和“谎言”两个链接的选择，由阅读者自己根据对故事情节和对话的解读来判断是“真话”或“谎言”，以此决定情节的展开。这种“读法”将引导阅读者参与文本的创作活动，有助于提升读者的阅读兴趣。

“TOM 中国文学网”推出的五篇超文本小说是目前由大陆作者创作的较为正式的超文本作品。这五篇超文本小说是《召唤术士》《魔界风云》《平凡与不平凡》《弓箭手的故事》《白夜》，都是奇幻类小说，写“我”在魔法王国和魔界的经历。进入阅读后，每一个叙事单元后有两个链接点供读者选择阅读方向。这种阅读类似于心理测试，每一次选择都反映出读者的价值取向。这五篇超文本小说的共同特点是每个叙事单元的文字都很简短，路向纵深一般只有五六次选择，适宜于网络阅读。但由于是奇幻题材，不喜欢这类题材的人可能会有读不下去的感觉。

归纳目前中文网站的超文本文学的形态，可总结出超文本文学的几个要点。

（1）文字字母大小字体排版比纸张印刷更加自由。

（2）动态文字或影像。动态文字或影像能很好地将文学与绘画、音乐、影像等混合在一起，这是书本纸张所不能完成的。

（3）超链接设计（hyperlink）。超文本能提供读者多重路径选择的事实，也催生了新型的多向阅读行为，同时给传统读者和作者的身份定义带来冲击。依据乔伊思的看法，晚期印刷时代的文本面貌（topography）已遭颠覆，阅读是依设计而进行的，因此文本所能呈现的多种可能，跟读者进行意义创造和故事组合的复杂程度相关。电子多向文本的面貌是经由读者的路径挑选动作而产生，每次阅读所得的面貌仅是众多可能之一，未必与作者的原初安排相同。简言之，读者的选择构成文本目前的状态，因此读者也同书写者一样，享有生产文本意义的权利。或者干脆说读者即书写者。

以前的书本作者当然已经尝试过了超文本的创作形式，其实在各种书本中的注解就是很好的超文本链接（只是当时不会有人这么想）。后来比较著名的有法国扑克牌小说《隐形人和三个女人》、拉美小说《跳房子》等，尤其是前者，散装的纸片，要求读者阅读前先将整本书像洗牌一样洗一下，这样就会出现一个新的版本。但是，书本在进行超文本探索时，明显受到了本身物理性质的限制。这也是计算机和纸张最大的不同。

超文本文学作品采用网络超链接技术实现了文本阅读的多向性实验，体现出不同于传统文学文本阅读的审美取向。一部只有几百字的超链接小说的容量要远远大于同样字数的传统文字作品，因为在超文本中可以使用若干个超链接来使其内容扩展到无穷。作者可以在有关故事背景、人物介绍或任何其他的词语上加上超链接，呈现给读者更丰富的内容。因为采用超链接，超文本可以建构出一个由无数链接点串联起的文本网络与无始无终的阅读路径。一个超文本就像是一个迷宫，在每一个节点选择过程中，都会再拉出一个不相交的维度，导向截然不同于前的情节发展。它可以像地下茎蔓一样不断繁殖，会有多重结局，读者可以一再回到故事的某一个点，不断地进行选择。在每一个情节移步的过程，都会面临多元的路口选择。整个故事有无穷的交叉路口，版本无限，故事也无限。作者是文本游戏的设定者，他给出了多种不同的选择。读者参与其中，每一个读者的选择都会形成不同的故事，故事因他们的选择而呈现出不同形态。

（4）互动书写（interactive writing）。拥有路径选择权的读者便可视为书写者的说法，未必服人。与在网络接龙故事中进行互动书写的读者比较起来，乔伊思的多向读者也仅是意义组合者，因为毕竟没真正参与文本书写。允许读者输入书写是比较特殊的网络功能，所造就的文本不妨以互动书写文本名之。这类作品的出现也同时宣告一种“新文学人”的诞生：参与者既具读与写的身份，大可以“读写者”谓之。这个新读者并非凭空创造出来，而是和超文本科技的进展息息相关。“读者书写”正是当今网络的流行现象，留言板、讨论区中读者的参与自是不在话下，新颖例子如亚马逊书店，每一本书的专属网页都提供使用者评论空间，参酌使用者所输入的正负面书评，读者可能做出比较好的购买选择。一言以蔽之，超文本含书写开放的成分，是由读者参与书写而共同形成的，因此，资源提供者与使用者共同建构起来的超文本，已不归属单一方，而是读写者的公物。

从目前创作来看，超文本小说的实验在中文网站还处于起步阶段，有技术创意和文字功底的超文本文学目前还难得一见。但是这种情形不能说明超文本文学没有开发价值。超文本文学相对于传统平面印刷作品来说，具有革命性的贡献可以归纳为两个方面：其一，从叙事方式上，对线性叙事进行了突破，而代之以非线性的叙事。作家可以在文本的任何一个地方打断、撕开，开辟新的叙事路径；也可以在文本的任何地方进行缝补、接续，保持文本叙事上的完整性。其二，从叙事主体上，打破了作家对叙事权的垄断，有限度地将叙事权渡让给读者。读者可以有限度地决定情节的发展方向，参与作者的创作活动。相信超文本文学的这种革命性意义将会吸引更多优秀作家加入其中。

二、多媒体小说

多媒体（Multimedia）一词是在1986年后才在计算机领域普遍使用的。顾名思义，多媒体就是要把多种媒体利用起来。多媒体技术是集声音、视频、图像、动画等各种信息媒体于一体的信息处理技术，它可以接收外部图像、声音、录像及各种其他媒体信息，经过计算机加工处理后，以图片、文字、声音、动画等多种方式输出，实现输入输出方式的多元化，改变了计算机只能输入输出文字、数据的局限。

电脑的多媒体手段，消解了不同感觉通道之间的界线。它意味着人们可同时使用几种感官，而且可以根据读者需要自由选择感知方式。它以电脑技术为基础，实现了不同媒体的新的艺术综合，其意义在于：多媒体隐含了互动的功能。多媒体领域真正的前进方向，是能随心所欲地从一种媒体转换到另一种媒体。“……多媒体必须能从一种媒介流动到另一种媒介；它必须能以不同的方式述说同一件事；它必须能触动各种不同的人类感官经验……技术和人文科学、科学和艺术、右脑和左脑之间，都有着公认的明显差异。多媒体可能像有些学科比如建筑学一样，在这些领域之间架起桥梁。”①

① [美]尼葛洛庞帝：《数字化生存》，海南出版社1997年版，第91页。

多媒体包括文字媒体、声音媒体（包括音乐、语音）、图像媒体（包括图形、图像、动画、视频）。它们之间可以进行完善的转换和融合。多媒体艺术是20世纪诞生的艺术形式，主要包括以计算机、数码技术、录像和胶片技术相结合完成的艺术作品，它既是纯艺术的一种，也是电影、电视、广告和音乐画面的常用手段之一。随着电脑、网络、数码技术的日渐成熟，多媒体成为生活的一个重要内容，多媒体的艺术作品也开始登堂入室，探索人类一个全新的材料与精神的世界。多媒体艺术是一种很大众化的艺术，具有很强的实用性。简单地将“数字影像”称之为前卫艺术并不恰当，会误导人们对这种艺术形式产生距离感。由于它可以直接在大众媒体（电视、网络）上播放，很容易被更多的人接受，欧美专业电视台经常播放一些多媒体艺术作品，已经培育起大众的欣赏热情。和传统艺术形式相比，多媒体数字艺术对大多数人来讲还是比较陌生的。它集图、文、影像、声音于一体，强调互动性，它所创造的视觉效果具有强烈的现代感，给人新鲜、奇妙的感觉。

网络文学说得更纯粹些，可以说就是有音乐、图画、情节、电影符号的多媒体文学。人们能够从多种感觉通道去感知关于同一作品的信息，从而获得更加形象、完整、深刻、系统的认识。文本、声音、图像、视频、动画等不同媒体通道的切入方式，让读者全方位、立体化地去感受信息对象的艺术魅力。如果单纯地以文字的形式出现在网络上的文学作品，笔者认为那并非严格意义上的网络文学，只是网络文学的初始形态。以数码技术为基点，兼容摄影、录像、视频、声音、装置、互动等综合手段进行创作的“多媒体文学”，近年来在世界文坛迅速成长，并受到评论家的关注。相对于传统文学而言，多媒体文学利用了电影、电视、摄影、网络等技术，形成自己的独特艺术场。读者不是传统的看，还要结合听、触及互动参与，使它们共同成为网络文学的一部分。

在这些多媒体文学作品面前，我们不必像看国画、油画、雕塑等传统艺术作品那样，抱有一种“懂”与“不懂”的精神压力，唯一需要做的就是“进入体验”。是视觉、听觉，甚至是触觉、乃至心理上的全新艺术体验。让影像、声音、身体、触觉在艺术场中充分混合“润化”，就像网络，你是参与者而不是旁观者、欣赏者，在参与的同时让艺术进入细胞，让艺术给你感觉。

多媒体艺术作品是为多感觉的体验而设计的。多媒体文学作品的创作主要包括以下几种构件：文字和旁白（文字是最常用来表达意见的媒体）、图案和插画（图案是一种简单的图形，可以用线条和色彩充分表达）、静态的照片（Still photographs）、图表和图形（Charts & graphs）、动画和影像（动画，如卡通或电子游戏中的画面是由很多连续的图画构成，当我们用快速放映时，就会给人有连续动作的感觉。视讯则是一种最多元的信息，譬如当一个人演讲时，用摄影机把过程拍下来，这样摄录下的信息就是影像，里面除了这个人的长相、声音外，还包括了他的手势、表情与动作，并且也包含了许多连续的画面）、声音和音乐（Music & Sound effects）。在这些不同媒体通道中，多媒体艺术创作主要是以图形形式呈现，图形是构成多媒体创作的关键构件。

通常，人们从图片上比从其他信息形式上学习和获得的信息更多。这是人们学习风格的一种功能。学习风格是人们对他们的环境作出反应时用以感知和处理信息的各种各样的方法。作者通过正确地选取最合适的媒体组合，可有效地实现创作的主题和目标。

多媒体艺术的创作者需要对组织、平衡和把图形内容和界面设计统一起来这样一些问题做出重要的决定。这包括创建所有用于表达概念、信息和情绪的视觉元素。为了能有效地做这件事，创作者需要制作插图、图表和图形导航工具。另外，照片、文本及颜色也常常组合在一起，这些颜色将统一整个作品画面。

图形是补充文本的视觉元素，它使书面信息更清晰。为获得多媒体中的成功设计，创作者必须制作和处理图像，使这些图像有自己想要表达的意思或效果。为此，艺术创作者必须清楚地了解大多数人对外部世界是如何反应的，又是如何把这些感觉转化成他们的内心世界的。

多媒体小说的叙述固然仍以文本的方式来进行，但它加入了多媒体的创作手法。可以根据小说情节的需要，通过画面的流动，或者旁白来进行多媒体小说的抒情。在一些不可言表的情景中，可以用歌声、音乐以及不同的声响来表现。插图和配乐不再是文字的陪衬，而是构成多媒体小说有机整体的一部分。

我国第一部女性多媒体小说是由黑可可（网名 blackcoco）创作的《晃动的生活》，用鼠标点击《晃动的生活》后，画面如电影般涌动而来。深灰的底，水一样流动的线条，好像沧海在变迁，一段文字序言逐渐浮出海面，与此同时，熟悉的箫乐响起，如水般的汹涌翻滚。随着主人公"大马"和"李威"兄弟的画面的出现，一段一段的正文也慢慢流动在电脑屏幕上：

大马是我的须眉知己。

大二在同学的生日晚会上认识了他。那一夜的大马是引人注目的。因我从来没有对大马产生过什么暧昧的想法，所以各位网友原谅我，我实在无法想起我们最初有过什么对话，而这些对话是如何使我们关系渐渐地融洽，以至于到晚会结束时，我是坐在大马的摩托车后座上回学校的，要说明的是一九八九年的夏天，骑摩托车的人还寥落晨星，又高又大又帅气的大马是那个季节的夏夜里最亮的一枚。

以上文本以白色的字体出现在依旧黑暗的底色上。戴上耳机能够聆听到缓慢的背景音乐，影响着你的阅读方式。读完一段文字后，就出现一个画面，好像停顿的电影镜头，里面是假想的人物。他们和她们，各种各样的表情，一直在脑海里持续到下一段文字出现。这究竟是在观瞻一部文本，还是阅读一部电影？

《晃动的生活》首发在原创广场文学城网站，立刻好评如潮，各种各样的帖子和 E-mail 飞了过来。《晃动的生活》被制作成多媒体小说后，更是引起关注。但是可可说：

flash 技术看起来很美，但是图画的出现容易破坏读者的想象，他们在阅读的时候总是会在脑子里出现自己假想的人物，而多媒体小说的电影化摧毁了他们的想象。但是这并不妨碍多媒体小说未来良好的发展趋势。

我国当代艺术家与策展人邱志杰的作品《西方》便采用一些技术手段将录像、动画、文字、音乐糅合在一起，通过四个分支，"WHAT DO YOU THINK OF THE WEST""WHERE THE WEST""WELCOME TO THE WEST""WHAT DOES THE WEST MEAN"来解释当代中国社会对西方的认识与态度。作品最令人兴奋的地方不仅仅在于艺术形式的融合，更在于观众可以利用鼠标选择不同的路径，创造不同的解读方式，获得一种互动的快感。

三、接龙小说

这是由我国古代的行酒令、诗词联句演变而来的一种集体性文学创作活动，在报纸上也曾出现过。它由数位作者合作完成，通常第一个人开了头，以下作者各随己愿，续做下去，题材不拘，社会、言情、侦探，都可以，只要接得不露痕迹即可。[①]虽说网络小说与纸面小说只是载体的不同，但由于两种载体的功能不同，派生出两者创作形式和手法的迥异，这也必然带来文学活动的剧烈变化，出现新型的文学和文化发展方向。目前，最具开放性文本特点的网络小说当属网络接龙小说，接龙小说不但由众人接力合作创作，还由众人合作参与策划整体故事设计、人物性格塑造、情节推进、细节选择……所谓开放性的文本。与报刊相比，由于网络的低门槛，没有编辑审查制度，网络小说接龙更灵活，更自由，读者参与更加广泛。

1997年4月，在加拿大的一个互联网络上曾经举办过一个“全国小说”的写作活动。小说的主题是“全国故事”（Cross Country Story）。参加活动的作家一共有12位，代表加拿大全国12个省区的作家。这12位知名作家必须在12个小时内完成一篇集体创作的小说。小说接龙开篇的第一位作家凯文·梅杰为小说安排了一对男女主人公，同时又为他们安排了一个浪漫的场景：一对游客去夏日的海滨度假，身边还带着一条狗。根据这个线索，接力的作家们充分发挥自己的想象力，依次为故事添加新内容：在海边小屋旁有个独自补网的老头儿，游客与老人之间展开了交谈；为了获得探险的乐趣，男子当场取出支票本，开出高价，企图收买老头；果然，老人将岩洞的秘密告诉了这对男女……接下去自然是充满传奇色彩的历险故事：女作家苏·斯旺这时又添上一位“超越时空的女神”——“加拿大文学女神”（Can-Lit Goddess），拓展超现实的想象空间。再下一位作家又将故事拉回到现实之中，让男女主人公面临小艇电池用光的危险。接近尾声时，便要开始收拢前几位作家铺开的大网，把他们一路编造的已经有些荒诞不经的故事找到了一个合理的解释：这原来是那个男子的一场噩梦。这为最后一位作家做了很好的准备工作。卑诗省的女诗人马斯克雷夫讲了一个从祖父那里听来的关于加拿大的传说，为全篇故事做了较为完美的结尾。另一次接龙小说，则是由44名美国作家共同完成的。以美国著名作家约翰·厄普代克为首的44名美国作家，一起在网上合作完成了题为《故事由谋杀开始》的小说。这次网络小说写作活动由著名的网上书店亚马逊公司主持。厄普代克通过电子邮件提供给亚马逊公司一段293个单词的故事的开场章节，介绍了故事的主人公塔索·波尔克小姐，她是书名提到的那家杂志的编辑。小说故事情节的发展，基本是由波尔克小姐对她身边的一位老雇员马里恩·海德·梅里维特自杀事件发生的一系列奇怪事件进行调查，走的是典型美国侦探小说的路子。

美国、加拿大这两篇英文接龙小说，由于他们的作者分散在全国各地，彼此之间并不熟悉，故事的构思和描写多倚靠每个作者对前一个作者提供细节的理解和推测，在接力创作中，难免有不太默契的地方。虽然“加拿大的这篇‘全国小说’写作形式别开生面，引起许多加拿大人的兴趣，不少人还好奇地在网上跟踪故事的进展。但小说内容情节和结构的不连贯，使这一故事的写作不像是完成一篇小说，更像是拼凑一场文字游戏”。[②]至于“美国小说家接龙这部作品完成后，虽然厄普代克认为这部作品‘写得相当好’，但作品中充满着大量的对厄普代克文风的拙劣模仿。厄普代克本人表示，他对再次进行网上文学实验不感兴趣”。

20世纪90年代，不少文学网站意识到形式的大众化和互动性，都开展了网络小说接龙活动，并设立接龙栏目。1999年新浪网上一批青年作家与网民共同完成网络接龙小说《网上

① 王木青：《接龙小说——一种大众文学的创作活动》，《文艺争鸣》2007年第5期。
② 申慧辉：《作家的游戏：接力式写作》，《中华读书报》1997-08-20。

跑过斑点狗》，中文网络文学网站举办了题为“谱写你自己的故事·千年之恋”的故事接龙活动，榕树下网站的网友续写了网络接龙小说《城市的绿地》，亿龙网站开设了《青青校园，我唱我歌》《情爱悠悠，共渡爱河》等接龙作品栏目，文学咖啡屋网站开展了“多结局小说网络竞写”活动，网易的 com 栏目开展了名为《爱情是女人的江湖》的“90 分钟在线小说接龙”比赛。网络接龙小说的实践较多，但是优秀作品较少，因为参与者多抱着游戏的目的和兴致。

华文接龙小说，由于作者和读者都在一个相对熟悉的华人文学社区或社团里，小说的接龙方式、故事情节安排、细节选择、读者的参与度，以及作者读者互动的程度都有其特别融洽和默契的地方。这样的小说接龙，不但是网络社区里的一种大众游戏和娱乐，还是文学社团中各个成员交流感情，增进彼此之间了解的方式。北美最轰动的一次中文小说接龙，是在传统媒体参与下，由海内外网上网下作者共同完成的“阳光五月·金笔接龙”。2001 年 5 月 1 至 7 日由《南方日报》举办的“阳光五月·金笔接龙”有 4 条线同时进行，参加的 4 组成员有大陆男作家、大陆女作家、海外男作家、海外女作家等，其中不乏网络作家，也有传统作家，可谓一次超现实的灵感大汇串。7 位美国籍网络女作家参加了这次小说接龙活动，她们是：周洁茹、施雨、羽醇、野蔷、马兰、滴多、啸尘，这 7 位作者各人写一部分接龙成一篇完整的小说。这条接龙小说以“古代”为题，写《祈盼的青春》。后来，这个接龙系列被 2002 年 5 月号《香港文学》转载。故事通过女主人公的叙述，表现中西方文化的差异，以及“我”在这种差异中的困惑、迷失，以及寻求出路的爱情故事。

除了《南方日报》举办的“阳光五月·金笔接龙”，在美国华文社团的网站上，华文小说接龙的风气也很盛。旧金山美华文协的武侠接龙小说《美华庄的故事》和北美文心社的《新红楼梦》《跨国红楼梦》都是相当有影响的网络华文小说接龙盛事，引起了很多关注。

贝克尔说：“人们常喜欢以戴面具的方式在狂欢节、戏剧节中探索新的身份途径。”正是这种在网络上，接龙小说中所设定的新型的人物关系，改变，甚至脱离了平素作者们在真实生活中受制于社会结构、经济条件、现实身份、文化背景的习惯，相对自由的状态，极好地释放潜意识，给创作带来新意。网络之于作者，多少有一种戴面具狂欢的心态，所以网络的接龙小说，也可说是集体参与的狂欢，在从文友们开始策划接龙小说的故事大纲开始，到选角，再到每一回写就之后的评说，都充满了新奇的期待、探索、磨合和参与的快乐，极大地激发着作者们的想象力和创作灵感。而对于文心社这样一个拥有五百位作家的文学社团来说，最重要的是人事关系的和谐，这样的小说接龙活动，促进了平时埋头个人创作的作家们的交流和了解，缩短身居世界各地而靠网络联络的文友之间的情感和心灵的距离，健康滋长的友情“能把高傲的文人们都紧紧团结起来”。

华语网络文学的繁荣和网络文化的形成，需要依赖网络社区的凝聚力，而文学本身就是在人际交流中积累起来的人学。因此，通过网络小说接龙等游戏，一方面是网络文学开放性文本的实践，另一方面，平时很个人化的创作，变成集体娱乐活动，从而形成一种新型网络人际关系。譬如，在最初的接龙小说定位时，有文友提出，由大家提供素材，一人执笔，这样创作的小说比较像一般意义上的小说。但在大家的激烈讨论下，认为接龙小说的意义就是在于每人都参加接力，每个人都把自己的写作特色与经验融进自己的文字中。于是还是决定了一个作者写一回的方式来完成小说。再譬如，有作者提出，既然每个作者都在饰演不同的角色，在每一回里，作者就用第一人称来写。从叙事的角度来看，第一人称的视角简单，容易把握，给读者的感觉也比较真实、亲切。然后，另一种说法是，在接龙小说中，如果用第一人称叙事，势必每一回每个作者都有自己的角度，整体看起来不太连贯，最后，还是决定用第三人称来叙事。类似这样的交流与磨合在接龙过程中比比皆是。而接龙还可以把这种网络社区的关系和现实生活中的人际互相关联，彼此照应，相辅相成，加强了文友们的相互了解，增进了友情，甚至在这样温馨祥和的氛围中，有些原来急躁、冲动的文友，都渐渐地改了脾气。所谓“戏作为一种生活方式，是人性养成中的重要内容”。

四、互动小说

“互动小说”是指在网上由作者与读者互动完成的文学作品。我国曾出现的互动小说及其相关活动有：人民文学出版社出版的 BBS 留言跟帖小说《风中玫瑰》，“花脸道”网站开展了“花脸道双媒体互动接龙小说”活动。

正如上文所说，网络文学的写作从最大限度上改变了传统文本的封闭结构，使写作变成了一个互动的过程。在罗兰·巴特看来，真正“快乐的文本”应该是“可写”的文本，而不仅仅是“可读”的文本。网络实时互动性较强，一旦作品，特别是优秀的作品出现，网友们在读后常常通过 QQ、留言板、论坛之类的互动媒介与作者互通有无，指点文字，激昂评论，有的甚至直接向作者建议小说的情节走向和人物的命运设计。这种互动不仅激发了作者的创作热情的灵感，甚至越来越渗透到网络文学的外部操作中，催生了互动小说这种独特的全新的网络小说形式。例如，网易文化频道（http://culture.163.com）举办的互动小说“童话边缘”活动最具实验性——读者与写作者的互动，文字与文字的冲撞，使整个文本的写作犹如在“迷雾中穿行”，充满未知和诱惑。再如 BBS 留言跟帖小说《风中玫瑰》就是在作者与众多读者的互动中共同完成的。2001 年 4 月，人民文学出版社出版了“风中玫瑰”的 BBS 小说《风中玫瑰》，这本书把作者一贴一贴的写作及与网友的交流互动的过程全印了出来，形成一种全新的互动文本，主持这一工作的唐敏在出版序言中说：“《风中玫瑰》最大的特点就是作者与读者现场互动的效果，读者不是等待着读一部完整的作品，而是与作者一起完成一个‘帖子’的写作过程，真是同生共死的交情啊。”这种互动写作带来的乐趣，是传统写作无从获得的，但如果将它变为出版物出版，倒会阻止故事的进程，所以互动文本的最佳栖居地只能在网上。

五、游戏小说

顾名思义，就是与游戏相关的小说。游戏小说可以分成两类，一类是纯粹奇幻，内容完全是游戏情节；一类是游戏与现实结合，写自己玩游戏的体验。网络游戏小说的出现意味着一种全新小说形式的诞生，这在国内出版界尚属新鲜事物。当 2003 年上海世纪出版集团推出被视为国内第一本游戏小说《奇迹·幕天席地》时，人们还未对网络游戏小说引起广泛关注。2005 年推出的一批游戏小说新作，如《影·魅：未完成的日记》《天工海魂》以及今何在与江南联手推出的游戏小说《九州》等，它们的集体亮相，吸引了众人的眼球，引起了多方关注。

网络游戏小说是网络游戏与小说的结合，比如《天工海魂》小说与《航海世纪》的游戏相连，《影·魅：未完成的日记》小说与《传奇 3》的游戏相连。以《影·魅：未完成的日记》小说与《传奇 3》的游戏来说，《传奇 3》是目前中国最受欢迎的网络游戏之一，高峰时期在线人数接近 100 万人，这就为网络小说提供了大量的读者。《影·魅：未完成的日记》全书由小说和游戏攻略两部分组成，作者孤独灵珊是天津的一个中学女教师，也是《传奇 3》的资深玩友。这本书描写的便是她从现实到游戏、再从游戏到现实的惊心动魄的网爱体验。

在游戏小说的出版中，它其实是个复合体，是种游戏工业。《影·魅：未完成的日记》这本书，它在小说的发行中，同时有游戏攻略，还附送游戏充值卡以及精美插图。同时，它依托《传奇 3》这样一个庞大的虚拟世界出场，小说中使用游戏中的行话、术语，使得读者沉醉在虚拟的世界，这种特殊的小说形式给青少年读者带来了特别的阅读体验。

目前国内网络游戏产业竞争激烈。据悉，盛大公司专门成立了一个子公司——盛大新华，来专门从事游戏衍生产品的开发。

迄今为止，有影响的游戏文学还不算太多，而以游戏小说为蓝本的游戏杰作或是以电子游戏为背景的小说却已层出不穷，如由“游民部落”网友“新唐”完成的《血染的图腾》[①]是国内目前最长的星际小说，该小说是以游戏《星际争霸》为背景创作的；由英国人托尔金（J.R.R.Tolkien）完成的西方魔幻文学巨著《魔戒》（又名《指环王》）[②]，被誉为西方的《西游记》；由作者“英雄世界”根据英雄无敌系列游戏而来的《英雄无敌之为了生存》[③]。

由今何在完成的《悟空传》[④]，这部作品受到《大话西游》和《西游记》的影响，但又绝对不是两者的简单复制，作品里有着《大话西游》迷们推崇的语汇，而可贵之处在于这部作品表面是沿袭了《大话西游》的许多东西，但骨子里是传统、严谨和严肃的，它探究的是人永远的对自己的疑问——从哪里来？到哪里去？它是在用现代年轻人熟悉的语言来促成与读者的交流，所以被誉为“最佳网络文学”作品，在网上广为流传。2015 年，改编自小说《悟空传》的同名电影开拍。

六、短信小说

这是随着手机时代、短信时代的到来，依托手机短信平台而兴起的另一种网络小说形式。它是一种短小精悍，具有游戏性质的小说形式。

世界第一条短信出现在 1992 年的英国。从英国第三代无线网络通过电脑向手机发送成功开始，文学短信便一步步走向了文学的轨道。2001 年 11 月，日本一位业余作家突发奇想，通过手机连载方式发表小说《深爱》，一年内预定这篇小说的读者突破 200 多万人。2003 年，中国第一部短信小说《短信情缘》，书中展现了自己对爱情的向往以及自己所拥有的爱情的对比，故事情节曲折委婉，赢得了众多短信读者。真正意义上的短信连载小说，是 2004 年 6 月千子夫连载小说《城外》。它的文本独具创意，共 60 篇，每篇只有 70 字（包括标点符号），共 4 200 字。据作家千子夫称，《城外》虽短，但保留了长篇小说的 60 个章节，可抵一部 20

① http：//www.chinaemu.net/zhuanti/gamestory/story/tt/xrdtt.htm.
② http：//www.chinaemu.net/zhuanti/gamestory/story/rings/rings.htm.
③ http：//www.chinaemu.net/zhuanti/gamestory/story/yxwdwlsc/wlsc1.htm.
④ http：//www.chinaemu.net/zhuanti/gamestory/story/wukongzhuan/index.htm.

万字的长篇小说。它的出现，大大扩展了网络文学的发展空间，将平民化写作延伸到手机短信的新领域。与此同时，知名短信写手戴鹏飞号称中国首部短信体小说的《谁让你爱上洋葱的》由中国电影出版社出版，使得短信小说开始通过传统出版走进读者的视野。此后，如阿罗悦的《曾经这样学会爱情》、王小弓的《驻京办主任》、蓝之颜的《策动》、杨宗丽、明伟的《周恩来 26 年总理风云》等，这些以连载小说形式出现的文学短信连连给读者带来惊喜。

第三节　网络女频小说

随着网络小说发展的成熟，网络小说在实际创作中对目标受众的性别划分十分明显。将女性作为目标读者的网络小说数量众多，并成为网络小说中不可或缺的一部分。很多网络文学网站都将针对女性读者的小说同其他类型小说区分开来，划分成一个独立版块，在版块内依据小说内容对其进行进一步划分。例如，起点中文网在首页中开辟了女生网，在女生网中又将小说分为古代言情、现代言情等不同类型方便读者阅读。而小说阅读网针对不同性别读者将自身直接分为女生版小说阅读网和男生版小说阅读网。

网络女频小说可以依据故事发生背景、男女主人公身份、小说围绕主题等划分成不同的类型。

一、言情小说

言情小说主要讲述异性或同性之间的爱情故事。

（一）古代言情小说

古代言情小说的故事发生在历史朝代，针对朝代的真实度和主角的身份又可从古代言情小说中提取出架空文、穿越文等类型小说。

1. 单纯描写古代人物爱情故事小说

这类古代言情小说，男女主人公一般为真实生活在背景时代的人物，没有任何穿越元素，而小说中的背景朝代也是历史中真实存在的。由桐华创作的《大漠谣》便是一部单纯描述古代人物爱情故事的小说，故事发生在西汉武帝时期，男主角为少年将军霍去病，女主角是在大漠中长大因遭遇政变走出大漠的金玉。霍去病在历史上是西汉时期名将，善骑射，用兵灵活，注重方略，初次征战即率领 800 骑兵深入敌境并大捷而归，但其在 24 岁时因病去世。《大漠谣》在霍去病人物性格及生平设置上，遵循了史册中有关霍去病的资料。作者从正史中未记载的有关霍去病的方面入手进行创作，细致、生动地展现了一代名将霍去病的爱情故事。诸如此类的网络言情小说还有桐华所著《云中歌》，匪我思存所著《寂寞空庭春欲晚》等。

2. 古代架空言情小说

架空文，指小说时代背景、人物均为虚构。古代架空言情小说对于创作者来说，不需要扎实的历史知识，只需按照自己的喜好来写作，也更容易满足读者的需求。流潋紫所作《甄嬛传》便采用了架空的背景，将小说背景定为周代，其中的人物都是作者虚拟的。但小说中糅合了历朝历代的官名、后宫嫔妃名位等。架空古代言情小说更多的是与穿越文联结在一起，即主角从现代穿越到作者创造的“平行时空”，小说中的所有人物也是作者杜撰出来的。秋叶雨寒创作的《跨越千年来爱你》讲述了生活在21世纪的白敏跨过千年成为大兴王朝的慕容枫。大兴王朝为作者自创的年代，男主角司马锐也是真实历史中并不存在的人物。

3. 古代穿越言情小说

网络穿越小说是依托网络文学的发展，在继承传统穿越文学的基础上发展而来的。人们对于穿越小说的定义众多，但人们对穿越小说的模式都有一个基本认定：小说主人公因为某种原因从原本生活的时空离开，穿越到另一个时空。古代穿越言情小说则是讲述穿越到古代的主人公与异性的爱情故事。

我国第一部成名的古代穿越言情小说是台湾作家席绢在1992年出版的《交错时光的爱恋》，该书讲述了生活在现代的女主人公杨意柳因车祸去世，但其母亲利用自己的灵异能力，将杨意柳的灵魂送回宋朝，而杨意柳的灵魂则穿越到宋朝女子苏幻儿身上。虽然苏幻儿有“古代身”，但因为身体内是现代人杨意柳的灵魂，所以具有现代人的意识。她正是凭借这种独特的现代女性的特质吸引了小说男主人公戚迹，二人由此展开了一段美好的爱情故事。这本小说的出现在当时引起了很大反响，因为具有穿越元素的言情小说在当时可谓“前所未见”，而小说作者席绢也凭这部小说出道，风靡两岸。

虽然席绢的《交错时光的爱恋》的出版在当时引起了巨大反响，但我国穿越题材的言情小说并未因此蓬勃发展。在《交错时光的爱恋》之后，再次引起轰动的穿越题材小说是香港武侠作家黄易创作的《寻秦记》。《寻秦记》讲述了现代人项少龙亲身乘坐为试验所研制的时光机器，穿越回战国末年，而因为机器原因，项少龙无法回到现代，他只好留在那个动荡的年代，并辅佐秦王嬴政一统天下。这部小说更倾向于讲述男主人公穿越后发挥才能建功立业的故事，但其中也掺杂着情感元素。小说在2001年被香港TVB电视台翻拍成同名电视剧，在我国穿越小说史上画上了浓墨重彩的一笔。

真正拉开我国网络古代穿越言情小说发展大幕的是，2004年金子在晋江原创网上开始连载的小说《梦回大清》。《梦回大清》讲述了现代女白领蔷薇因为一次在故宫的迷路穿越到清朝，亲身参与到九子夺嫡的政治斗争中，并在政治纷争中寻找到自己真爱的故事。该书被称为我国清穿小说的鼻祖，同时正式掀起了我国网络古代穿越题材言情小说的热潮。2005年，《步步惊心》《独步天下》先后开始在晋江文学网上连载，与《梦回大清》被人们并称为“清穿三座大山”。我国穿越言情小说发展在2007年达到巅峰，并因此改变了我国网络小说的格局。众多网络文学网站都为穿越小说开辟了“穿越”板块。

随着穿越言情小说的发展，一种新类型小说——重生从中发展而出。重生文是主要描写主人公保留记忆回到自己若干年前的生活，然后重新过一遍自己人生的小说。重生文中以现代为背景的小说占比较大，但也有以古代人物为主人公的重生小说。不论其背景是古代还是现代，重生小说都被划分到穿越小说名目之下。

古代穿越言情小说发表数量连年增加，发展势头不减，但能够被称为经典的数量不多。主要原因是，小说烂尾问题严重，因为文学网站发表作品门槛较低，业余作者数量较多，能从一而终完成创作的作者较少；穿越小说对作者历史知识要求较高，很多穿越小说作者由于历史知识不足导致文中出现历史性错误；网络穿越言情小说在数量上虽然连年增加，但内容雷同，容易引起读者审美疲劳。古代穿越言情小说如何在众多竞争者中脱颖而出对网络写手来说是巨大的考验。

（二）现代言情小说

现代言情小说的故事背景为现代。现代言情小说主要有两种题材，一种为都市言情小说，另一种为校园言情小说，前者主要是以都市为背景的言情小说，故事围绕都市男女在现实生活中的爱恨纠缠展开。后者故事背景一般为学校，主要讲述校园年轻人的青春爱恋。

1. 都市言情小说

网络都市言情小说属于网络都市小说的一种，说起网络都市言情小说的产生与发展，不得不提网络都市小说的发展过程。而网络都市小说也并非无根之水，在此之前，中国都市小说经历了一个漫长的发展过程。

20 世纪初，吴趼人、周瘦聆、恽铁樵等就写作了表现近代都市现实生活的小说，拉开了都市文学的序幕。“五四”时期，经过文学革命炼冶、培育的许多作家，从国外或中国的肆野挤进了都市的亭子间或小杂院，并在那里展开文学创作，都市小说显露头角。他们的很多作品，如《伤逝》《潘先生在难中》等，代表着中国现代都市小说的最初萌芽，在题材、主题和风格等多方面显现出中国现代都市小说的雏形。不过，“五四”文学对启蒙使命的自觉承担，使其在题材上呈现出对传统批判与人生觉醒的特别关注,因而这一时期的文学作品中的都市，更多的是作为一种背景或一种大的空间范围，因而作品相对缺乏都市特有的质感。

从 20 世纪 20 年代末开始，一大批现代作家相继以现代都市人的身份倾诉他们的都市情绪，表现他们感觉到的都市悸动，具有现代意义的都市文学才真正兴盛起来。直至 30—40 年代中期，都市小说才渐渐形成了一个高潮，并出现了都市小说流派。

这一时期都市小说的整体格局以北京、上海为两大中心呈板块分布，一北一南，相互映衬。北京的作家有老舍、沈从文、萧乾、张恨水等。其中以老舍的作品最富有代表性。他的小说通过对北京市民日常生活全景式的风俗描写，构筑了一个广大的市民世界，再现了以北平为中心的北方城市市民社会的生活，深蕴着转型期以北京为代表的都市人文景观与世态风情画，几乎成了北京市民王国的百科全书。而另一些京派作家大多有浓厚的乡土情结，常怀着否定都市生活与都市人生甚至都市文明的目的来写都市，这种执著的批判姿态使都市在他们笔下成为道德沦丧、物欲横流、人性扭曲的污浊世界，被当成讽刺与暴露的对象，其中沈从文的都市小说比较典型。

上海作家流派众多，主要活跃着左翼作家、新感觉派等都市小说作家群。左翼作家有茅盾、丁玲等；新感觉派有穆时英、施蛰存、刘纳鸥等。作为左翼作家的代表人物，茅盾不满于之前的文学中“没有都市，没有都市中青年的心的跳动”，于是以自己的创作实践，成就了真正意义上的现代都市小说。他的作品多以社会经济结构正在发生巨变的都市，特别是东南沿海的都市为背景，表现了在西方资本主义文明的冲击下，生活在现代化变革中的时代新女性与民族资本家的人生命运与心路历程，并由此勾画出整个时代的风云变幻。茅盾都市小说第一次以“面对面”的视角，全方位地、真实细致地再现了现代都市的“史诗”图景，反映出整个大时代的全部丰富性与复杂性，大都会的喧嚣律动、都会人的生存境遇，无不得到淋漓尽致的描绘。

同期的“新感觉派”，进一步提升了“都市”在小说中的地位。与其他都市小说不同，这一流派的作家以一种真正的现代意识，通过深入的心理体验与细腻的感觉捕捉，在动态的结构、交错的时空和充满动感的节奏中，将上海这一东方大都会表面的浮华喧嚣、灯红酒绿与底层的孤独寂寞、阴冷荒凉，摩登女郎纸醉金迷之下的忧郁颓废与流浪一族备受欺侮、屡遭遗弃的贫困挣扎，表现得深入而独到，以自己的敏锐感觉和独特体验，反映现代都会的特质与风韵。可以说，新感觉派小说第一次完整地再现了现代都市特有的畸形商业繁荣、快速的生活节奏以及都市人所面临的强大心理压力。但作为殖民文化的产物，从整体来看，它缺少一种对城市的批判和反思意识。

20 世纪 40 年代的上海，出现了以张爱玲、苏青为代表的“新市井小说”，又称“新洋场小说”。从此开始，他们在都市小说中留下了女性的足迹。他们完全是以一个生长于现代的都市人意识，以一种客观而务实的市民心态，来构造他们的小说世界。他们的作品直面都市生活中的饮食男女，更多的是通过城市家庭的窗口，来表现这个城市舞台日日演出的浮世悲欢：真真假假的情感游戏、琐琐细细的家庭生活、离离合合的男女婚恋……

中华人民共和国成立之后，文学观念和文学队伍的构成发生了重大的变化，受文艺“工农兵”方向的影响，都市文学创作衰微。在文学日益政治化的创作背景之下，即使有作家、作品涉足都市题材，也多半是以革命化、政治化的视角，或者是以乡村文化狭隘的政治偏见，来观照城市表现城市。“文化大革命”期间，都市小说的所谓“市民口味”“市民气息”备受轻视乃至蔑视的，创作也遂告中断。

20 世纪 80 年代末，随着改革开放的不断深化，中国的都市化进程进一步加快，都市小说又开始崛起，涌现了大批的都市小说作家和作品，都市小说的创作重新开始受到文学界的关注。到了 90 年代，随着工业文明和高科技产业的迅速发展，中国的都市真正突飞猛进地繁荣起来。现代化都市的形成，深刻地影响着人们的生活方式、思想观念，于是，在当代文坛，兴起了一股描写都市景观、都市生活的潮流，这些小说被冠以“新都市小说”的称号，都市小说发展终成大观。它开始摆脱乡土文学强有力的挤压和制约，以崭新的艺术姿态和文学品质成为世纪末文坛上的一枝奇葩。

这一时期创作都市小说的作家人数空前，作品所指涉的都市时空也突破了现代的京、海格局而呈现多元化。有别于以往都市小说家的批判态度和意识形态话语写作，新都市小说家明确地将“都市”作为一个特定的审美对象纳入其小说叙事中，利用对都市空间的全面考察，来凸现现代都市文化的种种特质。无论是都市的动荡不安，还是轻松低回的节拍；无论是生存环境下生命的张扬，还是生命紧张之后的失意倦息；无论是旋转的现代化城市景观，还是俗常人生的琐细平凡；无论是对利益原则的趋同，还是追逐流行文化；无论是都市文明的狂潮涌动，还是都市中的乡土情感……当代都市小说所捕捉的一切的一切，都已显示出都市的魅力：充满速度、节奏和喧嚣，勃动激情、力量和骚动。它的确像一幅摇动的风景，时常给人以新奇。

20 世纪 90 年代末，网络逐渐盛行，文学开始在网络虚拟世界中开拓新的处女地。随着网络小说创作热的兴起，都市文学也很快在网络上占领了新阵地，其中较为成功的作家是安妮宝贝。她以一部反映现代都市人生存与情感状态的《告别薇安》迅速走红网络，完成了传统都市小说在网络上的延伸。

进入 21 世纪，网络文学进一步繁荣，各类题材的网络小说作品风起云涌。而都市小说，在网络小说创作潮流中保持了辉煌战绩，网络都市言情小说更是在其中闯出了自己的一片天。

爱情是人类最美好的感情之一，对于情爱的渴望是人的本性。布勒在《人本主义的心理学导论》中说：“在完整的生活中，爱是必须的。它是抵御孤立或孤独感，与 20 世纪的荒诞所造成的痛苦进行斗争的武器。”正是如此，在都市中打拼的人，都渴望一份真情，人们对情爱是十分向往的。

网络都市言情小说的背景多为，豪门、高干、娱乐圈或黑道等让平凡人向往的环境。男主人公大都具有多金、相貌出众、无所不能以及对女主人公死心塌地等特点。女主人公的角色设定相较男主人公则比较自由。

网络都市言情小说发展之初，豪门背景的网络都市言情小说比重较大。这类总裁文男主角设定多为“霸道多金帅气痴情”，而女主人公不论职业是什么，性格设定大都“善良柔弱单纯”。总裁文的情节多是较为夸张甚至不现实的设置，结局一定是有情人终成眷属。而总裁文最具识别度的特点则是其语言特征，即处处体现着“霸道”，这种语言特征在男主角对女主角所说话中表现得淋漓尽致。这类故事描写并没有很深的内涵，情节简单，发展轻松，且能满足众多女性读者对自己爱情的幻想。

《豪门游戏①：认错冷酷总裁》是红袖添香连载的一篇总裁文，讲述了女大学生蓝欣和霸道总裁雷尼的爱恨纠缠。蓝欣因为在酒吧为闺蜜代班偶遇了总裁雷尼，雷尼“莫名其妙”地对蓝欣产生了浓厚的兴趣，并因此展开了“霸道总裁”与“单纯女大学生”之间的爱情故事。

《豪门游戏①：认错冷酷总裁》是这样描述男主角给女主角戴上定情戒指这一情节的：

蓝欣惊诧地回头，却看见他把尾戒拿了下来，套在她的中指上，然后牵起她的手，在手背上印上一吻！他的唇是冰凉的，吻却是灼热的！

他看向她，如王者般宣布：“你是我的！记住了吗？”

蓝欣呆呆地看着他！不知道也不知该做什么样的回答！只是呆呆的，呆呆的看着他，看着他尊贵俊美的容颜，如鬼魅般的笑！

她甚至忘了自己是如何下的车！也忘了自己置身于何处！她呆呆都看着——

夜空下，银色的奔驰车如一道耀眼的弧线消失于林荫道上。

这一段将男主人公的热情、霸道、多金体现得淋漓尽致。女性读者如果将其作为消遣之物可起到放松的作用，但如果过于沉迷于这类小说，容易对个人身心及生活产生影响，毕竟总裁文所写的故事情节与真实生活相差甚远。

随着网络都市言情小说的发展，写手开始在其中寻找突破，在针对受众诉求保留女性所喜欢的故事要素的基础上，使总裁小说更加接地气，即更容易使读者具有“代入感”。柳晨枫创作的《盛夏晚晴天》、顾漫创作的《杉杉来吃》等背景为豪门的都市言情小说均被改编成影视剧，且都获得了不俗的成绩。

近年来，高干文作为都市言情小说的一种开始兴起。高干文，主要讲述国家高级干部的子弟的爱情故事，主人公（一般为男主人公）都拥有雄厚的家庭背景。虽然故事都摆脱不了“霸道总裁爱上我”的脉络，但成功的高干文作家可以将老套的故事情节写得贴近生活，不落俗套，不会令读者感觉不切实际，甚至能引起读者共鸣。

网络小说发展至今，不断有新类型小说出现，但都市言情小说始终有着不可替代的地位，网络都市言情小说的作者要跟随时代脚步，了解市场变化，写出更受欢迎的小说。而读者也应该将这类小说摆在一个正确位置，正确阅读网络都市言情小说，不可将小说情节代人到现实生活中。

2. 青春言情小说

青春言情小说的主人公多为在校年轻人，是青春校园小说的一种。

以青春校园为题材的《第一次的亲密接触》的面市，开辟了网络小说的先河，也使网络青春校园小说成为网络小说最重要的部分，而爱情是网络青春校园小说不可避免的内容。网络青春校园小说作者描绘的校园爱情，与成年人世界里的爱情略有不同，校园里的爱情更加率真而为，这些爱情或是狂野的，或是含蓄的，都是从作者身边出发，写自己的爱情，写身边的爱情。正如郭敬明所说："我们不是想写作，我们只是写下我们想说的。"[①]

这些情感的表达，更多的带有个人印记。如在黄湘子的《大四了，我可以牵你的手吗？》是大四学生写大四生活，作者采取幽默夸张的形式展现了亲身经历的大四生活和大四人对感情的看法。这些来自生活的素材使得青春言情小说更具有可读性和辨识性，极易引起广大读者的共鸣和响应，使得青春言情小说大踏步地走进校园，甚至成为莘莘学子口中的经典，效仿的蓝本。但其中夸张演绎和类似都市故事的情节，又使得读者对其产生苍白无力的认识。

跟成年人笔下的爱情不同，80后笔下的爱情不矫揉造作、朝三暮四，更加朴素、纯真。何员外的《毕业那天我们一起失恋》以一段倒计时的校园爱情故事展开感人肺腑的爱情。大四学生何乐与学妹桃子真心相恋，面对"毕业即分手"的"毕分"形式，他们约定"好好珍惜这段感情，不吵架，不分手。约定等到毕业那天我们一起失恋。那样不是很好吗？至少我们毕业以后可以拥有一段美好的回忆"。旧梦寻欢的《那一季的青春张扬》讲述的是一个挣扎的感情故事。主人公是一个平凡的大学生，他爱上了一个女孩，又被一个女孩爱着，轻松而又诙谐的文字体现出青春的味道。

网络青春言情小说一般不关注时代主题，喜欢打破常规，甚至更多地捕捉和展现个人的欲望。这些作品中既有未提炼的真实，也有因想象而夸大的浪漫。写作者借写作实现自我满足和自我释放。周国平认为，高校学生爱情观里的爱情大抵是臆想的爱情，从朦胧恋、闪电恋、单恋、失恋到多角恋、畸恋，由于其描写的苍白和不真实，读者不难发现，这一切的恋归根到底只是自恋而已。[②] 这应该是对校园爱情小说的最佳认识。青春言情小说因题材的单一，表现手法的雷同，停于表面的认识，偏激的价值观，难以突破现有的模式和套路，走出新的道路。而我国青春言情小说中"抽烟、打架、翘课甚至堕胎"的情节，对年轻读者产生了错误引导。但部分青春言情小说中不乏积极向上的部分，少了步入社会后的钩心斗角，更多的是描写年轻人之间单纯的爱情和友情。

3. 耽美小说

耽美小说是描述男男之间的爱情，且叙事唯美的小说。

"耽美"（たんび）一词最早来源于日本近代文学，其发音近为"TANBI"。"耽美派"是日本近代文学流派"唯美派"衍生出的分支。"耽美派"强调"反对暴露人性的丑恶而为主的自然主义，并找出官能美，陶醉其中追求文学的意义"[③]。但"耽美派"只是在 1910—1915 年间昙花一现。"耽美"一词在日本 20 世纪六七十年代再次被提起，只不过这次"耽美"一词被用在漫画中，被用来描述男性之间的纯爱。随着耽美漫画的发展，耽美小说开始出现，被公认为最早出现的耽美小说为日本女作家森茉莉在 1962 年出版的《恋人们的森林》。

耽美文化在 20 世纪 90 年代传入中国，最早传入中国的漫画中只是包含少量的耽美情节，且内容都较为含蓄。真正意义上的耽美漫画直到 1994 年才传入中国，代表作有尾崎南的《绝

① 戴宁淑：《新世纪高校学生小说创作及其文化心态探析》，《天中学刊》2006 年第 4 期。
② 周国平：《青春不等于文学》，《中华读书报》2005-03-26。
③ 张德政：《外国文学知识词表》，书日文献出版社 1993 年版，第 1200 页。

爱》和叶芝真已的《美男子的亲密爱人》，但这些耽美漫画都未经日方授权许可，也没有在中国大陆出版，仅是以连载的方式出现在大陆漫画月刊中。

1999 年，中国大陆第一本耽美杂志月刊《耽美季节》创刊，随后另外两本耽美杂志《耽美别册》和《最爱》出现，推动了耽美文化在大陆的传播，耽美漫画和耽美小说以纸质形式小范围传播，此时，大陆的耽美文化才开始正式形成。

耽美小说虽然是描述男性之间的爱情，但并不是同性恋文学的一种。1970 年，白先勇的《孽子》拉开了我国近代男同性恋小说的序幕，1998 年筱禾创作的《北京故事》开始连载，该小说讲述了男大学生蓝宇与高干子弟陈捍东之间的爱情故事。这部小说在 2001 年被改编成电影《蓝宇》，并在第 54 届戛纳国际电影节中参展，但并未在我国大陆公映。之后王小波的《柔情似水》和暗夜流光的《十年》在社会上都引起了很大反响。这些小说被称为同志小说，虽然是讲述男同性恋之间的故事，但其中对人物和情节的描写更加贴近生活，真实表现男同性恋在当今社会的生存状态。而耽美小说多是女性以女性视角创作讲述男性之间的爱情，小说叙事唯美，情节多过于美好，不切实际，与同志小说有较大区别。

2006 年珠海出版社出版了"伪耽美"的网络耽美小说《青莲记事》，2007 年中国友谊出版社出版了同为"伪耽美"的小说《凤霸天下》。由于这两部小说讲述的都是女子在穿越后变成男子，与其他男子开始恋情的故事，所以人们称其为"伪耽美"。2007 年，重庆出版社出版了台湾耽美作家黯然销魂蛋创作的系列耽美小说《今夜哪里有鬼》，尽管这部小说在大陆出版时进行了大量删减和改写，仍受到了大陆耽美爱好者的追捧。2008 年 3 月，北方文艺出版社出版了大陆真正意义上的网络耽美小说《光年》，至此，耽美文学才真正走入大陆大众视野。随着网络文学的发展以及受众"腐女"队伍的扩大，网络文学网站纷纷为耽美小说开辟了独立版块，耽美小说成为网络小说中不可忽视的类型小说。

关于网络耽美小说流行的原因，根本上离不开市场的需求，即"腐女"队伍的扩张，"腐女"（ふじょし）同样是来源于日本的词汇，指喜欢 BL（boy' s love）的女性。腐女在耽美小说中可以得到心灵上的满足，使自己在生活中积累的压力等负面情绪得到宣泄。而耽美小说相较普通的异性恋小说对爱情故事描写更加纯粹，更加理想，更能符合女性受众对纯爱的追求。

由于网络的发展，腐女可以在网络中迅速找到自己的群体，自由讨论交流喜好感想等，相较传统交流方式更易获得自我认同感，腐女队伍由此不断扩大。而网络文学的不断完善也促进着耽美小说的不断发展。

网络耽美小说的出现使耽美亚文化在社会中得以延伸，使耽美亚文化走向大众，同时令同性恋这种"禁忌之恋"在群众中得以普及，并加速了大众对这类爱情的理解和尊重，有助于消除社会对同性恋的歧视。网络耽美小说的出现还丰富了我国网络小说的类型，并迅速成为一种文学时尚。但随着文学网站付费阅读制度的实行，众多写手为了追求高点击率，吸引读者，热衷于描写色情、暴力等场景，破坏了耽美文学最初的美感，对读者产生了负面影响。

虽然网络耽美小说的影响力不断扩张，但由于其题材的敏感性，很难获得出版商的青睐，没办法在出版文学中找到自己的立足之地。在网络文学进行影视剧改编的热潮下，耽美小说也很难获得制片人青睐，能够由小说改编为影视剧。耽美小说的发展之路任重而道远。

二、网络都市小说

针对女性读者的网络都市小说，除了都市言情小说之外，还包括都市职场小说。针对女性读者的都市职场小说主要以女性职场为故事背景，讲述奋斗在职场的女白领的故事。

由作家李可创作的《杜拉拉升职记》被誉为“白领女性的职场宝典”，讲述了都市女性杜拉拉通过自己的不懈努力，由一个默默无闻的小职员最终成长为企业高管的故事。该小说在2009年被改编为舞台剧，在2010年被改编为同名电影和电视剧，引起了巨大反响。《杜拉拉升职记》自称：“对于大部分人来说，她的故事比比尔·盖茨的更具有参考。”这部小说走红后，都市女性职场小说越来越受到大众关注，这类小说以女性职场生存状态和生存法则为描写对象，糅合办公室战争、职场攻略和少量的感情元素，展示当代都市职场女性的独立。

三、网络同人小说

同人小说同样是近年来新兴的网络小说类型。当下网络中流行的“同人”一词，来源于日本。在日语中，“同人”（とうじん）最初的意思为“志同道合的人”，网络小说创作中的“同人”由这个意思延伸而来。网络同人小说是指某部作品的爱好者出于对原作的热爱，沿用原作中的人物对故事进行再创作的文学作品。

2000年，今何在创作的《悟空传》和2002年江南创作的《此间的少年》在网络上受到热捧，《悟空传》沿用了《西游记》西天取经的故事背景进行再创作；《此间的少年》则以金庸小说人物为基础，主要讲述了汴京大学里乔峰、郭靖、令狐冲等大侠们的故事。这两部小说之后我国网络同人小说类型开始受到人们关注，进而形成网络同人小说创作潮流。

同人小说相较其他类型网络小说有自己较为独特的特点。同人小说并非是真正意义上的原创小说，是在原作基础上的再创作。因为这种原因，同人小说长期处于被指责侵犯知识产权的尴尬地位，真正能出版为纸质书的同人小说数量少之又少。而同人小说的作者写作的原因不是出于利益追求，而是对原作的爱。

根据同人小说中的主人公身份来划分，常见的同人小说有动漫同人小说、影视同人小说、小说同人小说以及真人同人小说等。如果将同人小说按作品中主人公的性向划分，可划分为良知（BG，boy and girl）、百合（GL，girl’s love）和耽美（BL，boy’s love）三种。良知同人小说讲述的是传统意义上的异性恋，百合文则指女性之间的爱情故事，耽美同人小说则指男性与男性之间的爱情。耽美类型的同人小说在同人小说中占有很大的比例，正因为如此，很多人将耽美同人小说和同人小说混为一谈，二者只是在某方面存在交集，并不能等同。

第四节 网络男频小说

一、网络玄幻小说

随着网络的高速发展，一种新的文学样式——玄幻小说正在如火如荼地兴起。进入新世纪，网络玄幻小说的高潮到来。2003年前后，玄幻小说迅速吸引了众多眼球。2005年年初，网络搜索引擎Google和百度公布了2004年度十大中文搜索关键词，其中唯一与文学有关的是一本名为《小兵传奇》的网络玄幻小说，在Google和百度的统计中分别排在第三位和第十位。[①]2006年百度小说风云榜上前十名几乎全为玄幻小说。不少网络玄幻小说的点击量惊人，且进入纸质出版市场后，同样创下不俗的销量。如热门玄幻系列小说《诛仙》在2005年6月出版了《诛仙1》和《诛仙2》，仅在两个月内销量就突破了12万册，2005年8月推出了《诛仙3》和《诛仙 4》，在几周内便登上各大书店的畅销书榜，此后出版的《诛仙5》，其销售总数已超过60万册。大型玄幻网站的出现，作品数量的增加，优秀作品的纸质化发行，都使得人们将视线移向网络玄幻小说。

(一)玄幻小说起源

玄幻小说的起源最早可追溯到20世纪80年代，叶永烈说："'玄幻小说'一词，据我所知，出自中国香港。我所见到的最早的玄幻小说，是1988年香港'聚贤馆'出版的黄易的《月魔》。当时，'聚贤馆'也准备出版我的作品，出版商赵善琪先生送给我一本香港作家黄易的小说。赵善琪先生在序言中写道：一个集玄学、科学和文学于一身的崭新品种宣告诞生了，这个小说品种我们称之为'玄幻'小说。"[②]

从赵善琪的简短描述和黄易小说中已经展现出玄幻小说的基本文体特征。这在后来孔庆东的《通俗文学十五讲》中也提到"黄易发明了一种'玄幻小说'"。[③]

当"玄幻小说"进入网络之后有所进化，涵盖的文本种类扩大了许多。一位从事奇幻软件开发和图书出版的出版商这样描述：

> 如历史小说是当代人根据人类社会的政治、经济、文化史料加上作者的历史观和对当今社会政治、经济、文化的观察和理解一样，将远古的传说加以幻想般地夸大，在作者设计的一个与现实物质世界完全隔绝的真空世界中，融入其对这个以人类为主宰的现实世界的反思、褒贬和理想，并以文字为媒介进行雕琢，这样的文学作品就是奇幻小说。[④]

天涯网站奇幻文学版块的版主"一人一人一人"也认为：

> 奇幻、科幻、玄幻、魔幻等，在我眼里都属于幻想文学的范畴。因为公众的习惯，所以没称幻想文学，而是说奇幻或玄幻。用这个筐子来装一些东西，并没有什么不妥。[⑤]

综合这些认识可以看出，网络玄幻文学是一个泛称，所包含的文本种类、数量巨大。

玄幻小说在我国的发展与四个因素有关。

1. 西方奇幻文学影响

上溯西方奇幻文学传统要从欧洲各地的古代神话和《荷马史诗》开始，古希腊、罗马的众神体系以及《伊利亚特》的瑰奇想象哺育了一代又一代文学狂想者。到了中世纪，骑士小说的兴盛为西方奇幻文学打下坚实基础。托尔金的《魔戒》问世标志着西方奇幻文学逐渐定型，成为西方文学传统中的重要一支，一直到21世纪以后还孕育出《哈利·波特》系列这样耀眼的闪光之作。随着蒸汽机车的轰鸣声，科幻文学在工业革命肇始之地诞生。从凡尔纳的

---

① 甘丹：《Google、百度2004年度十大热门搜索关键词汇》，http：//culture.qi anlong.com/6931 /2005/01 /06/53 @ 2458708.htm，2005-01-06.

② 叶永烈：《奇幻热、玄幻热与科幻文学》，《中华读书报》2005-08-03。

③ 范伯群、孔庆东：《通俗文学十五讲》，北京大学出版社2003年版，第274页。

④ 赵岚：《从网络走向图书市场 中国奇幻文学进入爆发期》，《东方早报》2005-11-15。

⑤ 一人一人一人：《2006 中国玄幻小说年选》，http：//main.tianya.cn/publicforum/ Content/ no124/1/10.shtml.

《海底两万里》到艾萨克·阿西莫夫的"机器人三定律"，再到20世纪的"星球大战"系列电影。由玄幻小说改编的电影《魔戒》《哈利波特》等的成功，带动了西方玄幻小说的社会热潮，这种热潮迅速影响了中国的网民和中国的写作者。《魔戒》《哈利波特》《龙枪》的原著翻译并未完全满足读者的阅读需求。于是，中国的网络写作者们从模仿西方奇幻小说开始，渐渐走上了原创的道路。代表作有今何在的《若星汉》、读书之人的《迷失大陆》、凤凰的《第七颗头骨》、网络骑士的《我是大法师》等。由此可见，西方奇幻小说的影响是中国网络玄幻小说发展的直接动因。

2. **中国传统文学影响**

如果说西方奇幻小说的影响是中国网络玄幻小说发展的外在因素，那么中国古典文学中的志怪和神魔因素就是中国网络玄幻小说发展的内在因素。虽然传统中国文化不以超现实的世界见长，因而没有巫师、精灵和魔法，但中国文化一直存在自己的玄幻想象，中国古代神话就是这种玄幻想象的集大成。《山海经》中保留的大量神话，其中指涉到的结匈国、交胫国、无肠国、柔利国、君子国等虚拟的王国，其实就是一个自成体系的世界，一点不比《魔戒》中那个虚构的中土世界逊色。此外，西汉的《淮南子》中保存了女娲补天、后羿射日、嫦娥奔月、夏禹治水等古代神话传说；《神异经》《录异记》《博物志》《独异志》《拾遗录》《幽明录》等书也保留和再生了大量的神话。这些古典神话是怪力乱神也是天马行空，故事里想象的自由不羁，人物的潇洒来去，对人类渴望挣脱现实的种种羁绊，突破时空束缚的心理是一种文化想象上的补偿。

黄孝阳认为庄子是中国玄幻小说的开山祖师，"其文之形，浩浩荡荡，汪洋恣肆；其文之法，以寓言说事，借具体形象来阐述抽象，求神遗骸，瑰丽灿烂，穷极想象力的可能。庄子逍遥游于物外，无为、无功、无名，追求绝对的遨游永恒的自由精神。"① 鲁迅在《中国小说史略》中说："中国本信巫，秦汉以来，神仙之说盛行，汉末又大畅巫风，而鬼道愈炽；会小乘佛教亦入中土，渐见流传，凡此，皆张皇鬼神，称道灵异，故自晋迄隋，特多鬼神志怪之书。"② 从《山海经》缘起，至魏晋南北朝时期的"志怪小说"，到唐代的仙狐鬼怪传奇，再到明清的神魔小说，中国志怪奇谭的文学传统一直延续至晚清。《搜神记》《西游记》《封神演义》《聊斋志异》等志怪小说都体现了玄幻色彩，也为中国网络玄幻小说提供了素材。在《诛仙》中，作者描述了一株巨树：

一棵连树根竟然也高达六丈的巨树，会是什么样的情景？

鬼厉缓缓收回了目光，此刻，肩头的小灰低低地叫了一声，似乎也有些不安。鬼厉微微把头偏了过去，忽地一笑，淡淡道："天下之大，无奇不有，我们果然是井底之蛙。小灰，我们走吧！让我们好好看一看这棵树！"

脚下，噬魂所散发出的玄青色光芒忽地亮了起来，片刻之后，半倾向上，鬼厉一声轻啸，随着那破空之声，一人一猴直冲上天，没入了层层迷雾之中。

疾风扑面，因为速度飞快而显得有些凌厉。在这片迷雾之中，倒有几分像刚进入内泽时，在瘴气之墙中的情形，不过毕竟不同，一来没有毒气，二来也看得远些。只是这层层迷雾，居然凝聚到极高处，鬼厉顺着面前这棵不可思议的巨大树木往上飞翔，到现在飞了小半个时

① 黄孝阳：《漫谈中国玄幻》，析自《2006中国玄幻小说年选》，花城出版社2006年版。
② 鲁迅：《中国小说史略》，浙江文艺出版社2000年版，第28页。

辰，这迷雾居然还未消散，真怀疑该不会就这么和天上的云层互相连接在一起了。

同时，鬼厉也注意到身前的那棵巨树的树干之上，也渐渐有了变化。在地面的时候，自然就是这巨树的底部，也是粗大到无法想象，而在树身之上，除了粗糙的树皮，就再也没有其他的东西了。

但在飞了这许久之后，这棵巨树之上已经开始渐渐出现了分枝，而最引人注目的，却是从刚才开始出现的，缠绕在树干之上，类似藤蔓的一种奇异植物，纵横交错，叶片硕大，在枝叶顶端却盛开着五颜六色的花朵，有红有黄，有橙有紫，煞是好看，迎风飘来的，仿佛还有隐隐的香味。

这株巨树在《山海经·海内经》中也能找到影子：

斋有九有九丘，以水络之：名曰陶唐之丘、有叔得之丘、孟盈之丘、昆吾之丘、黑白之丘、赤望之丘、参卫之丘、武夫之丘、神民之丘。有木，青叶紫茎，玄华黄实，百仞无枝，有九欘，下有九枸，其实如麻，其叶如芒。大皞爰过，黄帝所为。

江南的《九州》系列、再世惊云的《修罗·破天之城》、树下野狐的《搜神记》都是体现中国古典文学中玄幻因素的典范。

此外，现当代以来中国的仙侠、武侠、科幻等小说也对网络玄幻小说产生了更直接的影响。还珠楼主创作于20世纪30年代的《蜀山剑侠传》溶“仙”和“玄”于一炉，堪称是现代玄幻小说的开山鼻祖。今天的玄幻作者大都承认这部小说给了他们直接的写作养分，萧鼎就称写《诛仙》是为了向《蜀山剑侠传》致敬。而当代港台新武侠的代表“金古温梁黄”（金庸、古龙、梁羽生、温瑞安、黄易）五家对玄幻写手的影响也绝不能忽视。如黄易的《寻秦记》《大剑师》《星际浪子》和《时空浪族》等作品进一步丰富玄幻的因素，加入了时空流传和科技发展的一些新线索，其跳出原有的江湖体系、大胆的想象也被当下的玄幻小说作者继承。

3. 网络游戏影响

网络玄幻小说与网络游戏有着密切关系。网络游戏提供了如仙境般的画面，并从幻想型作品中取材，对它加以改装和扩展，从而具有了非常吸引人的故事情节，就如同动画片一样。但与动画片不同，游戏者可以参与到网络游戏中来，这样，网络游戏就把游戏者带进虚拟的动画世界，让主人公具有超凡的能力，实现游戏者在现实世界不可能实现的愿望。玄幻小说就其本质来讲，与网络游戏具有惊人的相似性。网络游戏至少为玄幻小说提供了以下几点启发：第一，它提供了虚拟但又可视的空间，直观地架空了世界；第二，它提供了满足玩家和读者欲望的手段；第三，它提供了具有超凡力量的角色，使读者乐意附体于其上，这也是玄幻小说的目标；第四，它提供了意想不到的情节，开启了人们通向不可知世界的大门。

在实际创作中，一方面网络游戏为网络玄幻小说提供了很好的素材，从某种意义上说，网络游戏设置的本身就已经是一部玄幻小说，只不过它的阅读需要玩家通过游戏一步一步地展开。在异界争霸类的玄幻作品中，几乎每一个都是一个完整的网络游戏构思，很多早期玄幻作品就是根据网络游戏生发出来：黯黑世界的解放、野心勃勃的争霸是最经常出现的主题，一群以此为使命的人物聚集在一起，中间交织着他们的个人情感纠缠。如根据《魔兽世界》的系列网络游戏改编的玄幻小说，在2005年的中国首次发行超过10万册。此外，许多作品中主人公的成长经历就是电脑游戏的主角升级过程，如《诛仙》中，主人公张小凡从一个惨遭不幸的平凡少年，历经磨难后终于习得一身能上天入地的本领，征服上古神兽、异禽；另一方面网络玄幻小说也为网络游戏提供了蓝本，如托尔金的《魔戒》由于受到广泛关注，被游戏制作公司制作成网络游戏。

4. 日本动漫影响

对中国玄幻小说产生重大影响的另一类作品来源于日本。日本动漫产量高，构思奇特，曾经风靡中国大陆，因而对青少年一代产生了重大影响，进而间接影响了网络玄幻小说的创作。日本动画片中有许多奇幻、魔幻和科幻作品，如宫崎骏的作品《千与千寻》《幽灵公主》《魔女宅急便》《哈尔的移动城堡》《悬崖上的金鱼姬》等一大批作品中充满着魔法、巫婆、仙女、鬼怪的故事，这些故事为玄幻小说提供了丰富的素材和想象空间。类似的动画片还有《犬夜叉》《通灵王》《圣斗士》《火影忍者》《死神》《钢之炼金术师》等，而《奥特曼》《机器猫》《太空堡垒》《攻壳机动队》《机动战士高达》系列等动画片，又带有一定的科幻色彩。日本动漫极大地拓展了想象空间，而中国网络玄幻小说的写作者都偏于年轻化，从小受到日本动漫的深刻影响，因而在他们的笔端也时常浮动着日本动漫的元素。如注重意境的营造，写法纯洁轻灵，语言晶莹通透等，郭敬明的《幻城》、画上眉儿的《轮回一万年》就是代表作品之一。

1997 年 8 月开始，罗森用“天地续缘”的笔名在网络上连载《风姿物语》，一直到 2006 年 1 月终篇。这部跨世纪创作的小说，也是连载时间最长、结构最庞杂的一部网络玄幻作品。《风姿物语》带有明显的日本文化痕迹。这里说的日本文化，不是《源氏物语》或者天照大神，而是日本动漫。例如，在这部作品里，许多人物与某个历史名人同名，却过着与之完全不相干的另一种生活：陆游和周公瑾成了师徒，一起完成了白鹿洞的承传，皇太极和多尔衮成为一个分裂人格的不同阶段；李煜是飘忽不定的青莲剑仙，铁木真是气吞山河的绝世魔神；贝多芬的女儿爱因斯坦热衷于发明各种魔法器具……这种间离和陌生化的努力，使读者感到新奇。“这种错位的阅读，在让历史学家抓狂的同时，也给读者带来一种新奇和快感。《风姿物语》简直开启了一片阅读宝藏，让人们惊喜地发现，除了《三国演义》《唐吉诃德》和金庸以外，还有这样一种有趣的书存在。”[①] 但追根溯源，这种借名著中的角色或者历史名人的名字创作新故事的手法就来自日本的“同人”[②] 传统，有些学者称之为翻新小说。

（二）网络玄幻小说定义

由于网络玄幻小说还是网络新兴文学形式，并且其在创作环境、创作主体及创作内容等方面的多元性和复杂性，目前玄幻小说在学界还没有一个较确切的定义，仁者见仁，智者见智。主要的观点有：① 玄幻小说主要是指叙述具有特异能力的人物和事件的幻想性小说。[③] ② 所谓“玄幻小说”又称“奇幻文学”，它的架构或取自武侠小说，或引入西式魔幻题材，佐之以修仙、道术、魔法、幻想和神话等超自然元素，不受现实的科学逻辑约束，是武侠小说或科幻小说的变种。[④] ③ 凡是区别于现实的，具有某种寓言性质、游戏性质的小说，即为

① 地震：《网络（玄幻）小说这九年》，http：//www.rxgulong.com/html/pinglun/zuopinp/631.htm。

② “同人”在日语中，原指有着相同志向的人们、同好。作为动漫文化用词，它指“自创、不受商业影响的自我创作”，或“自主”的创作。由于许多漫画同人作品是以商业漫画中的人物为基础的再创作，“同人”就广泛指代重新演绎情节。

③ 王为：《对当前网络玄幻小说趣味的评析》，《南昌高专学报》2005 年第 5 期。

④ 戴婧婷等：《玄幻小说：80 后的速食读本》，《中国新周刊》2006 年 1 月。

玄幻小说。[①] 一般认为，现在人们所谈论的玄幻小说，也称为奇幻小说[②]，是建立在思维想象基础上，叙述具有特异能力的人物与事件的幻想类小说，它以各种天马行空的奇思妙想，融合神话、武侠、励志、言情、科幻、历史演义等多重因素进行创作。玄幻小说的背景多为有别于人类现实生存世界的不可预测的虚拟世界，内容多为魔法、剑、神、先知等。目前公认的小说作家有黄易、今何在、树下野狐、萧鼎、玄雨等人。[③]

（三）网络玄幻小说发展现状

最早的网络玄幻小说出现在20世纪90年代，并且以转载为主，《寻秦记》《大唐双龙记》《星战英雄》等都是当时很受欢迎的作品。90年代末的网络玄幻小说是港台作者的天下，神鬼当家的情况到了20世纪初开始有所改变。从2000年开始，网络上幻剑书盟、天鹰、龙的天空、起点等主流玄幻文学网站相继成立与发展。2003年开始，玄幻小说逐渐在网络文学中崭露头角。在“起点”“天鹰”等大型玄幻网站优秀作品点击率动辄十万、百万甚至千万计，其繁盛程度令整个文坛为之惊叹。新作品张贴十余天便可获数万的点击，相较于纯文学网站数百、数千的点击，令人叹为观止。[④] 从2005年开始，玄幻小说已崛起成为一股新的文学力量。玄幻小说不仅在网络原创作品中取代武侠小说成为中国最为流行的大众文学形式，在文学出版市场上的每一本玄幻类题材的作品也都成为了抢手的畅销书，创造了惊人的销量。到了2006年，百度小说风云榜上前十名几乎全为玄幻小说，玄幻小说明显成为网络小说的主流。从2000年开始出现至今，玄幻小说经过不断地发展与完善，形成了自己的特色与规模。在发展的过程中大致经历了三个时期的蜕变。

1. 模仿期

2001年原创文学开始席卷网络，尤以幻想小说为重。由西方现代奇幻小说改编而成的商业电影《魔戒》的成功，带动了西方奇幻小说的热潮席卷全球。由于现代社会文化的全球化状况以及西方文化产品的强大渗透性，中国读者兴起了西方奇幻小说热，同时中国网络上也渐渐兴起对西方奇幻小说的模仿创作热潮。2001年与2002年，中国网络玄幻小说写手们几乎多在创作西方魔法异世界的奇幻小说，当时的玄幻小说以西方中世纪神话为创作源泉，沿袭西方中古骑士文学的传统，都有着对西方魔幻或轻或重的模仿痕迹。比如善良的精灵、憨直的矮人、长翅的飞龙、阴森的地下城等作品要素，都有着浓浓的乔治·雷蒙·理查·马丁《冰与火之歌》，托尔金《魔戒》以及著名的《龙枪编年史》的影子。甚至连出场人物的名字也都是西化的“彼得”“南希”之类，即使是看着像华人的主角，经历的事情依旧是那个模式。

这一时期的玄幻小说除受西方奇幻文学的影响外，魔幻游戏也是本期文本模仿的另一来源，这一时期很多小说里面的设定都有魔兽争霸的影子。而这部游戏宏伟而庞大的体系给写小说的人以极大的方便，像里面的人类、兽人、精灵、娜伽，还有矮人，基本上已经成了异世类小说的经典模式，至于一些更细微的东西，比如说：精灵族的战争古树，矮人的锻造技术，剑圣的疾风步以及剑刃风暴，圣骑士的神圣祝福，更是不断以各种形式出现。那些魔兽的骨灰级玩家写起来可以说是炉火纯青，对一些技能的描写更是融入了自身的游戏经验，显

---

① 黄孝阳：《漫谈中国玄幻》，析自《2006中国玄幻小说年选》，花城出版社2006年版。
② 叶祝弟：《奇幻小说的诞生及创作发展》，《小说评论》2004年第4期。
③ 苏晓芳：《网络小说论》，中国文史出版社2008年版，第122页。
④ 杜湘君：《论网络玄幻小说》，《湖北经济学院学报》（人文社会科学版）2007年第4卷第11期。

得异常生动有趣。一些读者甚至是因为这类小说而爱上了魔兽争霸。这样以游戏为蓝本的作品在当时的玄幻类作品中很多。这种直接模仿的文本虽然不具有可参考的文学价值，但是却被“网络”读者所喜爱。写作者的这种模仿虽然使得这一时期的作品显得淡薄而且题材单一，却为中国玄幻小说的诞生做了良好的铺垫作用。这一时期的代表作有今何在的《若星汉》、读书之人的《迷失大陆》。

2. 本土化时期

从 2000 年到 2002 年，玄幻小说的准备期基本完成。随着创作的深入，网络玄幻小说开始由单一西方奇幻魔法类转向了多元化的题材与类型。实际上，国内玄幻小说从诞生之初就表现出其包含的文本题材的丰富性，但明显的表现还是从 2003 年开始，大量的仙剑类题材、都市类题材、军事类题材、魔幻类题材、架空类题材以及网游类题材幻想作品出现在读者面前，打破了仿西式魔幻小说一枝独秀的局面，玄幻小说的题材模式开始初具规模。玄幻小说的内涵和外延不断扩大并被确立，此时的玄幻小说已经不同于黄易所创造的“玄幻系列”，而是在广义上取代了以往单纯指向的“玄理”“奇幻”“科幻”类的文体，从内容上包括和取代了所有的幻想小说类别。

这一时期，玄幻小说的作者们意识到自身写作必须要汲取更多的素材，必须与中国博大精深的传统文化相结合，甚至喊出了“好玄幻，中国造”的口号，而中国古代传统的神怪文学则为写作者提供了更多的素材，中国传统的仙剑文化也为新一代的玄幻文学作者提供了可以借鉴的经验，如《蜀山剑侠传》可看作是中国本土玄幻小说的鼻祖。于是，西方奇幻魔法一统天下的局面被冲破，西方奇幻小说中的元素逐渐中国化，西方的魔法文化开始在网络玄幻小说里被本土化，与中国传统的巫术、武术、道家文化融合，西方的魔法文化被本土化为中国仙剑文化，魔法逐渐被本土化为类似中国道家法术与武术内功之类的东西。中国古代的“玄”学思想在玄幻小说中出现，并且更多地被写作者视为作品极力表现的主题，中国传统的仙剑文化在这一时期成为了作者们开创和发展的主题。此时的创作中，具有西方奇幻文学色彩的作品相对减少，故事主题也由骑士变成了中国装扮的游侠，故事背景及文化特色也由欧洲中世纪风格转换为中国传统风格，宗教体系、思维模式、人物语言风格都表现出了中国传统文化的特色，骑士、铠甲演变为道士、长衫，作品中的角色名字开始变作中国人名。2002 年年底，网络上开始推出以《缥缈之旅》为代表的一大批以中式修真为题材的玄幻小说。在“缥缈”的影响下，道家五行八卦，吐纳飞升的玄功被越来越多的人所知晓，连《山海经》里那些不知道销声匿迹了多少年的饕餮、毕方之类的怪兽也被挖了出来。

在这一时期，玄幻小说特有的写作模式被固定下来，其文类特点也被网络写手和网络传播媒介所接受。“本土化”使“玄幻小说”与“奇幻”之间的边界逐渐清晰起来，“玄理”的加入确立了玄幻小说特有的具有中国特色的基本表现理念。玄幻小说从多种文体中借鉴并形成了自己的特点和优势，完成了它从其他小说创作模式与类型中的分离，建立起一种独立的概念体系，并开始得到更广泛的重视。这一时期的代表作为树下野狐的《搜神记》、苏逸平的《星座传说》、萧鼎的《诛仙》。

3. 纵深期

到了 2005 年，玄幻小说走向纵深发展的黄金时期。从 2005 年开始，玄幻小说开始在各大网络媒体举行的作品大赛中获得席位。2006 年，作者龙千羽的作品获得了新浪小说大赛一等奖。作品发行后成为畅销书。到 2007 年，新浪更首推“玄幻小说写作大赛”，在其宣传语中，这场盛会被冠以“玄幻小说的饕餮盛宴”。玄幻小说受到了相较于其他类型小说的更高的礼遇，这也预示着玄幻小说走到了其发展的顶峰。

玄幻小说不仅在网络上大行其道，而且在传统出版发行领域也大获全胜。据《南方都市报》报道：2005 年下半年，不完全统计已出版了 30 多部玄幻小说，因此 2005 年被称为“玄幻小说年”。2005 年，从杂志来看，有了四本奇幻类小说杂志，它们是《今古传奇・奇幻》《飞・奇幻世界》《恐龙・九州幻想》和《盛大娱乐・小说》。当年的实体书出版也非常红火，从年初的《镜・双城》(沧月著)、《异人傲世录》(明寐著)、《都市妖奇谈》(可蕊著)，年中的《诛仙》(萧鼎著)、《三国真髓传》(真髓著)、《九州》系列(江南、今何在、潘海天等著)、《天庐风云》(飞凌著)、《夜色》(卫悲回著)，一直到下半年的《搜神记》(树下野狐著)、《亵渎》(烟雨江南著)、《天行健》(燕垒生著)、《新宋》(阿越著)等，长篇作品不断。各出版社的宣传炒作也可说是铺天盖地，遍布全国，形成“奇幻图书井喷”的繁荣景象。发展至 2006 年，网络玄幻文学几乎是爆发式地在增长。据统计，到 2006 年年底国内几大原创网络文学站点上收录的作品，总数已经超过十万，其数量增长之快可以说创造了历史纪录，也创造了世界纪录。网络玄幻小说在之后不断发展，被改编成影视剧和网络游戏的玄幻小说不在少数。

另一方面，玄幻小说还进一步在题材和内容方面大步拓展领域。延续前一时期本土化的创作倾向，2005 年，随着《诛仙》系列作品的畅销，“仙剑”主题成为了网络写手们乐于表现的题材。同时，大陆作者在此基础上开掘了更多的支流，仿聊斋的新志怪奇谭类小说，以及考古探险类和架空历史类的玄幻小说中都出现了文学性较强的佳作，骑桶人的《微尘集》、天下霸唱的《鬼吹灯》和阿越的《新宋》都是其中的代表作。

《微尘集》是骑桶人的短篇小说集，先是每个故事散乱地首发在网络上，后来结集出版实物书。作品展现了一个远离中原文化的川藏交界处的、似有似无又仿佛恒久存在的充满诵经声的神秘世界，在那里，神、鬼、人自然而然地生活在一起。骑桶人的小说背负着沉重的文化情节和哲学思索，像寓言更像是某个远古宗教的预言，作品有《聊斋志异》的曲折动人，又有《故事新编》式的冷静深刻，还有《野草》中一样无法言说的奇诡的梦境。骑桶人的文字诗意盎然、纤细空灵，每一个故事都有着空旷中一滴水落下的幽微，梦即将醒来时的重叠奇诡，是网络文学中难得的具有高水准的纯文学作品。

此外，伴随着网络玄幻小说的本土化与向传统的回归，玄幻小说还经历了一个由书写英雄传奇向凡人奋斗史的转变。网络玄幻小说逐渐倾向于刻画小人物的奋斗，而且作者和人物都理性地接受这奋斗的胜利最后淹没于日常生活，书写了小人物的传奇。

(四)网络玄幻小说的特点

网络玄幻小说在其发展中逐渐表现出文本虚拟性、题材风格多元化、武学文化现代化、读者年轻化、运作商业化、传播网络化的特点。

1. 文本虚拟化

网络玄幻小说在构象方面极大地超脱了现实，以其奇幻、荒诞、诡谲，创造了一个色彩迷离、神秘莫测的幻想世界，这一审美特征与阅读者深层的审美心理耦合，产生了异乎寻常的审美效果，而这一效果来自于其独特的“文本虚拟”性。玄幻小说自诞生开始就表现出极强的“虚拟性”，这与其受到西方奇幻小说鼻祖托尔金的代表作《魔戒》的影响是紧密相关的。托尔金在其作品中虚构出了一个第二世界(Secondary World)，还为多个非人类种族设计了自己独特的语言、生活习惯、风俗人情。后来的作者纷纷模仿其的创作特点，直接继承了托尔金的虚拟世界的风格，并在其基础上发扬光大。如在《风姿特语》中，作者饶有趣味地虚构了一段风姿大陆上的雄图霸业，以一个叫蓝洛斯的青年的成长为主线，叙述了风姿大陆解放的史诗。又如《搜神记》，小说在上古洪荒的背景下，展现了光怪陆离的古代神话世界。《小兵传奇》创设的则是未来的宇宙，人类可以在宇宙间随意飞行，太空飞船可以在瞬间完成“空间跳跃”，从一个星系到另一个星系。这些小说中的种种冥想，超越了现实，超越了历史，超越了常识，超越了科幻，甚至超越了人类理解力的界限。

在玄幻小说作者的笔下，虚拟世界拥有与现实世界不同的逻辑体系、思维模式、价值观念，并且具有极其严整的逻辑性，大多与其历史文化相关联，有其历史背景。在很多玄幻小说中，作者都会随意设定世界和种族，以致许多玄幻小说都需要在开篇之初用专门的篇幅来设定自己的人物系统、武器系统、种族系统、魔法系统等。例如《兽血沸腾》，在开篇就有“种族设定”部分，设定了不同于人类的比蒙王国，这个王国中的人都是“兽人”，例如熊人、人马勇士、鳄鱼武士、狮族、虎族等，他们将最强的战士加冕为国王，这个国度中有各种骁勇善战的种族，例如从没出现过国王的象族、基本垄断了王位的泰戈族和莱茵族等。这个国度的法律、道德、风俗、文明等都有作者自己的设定。但我们也应该看到，这些虚拟世界和价值体系都是建立在对人类世界和价值观的改造模仿的基础上的。这种独特世界体系的建立，使作品可以疏离于现实生活景象，充分展开作者的主体意识想象，建立他自己的象征世界图景，完成个体的理想建构。

玄幻小说的这种“虚拟性”与网络的虚拟不谋而合，此时，技术与文学进行了一场紧密无间的合作。在营造文本的内部空间上，玄幻小说具有了独特的先天优势，这种优势迅速摆脱了传统小说的现实束缚，表现出极强的创造性与开放性，作者可以天马行空的构思奇特的情节来满足读者的阅读快感。这一方面造成玄幻小说情节、构思的巧妙与新奇，扩展了作品的表现空间，增强了小说的可读性，而另一方面也造成了玄幻小说作者只强调作品的构思情节，而较少地关注文本思想深度、语言锤炼，形成了玄幻小说作品的快餐化、消费化，导致了目前玄幻小说的精品较少的一个现实。

2. 题材风格多元化

从玄幻文学的定义就可以看出，网络玄幻小说包含的文本种类和数量巨大，因而其题材类型也是极为丰富多样。目前，网络上玄幻小说的定义相当宽泛，网络上同时也将有别于传统风格的科幻小说、武侠故事、灵异鬼怪故事、恐怖小说、架空历史、神话故事以及更多模仿西方奇幻小说创作的作品都归纳到“网络玄幻小说”这一类别中。玄幻小说的类型，五花八门，多到不可计数。例如起点中文网上就有“奇幻修真”“现代修真”“浪子异侠”“传统武侠”“古典仙侠”“历史武侠”“谐趣武侠”“恐怖惊悚”“星际战争”“推理侦探”“灵异神怪”“机器时代”“虚拟网游”“游戏生涯”“电子竞技”“体育竞技”“弈林生涯”“特种军旅”“现代战争”“战争幻想”“三国梦想”“架空历史”“奇幻架空”“都市重生”“青春校园”“宫闱情仇”“都市异能”等类型。而在专业的学术文章中，也是杂乱纷呈，有七分法：跨越时空类、考古探险类、异界争霸类、新志怪奇谭类、武侠玄幻类、惊悚悬疑类、科幻类；[①] 有十一分法：奇幻类、仙妖神魔类、都市类、言情类、历史类、军事类、网络游戏类、竞技类、科幻

① 陈丽伟：《论新世纪初的网络文学》，硕士研究生论文。

类、灵异类、同人类。[1]

无论是追根溯源，还是根据其定义按图索骥，玄幻小说作为一种新型文学形式，从一诞生就具有融汇多种文类及各种题材的特点，传统剑侠文化、武侠小说、西方奇幻小说、日本幻想类小说、日本及港台动漫、电子与电脑游戏，各种文化形态交融到其中，这种庞杂让玄幻呈现了多元化的风格，传统文本中的写作要素及逻辑思维淡化。如树下野狐《搜神记》截取三皇五帝时代的传说背景，又多有中古乃至近代社会文明的影子。在此意义上，作者尽力表现的是对虚拟世界的一种自我表现和理解，现实社会中的历史观、社会观开始消解。

3. 武侠文化现代化

中国有着深厚的武学文化渊源，因而在所有的传奇叙事中，武侠小说对玄幻小说的影响，最为本质和巨大，中国现代武侠小说是中国现代玄幻小说的直接来源。从《江湖奇侠传》到顾明道的《荒江女侠》，从还珠楼主的《蜀山剑侠传》到宫白羽的《十二金钱镖》《偷拳》，王度庐的《卧虎藏龙》，再到金庸、古龙、梁羽生等 70—80 年代作家的作品，都给中国网络玄幻小说创作者带来灵感。

曾经风靡一时的传统武侠小说虽然随着老一辈作家的谢世或封笔而衰微，但源远流长的武侠文化却薪火相传，在新兴的玄幻小说中以各种或隐或显的面貌显现出来。举凡玄幻小说，不涉及比武论技的，百无一二，而在玄幻小说的细类中，武侠始终都占有很重的份额。更重要的是，大量的玄幻小说中都打下了传统武侠文化的深刻烙印，武侠的影子始终都没有消失。它可能被改装成“异侠”“仙侠”“武侠修真”等名目，但是武侠小说的侠义精神、对各种具有奇怪名称功夫的创造、奇遇、爱情、征服等主题，仍然被完备地保留在玄幻小说之中。正是这种武侠文化的底色，构成了中国当代网络玄幻小说与西方同类型小说的一个本质差别。如黄易的《大唐双龙传》。小说以隋末唐初为背景，塑造了寇仲和徐子陵两位少年英雄，以新武侠的形式再现隋末社会由纷争走向唐统一的过程。再如《搜神记》，由神农之死展开，以主人公少年拓拔野和蚩尤的成长为主线，同时穿插了黄帝、夸父、西王母等一系列中国神话故事形象。再以《诛仙》为例，其主人公张小凡的经历与金庸笔下的令狐冲很相似；作者有意识地重视作品的文化含量，自言要“把中国古典文化和新兴的魔幻潮流结合起来”，这很明显是受金庸武侠小说里中国文化与故事情节水乳交融的特点的影响。

4. 作者与受众的年轻化

当前玄幻小说的创作者大都相当年轻，尤以 70—80 年代的这一批青春写手为主。《诛仙》的作者萧鼎生于 1976 年，《小兵传奇》作者玄雨生于 1980，《新宋》的作者阿越也生于 1980 年，幻剑书盟有一个“风雪飘飘”的签约作者，他最初网上发布作品的时候是初二。还有相当多的玄幻作者是在读大学生。这种作者群体的低龄化让玄幻小说呈现出一种青春性特征。在题材上有很多描写的是作者熟悉的校园、游戏、动漫，在精神气质上，个人英雄主义风格成为玄幻小说表现的主流精神特质，从一个普通人一夜之间成为英雄的拯救世界称霸江湖的模式风行一时，少年英雄成为小说的主角，具有浓郁的青春浪漫气质。

网络玄幻小说的受众也多为青年人。就脉络而言，玄幻小说多是以主人公的个人奋斗经历为主线，在一定程度上留有成长小说的痕迹。《寻秦记》中的项少龙，《搜神记》中的拓拔野和蚩尤，《诛仙》中的张小凡和林惊羽，都是历经磨难，借助天分和机缘，由无名小卒逐渐

① 赵秋阳：《中国当代网络玄幻小说研究》，硕士研究生论文。

成为少年英雄，成就救世大业。玄幻小说在叙述主人公成长的过程中，穿插了大量的情感描写，轰轰烈烈的爱情和生死与共的友情成为此类小说的内在精神主线。玄幻小说与现代武侠小说的最大区别在于天马行空的想象，玄幻世界往往也是超现实的世界，充满了壮丽河山、绝顶神功和盖世高人，作者的思路通常不受现实理念的束缚。在塑造人物时，主人公通常具有顽强、不羁、率真、敢爱敢恨等性格。在《大唐双龙传》中，黄易同时刻画了桀骜不驯的寇仲和聪颖俊秀的徐子陵两个性格迥异的主人公，但是在两种性格下，共同涌动的是青春之心。这一特点也反映在《搜神记》和《诛仙》中。这种对青少年主人公的刻画、对主题的烘托，以及大胆的写作风格，一方面加强了青少年受众对作品和主人公的认同感，另一方面也在一定程度上满足了青少年内心对感情与成功的渴望，使读者在阅读过程中通过自我投射来缓解对现实的不满，抒发对未来的憧憬。

在现代化进程中，在信仰缺失的时代，青少年同样面临着普遍意义上的迷茫与失落。在这种背景下，玄幻小说为青少年呈现出一个另类的奇异世界，这里宣扬的是一种超越世事沧桑的人生感悟，是一种看尽烟花后的自省修身之态。因此，《悟空传》的结尾是百代草木容枯的意象，《大唐双龙传》则以主人公退隐江湖，漫步风雪街头收尾。这种超越寄托了中国儒家和道家的哲学，同时又折射了当代青年文化对后现代社会混乱、无助的探索。

5. 运作的商业化

截至 2005 年，奇幻类文学发展到年均 5 000 万人民币的市场 ，并呈逐年递增之势①。热门玄幻系列小说《诛仙》在 2005 年 6 月出版了《诛仙 1》和《诛仙 2》，这两个系列在之后的两个月里销量突破了 12 万册。2005 年 8 月《诛仙》推出了《诛仙 3》和《诛仙 4》，在几周内便登上各大书店的畅销书榜，此后出版的《诛仙 5》，其销售总数已超过 60 万册②。玄幻小说中的另一部代表作品《搜神记》，由于拥有众多固定的受众，网络点击率已高达上亿次。在这种情况下，《搜神记》在港台率先出版纸质版，又由贝塔斯曼和辽宁教育出版社在大陆联合推出简体中文版，此书已成为 2005 年的畅销书。网站运营商与出版商的合力商业打造在很大程度上促进了玄幻小说在市场中的推广和流行。同时，由于玄幻小说具有浓郁的本土元素、稳固的青少年受众市场，配合幻想小说抬头的全球背景，玄幻小说也自然成为商业资本着力打造的一种文化产品。

6. 传播多极化

玄幻小说的推广与网络化进程的依附关系主要经历了两个阶段。早期以黄易为代表的玄幻小说家仍旧以纸质出版物为主打产品，他们的作品通常都是以成书的形式率先出场。20 世纪 90 年代后期，中国大陆和港台地区因特网快速普及，玄幻小说爱好者开始借助网络推广优秀的作品。《大唐双龙传》的后期章节在出版之后，很快以扫描识别的方式上载，并且由此在网络上掀起了一场“大唐”热潮。随着网络的普及，网民数量的激增，“上网”已经逐渐成为城市青少年日常生活的一部分。在这种情况下，现代意义上的网络文化才真正在大众范围内得以推广。在很短的时间内，在各网络论坛和高校 BBS 涌现出了大批“民间写手”，树下野狐的《搜神记》和今何在《悟空传》最初就是发表在文学论坛中，而网络发表也成为玄

---

① 赵岚：《中国奇幻文学进入爆发时期》，http：//www.dfzb.cn/ReadNews.asp?NewsID=74267 2005-11-13.

② 魏英杰：《2005 年人文社科类畅销书扫描》，http：//www.chinabook.gapp.gov.cn/0/article.aspx?.ar-tid=OS394s&cateid=p26 } 200s-12-21.

幻小说作者进行创作的主要形式。随着网络玄幻小说火爆现象的出现，玄幻作品又重新进入纸质出版领域，出版商将热门玄幻作品出版，通过炒作使其迅速成为通俗畅销书，部分热销作品还开发了相关的多媒体产品。

玄幻小说由纸质渗透到网络，再从网络实现与纸质的结合，这一过程反映了新媒体环境下玄幻小说出版模式的变迁。[①]玄幻小说在网络上流行的初期，网络的作用停留在宣传手段的功能上，总体上依附于传统媒介，在本质上体现的仍旧是精英主义。此后网络发表的玄幻作品，从根本上打破了精英模式，降低了作品发表的门槛，进而促成了大量作品的出现，这使创作由权威走向草根。玄幻小说网络化带来了两个直接后果：其一，为玄幻小说提供了新鲜的创作血液，尽管同时也伴随有大量低水平作品的出现。其二，由于网络具有即时性和互动性，作品在读者中的反馈能够直接以点击率等形式表现，因此优秀小说能够快速在大量的作品中脱颖而出。玄幻小说的出版于是迈向了第三个阶段，即向纸质和多媒体回归、打造玄幻小说经典品牌，《搜神记》《悟空传》《诛仙》是其中的典型代表。这种模式体现出新媒体背景下玄幻小说的新型出版模式。点击率作为作品热度的一个重要指标，成为纸质出版商等商家首要参考的重要因素。作品在正式进入常规商业市场之前，首先以免费阅读的形式接受市场的选择，这不仅在一定程度上降低了商家的风险，也使运营商能够根据受众的预先反馈进行调整，集中力量营造强势宣传，打造品牌玄幻小说。另外，由于玄幻小说在网络上通常以连载方式上载，作者能够与读者直接互动，作者就有可能及时地根据受众的心理需求和商业利益对作品进行一定的调整。此外，以论坛为主要形式的玄幻网络社区为读者之间的人际交流提供了简便的平台，这些社区带有传统“书友会”的一些特征，有利于提高读者的阅读热情，个人阅读向集体阅读意识的转变也加强了玄幻小说爱好者之间的认同感，使流行成为青少年读者阅读之前的一种预设状态。

（五）网络玄幻小说受热捧原因

当网络玄幻小说走俏各大文学网站和畅销书榜的时候，人们开始思考网络玄幻小说受热捧的原因。

首先，网络玄幻小说满足了大众的心理需求，实现其自我愿望。

随着社会的快速发展，人们因竞争压力而产生焦躁感，往往通过幻想实现自我压力释放的需求，同时实现了人们对于理想社会、工作、成功、爱情的渴望。按照美国人本主义心理学家马斯洛（A.H.Maslow）的观点，人类的需要可以分为三大类别、七个层次。[②]在网络玄幻小说描述的世界里，受众群体实现着归属与爱的需要、自尊需要、认知需要、审美需要等心理性需要，以及自我实现的需要。

以《诛仙》为例，书中讲述的是一个惨遭不幸的少年张小凡，被异人所救，并跟随异人习得一身上天入地的本领，历经磨砺，征服了上古神兽、异禽，游历各种奇异的地方，同时，他也收获了一份凄美缠绵的爱情。小说中的张小凡跟许多现代人一样，没有好的家世背景，要靠个人的奋斗实现人生理想，并最终修成正果。这正是现代人自我实现的需要的体现。而他所拥有的那份至真至纯的爱情也正是现代人苦苦追求的，实现了其归属与爱的需要。网络

① 盖博：《中国玄幻小说热潮现象的多元解析》，《出版科学》2006年第5期。
② 参看黄希庭：《心理学导论》，人民教育出版社1991年版，第193页。

玄幻小说中经常会出现“结界”这个概念，这是网络玄幻小说对于空间的一种想象。所谓“结界”指的是运用某种法术将时空关系中一定范围内的空间情况在一定时间内改造成另一种特定的空间情况。[①] 这种时空的转变恰恰帮助受众从平常繁重的压力中解脱出来，找到真正想往的世界，实现其安全、归属与自我实现的需要。

其次，网络玄幻小说的异度空间描写，满足了大众的娱乐心理。

书香门第网站曾进行过一次关于“大家平时都喜欢读什么书”的在线问卷调查，玄幻灵异类以 48% 的选票占了绝对优势。网络玄幻小说形成热潮的一个重要原因就是文学娱乐性功能的凸显，即所谓“小说，讲述有意思的故事”。[②]赖特和施拉姆在大众传播的功能学说中都指出大众传播具有娱乐功能。现代生活的节奏加快，迫使人们陷入无休止的竞争困境中，他们很希望在休闲时间能解除疲劳，而玄幻小说因描写的异度空间极具趣味性和想象空间，使得受众在阅读时产生娱乐感，正适应了人们这一需求。看玄幻小说，既是一种休息，也是一种娱乐。玄幻小说给了读者放松心灵、体验自由的机会。郭敬明曾凭借《幻城》获新概念第三届、第四届一等奖。《幻城》中他为都市中的烦躁的人们营造了一个性情之城。它的场景与故事不在地上，而是在天上。而这种幻想是轻灵的，浪漫的，狂放不羁的。人们随着作者的笔在无极的世界中游走，所到之处，风光无限，大众在这里所见的一切物象，一切场景，都是大地以外的，是烟里的、雾里的、梦里的。这种幻想是那种被称之为“大幻想”。“大幻想小说”一词来自日本，以日本女作家安房直子的作品为代表。在安房直子的笔下，“那是一个奇幻的国度，一个精灵出没的世界，那里有狐狸的窗户，那里的树枝上全都落满了白色的鹦鹉，那里听得见女孩的灵魂在嘤嘤哭泣……”有人称安房直子的“大幻想小说”是“当代聊斋”。在幻想中，写作者和受众都满足了娱乐的愿望。玄幻小说作者张威说：“像我们现在写的玄幻小说有一个概念叫娱乐性小说，这个概念在国外很早就有，叫通俗小说。我们这种小说不存在任何文学性，没有任何文学价值，只是让大家在一天的工作之后放松自己。我只要娱乐大家，我很清楚自己的定位。”

（六）网络玄幻小说发展前景

总体来看，网络文学的玄幻小说作者普遍年轻、经历简单，因此创作主要依靠天马行空的想象而不是丰富的社会阅历，使得一开始除暴安良的设计最后往往变成了网络游戏模式的翻版：整个故事只是主人公力量的逐次升级。一些作者语言功底欠缺，几百万字写下来，似曾相识的语句一再重复。再加上追看者“快写快写”的催促和出于吸引点击率的考虑，玄幻小说内容往往被“灌水”稀释。随着离奇情节的失效，出现了越是离奇，读者越是厌烦的情况，年轻的玄幻作者们由于初涉文学创作，生活经验和把握文本的能力都不够纯熟，常常出现大杂烩一锅粥式的作品。

“文字不要太幼稚粗糙，结构不要太随意松散，情节不要太恶俗雷同，人物不要太千人一面。少写点种马意淫、血腥暴力、黯黑情色，莫羡慕别人写字赚钱月薪数万。上帝不与人交易，只有魔鬼才与人做买卖。浮躁过后，最疼的还是自己。尤其是不要去写一些反人类、反社会的东西……小说通篇都是奸淫诲盗杀人放火无恶不作，总是不妥……玄幻小说的读者有

① 苏晓芳：《网络小说论》，中国文史出版社 2008 年版，第 135 页。

② 杨剑龙、杉本达夫：《小说，讲述有意思的故事——中日学者关于中国近代小说的讨论》，《山花》2002 年第 7 期。

相当多的未成年人。他们还缺乏相应的判断能力。”①

对于网络玄幻小说数量繁荣背后的质量危机，这种批评是一针见血的。但从它出现、发展的历程来看，作者和读者都经历着一个转变、一段成长。例如，《风姿物语》连载9年，很多读者从少年追看到成家立业为人父母。那些瑰丽雄奇的想象让人不时屏住呼吸，那些艰苦卓绝的征服与成长让人热血沸腾，那些惊险刺激的时空之旅让人闭目难忘。网络玄幻小说的题材从早期的英雄史诗转移到后来市井小人物的奇遇，从中可以感受到网络玄幻作者们对那些平凡的身边人充满了感情，赋予他们光芒和神奇，洞悉他们内心的软弱和渴望，也毫不客气地鞭挞他们心灵深处的自私和瞬间的邪恶。每个现代人都在这些故事中照见了自己卑微之外的另一面，获取了文学作品本来就应该给予读者的白日梦的慰藉。

与西方的玄幻小说相比，我国的网络玄幻小说在发展上还存在着不足，还未出现如《哈利波特》《魔戒》等闻名遐迩的作品，并且目前我国网络玄幻小说存在语言粗糙、人物单一、情节雷同、结构松散，甚至是趣味低俗的问题，但是它给读者提供了自我满足和幻觉实现。80后一代在自造的世界中张扬超验的想象，在一定程度上展现了自己天赋异禀的才情，流露出了天然自在的直率。这些玄幻小说确实让读者读起来很过瘾，能启发读者的想象力，且具有某种游戏精神，蔑视现实，试图击溃现实，让生命浮出了沉重的现实之海，摆脱实际经验的束缚，享受着自由轻盈的阳光——或许可以说，玄幻小说正在重返小说艺术的“本源”。②

二、网络都市小说

针对男性读者的都市题材小说属于现实性比较强的写作领域，抒发现代青年对于生活的体会、感受是比较突出的。城市的灯红酒绿、尔虞我诈的残酷生活等都在都市题材中得到有力的表现。

进入21世纪，随着经济的高速发展，中国进一步与世界接轨，中国的城市化进程进一步加快，西方几百年的城市现代化进程，中国浓缩在20～30年里完成，让人们措手不及。另一方面，出生于20世纪70年代的人从21世纪之交开始，逐渐成为都市生活的主角。这一代人自幼受传统道德价值观的教育熏陶，青少年时期对爱情和理想满怀浪漫主义的想象。当他们步出校园踏入社会之时，正是市场经济蓬勃发展、社会急剧转型时期，传统伦理道德已逐渐丧失其在意识形态领域至高无上的神圣地位。与此同时，不同时代、不同体制、不同内涵、不同立场的生存方式和价值观念开始粉墨登场，整个社会瞬间呈现出令人茫然失措的迷乱色彩。习惯了简单接受既定道德规范和终极价值目标的人们，面对眼前这个观念混乱状态，无所谓是非无所谓对错，无所谓纯洁无所谓堕落，无所谓崇高无所谓低俗的世界，常常感到无所适从、无可归依的惶恐无助。

最初引领时代潮流的网络写手们很多便是这其中的一分子，他们一同承受着时代与社会的双重撕扯，首先体验到了现代工业都市对人的挤压和时代风云变幻的巨大阴影。如慕容雪村，原名郝群，1974年生，生活经历复杂，自称“卖过假药，当过骗子，学过法律”。这样的时代、这样的人生，反映在文字里，便是对工业化都市的鲜明批判，淋漓尽致地对现实的失望，生命的漂泊、成长的艰辛成为他们作品的主旋律，在粗鄙的调情、对社会黑暗面的叙

---

① 黄孝阳：《2006中国玄幻小说年选》，花城出版社2007年版，第1页。

② 吴子林：《玄幻小说的文化面相》，《重庆三峡学院学报》2007年第23卷第4期。

述以及鸡零狗碎的若干生活细节的合奏里，反复吟咏。

小说通过陈重等人在都市奋斗的悲剧结局，较为深刻地揭示了都市年轻人的信仰危机。在物欲社会的现代都市里，“幸福总是暂时的，不幸福才是常态”“幸福是个乌托邦，只能无限接近，永远不能抵达”。“背叛和放纵似乎已经成了这时代的通行证”，爱情是孤独与迷惘的代名词，友情已演化为相互利用，性只是欲望放纵的一种形式，事业变成了一场场钩心斗角的倾轧和角逐，只有家庭的亲情才能给人片刻的温馨。小说的深刻意义在于，作者借助与陈重有关的各色人物的描写，生动地表现了造成这些人物命运的社会环境和由此产生的人生态度，从而较为真实地写出了70年代出生的这一代人共有的困惑：“现实和理想的落差，传统价值观与新伦理的冲突、物质世界对道德观拷问，等等。”

如《成都，今夜请将我遗忘》，它最触动读者心弦的是它对生活的写实（几乎可以称得上裸写）。慕容雪村从身体和人性入手，以近乎残忍的笔调对城市生活展开描写，通过自我剖析，将都市生活中一切美好的东西戳穿，彻底地剥去其光鲜的外衣，裸露出现代都市里无处不在的残酷面貌。

“一个普通的城市居民”[①]陈重，有体面的工作和家庭，会交际，有手腕，和同事的明争暗斗总是有惊无险，没有女人不爱上他的，没有应酬的花样是他不在行的，没有什么事情是他搞不定的。这样一个似乎永远不会对生活束手无策的人，却终于发现，一同走过青春岁月的朋友开始互相算计，自以为是的爱情不堪一击。他感慨于父母的相濡以沫，却肆无忌惮地背叛妻子，总是在利用了朋友之后感伤于友情的变质。

陈重既堕落放纵又质疑反思自己的糜烂生活，慕容借用遗忘和回忆弥合了这种分裂性。每一次放浪形骸之后，陈重都倍感空虚、迷茫，他依靠不断回忆过去，批判自己获得道德疏解，然而很快他又遗忘了刚刚的忏悔，再一次沉沦于灯红酒绿。陈重在遗忘和回忆中徘徊迷失，直至被物欲冲进命运的漩涡深处。这种分裂性在慕容此后的几部小说也一直出现。《天堂向左，深圳向右》（以下简称《深圳》）里的肖然，《谁的心不曾柔软》里的魏福成，这些男性角色往往正邪合一、走南闯北、阅历丰富，他们的沧桑和生存智慧足以吸引形形色色的异性，和狡猾奸诈的对手钩心斗角，但最终仍要面临“出来混，迟早要还”的宿命。慕容笔下的女性也绝不是什么幽娴贞静的淑女。《成都》里的赵悦、叶梅，《深圳》里的韩灵、卫媛，她们不再是以往文学作品中那个爱情与家庭的守护神形象，她们时而撒娇时而撒泼时而懦弱得发抖，这些近乎妖妇的女性角色让男性们失望、害怕、自惭形秽。有人诟病慕容着意要把女性妖魔化，但与其说他颠覆了善男信女的爱情神话，不如说把这种戳穿真相的残酷理解成他反复重申自己悲观主义者和虚无主义者的立场更恰当。

慕容雪村毫不掩饰对现实的失望，在《成都，今夜请将我遗忘》里写道：

八年之后，我看着这张照片有些敬畏，我从来不信命运不拜神，但在那一刻我想，是谁改变了照片中少年们的生活？是谁把他们分配在生死两岸？或者，我的裤裆里又在隐隐作痛，是谁让李良踢向我们的友情？我曾经问过自己，如果李良不是那么有钱，我还会不会如此重视他？我不知道。

在《天堂向左，深圳向右》里：

肖然说：我在你脸上烫个烟头吧。钟曼琳缓缓地张开双腿，说要烫就烫这里，千万别烫

① 慕容雪村：《成都，今夜请将我遗忘》，内蒙古人民出版社2003年版，第242页。

脸，我还要演戏呢。那也许是世界上最昂贵的一支烟，它烫得尊严尖叫，烫得理想红肿，烫得青春皮破血流……这就是真相，肖然醉醺醺地说，“为了金钱，再尊贵的公主都可以让你拿烟头烫。”

慕容不屑于说教和美化，他赤裸裸地撕开生活真相，使日常生活下所隐藏的悲怆跃然纸上。值得关注的是，慕容的人物形象大多是成对出现的，他们在精神上互为补充。充满理想主义色彩的李良与陈重之间的精神孪生身份显而易见，但这并不代表陈重与更为卑鄙的王大头泾渭分明，无论是美德还是卑劣，都你中有我，我中有你。李良的“不举”象征着理想主义的无力和破灭，陈重对李良的愧疚和惋惜，正是他为自己已逝的纯真唱出的挽歌，而他对王大头的冷笑里，也有他对灰色现实的不满以及不得不沉沦其中的无奈。在《深圳》里，肖然、刘元、陈启明也以这样一种群像的姿态出现。在这两部作品里，我们都可以把几个人物看做一个整体，他们聚合在一起共同塑造了一个迷失于金钱和肉欲、又渴望道德救赎的都市人形象。在《谁的心不曾柔软》中，魏福成因为酒后驾驶，撞伤了一个贫苦的老菜农，却靠着关系反咬一口，活脱脱一出恃强凌弱的街头话剧：

老汉浑身哆嗦，解开衣服掏了半天，掏出一个方方正正的小塑料袋，里面装着330元钱，一张100的，4张50的，3张10元的，全都叠成小小的正方形，走过来塞到我手里，脸上老泪叭嗒：“买化肥的……就这么多了，再没有……没有钱了。”

我收下那330元，看着老汉推起摩托，打了几下都打不着火，一手扶着菜筐，一手扶着车把，一步一哆嗦地往前走，脸上的血还在滴滴答答地淌。人群慢慢散开，那警察小声嘱咐我：“以后少喝点。”我说明白明白，改天请你吃饭。他没接话，跨上车绝尘而去。我发动起汽车，刚转过弯，看见老菜农歪倒在一棵小树旁，脸色惨白如纸，捂着胸口不停地咳嗽，我跟他对视一眼，心想交警都处理过了，何必自找麻烦去捡个爹养。踩了一脚油门，直奔丰山县城，肖丽估计正在那儿哭呢。

很多网友认为这段描写过于残酷，一边气愤于情节的设计，一边感叹情节的真实，“可怜的菜农，无情的慕容”。

卖菜老农的血汗钱装进口袋之后就完事儿了么？就不交代了吗？就一点人性也没有了吗？……即便是小说，即便不想给人一种温暖和心灵救赎，也别他妈的太冷漠了。……没有一点温暖，全***绝望。（网友　三种武艺）①

慕容雪村在天涯连载的帖子上回复道：

菜农一节，很多朋友看了心中不平，不过现实就是如此。有时候我觉得写字的快乐就在于此：有一个意思，你没有明写，但聪明人能够读懂。在写那一节的时候，我一直想着一个故事：晋陶渊明作彭泽县令，给他儿子派去一个长工帮助耕田，写信说：此亦人子也，可善遇之。这事很值得深思，在写老菜农的时候，我总是在想：他也是某个人的父亲。

应该说，慕容并不是醉心于把作品写成“社会阴暗面大全”，这些都市青年一直以来在盛世繁华下的迷茫和失落，击穿了慕容所有的作品。陈重和肖然受过高等教育，有不错的事业和受人尊重的社会地位，正是今天社会的中坚，但是人生对于他们不过是金玉其外。

那座城市，也许只是你的想象。它出现于一夜之间，像海市蜃楼一样虚幻而美丽，你走

① 慕容雪村：《谁的心不曾柔软》，http：//www.tianya.cn/New/PublicForum/ Content.asp?flag=1&idWriter=8760133&Ky=221380887&idArticle=225735&strItem=culture。

得越近，就越看不清它。你凝视着它，为它哭，为它笑，久而久之，你终于发现，原来它只是你的一个影子。(《天堂向左，深圳向右》)

鹏鸟的故乡。梦想之都。欲望之渊。爱无能的城市。沦陷的乌托邦。失去信仰的耶路撒冷。然而你知道，一切比喻都没有意义。(《天堂向左，深圳向右》)

慕容笔下的人物对都市和都市人生何其失望，陈重在烟火腾空的夜色里慢慢倒地的时候，肖然在临死前重温往事片段的时候，当韩灵得知恋人死去，重回深圳，茫然不知自己要往何处去的时候，慕容已经说尽“人生在歧路”的意境，“巷陌纵横，余生不待，一条路通往天堂，一条路通往多灾多难的现实生活，而负罪的你，将永远站在中间”。①

慕容雪村成为执著于生活残酷面的代表作者之一，在以白描生活为主要表现手法的网络小说热潮中，大部分作品都带有一种“自叙传”的意味。与慕容雪村尖锐的愤怒相比，清秋子则流露出一种更为平和中庸的人生态度。在其首发于天涯网站的《我是北京地老鼠》中，清秋子以自述的口吻叙述了一段寄居北京地下室的生活。一个功成名就的副总，由于听了一个作家的讲座，加上轻信了朋友不过是逢场作戏的盛情邀请，以了断尘缘般的决心前往北京，弃商从文。当他明白了自己不得不住进地下室、艰难求生的处境时，当初的“人文主义情怀”变成了一个让人尴尬的笑话。那场令他顿悟的讲座，所谓的“不因听众大半是年轻人而轻慢半分”，可能只是从一开始就暗示这种理想主义只是年轻人才有资本享受的春梦而已。到清秋子这里，面对人生的愤怒感和无力感，更多地让位给冷静地反思。

第二天一早，我走到永定门桥上，望着上班的汽车和人流，木头一样站了两个小时，终于明白了：在这个一千万人口的都市里，我已经被抛弃，无人可以再帮助我了。我当初放弃了公司，实际是放弃了我自己争到的一席生存之地。它无关道德，只是个现实问题。现在，我的脚下不再有那一片坚实的土地了。我现在是站在了流沙上，沙子随时要把我吞没，能救我的，只有我自己，只有我的意志与七尺之躯。对文化的膜拜，是因为我长期在商界混而产生的一种错觉。文化是不是有那么美好是一回事，但像我这样把生存的问题忽略了，把前程寄托在所谓友情之上，才是不可原谅的幼稚。(《我是北京地老鼠》)

这是一个中年人在又一次被生活教训了之后的感悟，人的成长或者说成熟是一个反反复复的过程。青年的陈重和肖然在放肆地发泄完愤怒之后，面对无边无际的庞大的生活充满了无力感，所有的人和事都让他们绝望，慕容那里几乎找不到“一个能够给予读者心灵温暖和现实信心的艺术形象”。但是在清秋子这里，无论地下室世界如何卑微、阴暗、污秽，“我”都满怀敬意地描述那里平凡的寄居者，“地下室里，是小宋、露露、鲁花与唐山兄弟在暗夜里给了我温暖。他们在生，他们在长，也许一生都在处在都市的最边缘。可是他们却把那么一点点可怜的热量分了一点给我”。(《我是北京地老鼠》)

清秋子没有像慕容那样用死亡作为人物命运和小说的结尾，在灰色的叙述里，一瞬间如轰炸般耀眼。地下室的异乡人们曾互相拥抱取暖，最终如灰尘般各自各地飞舞而去。

这样的结局，有的读者会认为太平淡，太不能满足期待。有这样想法的人，我猜测还很年轻。“你们相信人生前程上肯定会有灿烂的郁金香，假以时日，你们会摘到它。我却是走了半生的人了，我不再会有这样的期待。”(《我是北京地老鼠》)

① 《慕容雪村：网络是我的精神故乡》，http://www.csonline.com.cn/changsha/rwx/200403/t20040326_149367.htm。

这是一部关于都市底层的小说，讲述“一个平凡的小人物在严峻的商业现实中思想与实践的出路”。关于底层的命运，清秋子是冷静的，地下室的生涯也许会结束，但是“走出地下室的人，并不意味着他就会获得补偿。”苦涩而沉重正是他们的命运。在这一点上，清秋子以冷静客观代替了廉价的煽情和嘶喊，这种态度来自生活本身，提升了网络小说的艺术品格——虽然纯粹的理想主义在当代都市死无葬身之地，但是网络作者们不肯嘲笑那曾有过的真诚。

从正在人生跑道上加速的陈重、肖然，到努力挣扎着不让自己从时代的轨道上滑下去的中年“北京地老鼠”，连续翻阅这些人物的影像，可以连缀成当代中国社会的某一角度的侧影。“残酷的人生”系列，其主人公涵盖了社会的各行各业，每个读者都可以在他们的故事里找到自己的心情。这种描写范围的扩大显然得益于创作主体的广泛，虽然这些网络作者往往以强烈的情绪遮蔽叙事的简单，在小说结构和叙事模式等文学形式的探索上，也显然达不到80—90年代先锋文学的水平，但是读者们仍感动于他们的真实。慕容雪村说：“我的本意是通过这样一个故事，磨去生活表面上的一切文饰，让曾经摇动过我们灵魂和身体的东西真实地凸现出来，让美好的继续美好，让丑恶的永远丑恶。”① 网易文化频道曾把这些现实主义网络小说集中在一起，开设了一个名为“谁比谁残酷”的专题，这个直白的名字未必确切，却形象地说明了这类小说对读者的巨大冲击。

在某种意义上，这些以城市命名的都市网络小说，可以看作是当代人对都市生活的最新解说。慕容雪村在《成都》《深圳》之后的两部作品中，不再指明故事背景是哪个城市，因为都市人对生活的幻灭感，在物欲中挣扎的无力感都是一样的。《伊甸樱桃》中被名牌奢侈品物化了的生活在每一个城市都发生着，无论是成都还是深圳，都只是名利场。慕容把城市的地域特色诗化，作为童年或往日的记忆，与当下令人绝望的生活形成对比。成都的休闲和淳朴只是农业经济和田园社会的残留，深圳的温暖安详只是工业化开发未完成时的最后一瞥。这些地域景观美好而朦胧，在城市化推进的过程里逐渐变得遥不可及。

针对男性读者的都市小说里对爱情的描写同都市言情小说完全不同。

《成都》描写的重心是陈重与赵悦婚姻的裂变，由此引发对生活与爱情的思索与质疑。彼此相爱的陈重和赵悦，在都市中迷失了自己，弄丢了爱情。这既与现代都市的欲望生活有关，又与他们各自奉行的享乐主义人生观相联系。作为都市的白领陈重，聪慧而富有朝气，紧跟时代步伐。早在大学时就承包了学校的录像厅，展示了自己善于经营的才华。毕业不久，就凭自己的奋斗，成为月薪近万元的销售经理，夫妻恩爱，有房有车，令人羡慕。可他却无节制地追求官能享受，不仅入不敷出，而且还欠了公司20多万的借款。他虽为此担心，却无法收敛，反而在一场场的爱情追逐和名利风云中任性而为，我行我素，过着纸醉金迷的所谓自由生活。无拘无束的放纵并没有给他带来真正的快乐和幸福。职业的竞争和压力（主要是与董胖子的明争暗斗），使他情绪时好时坏。得意时，意气风发；失意时，则沉浸在肉欲之中。作者用较多的篇幅描写他的人生挫折，心中的郁闷无处发泄，就在各式各样的女人（庞燕、校花成娇、体育老师、酒楼老板娘、肥肠店服务员、炸油条姑娘等）身上去尽情释放，可得到的却是更沉重的困顿与迷惘。陈重在性方面的放纵无疑加剧了他与赵悦婚姻的解体，当他与豆花庄老板娘的偷情被赵悦撞了个正着时，他们本已出现裂痕的婚姻便宣告结束。陈重与不同女人游戏式的性关系，是他自小的性经历和转型期开放的社会观念的必然结果，从中也

① 《作者自述：小说其实就是一个故事》，http：//cul.book.sina.com.cn/s/2002-07-04/14724.htm。

可以看出欲望时代对于爱情婚姻的影响。在陈重与赵悦的婚姻关系中，陈重生活的放浪形骸，使赵悦在哀莫大于心死之余，无心沟通、阻止和挽回，于是红杏出墙，从另一个男人杨涛身上寻找慰藉。这种欲望发泄式的爱情观，彻底消解了爱情的纯洁。赵悦的感情出轨，有着大男子主义思想的陈重虽有疑虑（神秘电话），可并不当真，也不知道杨涛其人。在他心目中，赵悦是不可能背叛他的。当穿警服的朋友王大头，利用职务之便查证了他耿耿于怀的神秘电话后，他才如梦方醒，痛心自己的放纵而把赵悦给弄丢了。可当王大头还告诉了陈重，赵悦在离婚前夕就与杨涛在宾馆开过房，被他执行公务逮个正着时，沉浸在自责中追忆与赵悦相爱的陈重，不甘受辱，而设计了在金海湾酒店报复赵悦和杨涛。可报复得逞后，他并没有得轻松和解脱，反而更加空虚，因为“用整整七年的时间证明了一个真理：爱情不过是性冲动的副产品”。

《成都》的可贵，不仅在于渲染了陈重与赵悦分手的痛苦与迷惘，而且更主要的是就此对世纪之交爱情和婚姻的追问和痛悟后的批判。陈重总是时不时地追忆他与赵悦相识和相爱的美好时光，这种对纯洁情感的描写，契合了读者在感情易脆时代里对爱情真谛的追逐。在作者的笔下，陈重虽与许多女人发生过性关系，可并没有使他得到精神的愉悦，反而是欲望追逐后的极度空虚和迷乱。爱情中固然有性，可性里未必就有爱情。性偏重于物质，而爱情则偏重于精神，二者在男女情感上虽有重合之处，但并不完全等同，这或许是陈重能从各种女人身上得到性的瞬间的物质享受却无法领会到精神上舒心的原因。作者通过陈重屡屡背叛赵悦和偷情后留下无尽空虚，质疑了“爱情究竟是什么?”海誓山盟也好，肌肤相亲也罢，在奉行享乐主义和自我为中心的时代，天长地久、生死与共的古典爱情已不复存在，能陪伴自己的只能是亲情。所以，每当陈重回到家里，总会为父母相濡以沫的感情所感动，为浓浓的亲情而安慰。作者在描述陈重和赵悦千疮百孔的婚姻的同时，还以他父母的“相濡以沫”相对照，从中似乎折射出慕容雪村对古典忠贞爱情和婚姻的“关注”与“悲悯”。

如果说《成都》写的是一个“痞子”游历于情场的经过，小说在淡淡的忧伤之中炫耀自己的情史的话，那么《深圳》叙述的则是一些纯洁的青年如何被都市社会腐蚀的过程，他们所经历的是爱情的破灭和对都市的诅咒。小说以一个记者采访的方式来叙述刘元、肖然、陈启明、韩灵、孙玉梅等青年在大学毕业后在深圳闯荡发迹的经历，在商界金融传奇中加入情爱关系的纠葛。肖然是小说中成功创业的人，年纪轻轻就拥有上亿的资产，他和大学女友韩灵无疑是真心相爱的。在他有钱之后，他开始有很多的女人，可以为女人挥金如土。他对自己的老婆韩灵不信任，在韩灵被抢之后，他无端地怀疑韩灵的清白，致使婚姻破灭。小说中的女性如孙玉梅、卫瑗都可以为了金钱出卖自己的身体。在都市里蔓延着金钱的法则，爱情被淹没了。这是一个金钱战胜感情的世界，一切的温情在金钱的魔力之下土崩瓦解，主人公在看不见的罪恶黑手的操纵之下苦苦地挣扎。

再如《武汉爱情往事》，作品将爱情的主题集中到人与人之间的心灵背叛与相互欺骗，在这种游戏的缠绕中，一切都没有结局。这是一个人与人之间相互不信任的时代，人们相互不忠诚，相继失贞，在这里没有绝对的赢家。这部小说在网上流传的名字叫《失贞年代》，即是对当下人身体关系的一种概括。叙述人姚伟杰是一个时尚杂志的记者，谙熟各种人间的奇闻情事纠缠，他将情人之间的失贞和欺骗看作是这个时代的本质。在小说中，姚伟杰自许风流，得意洋洋，他有无数的女人，小说中出场的女人大多和他有肉体或情感的关系：他的朋友周建新的女朋友郑捷曾经是他的网友兼情人，给他提供情报的“朵朵”爱上了他，他的女朋友林雅如和沈小眉都是漂亮的女人，对他一往情深。姚伟杰自以为游历于女人之中得到了一份真正的爱情，但沈小眉的日记揭示了那不过是一个欺骗的幻影：她不仅早就与美术老师发生关系，数次流产，甚至还在姚传杰住院期间发生过一夜情，连孩子也是那一夜情的产物……于是小说安排了沈小眉的死，因为这也不是一个完美的爱情。

各位男性读者从这些故事中看到自己奋斗的身影，从中得到了共鸣。

三、网游小说

网游小说也是随网络文学发展新出现的小说类型，主要指和网络游戏相关的小说。网游小说最早来源于游戏玩家对游戏经验的记录和分享。20 世纪 90 年代末，网络游戏《网络创世纪》的民间服务器登陆中国大陆，吸引了最早的一批游戏玩家，这一游戏的成功也促使一些痴迷游戏的玩家自发将自己的游戏经历及心得记录下来，在游戏网站的论坛之中发表、传播，引起其余玩家的共鸣。这一游戏心得为形式的网游文字作品被视为今天网游小说的雏形。①

葛娟认为，网游小说的定义有狭义广义之分，狭义上的网游小说指在市面上既有的网络游戏基础上再创作的文学作品，包括网游体验小说和网游同人小说；广义上的网游小说不仅包含上述内容，还包含了创作者以网络游戏为背景创作的小说。其创作者和读者多为网络游戏玩家。

网游小说不论主题是什么，其内容都较为单一，大部分是围绕着玩家在游戏场景中的战斗厮杀，打怪练级进行，最不可缺少的画面即为“战争”场面。

网游小说的读者不仅可以在小说中得到游戏经验，还可以使自己获得在真实操控网络游戏过程中未曾获得的满足感。

四、校园小说

以男性受众为主的校园小说的内容主要是江湖校园。

看着金庸、古龙等武侠作品长大的 80 后一代，对江湖有着不可名状的渴望，心底渴望着狭义的回归，这也可以说是一种英雄主义的蔓延。于是，将大学校园江湖化，成为校园网络小说的一种写法。他们将校园恋情、师生关系、学校领导、同学关系等彻底地庸俗化，将整个校园看作是一个江湖，将众所周知的武侠人物、武侠情节与校园生活相结合，或是严肃或是诙谐，演绎出别样的校园江湖故事。

校园江湖化最鲜明地体现在“同人”类校园小说之中，即借用大家所熟知的通俗小说中的人物名字作为小说人物的名字，将江湖式的个人纷争、情侠故事移到校园背景之中。这类作品中比较有代表性的如江南的《此间的少年》，借用金庸小说人物的名字为自己小说角色的名字。小说中人物个性与情感关系基本与原著吻合，如将郭靖和黄蓉、乔峰和康敏、段誉和王语嫣、杨康和穆念慈的感情移居到校园生活，展现出校园生活中的种种感情纠葛。另外，六道的《坏蛋是怎样练成的》讲述的是主人公谢文东的“成长故事”，具有成长小说的结构框

① 葛娟：《亚文学生产与消费》，人民出版社 2013 年版。

架。谢文东的所谓“成长经历”是由原本文弱、本分、听话、成绩优秀但被人欺负的好学生“成长”为杀人不眨眼的黑社会老大。

当然，对当代教育中存在问题毫不掩饰地讽刺与揭露，也体现出写者正义的武侠精神。体现在作品中，如高校施展浑身解数争“百年大学的名头”，用戏谑的语言表现出极大的嘲讽。

在这些人身上，我们看到的是写者的正义情怀，但他们做出的批判往往无疾而终，有些甚至矫枉过正。如在这些小说中，教师的形象被彻底颠覆。在史生荣的《所谓教授》中，白明华教授为了个人私欲破坏学术体制，刘安定教授为世俗利益出卖学术成果，个人生活作风也有问题。再如《草样年华》中对教师的描写：

听了这些不着边际的理论，我对自己未来体形彻底失去了信心，如果周舟知道我将以何种方式训练肌肉的话，她一定会比孟姜女还痛苦的。我现在终于能够理解，为何此老师脖子比下巴还粗，说话吞吞吐吐，已经不能做到言达其意了，我们听他讲话需要充分展开想象力去尽量领会精神。这种现象证明他正在把自己往老年痴呆的方向训练。

此老师还说，期末考试内容中的一项就是把衣服脱得只剩下一条内裤后站在全班同学面前，让大家评论你的肌肉是否发达，老师根据大家的评论打分。为此，我平日里经常赤裸裸地站在周舟面前，问她：“你看我的肌肉还不错吧！”周舟捏着我的胳膊说：“挺好的，全是疙瘩肉。”

这种因正义而产生的批判，不仅表现为对教师形象的批判，还包括对整个大学和教育体制的否定。《让我们结婚吧》这样描写大学：

到了大学校门，可以说大学给我的第一感觉就是毛骨悚然，其实这也是我早就预料到的。当我看到那简直可以说是坟墓似的大门我真怀疑自己到底是过来干什么的，于是自问，难道我真的要在这坟墓中过上三年？

高等学府的神圣和威严在这里轰然崩塌，昔日的象牙塔自然而然变成了一个欲望的舞台，而这些天之骄子也就自然而然被沦于欲望之中。

当然，他们眼中的大学和教师形象过于偏激，也未能对于不公现象提出良好的解决方法。作为未来社会的建设者和接班人，如何更大程度地发挥舆论作用，监督社会，打好写作基础，还需更深思考。

五、网络穿越小说

说起网络穿越小说，不止针对女性读者的穿越言情文，还有针对男性读者创作的穿越小说，其内容主要是男性穿越获得新身份，利用自己拥有的现代知识在穿越时代一展雄才，进行一场历史救亡或是争霸天下。

第五节　无明显目标性向受众小说

一、网络历史小说

网络历史小说是以史实方式记述朝代历史、表现历史人物的作品。

代表作品有当年明月创作的《明朝那些事儿》，这本小说以明朝十七帝以及相关历史人物命运为中心，运用现代思想，解释官场政治，解读帝王新书，对历史进行通俗化解读。作为历史小说的《明朝那些事儿》语言诙谐幽默，将冰冷的明朝史料演绎成一幅生动的历史情景剧。

历史小说以较为轻松的手法使读者进一步了解历史。

二、网络军事小说

网络军事小说也是随着互联网的发展新出现的网络小说类型，主要围绕军事战争、部队生活、特工生涯、警察生活等主题展开。

在网络军事小说的发展过程中，较为典型的代表是以国内军旅题材为创作主题、掀起新军事文学阅读热潮的青年新锐作家刘猛的出现，其创作的《最后一颗子弹留给我》《子弹上膛》《冰是睡着的水》等军事小说影响了很多军迷。

网络军事小说一方面弘扬了英雄主义，另一方面也激起了国人的爱国之情。但目前网络军事小说的创作存在着诸多缺陷。由于大部分作者缺乏对现代军事知识的了解，所创作的军事小说内容单一重复。而且网络军事小说相对其他类型网络小说普及度不高，受众面较窄。

三、网络推理小说

“推理”小说早在20世纪就已传入我国，随着互联网的发展，网络小说兴起，网络推理小说作为网络小说的一种类型小说出现在大众视野。

我国第一个发表原创推理小说的网站是一个名为“华生的侦探推理世界”的网站，在这个网站中出现了一个笔名为“服部平次”的写手，他可以归属于国内最早在网络中发表原创小说的一批人，他创作的《女王勋章》成为他的代表作，并使他名噪一时。2000年后，众多推理网站合并建立了一个较为权威的综合门户网站——推理之门。此后不断有新的网络推理小说作家出现，网络推理小说比赛也层出不穷，进一步推动了网络推理小说的发展。

四、盗墓小说

盗墓小说是在网络小说兴起后新出现的小说类型。

天下霸唱创作的《鬼吹灯》开启了我国盗墓小说新时代。它用第一人称讲述了几个当代盗墓贼的历险传奇。湮没的远古文明，失落的宝藏，神秘莫测的古墓，没有什么比这些更能激起读者的好奇心和历险的热情。作品糅合了现实和虚构、盗墓与探险，充满悬疑、惊悚，同时还夹杂着理性、感性、推理以及些许神秘，读来引人入胜。尽管根据天下霸唱的自述，书中考古、盗墓的说法都是自己道听途说，最多是根据民间传说加工而来，从没认真查询过史书典籍，包括“鬼吹灯”这个概念以及书中煞有其事的盗墓者之间的暗语都是作者综合各家虚构出来的。但《鬼吹灯》把盗墓的一铲一锄、历史渊源、技术分工写得像模像样，《鬼吹灯》也开创了探险玄幻创作的先河。《鬼吹灯》的成功带动了网络盗墓小说的繁荣，南派三叔的《盗墓笔记》，城市公子的《盗墓日记》都是在《鬼吹灯》所虚构的盗墓知识上架构故事的。

如果说《鬼吹灯》《盗墓笔记》等作品是以新奇独特给人以阅读享受，那么继起的一些盗墓类新作则在这一小说样式里表达了更深刻的历史沉思。

思考题：

1. 试述网络小说的发展过程。
2. 试述青春校园小说中发展的局限性。
3. 试述玄幻小说受欢迎的原因及其发展。
4. 试述网络女性小说的发展前景。

第七章　网络诗歌

21 世纪是互联网的时代，网络影响和改变着当代人生活的各个方面。文学是延续人类精神文明的产物，在网络时代里面临着机遇和 挑战，也接受着转型带来的种种彷徨、焦虑、不安。网络诗歌便是机遇与挑战共同催生的网络文学样式之一。

网络诗歌自出现起，便伴随着各种争议和怀疑。如今，网络诗歌渐渐为大众接受，当初争论的硝烟也渐渐散去。一时间网络上涌现出众多的诗歌作品，网络诗人也“忽如一夜春风来，千树万树梨花开”。当人们打开电脑，看到一夜间成长起来的网络诗人和他们大批量生产的作品时，有些惶恐，有些不安。于是，人们开始重新审视：究竟什么样的诗歌才是网络诗歌，网络对诗歌产生了怎样的影响。

第一节　网络诗歌定义

新时代里，生活是高速的，提高物质生活水平是压在当代人身上的重担。每天 24 小时，除了工作、考证考级、加班等，人们很少有精力再体会当初李白 “斗酒诗百篇”的怡然自得。人们的精神生活也随之快速化，并在沉重的压力面前渐渐空虚且低俗。

一、什么是网络诗歌

在中国，人们对于网络文学的关注，开始于对一些网络小说作者的前卫尝试，随后是对网络小说等一些非诗歌的网络文学的关注，而对于网络诗歌，学术界并没有进行深入的研究和探讨，使得网络诗歌一直自生自灭地成长着。直到青年学者杨晓民提出“网络诗歌”的命题，一场关于“网络诗歌定义的探讨和界定”才轰轰烈烈地讨论起来。

大多数人认为网络诗歌必须是在线创作，摒除了诗歌从传统纸质媒介转移到网上的因素，强调的是作品的原创性和首发性，也很能代表一部分评论家和学者的看法。他们从媒介学角度入手，纷纷为网络诗歌下定义。比如吴思敬说，广义的网络诗歌是从传播媒介角度来说的，一切通过网络传播的诗作都叫网络诗歌，它既包括文本诗歌的网络化，即把已经写好的诗作张贴在电子布告栏上，也包括直接临屏进行的诗歌写作；狭义的网络诗歌则着眼于制作方式，指的是利用电脑的多媒体技术所创作的数字式文本。“这种文本使用了网络语言，可以整合文字、图像、声音，兼具声、光、色之美，也被称为超文本诗歌。”类似的观点还有胡慧冀，他认为：网络诗歌是运用网络这个新的媒介和载体，来创作、传播、储存和阅读的新的诗歌样式，它不仅指运用网络的多媒体技术和超文本链接手段创作的诗歌，而且也包括文本诗歌的网络化形态，也就是在网上传播的文本诗歌。在以上二位学者看来，对网络诗歌的定义界定，关键看其传播媒介是否是网络，只要其传播和交流方式是以网络为平台，那从广义范围上来说都可成为网络诗歌。以上这两种界定应该是较为宽泛的了。而王本朝认为：网络诗歌，准确地说就是以网络为载体写作、发表和传播的诗歌，“网络既是诗歌的载体形式，也是诗人的生存方式，诗歌的传播方式和读者的阅读方式”。张立群则说：“网络诗歌的概念目前大致可以归纳为在网络上创作并通过网络发表的、可以获得广泛迅速阅读与交流的网络原创性诗歌作品。”诗人艾若的观点更为明确：网络诗歌，指首发于各大网络诗歌论坛、诗歌电子网刊上的诗歌作品。

也有学者另辟蹊径，试图从其他的角度来定位网络诗歌。比如王璞说：“网络诗歌，并不是一种特殊的诗歌形态，并不具有某种文学本体意义上的特性，并不是在题材、体式、风格等上的特殊规定和限定的诗歌准类型。在我这里，网络诗歌，是从现象学的意义上来谈的，它是指诗歌和网络发生关联，网络成为当代诗歌的重要空间的种种诗歌现象。”

本书认为，网络诗歌，首先指诗歌在网络情境中的诗歌。如果要为网络诗歌作出一个界定，那么网络诗歌是通过电脑进行创作、发表和传播的新型诗歌样式。

二、网络诗歌的发展

诗是我国最古老也是最具有文学特质的文学样式。它来源于古代人们的劳动号子和民歌，原是诗与歌的总称。诗和音乐、舞蹈结合在一起，统称为诗歌。中国诗歌有悠久的历史和丰富的遗产，如《诗经》《楚辞》和《汉乐府》以及无数诗人的作品。

文学还没形成之前诗便已经产生。我们的祖先为把生产斗争中的经验传授给别人或下一代，以便记忆、传播，就将其编成了顺口溜式的韵文，也就是诗。据闻一多先生考证：“诗”与“志”原是同一个字，“志”上从“士”，下从“心”，表示停止在心上，实际就是记忆。文字产生以后，有了文学的帮助，不必再死记了，这时把一切文字的记载叫“志”。志就是诗。在心为志，发言为诗。

诗和歌原不是一个东西，歌是人类的劳动同时产生的，它的产生远在文学形成之前，比诗早得多。歌最初只在用感叹来表示情绪，如啊、兮、哦、唉等，这些字当时都读同一个音：“啊”。歌是形声字，由“可”得声。在古代“歌”与“啊”是一个字，人们在劳动中发出的“啊”叫作“歌”。因此歌的名字就这样沿用下来。

歌，最初只用简单的感叹字来表示情绪，在语言产生之后，人类对客观事物的认识逐步深化，用几个感叹字远远不能够表达人们丰富的感情，于是在歌里加进实词。“表现情感的某些劳动呼声被相适应的语言代替时，语言和劳动呼声便结合为一体；语言有了它的歌唱形式；呼声有了它确切的含意。这是劳动呼声的发展与提高”[①] 在文字产生之后，诗与歌的结合又近了一步，用文字书写的歌词出现。这时，一支歌包括两个部分：一是音乐，二是歌词，音乐用来抒情，歌词用来记事。这就是说，诗配上音乐就是歌，不配音乐就是诗。最初的诗都能配上音乐唱，歌就是诗，诗就是歌。关于诗与歌的结合，我国古籍中很早就有论述。《毛诗序》：“在心为志，发言为诗。情动于中而形于言，言之不足故嗟叹之，嗟叹不足故咏歌之，咏歌之不足，不知手之舞之足之蹈之也。”《尚书·舜典》：“诗言志，歌永言”便形象地指出

① 陈伯君：《原始宗教诗歌的生存基点》，中华诗词网。

了诗与歌的内在联系。“言志离不开缘情，缘情亦离不开言志，情因志高而益深；志因情深而益高”，“诗中的情，应是有志之情；诗中的志，应是有情之志”，而且“言志与缘情均尚真”。[①]由于这种情况，后来人们就把诗与歌并列，称为“诗歌”，并认为一个“真”字道出了诗歌的本质。

所谓“诗到真处一字不可移易”，《庄子》云：“真者精诚之至也。不精不诚，不能动人。故强哭者虽悲不哀；强怒者虽严不威；强亲者虽笑不和。真悲无声而哀，真怒未发而威，真亲未笑而和，真在内者，神动于外，是所以贵真也”，又言“诗惟其真，方能有诗史的价值——诗内见诗人、诗外见社会。写诗，要缘真情而言真志”[②]。“感时花溅泪，恨别鸟惊心”，唐代诗人杜甫，发愤处为诗，诗作真挚感人，被后世人奉为“诗圣”。

然而，在历史的长河中，诗歌渐渐失去了“真”的面目，沦为统治阶级歌功颂德的工具。清人袁简斋在其诗论中就曾感叹“诗难其真也”。诗歌“真”的本性丧失，离不开封建社会的大背景。社会和时代的统治者，沉湎于辉煌的业绩中，并极力打造盛世景象。他们只愿听歌功颂德之词，为后世留下功绩之书。于是社会上流传都是粉饰太平的文字，稍有勇敢者直面社会的痛楚，便遭受“文字狱”的打压和酷刑。另外，在这样的一个社会大环境下，诗人也很难不顾个人的名利得失，坚持真理。反映在诗歌创作中，其本真也受到不同程度的抑制，甚至造成缺失。缺失“真”的本性的诗歌逐渐失去大众基础，沦为统治者施政和愚民的工具，或者成为文人墨客孤芳自赏的“阳春白雪”。

这样的情况一直持续，当传统诗歌发展到新诗阶段后，诗歌迅速走入困境。中国诗歌走到现当代，20 世纪 50—60 年代政治诗歌风行，到 80 年代末 90 年代初期出现朦胧诗，之后新诗一直处在徘徊中。诗歌评论家十品曾为中国新诗“把脉”，认为包括“浮躁”“虚伪”“急功近利”和“缺乏诗歌精神”是新诗发展停滞不前的症结所在。而这些令新诗走向“堕落”或困境的所谓症结，正是与诗歌的生存基础和本真背道而驰：诗歌丧失真实情感和民众基础。诗人和读者之间缺少交流，甚至根本就失去互动性，无论是诗歌创作，还是诗歌阅读都走向盲目性，甚至畸形发展，结果使诗歌创作失去民众基础，失去其“民间性”，使诗歌创作和鉴赏标准缺失，激情和动力缺失。而正是在这个诗歌走向没落的时期，网络的出现使诗歌创作拥有了新的发展空间。

诗歌是我国最古老的文学样式，并盛极一时，然而到了网络时代，与其他网络文学样式相比，道路更加曲折而多艰。

我国的网络诗歌发展从 20 世纪 90 年代开始，随着市场经济体制的逐步确立，人们投入到轰轰烈烈的商业大潮中，人们的价值观和阅读趣味都发生了很大的转变，大众文化、快餐文化等适应了人们快速的步伐。而昔日神圣的文学则逐渐淡出人们的视线，诗歌尤甚。90 年代大量诗刊停刊，诗歌陷入低谷。许多诗人没有了舞台，诗歌也濒临死亡。

1993 年 3 月开始，诗阳通过电子邮件、网络发表大量诗歌作品。第二年诗阳的网络诗歌创作达到高峰，几乎以每天一首的速度在互联网中文新闻组和中文诗歌网上刊登了数百篇诗歌，被学术文献确认为历史上第一位中国网络诗人。

诗阳诗歌的大量发表，促使更多的网络诗人不断地出现。1995 年，诗阳、鲁鸣、亦布、秋之客等诗人创办了首份中文网络诗刊《橄榄树》，诗阳为主编，形成了以该诗刊为核心的网

① 王前：《诗应缘情而言志》，中华诗词网。

络诗人群，后有马兰、祥子、建云、梦冉、京不特、桑克等加盟。

网络诗歌和网络诗歌爱好者的大量涌现，互联网上大量的中文诗歌网站也广泛建立并形成气候。数年后，网络诗人群开始转向国内发展并创办了众多专门性诗歌网站。有资料显示，自 1999 年国内第一家中文诗歌网站“界限”创办，各种专业性的中文诗歌网站、论坛、专栏、个人博客等相继创办，2000 年，莱耳、桑克成立《诗生活》和南人成立《诗江湖》，2001 年于怀玉成立《诗歌报》等。迄今为止，其数量已远远超过 1 000 家。其中，诗歌论坛因为开放、互动、直观等特点，成为网络诗歌作者和爱好者进行创作和交流的第一现场。随着互联网的快速发展，许多失去了诗刊的诗人在网络这个广阔平台上开始了新的创作，在这个低成本的舞台上再次活跃起来。网络诗歌也因此进入诗歌创作的主流时代。

这其中不乏聚集了专业诗人的纯文学诗歌网站，比如“界限”“诗生活”“终点”“或者”“守望者”“蒲公英”“今天”“现场”“中国诗人”“诗选刊”“诗中国”等，这些诗歌网站一般是由知名诗人组建或担当编辑，而担当网站各版版主的一般都是责任感较强的诗人，因而这些网站较为规范化、系统化，影响力和生命力也更为强大。

1999 年之前，网络诗歌属于“小荷才露尖尖角”，还未成熟。通过不断的自我发展，到 2001 年以后，网络诗歌“春风又绿江南岸”，它以一定模式和游戏规则重新引起网民的广泛关注。比起同期的其他网络文学，网络诗歌场更像春秋战国时期的“诸侯割据”。一时间各大网站、论坛争奇斗艳，日新月异，例如《诗生活》最早设置多栏目，诗通社即时发布丰富的资讯消息，拥有多达 57 期质量稳定的月刊、五百多位诗人加盟的强大阵容、40 多位诗评家专栏、每月诗评、翻译频道、文库观点等。再如《界线》的藏诗楼、肖像馆、沙龙月会，都成为网友们聚之不散的理由。后来居上的《天涯诗会》，每月的推荐和多人跟进的议论、批评，使得论坛持续火爆。以活动为龙头《诗歌报网站》，也为网民们设置了讲座、沙龙等活动。从“八千里路”扩展的《北回归线》，再加入音乐、美术、雕塑，表明网络诗歌发展扩展到新领域。《诗江湖》推出一个以口语和肉身化写作为主的社团流派，成为网坛最早的黑马以及 80 后的“集训营”。而《扬子鳄》则到处弥漫着硝烟，招引各路人马开辟战场，短兵相接，成为人气最闹的诗歌“烽火台”。

随着网络诗歌数量增长、网络诗歌爱好者人数的增多，各大诗歌网站为了增强与受众的联系，纷纷设置奖项：有《界线》首创网上诗歌评选的“界限诗歌奖”“汇银奖”“柔刚诗歌奖”；《诗歌报》连续 2 年评选“华语网络诗歌发展十大功臣”“2002 年度十佳网络诗人”评选。此外，还有像“野草诗歌奖”、关注作品力度的“新诗歌诗奖”等关注 80 后网络诗人成长的奖项，还有和节日联系在一起的“情人节诗歌奖”，以及年度诗人奖、短信文学诗歌奖、首届博客诗歌奖等。单单 2004 年度，网上奖项就超过 20 项，这大大刺激了诗歌人气，网络诗歌是特别需要人气的。反过来，各地诗歌网事活动迅速发布，也大大推动诗歌生产力。①

白玉苦瓜在《漂泊的诗歌——论中文诗歌网站》中列举了当年深受网友喜爱的中文诗歌网站。

汉语现代诗在网上正式出刊并最早引人关注的地方，是一个叫“橄榄树”的网站，网络诗歌的发展在这个境外华文站点得到了极大的推进，深受诗歌爱好者们的喜欢，其网络刊物为《橄榄树》月刊，诗歌只是其中文学艺术的一部分，现任主要诗歌编辑是旅居海外的马兰。

---

① 陈仲仪：《新世纪五年来网络诗歌述评》，《文艺争鸣·评论》2006 年 4 月。

国内纯诗歌站点出现较早且具有一定影响力的是“界限“网站（http：//grwy.online.ha.cn/liys99/），于1999年11月开通。创办者李元胜，其网上发行刊物是《界限》双月刊，“界限”网站内容丰富，特别是它的“藏诗楼”收集了大量诗歌作品，同时它还承办了一项民间诗歌奖——“汇银/柔刚诗歌奖”以鼓励诗歌创作。

“诗生活”网站（http：//www.poemlife.com）的最大特色是人气比较旺，这得益于众多创作者与诗歌爱好者的推崇与支持，其论坛包括“诗歌论坛”“诗观点论坛”和以小说散文为主的“潭”论坛。同时，“诗生活”网站经过筛选，为那些较为出色的国内外当代汉语诗人建立了独立的诗人专栏。网刊《诗生活》诗歌月刊每月5日定期出刊。从2010年4月创刊到2010年6月，共出刊80期。

“北大在线”中的文学大讲堂（http：//wenxue.newyouth.beida-online.com/），是由北大学子们创建的，有一批诗歌新锐聚集在“诗网恢恢”之下，他们是一些最具活力和爆发力的创作者。在“诗网恢恢”的栏目里，不仅包揽了北大在校诗人的作品，还广泛搜罗了国内外最新的诗歌思潮与原创作品。

“灵石岛”（http：//www.lingshidao.com/），创办者为诗人“灵石”，是国内汉语诗歌资源最丰富的站点之一，网刊为《灵石岛周刊》，内容汇集新诗古诗译诗外文诗等。

网络的开放性使得诗歌在21世纪后逐渐走向娱乐化，从2003年“垃圾派”与“下半身”的论争，到2006年的“梨花体”事件、2010年的“羊羔体”事件、2012年的“乌青体”事件，都是以一些颇具争议的诗作为开端，在短时间内引起巨大反响，在多种媒体上广泛传播后带来大量的戏仿，直至形成可以机械加工、大量复制的某种“体裁”。其本质并不是网络诗歌的繁荣，而是广大民众致力于将诗歌及其背后的权力拉下神坛，拖入大众娱乐的广场，继而保护诗歌的纯粹性的运动，浅层次是民众对于娱乐的需求，深层次则是借此表达对于诗歌以外的反对权威的主张。事实上，极具争议的诗歌能够获得如此高的关注，也在侧面反映出优秀作品的匮乏，近年来除了一首初署名仓央嘉措，后被证明是诞生于博客由谈笑靖所作的《见与不见》和被媒体热捧的余秀华算得上是正面形象外，即便是曾经给人“诗歌复兴”感觉的“地震诗歌”也没有在公众领域引起太多的关注和反响。

网络诗歌发展到现在，已经体现出一些问题，如网络诗歌中低俗化的尺度、网络诗歌批评与反批评的伦理底线、网络诗歌技术的利用与创新发展、网络诗歌中民众喧哗的标注和尺度等，这些问题如果能够得以解决，网络诗歌将取得更高层次的发展。

第二节　网络诗歌的特点

在世纪之交，当人们开始意识到要找回丰富的精神生活时，原本早已淡出了公众视野的当代诗歌重新进入人们的视线。诗歌在热情地回归的同时，也开始发生某种脱胎换骨的变化。

随着时间的推移，论坛的数量还在增加，新人不断涌现，而20世纪90年代曾一度趋于沉寂的各个诗歌流派也纷纷开设各自的论坛，重新集结力量，定期或不定期地出版“民刊”或“网刊”。可以推断，网络环境下的新世纪诗歌版图将日益变得论坛化、流派化、圈子化和江湖化，而围绕着诗歌论坛发生的诗人的分化和重组，以及各种诗学主张和写作倾向之间的对话、融合和激烈碰撞，则将不可避免。

一、创作主体虚拟化、民间化

关于诗歌和网络的关系，参与“橡皮”网建设的乌青说过一句最简单的话：“诗歌在网上。”2004年年初，小鱼儿的《2003年华语网络诗歌不完全梳理》认为：“想查看各路诗人作品，可去诗生活诗人专栏。想查诗歌资料，可去灵石岛。想看诗人骂战的硝烟弥漫，可去诗江湖论坛。想送书和领书或者看诗人吵架，可去扬子鳄论坛。想看大众化和学生作者的诗歌交流，可去中诗网论坛。想看知识分子写作，可去文学大讲堂。想看丰富多彩的诗歌活动和火热的诗歌交流，可去诗歌报。想看官刊对网络诗歌的参与与态度，可去星星诗刊论坛。想看伊沙一脉诗人，可去唐论坛。想看论坛结盟的规模，可去哭与空。想看市民文学视野里的诗歌，可去榕树下现代诗歌社区和网易现代诗歌版。想看互联网诗歌早期发展的历史，你可以去翻看一下橄榄树网站。”

微软公司总裁比尔·盖茨说，“在网上没有人知道你是一条狗”，可是在网络上凡是将完整的句子切段分行，就诞生了一位位诗人。于是，人们将网络诗人称为中国诗坛的“不速之客”，意为自己为自己办理通行证！在这里，“诗人”的称号，是创作者自己封赏的，或是读者的调侃之意。

毫无疑问，互联网的诞生，为汉语诗歌的兴旺带来了不亚于朦胧诗之于中国诗坛的巨大影响，互联网的跨时空交流、信息传播之广泛，意见反馈之迅捷，使很多诗写者感到了传统媒体所无法比拟的快感。华语诗歌进入2001年，网络使无数的无名者突然成为一颗颗耀眼的明星，同时，这种不受时空限制的现代工具使一度被读者遗忘的诗人和他们的作品重新面向了读者，在榕树下网站，有的诗歌作品竟然有上万个点击，网络上起步或从网络上成名的使人们终于获得了被传统诗人把持已久的话语权，他们通过BBS、论坛和EM等方式，直接与读者对话。可以这么说：进入2001年以后，中国真正的试探，其实已经移栽到了网络，网络诗人成为华语诗歌界的不速之客。[①]

网络诗人大多是“三W”诗人，即无身份、无性别、无年龄的网民，可以随时使用任何虚构的网名进行创作和发表诗歌，这比传统诗人使用“笔名”的方法更具有虚拟性。任何人只要进入网络就可以充分实践“我虚拟我体验”“我在线我存在”“我交流我在场”的网络理论。

低门槛的创作平台催生了更多的人参与到网络诗歌创作中。这里既有从来没写过诗的人，“从来就没有写过诗，只是心里有许多感触。有一个朋友名字叫作淼儿打电话给我，在电话那头哭得很伤心，我却真的爱莫能助。有人说诗是心灵的哭泣，我姑且写下这些句子，希望淼儿能够明白，她哭的时候我的心里也在流泪”（李奕薇）[②]；也有长期只在纸上信手涂鸦的“准诗人”，“17岁开始写诗，写了就塞在抽屉里，现在还是塞在抽屉里。最近一阵子开始喜欢往网上贴了，挺好玩的”（翘翘板做的鸟）[③]；还有一批已经在传统媒体里小有名气的诗人纷纷“触网”，并应邀成为重量级诗歌网站的创始人，如创办《灵石岛》的文学博士李永毅（网名灵石）、《橄榄树》的发起人之一诗阳、《界限》的创办人李元胜、《诗生活》

① 小鱼儿：《2001年华语网络诗歌不完全梳理》，引自《诗歌报》论坛，http：//www.shigebao.com.cn/viewthread.php?tid=164729。

② 陈村：《网络诗三百——中国网络原创诗歌精选》，大象出版社2002年版，第142页。

③ 陈村：《网络诗三百——中国网络原创诗歌精选》，大象出版社2002年版，第189页。

的创办人之一桑克等。

在网络的广阔平台，很多人都自称为诗人，如何定义“网络诗人”，可以先从“诗人”谈起。诗人不同于其他艺术家，因为诗歌创作的体验“随各门艺术的不同而不同：造型艺术主要通过建筑的雕刻或绘画的外部形象，音乐家则通过集中的情感和情欲的那种灵魂以及其迸发于旋律的音调，总之，无论是造型艺术还是音乐，都要让内容的内在意义和实体渗透到作者自己的心灵里。诗人所要深入体验的事物在范围上却远较广阔，他不仅要掌握心情和自觉地观察这一内心世界，而且还要替这种内心世界找到一种适合的外在显现，通过这种外在显现，诗比其他艺术表现方式能更充分更圆满地表现出上述理想的完整体。诗人必须从内心和外表两方面去认识人类生活，把广阔的世界及其纷纭万象吸收到他的自我里去，对它们起同情共鸣，深入体验，使它们深刻化和明朗化。”[①] 黑格尔讨论诗人和其他造型艺术家的不同时指出，诗人需要摆脱题材上的“实践方面或其他方面的约束，对这种题材以巡视内心世界和外在世界的自由眼光去临高俯视”。[②] 诗人之所以称为诗人，是因为他对客观世界的认知融入了自我的深刻体验，再将这种个体的深刻体验外化到文字，从而引起阅读者的深刻共鸣。

网络诗坛的小鱼儿曾代表网络诗人为“网络诗人”提出了三个特征。

作为与传统诗人相对立的一个概念，网络诗人是真实存在的，他有这样三个主要特征：

一是他的诗歌作品的主要传播途径是靠网络而不是传统的诗歌刊物；

二是他们直接从网络上起步开始诗歌写作，而不是其他的方式；

三是他们主要是在网络上得到承认与推崇。[③]

总结其观点，网络诗人是因上网而成为诗人，但也有上了网的诗人被我们称之为“网络诗人”。但是，无论哪种说法，能够创作出深入人心的诗歌，首先其创作主体——诗人应该具备相应的胸襟和素养。在我国清代诗论家叶燮看来，一个优秀的诗人至少要具备四个方面：才、识、胆、力。“我谓作诗者，亦必先有诗之基焉。诗之基，其人之胸襟是也。有胸襟，然后能载其性情、智慧、聪明、才辨以出，随遇发生，随生即盛。”[④] 这里的胸襟即所说的才、识、胆、力四要素。有才，才能自如驾驭创作的灵感；有识，才能通古博今、有取有舍；有胆，才能不畏权威；有力，才能别具一格。四个要素缺一不可，识尤为重要。“大约才识胆力，四者交相为济，苟一有所歉，则不可登作者之坛。四者无缓急，而要在先之以识。使其言背理叛道，蔑如也；无识而有才，虽议论纵横，思致挥霍，而是非淆乱，黑白颠倒，才反为累矣；无识而有力，则坚僻妄诞之辞，足以误人而惑世，为害甚烈。”[⑤]

“识”，包括学识和识见，是对客观事物发生的规律、表现及情态进行观察、分析、鉴别、取舍的能力，是诗人的基础。荀子曾在《劝学》中强调学识的重要性：人之于文学也，犹玉之于琢磨也。诗曰：‘如切如磋，如琢如磨。’谓学问也。和氏之璧，井里之厥也，玉人琢之为天下宝。子赣、季路，故鄙人也，被文学，服礼义，为天下列士。”[⑥] 当然，增加生活阅历和人生体验也是增长学识的必要途径。陆游曾教导其子孙：“汝果欲学诗，功夫在诗外”。拥

① 杨雨：《网络诗歌论》，中国文史出版社 2008 年版。
② 黑格尔：《美学》第三卷下册，商务印书馆 1981 年版，第 53-54 页。
③ 小鱼儿：《2001 年华语网络诗歌不完全梳理》，引自《诗歌报》论坛，http：//www.shigebao.com.cn/viewthread.php?tid=164729。
④ 叶燮：《原诗》，析自郭绍虞主编：《中国历代文论选》，上海古籍出版社 1979 年版，第 322 页。
⑤ 叶燮：《原诗》，析自郭绍虞主编：《中国历代文论选》，上海古籍出版社 1979 年版，第 333 页。
⑥ 王先谦：《荀子集释》（上），中华书局 1988 年版，第 18 页。

有丰富的生活阅历和人生体验，才能在创作中有事可写，有情可发。罗丹曾说："美是到处都有的。对于我们的眼睛，不是缺少美，而是缺少发现。"[①]诗人要做的就是将发现的美丽融入作品中，并将这份美丽传达给读者。

"'才'则是诗人认识生活、表现生活的能力。才源于识，识为才之体，才为识之用。"[②]当然，天才的诗人大有人在，但因勤奋而生的才更是为多。例如：元稹曾称赞杜甫"杜甫天才颇绝伦"(《酬孝甫见赠》)，而杜甫自己认为"读书破万卷，下笔如有神"(《奉赠韦左丞丈二十二韵》)。

二、网络诗歌的互动性

传统诗歌创作主要是个人写作，即使是集体创作，在创作过程中人与人之间的交流互动也比较少。网络诗歌创作过程则可以突破个人思维的局限，调动网上众多诗歌爱好者进行群体性艺术构思并最终完成艺术创作。诗人还可以根据网络反馈的信息随时修改自己的构思。在这种情况下，网络诗人关心的重点可能并不是创作的最终结果，而是充满了无限趣味的双向甚至多向激发的交互化的创作过程本身。

网络诗歌的互动性，主要表现在三个方面：一是表现为作者和读者的互动；二是表现为读者对诗歌创作的参与；三是表现为接龙诗歌。

(一)作者和读者之间的互动

保罗·莱文森曾说："网上的文本使我们有能力进行迅疾的互动。"的确，网络诗歌的自由精神的一个重要表现就是，在诗歌的创作和传播过程中，众多读者和作者之间展开的互动自由。网络模糊了现实生活中的作者、读者、欣赏者和评论者的现实界限，任何人都可以对网上公开发表的诗歌文本发表自己的评价，任何人都可以任意参与到一篇诗歌文本的创作过程中去。这种现象在各大诗歌网站和论坛比比皆是，它改变了传统纸媒时代的文本独立性，以及作者和读者泾渭分明的局面。

网络是一块自由的天地，在某些地方它很接近我们对文学界的理解——"自由地写作，自由地发表，自由地讨论问题，权力干预的减弱，共同参与，读与写的直接交流"。关于印刷时代的文学活动，美国当代文艺家艾布拉姆斯曾提出这样的观点，文学作为一种文化活动，是由作品、作家、世界、读者等四个要素组成的，文学活动就是这四要素之间相互的流动与反馈过程。

传统的印刷作品以纸张媒介为传播方式，这种传统的传媒方式具有极强的稳定性，文本一旦以印刷形式固定下来则很难改变，绝大多数时候，读者只能对文本进行被动的阅读和欣赏，而不能给作者以及时的反馈，即使给予了反馈，也改变不了既有的印刷文本，不能在已形成的文本上体现出来。因此，传统的纸张文学的文本一旦确立，就构成了一个自我封闭的空间，在这个空间中，作家的主体地位牢固不可动摇，文本的意义取决于作家个人化的构思能力和写作潜能。

数字化时代的网络写作，互动的自由性轻易打破了信息传授双方的界限。信息传递之后，

---

① 罗丹：《罗丹艺术论》，人民美术出版社1978年版，第62页。

② 李建中：《中国古代文论》，华中师范大学出版社2002年版，第277页。

接受方可以根据自己的意愿对文本进行修饰和修改，然后再将信息向作者或更多读者传送，这样，信息就真正实现了互动的交流。每个人都参与到信息的传播中，信息失去了固定的主体，信息的封闭和稳定性被打破。在网上，文本作为一个开放性的系统提供给创作者与阅读者，当某个创作者完成了一部分的创作之后，阅读者可以根据自己的主观意愿对原有的文本进行续写，然后再传向更多的人进行无穷次的续写。在这种创作过程中，每一个阅读者都能对原有文本作出能动的反应，传授双方的双向交流就在传授二者的界限被打破时实现了，随之而来的就是创作主体性的消失。由于创作主体的不断变动，意义在文本的传送中也就会不断地发生变动，文本的意义成为一个开放性与变动性的系统，传统文本的封闭性与稳定性被彻底颠覆了。

作者与读者之间的互动性是网络传播媒体最独特也是最吸引人的地方之一，正如施拉姆阐述大众传播模式时曾说，“信息时代的一个趋势，是更多地强调双向的、点对点的传播，而不是单向的、点对面的传播。”他认为，受众通常都同时扮演着译码者、释码者和编码者的角色。他们会对接受的信息给予一定的反应，其中一部分受众会将自己的反馈通过特定的渠道传递到媒介组织，而这些反馈可能会对媒介组织的传播行为带来影响，“传播者和接受者之间的角色是可互换的”。这一点在网络传播的双向互动性上得到了充分的证实。传统的印刷媒介时代，媒介的性质决定了传者和受者是严格区分的；而网络传播时代，传者和受者之间互动交流的机会大大增强了。这种传播的互动自由，在诗歌网站上，表现为一首诗只要出现，不管它是字字珠玑还是废话连篇，瞬间就会被无数人浏览、阅读，只要阅读者愿意，他都可以随后发表相应的跟帖和评论，实现诗人和阅读者之间的交流互动。

例：在界限诗歌网的论坛中，一位名为宇舒的会员发表了一首短诗《无题》：

我再也不愿/撇一个破等待伤害的产/再也不愿空空如也/刺伤我的眼睛/无法与花朵结盟/去拒绝毁灭海天/有那么多死亡/一朵花/一个哭淘　/或者/一个人的博客/鹿子回来了/从金子般的幻觉中/这只太过才中制的鹿子/只剩一些/无比凄凉的夏天

这首诗共有九封回帖，有读者关于此诗的见解，也有作者本人的回复。一位名叫张作梗的读者回复“新作沿袭先前一贯的清癯，脉络清晰，平淡中有出奇制胜之招。我喜欢。”网友“君子爱莲”回复“干净!利索!有力！不错不错，学习了，问好来混个脸熟。”而作者宇舒也对这些进行了回复，并与读者进行了交流，他在回复中写道：“真诚地感谢炉子斑竹，希望以后多指教，我喜欢这样的交流。”

这种互动的自由性，在各大诗歌网站和论坛中，表现得格外显著而普遍。一首新诗出现之后，读者可以及时的发表自己的主观意见和点评，让作者在最短的时间内得到关于其新作的反馈信息，这种快速迅捷的互动更类似于新闻的现场直播。读者所发表的关于诗歌的看法往往能给作者一些灵感或提示，从而满足了作者被关注的愉悦和快感，并能在一定程度上促使作者创作出更丰富更精巧的作品，正如王本朝所说的那样，信息的反馈可以使诗人相应的调整自己，减少探索的盲目，也最大限度地刺激了诗人的写作热情。通过互动，诗人和读者之间的交往变得平等、快捷、自由而透明。

（二）读者对诗歌创作的参与

互动的自由性更多地表现为读者对作品的参与精神，对众多的诗歌爱好者来说，网上读诗，已不再是一个被动的被教化的过程，诗人是创作的主体，而网民则兼具接受主体和创作主体的双重角色。他们可以直接参与到诗人的文本创作过程中，根据自己的喜好和兴趣，对原有诗歌文本进行修改和填充，创造出适合自己审美情趣、审美理想的新的诗歌文本。互动使诗人和阅读者之间形成一种平等自由的对话关系，真正实现了文学创作的民主和平等。

（三）诗歌接龙

现在在网上很流行的诗歌接龙活动，大多数诗歌网站和论坛都有。所涉及读者还可以对一首诗进行参与和修改，或者续写，诗人由于物质和技术的限制而受到阻扼的意志和欲望可以畅通无阻地宣泄出来，无数的人在网络上创造一首诗歌将成为现实。

例：某年某月某日某分，中国青年诗歌网论坛中一版主“夙雯”推出诗歌接龙的活动，“要求内容不限，三行以上，一层跟一层，后诗开头必须是前诗的结尾”，帖子一出，跟帖参与者踊跃加入。版主先开题，诗歌名为《忘已》：

如果失忆被证实/　　那么朋友/　　原谅我/　　叫不出你的名/

下一位跟帖者以“叫不出你的名”为首句，开始诗歌创作：叫不出你的名/……

这里仅截取了该诗歌接龙活动的片段，而这场接龙也只是网上数不胜数的诗歌活动中的一例。只要这个论坛存在，只要对诗歌抱有热情的人继续点击和浏览，那么，这场诗歌接龙势必将延续下去，生生不息。参与这首无止境诗歌创作的网友，不管是年龄阅历还是文学素养，都参差不齐，但在网上，他们却能遵循着一定的规则，合力又有默契地共同完成一首诗的创作，这在现实生活中几乎是不可能的事。网络正是以其自由宽泛的特性，使古老的诗歌创作活动变得更加丰富多彩。

以上这些诗歌文本展开的互动交流，不管是反馈意见的相互切磋，还是共同参与一首诗歌的全程制作，都在不同程度上满足了众多诗歌爱好者的表现欲和创作欲。在参与的过程中，诗人和读者的身份界限消失，两者都可能成为创作和阅读的主体，双方在阅读诗歌的同时也参与到对所读诗歌的创作之中，这在一定程度上使诗歌创作变成一种泛主体创作活动。双向互动加大了诗歌的原创意味，诗歌在流动中逐渐完善，变得更立体成熟。同时，主体的自我情感和审美情趣会更为充分地得以表达，诗人的言不由衷或失语状态会得到改变，诗歌对生命的言说当然也将会更为真实和充分，网络让诗歌拥有了一片宽敞无垠的精神家园，这里，无数的诗语精灵在空中自由翱翔。

三、网络诗歌的超文本性

网络媒介的优势在多媒体诗歌和超文本诗歌创作中表现得最为突出。评论家王一川指出：“‘超级文本’（hypertext）原指在计算机视窗体制基础上发展起来的相互连接的数据系统。而应用到文学中，所谓超级文本文学则指如下一种特殊情形：一个文学文本的创作总是来源于对其他文本资源的阅读。网络正是一个巨大的多重或超级文本系统，它向作者和读者源源不断地供给文学资源。这个超级文本的一个基本特点，正是链式结构。你在键盘上敲击一个词语，这超级文本链条可能会向你显示几个或几十个相近或类似词语供你选择，使你的联想与想象能力大大拓展。你在写作或编辑一个文本时，它可能会共时地向你显示呈链状或树状分布的一大群不同文本，导致众多文本在一个文本中的聚集。于是，你写作的哪怕只有一个文本，它本身就可能具有或包含着更大的‘超级文本’，从而具有一种超级文本特点，丰富读者的阅读。

超级文本文学可以突破通常文学文本的线性结构而呈现链性特征，体现出网络时代的文学特有的文本资源丰富性、文本多义性和阅读开放性。这一点也恰好可以同当今文论界时髦的‘intertextuality’（互文本性）之类术语相应和，这决不是简单的巧合。”①由文字、声音和图像按照非线性原则链接而生成的超文本诗歌、由多人接力参与网上即时创作的“接龙诗歌”、由读者和诗人在网上互动完成的交互诗歌、运用文字声音图片动漫乃至影视作品剪辑等多种手段所创作的多媒体诗歌，都是未来网络诗歌创作的可能选择。也许正是在这个意义上，有论者才提出：“把文字与视频、音频结合起来制作超媒体、超文本链接式作品，是网络文学有别于传统文学的根本标志，也是最贴近网络本性的创作革命，应该成为网络文学的发展方向。”②

在中文网站中，台湾作家较早进行了超文本文学的实验和探索。其中，最早进行超文本诗实验的是台湾诗人代橘。代橘在 BBS 站发表文章的身份标识名（ID）Elea，网名羊男，其作品多发表于台湾各大 BBS 站和《现代诗》《创世纪》及《晨曦》等诗刊。1996 年，Elea 在 BBS 站发表以 html 语言写成的诗《超情书》③。

《超情书》这首诗的主体是以分行格式写作的一首普通的情诗，和平面印刷的诗不同的是，这首诗对重点段落进行了改变颜色和放大字号的处理，另有一个重要的不同之处是，在阅读的过程中，会遇到有 9 处字词或短语以下划线方式显示的超文本链接，点击这些链接就转向相应的页面，显示出一首以链接关键词为题的短诗。如在“我不喜欢教堂”这句诗的后两字“教堂”作了超文本链接，点击“教堂”后，转到另一个页面，有一首名为《教堂》的短诗：

我不喜欢教堂
教堂允许我们生小孩
却不准我们做爱

这三句是对主体诗中“我不喜欢教堂”理由的诠释。看完这个诠释后，可以“后退”回到主体诗所在页面继续阅读。这首诗虽然只利用了简单的页面链接技术，并通过链接点对主体诗进行诠释、说明和补充，但对全诗的解读却起到了重要作用，链接跳转起到了平面印刷随页加注的方式无法达到的效果。Elea 另有一首超文本诗《危险》，除了采取诗本身回环式的超文本链接、字体规定外，还采用了动画。

如果说 Elea 的《超情书》中的超文本链接还带有诠释或说明的痕迹的话，台湾诗人须文蔚的《在子虚山前哭泣》中的链接则将多向超文本链接提升到了一个新的高度——通过超文本链接，作者将诗的情节推移的选择权让给了读者。《在子虚山前哭泣》是颇有创意的超文本多向诗，作者透过一滴水的旅程来观察台湾的水资源的利用与环保问题。用作者自己的话说：“这是一首多向文本的网路诗，也是无数首诗。”《在子虚山前哭泣》采用的是外部链接的方式，在“无数首诗”中进行链接。全诗从《筛选》开始：

阳光下的山脊嚥下冰河/岩石为刚解冻的泉水/筛选不同的流向

接下来是三个没有任何说明的链接点，选择任何一个链接点即开始一次诗的旅程。在后面的每一首诗的下面，都有一至四个不等的链接点，读者不同的阅读路径的选择会出现三种

① 王一川：《网络时代文学：什么是小能少的》，《大家》2000 年 1 月，第 85-89 页。
② 欧阳友权等：《网络文学论纲》，人民文学出版社 2003 年版。
③ http：//www.wenxue.com/yuejing/loveletr.htm.

不同的结局。有的链接点有明确的向导文字，更多的则只有一个或多个图形链接，而没有任何标识文字和图形，读者对任何一个链接点的选择都等同于随机，不带有创作者和读者的主观意趣。正是这种神秘的随机性，使读者在阅读过程中每一次的鼠标点击都有着一种强烈的心理期待，在这种心理期待中读完一首诗后，又开始另一次新的期待。须文蔚的另一首超文本诗《木兰辞》影响不及《在子虚山前哭泣》，诗的主体是由三个 JAVA 选单构成的组诗，诗的内容是描写电影《花木兰》中所呈现出来种种文化现象。

这种动态图像的超文本链接虽然在技术上并不是很难做到，超文本链接的结构也很简单，但是在超文本文学的实验中大胆求变求新的精神却是值得称赞的，它的创意已超出以往超文本文学单纯、单调的文字链接方式。动态的链接也使得这个作品“在空间感的呈现方面，迂回中确实也有新‘景象’和‘隐晦，深埋’的联想，较好地做到了网络技术和文学内容的融合”。

另一个诗人苏默默的《物质想象》[①]组诗也采用了动态链接方式。《物质想象》组诗由《金》《木》《水》《火》《土》五首短诗组成。主体页面上有黑底红字的金、木、水、火、土五个字不停在做不规则地运动，鼠标点击任意一个流动字（比如可击“水”）即可读到相应链接的诗。

这种设计融合着古代和现代的哲理。认为世界是由五种基本物质组成，这是中国古代的哲学观念；物质在不断的运动，这又符合了辩证哲学的原理。这个作品的唯一不足之处在于诗的说理性太强，缺少文学的“想象”成分。

四、网络诗歌的多媒体性

在国际互联网出现的同时，诗人林群盛就试图在 BBS 上的系统中利用 ANSI 改变作品的文字颜色，或是作出“闪烁”等特效，由于相关的作品最近已经不可考，所以无法列入讨论之列，以下仅就中文网站中具有代表性的网站及其动态交互诗加以剖析。

（一）“美丽新文字”（Brave New Word）

由李顺兴和苏绍连（化名米罗·卡索）共同架设的“美丽新文字”（Brave New Word）网站结合文字与 Flash 动态功能赋予文字新的阅读向度。读者在“美丽新文字”的入口网页上移动鼠标，会发现 BRAVE NEW WORD 这一行字随着摆动。网站入口第二页以文字介绍当衬底，其上《美丽新文字》五个彩色字漂流散开，每个字都可当作链接点。其设计构思与苏绍连的《风雨夜行》[②]中的互动狂风效果如出一辙，唯一不同的是，《风雨夜行》是 Flash 作品。《风雨夜行》描写了已故外公出现的梦境，与移动的黑白影像搭配演出，或说文字与图案相互对映，整体意象的设计非常成功。若就动态部分做比较，《风雨夜行》可视为一支 PTV（poetry TV）即以诗文字为主角的短片，诗人兼编剧和导演，为多媒体诗界添增佳作。

《风雨夜行》的另一巧思落在画面的狂风设计上，由读者操作风雨漫天挥洒的效果。风雨梦境中有风有雨，是很自然的成分，而由读者掌控风雨的形成，阅读的趣味性升高，但此趣味感受并不削弱诗作整体所投射出來的晦暗强度，反而在多次重复操作与熟悉度提高之后，互动狂风的视觉刺激更能强化读者的晦暗体验。

---

① http：//benz.nchu.edu.tw/~garden/b-su.htm.

② http：//residence.educities.edu.tw/poem/flash/lo21.swf.

同样的创作手法也可在该网站苏绍连的《小丑》[①]《果汁蚂蚁》[②]《沙漏》[③]等作品里感受到，只是趣味的类别不尽相同。

小丑向来以可怜表情和装扮制造欢笑，《小丑》的文字再次引领读者品味小丑的辛酸。当诗句出现，经过一番特殊安排，每点击画面中的小丑面具一次，便由幕后的黑影子道出一段对小丑的观察，最后出现“谁是真正的小丑”的问题，要求读者解决，找到答案才得以回到诗的开头。画面上的小丑面具都是同一个模子，而且寻找真正的小丑需要花时间摸索，这样的设计叫读者感到困惑，但此处困惑并非指文意不清，而是诗内容与“谁是真正的小丑”问题共同投射出来的隐喻及所造成的理解冲击。有了这一层认识，读者在寻找真正小丑的过程，将不再只局限于单纯的按图索骥，而能朝向内省自己、外观他人的途径。因此“谁是真正的小丑”的答案并不重要，可贵的是这个诗末的问题成功地引发了涟漪般的内心反响。

《果汁蚂蚁》和《沙漏》的互动设计较为简略，和上述二例的互动介入比较，本身的文学性（literariness）较弱。《果汁蚂蚁》以“蚂蚁”为操控按钮，形式并不甚奇特。《沙漏》则以“剩余秒数”作为流沙的速度控制阀，将文本内容外显的节奏交由读者控制，与平面印刷的段落阅读和翻页动作虽不无相似之处，但“剩余秒数”所散发的含义，使操作者得到担当主宰者的幻觉。这两篇作品并非以互动形式见长，焦点放在了其中的文字动态表现上。

《果汁蚂蚁》算是地道的趣味小品，读来会心一笑，其中妙处之一是在虚拟的叙述里植入夸张或类似幻想手法（fantasy）。杯中果汁可食，毫无疑问，只是连杯里的文字也一并吸干，非常超现实。以此文字动态想象为例，足见诗人能直接以动态视觉（kinetic vision）来处理文字的演出。一般纯文字作品进行数码改编，并添加非平面成分的时候，通常难以摆脱文字静态束缚，或因无法对文字进行较具有创意的动态处理，结果作品的非平面部分易沦为插图性质。超文本中的文字动态创作尚在起步，难得看到有人能直接以动态视觉的角度来思考文字。电影创作者通常具有较好的动态视景能力，这是因为要处理的对象都是动态的，以动作为构思出发点也就不足为奇。而要求文字除具有传统的表意功能（signification）之外还必须担当类似动态影像的演出，对于刚刚从传统平面走出來的文字工作者而言，的确是高难度的挑战。《沙漏》以文字当沙粒，将文字动态图形化，但其本身的诗义一点也没流失，也就是说两方面都兼顾到了，而且创意十足。文字的动态表现潜力和美学向度由此例可得以验证。

（二）涩柿子与响葫芦的作品

涩柿子与响葫芦可以说是目前在网络诗创作上成绩最可观的两位艺术家，他们所共同主办的具体诗网页《妙缪庙》以及由涩柿子的《涩柿子的世界》[④]所展现出的前卫性与创新性都极高。

《妙缪庙》的作品大体上可分为几个类型。

第一类是以纯文字构成的虚拟音乐，如《人籁：集体行动艺术》《五重奏》《又一次行动艺术的报导》等，作者提醒读者倾听在网络虚拟空间中的文字，可以引发读者自行构思一首音乐。

第二类是静态的具象诗，如姚大钧的《可怜中国梦》《华藏香水海》《妈的！我的全唐诗

---

① http://residence.educities.edu.tw/poem/flash/lo10.swf.
② http://residence.educities.edu.tw/poem/flash/lo14.swf.
③ http://residence.educities.edu.tw/poem/flash/lo20.swf.
④ http://www.sinologic.com/persimmon/index.htm.

掉到太空舱外面了……》《"新语言"宣言》，曹志涟的《40° 诗》《观澜赋》等，以文字构成图画或是肢解、重排文字而形成新的文字意义。

第三类是动态的具象诗，作者以 Gift Builder 写作，让诗句像动画般显现，如曹志涟的《唐初温柔海》与《复始》，而姚大钧更抛开文字的限制，在《龙安寺枯山水对坐——赠恒实法师》中，以变幻的色块，澄净地阐释静坐冥想间的思维变幻。

第四类是多媒体的网络装置艺术，两位创作者利用多媒体制作软件 Director，创作出《莲悟 · 莲雾 · 莲舞 · 莲悟》与《字 Rave 1934》，前者姚大钧把密教曼荼罗的手印转化为动画，并配上东方冥想音乐，至于能否透过莲花般的手印变换悟道或是连续悟道，主要看读者的慧根了。后者曹志涟则以 30 年代的杂志为素材，佐以节奏强烈的电子音乐，把 1934 年语境中反复出现的"现代""今天""忠实"，拼贴出一种离奇的"现代感"。

涩柿子近期在《涩柿子的世界》所推出的"想像书"，又大幅创造出一种新的阅读形态，特别值得一提其中的《东行记》这首诗，作者在序言中提到："风景是横向朝右展开"，他通过 14 个横幅的联结，把文字摆设成波浪一样的形貌，我们通过一次跨越大洋的文字旅行，从文字中可以读出他对于自我与族群认同、语言乃至家族之间所产生的矛盾，相当前卫而感人。

《妙缪庙》与《涩柿子的世界》活泼生动，兼具声光之美和新奇的创意，常能让人在意料之外还能延伸出极大的想象空间，新加坡网络评论家林方伟更赞誉作者的文字前卫风格接近夏宇，可说是现代诗经由网络语言创作出的佳构。其实《妙缪庙》让读者惊喜之处，应当更在于提供了突破艺术规则限制的阅读经验，开创了新文类的阅读形态。而循着《妙缪庙》奠基的创作理念，在网络上，这一种新文类可说慢慢扩散开来，对后续的创作者产生相当大的影响力。

（三）向阳工坊

向阳的《一首被撕裂的诗》①在形式上就先肢解了中间一段并以空格取代，阅读上就像遭遇了古代禁书的蛮横手法，在当时因为切中时弊，颇受文坛瞩目。

向阳以动画重新改写，把原本断裂的文字整理在一起，再以红、绿的色块遮掩住部分文字，配合动画效果，可以勉强拼凑出完整的句子，而刺眼的色块不断变动，让读者视觉上相当难受，强化了对于言论钳制嘲讽与抗议的隐喻，提升了作品的抗议力量。虽然整个作品在动画设计上并不复杂，多媒体手法堪称单纯，但是配合上洗练的文字，以及生动的意象，让这首网络诗别具一格。

《一首被撕裂的诗》给尝试网络诗写作者立下一个范例，如果仍然不放弃文字作为重要的媒介，语言的掌握仍然是网络诗中相当重要的一个环节。网络诗中多媒体的效果若只具有吸引力，而无不同向度的网络美学出现其中，网络诗这个新名词也没多大意义。

（四）歧路花园

"歧路花园"②是由中兴大学外文系教授李顺兴所建构的网页，网页的名称摘自波赫斯（Jorge Luis Borges）小说篇名，内容涉及一座迷宫的建造以及一则多重情节故事的书写，与这个以刊登与评论网络文学作品的结构，有暗相呼应之处。

---

① http：//www1.pu.edu.tw/pu/faculty/cylin2/newpage5.htm.

② The Garden of Forking Paths：http：//benz.nchu.edu.tw/~garden/garden.htm.

“歧路花园”中设置了两组作品，分别是苏默默的作品《物质想象》《抹黑李白》两组诗，以及李顺兴的网络诗《围城》与超文本小说《文字狱》。这几组作品共同的特征就是混杂了JAVA 程式或语言，让作品更具有变化与趣味。以苏默默的两组作品为例，多向链接的部分都以 JAVA 动态的方式呈现，让多向链接不再是单纯链连两页（或多页）信息，而相当随机或立体，读者阅读诗组时便能够相互连贯而把握整体，让看似分散的诗组有完整的风貌，又能够达到互动的效果，使作品的可读性提升。不过苏默默作品的文字部分并不成熟，许多讽刺性的文字说理太强，显得过于直接，失去了诗的趣味，加上诗组中一些 JAVA 程序仅仅是单纯的套用，在视觉设计上的效果略显粗糙，难免削弱了作品的力量。

李顺兴的《围城》虽然相比之下较为单纯，但文字老练，相当具有震撼力。

这个作品附有一首散文诗般的说明，相当有趣：

围城的垣墙堆叠高，垛石涂满万年平安咒，墙上头还有守护神列队日夜巡逻。围城供应一切，无须外求。你吃奶水长大，身体健康，常诵经纶，会惊讶先人的智慧已掌握了人事奥妙，或说经籍里都已有现成的解说。多么幸福的生活。围城人常说勤学四书加五经，荣华富贵降门庭。圣贤则提醒：经书中的千古真理需要权力的保护，而权力中心的永续运作，则需要你的忠诚；以围城兴亡为己任，置个人死生于度外，秉此精神奉献，或许你也有机会升格为围城的守护神。这座围城早已废弃，人也散了，如今只剩我一个人留守。我不知道为什么。还好，我也从来不问为什么。

图像部分以各式各样的道德戒律为城墙，把“尧舜禹汤文武周公孔子孙文”困在其中，这些先贤在围城中徘徊不止，犹如龙困浅滩。视觉诗部分对于僵化的道德加以攻击，十分强而有力。

（五）全方位艺术家联盟

“全方位艺术家 98 年展览”网站① 中包括了罗大蒙与须文蔚创作的网路诗，前者属于静态的具体诗，后者则包括了七首不同形态的网络诗实验。

罗大蒙现从事平面设计，对于电脑影像处理相当娴熟，又是多次获得大奖的现代诗人，他的作品正是整合了诗与电脑绘画之美②。以《寻梦》为例，诗行很短：“昨天梦里遗落一首诗，走了一夜，遍寻不着”。这可说是从事写作者共同的“梦魇”。大蒙将这些词汇漂浮在像外太空一样的蓝色中，色泽变化多端，大小深浅不一，更让整个作品视觉上仿佛在展现一个美好的梦境，但是文字的内容却相当讽刺地描写着“遗忘”，落差中带来的失落感可说是更巨大的。作者显然熟悉反讽的技巧，透过视觉带给读者文字以外更大的震动。

须文蔚所创作的网络诗在形式上比较多样，包括了动画、JAVA 语言构成的动画效果、表单及互动程序。其中《把诗句刻在波动的湖面》在动画中加上 JAVA 程序，强化动画的效果，《凌迟——退还的情书》和《镜中之镜》是单纯的文字动画。网络诗整合文字、图形、动画、声音于一炉，这种接近影视媒体的创作文本在须文蔚的《凌迟——退还的情书》③ 中可见一斑。这首诗巧妙地利用颜色、文字的动态排列，强化了诗作的内容，令人耳目一新。

《追梦人》则是一首 JAVA 语言编写的互动诗，读者起初无法预见诗的“本文”，在填完十个问题之后，一首读者与程式写作者共同完成的诗才完整浮现。李顺兴指出：“网页表单

① http://poem.city.net.tw/.
② http://poem.com.tw/ART/大蒙/index.htm.
③ http://www.culture.163.com/editor/020120/020120_57889.htm.

(form)通常用来填入一般资料，拿来改编成互动式书写的诗作品，文学趣味十足。《追梦人》玩一首情诗的书写游戏，因预先设定回应的内容，得以避免类似网路接龙文字泛滥的弊病。”

除以上较知名的专业网站以外，多媒体诗歌的创作在互联网各综合网站也可找到。有人把宠德的名作《地铁站口》改编成了多媒体诗歌：

In a station of the Metro /The apparition of these faces in the crowd； /

Petals on a wet，black bough.

（译文：地铁站口/这些脸在人群中时隐时现；/花瓣在又湿又黑的树枝上出现。）

这首诗经过虚拟现实的处理，让读者好像走在一条通向远方的道路上，穿过飘零的花瓣，穿过各种各样念着“face、face”的嘴唇，走向虚空……改编者企图抓住关键词“face”来揭示这首诗的深层的意境。传统诗歌有“意境”之说，是指作者的主观情感与客观物境水乳交融而构成的一种艺术境界，能使读者产生一种身临其境的感受。而多媒体诗歌则有“灵境”一说。所谓“灵境”，实际上是指虚拟现实（Virtual Reality）。传统诗歌需要我们凭借想象进入一种境界，而虚拟现实则凭借着科学技术与艺术的完美结合，让读者通过多媒体软、硬件，切切实实地走进诗歌的虚拟实境中。

网络为诗人铺设了一张新颖又宽阔的稿纸，等待想象力来填充。过去诗人们在白纸黑字间高唱我思故我在，时至今日，不少人已经是我敲“键盘”故我在。或许诚如曹志涟所形容的“‘走笔时沙沙之声’忽然和白驹过隙的形容一样过时，写字变成敲击的动作，思绪和电脑硬盘一起超高速旋转。现在网路的语言使得文字的呈现有全新的可能。彩色化第一，一辈子的白纸黑字，终于可以黑底彩字，网络中已经突破了传统文学在媒介材质上的限制，而网络诗人就正是一群追寻各种新的文学可能性的探险家。

诗歌动态交互化尝试虽非文学史上的创举，但今天借以数码工具的普及和便利，国外动态实验已蔚然成风，成为诗人亟欲开发的焦点之一，中文界的成绩还有待加油。另外，加上数码技术所提供的互动能力，超文本诗所展现的潜在美学能量，不可小觑。

第三节　网络诗歌的审美特性

从新诗革命伊始，新诗的平民化成为诗人和诗歌理论家们建设和发展诗歌的不懈追求。白话诗歌的出现使服务于贵族的诗歌凸显平民色彩。作为新诗的延续，被寄予厚望的网络诗歌并没有造就如新诗一般的革命，但是网络的特性为诗人或诗歌爱好者们在20世纪90年代初诗歌高潮逐渐消退后重新构建了一个异常广阔的平台。自由是网络诗歌最核心的特征，也是网络诗歌一切审美特性的原点。

一、网络诗歌审美标准的丧失

网络语境打破了传统媒体语境的垄断局面，马铃薯兄弟编选的《现场：网络先锋诗歌风暴》在封底有这样的话：网络是自由的，又是无序的；是丰富的，又是芜杂的；是富于生机的，又是不乏浮躁和粗糙的；诗歌由平面向网络的延展，是必然的又是遗憾重重的，但就其对诗人创造力的激发而言，互联网仍具有其他媒体所不可替代，甚至不可比拟的优势。然而，我们面对网络的时候，的确需要把自己的眼光磨砺得锐利一点，对诗歌的标准的坚持更有定力一些，这样我们才不仅能享受网络带来的恩惠，还可以减轻它对诗歌精髓的某种消极腐蚀。[①]创作门槛的降低让批判诗歌的门槛也降低了，任何人都可以对一个并不了解的诗作发表不负责任的评价，大量评价的堆积又给后来者形成无形的压力。网络短、平、快的特点也让人们无暇思考，只是跟风似的在键盘上完成娱乐狂欢，反正你也不知道打字的是不是一条狗。

有人将审美标准的丧失归结为距离的消亡，可以直面的诗人、轻易浏览的诗作、不计责任和可以迅速获得反馈的评价，网络的匿名性、即时性、世界性、互动性，将印刷时代中审稿、编辑、出版、发行等过程中带来的距离感取消了。

自由的网络环境彻底动摇了传统诗歌根深蒂固的神圣与纯洁，网络上充斥着惺惺相惜的评价及过分夸大的吹捧，更有浑浊不堪的谩骂与人身攻击，理性的声音少之又少，诗歌现场呈现的是一幕幕情绪化的狂欢和对道德化的反叛。例如饱受争议的“梨花体”事件，其起源是天涯社区网民有计划、有目的的炒作，其真实意图并不是关注诗歌本身，而是要将互联网上繁荣昌盛的“恶搞”精神延展到“诗歌”界，再加上媒体的推波助澜、故意误导，使得这件事被无限放大。哪怕是针对诗歌本身，文坛也出现了“反赵派”和“挺赵派”，一时间众说纷纭，继而演变成文化事件。随后出现的“羊羔体”和“梨花体”的产生既有相同之处也有不同之处，相同之处是作者都是拥有政治权利、文化权利和话语权力的名人，网民对其的批判究竟是因为所谓零度抒情的直白叙事直接挑战了诗歌意蕴的最基本的底线，还是其官方身份触动了网民敏感脆弱的神经？

即便是以正面形象出现的网络诗人余秀华，也是被冠以“脑瘫”“农民”“女诗人”这样的标签加以识别的，是《穿越大半个中国去睡你》这样耸动的文字引发了微信朋友圈的病毒式传播，才将她与她的诗作带入公众视野。对于余秀华，有人将其评价为中国的狄金森，也有人认为余秀华的诗歌没有艺术高度，将余秀华的走红视为炒作，认为这是一场对平庸诗歌的赞美运动。

作为新诗的延续，网络诗歌还没有形成独立的艺术特色，也就谈不上完整的审美体系，特别是在自由开放的空间中，永远不可能确立整齐划一的评价标准。

二、网络诗歌审美的民间化

如果从一种整体性的认知角度来看待网络和民间相互纠结的异质同构关系，不难发现网络实际上提供了比现实社会受逻辑规则限制的民间更为开放和自由的虚拟空间，不妨称为网络的民间。与现实在权力的边缘位置形成的生动活泼、藏污纳垢的民间文化相比，网络权力约束的进一步淡化造成的泥沙俱下、多元混杂的局面更为明显。[②]

首先，网络空间的自由自在和眼球经济给了网络诗人可以抛开理性规制和意识形态观念约束的动力，他们不仅可以将不同于纸质的原生态话语注入诗歌艺术中，还可以把日常生活中的琐事全部搬上网络。除了语言与题材的突破，网络诗歌还利用网络赋予的自由不断挑战长久以来形成的文学道德标准，尤其是女性在作品中涉及性。道德、法律、社会和文学范式

① 马铃薯兄弟：《现场：网络先锋诗歌风暴》，江苏文艺出版社 2005 年版。
② 曹金合：《论网络诗歌的民间化审美表征》，山东科技大学学报（社会科学版）2014 年第 12 期。

都成为网络诗歌挑战的对象。[①]

其次，网络诗歌引发戏谑狂潮。无论是网络诗歌本身还是狂欢中的戏仿，都将民间精神中的诙谐性发挥到淋漓尽致，讽刺、暗喻、抖机灵无处不在。如徐乡愁的《黑眼睛》："世界给了我黑色的眼睛/我才懒得去寻找光明/不如把自己的眼睛戳瞎/我愈瞎/世界就愈光明"。徐乡愁是网络垃圾诗派的领军人物，这首诗是网络诗歌的经典案例，是对顾城的《一代人》的戏仿，不同于顾城诗歌传达了朦胧诗普适的哀婉、忧郁而又带有宿命论色彩的沉郁气质，徐乡愁的这首《黑眼睛》更多的是娱乐功能，审美功能被完全颠覆。各种"体"之下的机械复制更是完全属于娱乐的性质。

最后，民间化的审美势必也带来低俗化的倾向。网络诗歌对自由的误用和滥用毫无疑问地消解了诗歌的本体特征和审美意蕴，诗歌的诗情、诗美、诗韵、诗式不复存在，污言秽语和废话横行，事实上，网友对某些"口水诗"的批判恰恰反映其对优秀诗作的热切期盼。

网络是一片神奇的土地，它有着大众化的审美要求，有着独特的传播规律，也有着自我荡涤的能力，它在不断地摇摆中必将形成自己的发展道路。网络诗歌是网络诗人和批评家的，也是读者的，归根到底还是广大网民的，任何脱离网络环境的创作与评价都不过是浩瀚诗歌历史中不值一提的过客罢了。

思考题：

1. 如何界定网络诗歌？
2. 网络诗歌的发展前景如何？
3. 网络诗歌怎样对传统诗歌进行超越？
4. 如何鉴赏网络诗歌？

① Michel Hockx：*Internet Literature in China*，Columbia University Press，2015.

第八章 网络散文

第一节 网络散文概述

一、网络散文的定义

20 世纪 90 年代，中国文坛涌动着一股强劲的旋风。这股旋风来自新型媒体——互联网(Internet)。伴随着网络的迅猛发展，网民的急剧增加，各大文学网站纷纷创立并迅速积聚了众多创作者。与网络小说、网络诗歌一样，这段时期，网络散文的创作蔚为壮观，形成了一道亮丽的风景线。

散文以其所借助的不同的传播媒介可划分为纸介散文和非纸介散文。纸介散文有报纸散文、刊物散文、传单散文等。论功能和传达方式，它们各有其特点。比如报纸散文和刊物散文既有一致之处，也有一定的区别，可以在刊物上发表的散文不一定适合在报纸上发表，等等。从读者的角度讲，纸介散文的最大特点是阅读的随意性较强。非纸介散文有广播散文、电视散文、手机短信散文、网络散文等。广播散文，主要通过声讯传播，诉诸接受者的听力；优点是具有一定的灵便性，可与音乐相结合等，缺点是要受设备和播送时间的限制。电视散文，主要通过荧屏、声音传播，诉诸接受者的视力与听力；优点是可与画面、音乐相结合，使散文的感染力得到增强，缺点同样是要受设备和播放时间的限制。手机短信散文，主要通过手机发、接短信的方式传播，诉诸接受者的视力；优点是有一定的随意性，缺点是要受设备和篇幅的限制。广播散文和电视散文，伴随着广播和电视的诞生而问世；手机短信散文和网络散文属于方兴未艾的新事物。新媒体是相对于纸质传统媒体而言的，凡是以新兴的电子影视等为载体进行传播的都可以称为新媒体。如今的新媒体散文既涵盖网络散文，还包括广播散文、电视散文、短信散文等。它们各有特点。比如广播散文通过声音传播，优点是简单易行、收听成本较低、可以配乐朗诵等，缺点是受节目时间限制。电视散文通过荧屏、声音传播，优点是可以配上音乐、画面，增强散文的感染力，缺点仍然是受到播出时间限制。短信散文依靠手机传播，时间上较为自由灵活，但要受篇幅的限制。当下，广播散文、电视散文已经广为流传，短信散文、网络散文正在蓬勃发展中。[①]

关于网络散文的概念，主要存在三种不同的认识。一种认为网络散文指所有以网络为媒体的散文，包括古典散文，现当代名家散文。但这种定义失之于宽泛。另一种则从技术层面界定为：发表在网络上并且运用了现代多媒体技术的散文。这种观念在国外比较受到认可，但显然有画地为牢之嫌。网易在举办第一届网络文学奖大赛时对网络文学做过这样的描述："网络文学既不是传统媒体的文学作品电子化后搬到网上的文学，也不是利用网络的多媒体和

① 佚名：《网络散文与其特点》，http://www.xingushi.com.

Web交互作用而创作出来的联手小说和多媒体剧本。”① 隶属于网络文学的网络散文也当作如是观。现在，国内普遍认为网络散文应指发表在网络上的原创散文。②“在网络上自由书写的散体文章，包括传统的抒情、说理、叙事等散文样式，同时也包括新出现的意识流散文和个人心灵书写。”③

二、网络散文的发展现状

20世纪90年代中期，大小网站如雨后春笋般诞生。各门户网站纷纷设立文学论坛，各文学网站也摇旗呐喊，“新语丝”“橄榄树”“文学城”“花招”的问世，意味着网络文学的正式兴起。在网上发帖、跟帖、回帖是如此简便、快捷，不受时空限制，较强的私密性，较低的使用成本，都真正产生了一种“天涯若比邻”的快感，这极大地刺激了网民的参与热情。作为文学作品中重要组成部分的散文也迎来了它的春天。一些颇具号召力的网站，如“榕树下”“天涯社区”“红袖添香”“白鹿书院”“清韵书院”都设有散文专栏，聚集了众多网络作者，有的网站一天能发表数百篇新散文。

在高涨的创作激情下，优秀的作品层出不穷，一大批颇具实力的创作者也浮现出来。如榕树下网站的散文写手人才济济，女性写手中著名的有安妮宝贝、尚爱兰、黑可可、王猫猫、周洁茹、南琛、任晓雯、何从、芭蕉、风吹佩兰、老实巴交、恩雅、仪琳等，男性写手中著名的有宁财神、李寻欢、邢育森、今何在、余白眉、痞子蔡、Sieg、王小山、雷立刚、蔡骏、慕容雪村、秦歌、心有些乱、瞎子、蜘蛛等，晚生代有：水晶珠链、辛唐米娜、菊开那夜、丁香女孩、ducky、翡冷翠、灵羽无双等。天涯社区更是人才辈出、高手林立，比较有名气的有：朱千华、杨永康、杨广彬、杨献平、谢宗玉、长沙艾敏、眉山周闻道、森子、米奇诺娃、恭小兵、林歌尔、朴素、孟庆德、卢小雅、我是奔哥、林远清、燕山又飘雪、冉云飞、古清生、经远管带、阿贝尔、鲁晓敏、郭敏、常爷、西夏公主、大眼贼、西北劲风等写手。

红袖添香网站也拥有一大批散文作家或写手，而且还开展过如何写网络散文的大讨论。该网站的负责人汪建中，不仅善于组织管理散文的创作，而且亲自撰写了大量优秀作品。金翼、粒粒风尘、湖兰小蜗牛、塞上云鹤、陈强、指尖等是该网站的散文编辑。培养了万古愁、千雨荷、湖边农人、潇湘婉儿、伊謦儿、苍山沧海、唐毅、雁字南飞、暗香盈袖、黛梅如烟、林尽染、昨日王侯等一大批网络散文写手。张锐锋的《火车》似乎承继了他一贯的写作风格，但又和以往的作品有很大的区别，探索性明显增强，几乎摆脱了他在《夜晚》等作品中表现的理性过度、物象单薄的弊端。散文作家与学会会员较集中的网站有：《新散文网》《大散文网》《中华散文》等，那里保持着自己特别的氛围，有着独特的格调。

一些小网站也保存了不少好散文，拥有一些好的写手。如漫天雪论坛的花间留晚照，忆石中文论坛的半树、杨汉立、杨献平、薛暮文以及齐鲁社区的海风等。

网络上还有许多女作家尤其值得关注。如楚楚天涯的哲思小品，一如她的诗词婉约隽永；扁舟一叶的散文细腻深沉；唐时明月的散文狂狷不羁，模仿张爱玲的写法，但比张更外向；郭敏不写则罢，写则一鸣惊人；在泉之州用小说的方法演绎散文，精于细节的刻画，模糊了

---

① 蓝爱国：《网络文学的概念观察》，《文艺争鸣·理论》2007年3月。
② 王濯巾：《当前网络散文的美学特征及成因探析》，《中山大学学报论丛》2007年6月。
③ 燕山飘雪：《网络散文的概念与现状》，http: //www.docin.com.

散文与小说的界限；阿舍的诚实冷静，语言的游刃有余，气度的豁然和感悟的到位，每一篇文章都出乎意料。杨获的散文多关乎心情、爱情和亲情，传达着一种温暖可靠的气息，令人迷醉。紫含的文字有时表现得相当精彩，短暂和玲珑的发现和表达都有着很强的个体生命和心灵意识。

特别需要指出的是马明博、江南梅创办并主持的“新散文”网、西北大学主办的“中国散文网”、散文选刊主办的“中国美文”网，这些独立的散文网站的问世，对于网络散文的发展起到了积极的推动作用。

对于网络散文而言，2006 年，具有里程碑的意义，这一年兴起的“博客热”有力地推动了网络散文的发展，新浪博客、网易博客、天涯博客、龙源博客相继开通，网民们纷纷注册开博，据最新统计资料显示，中国个人博客量已经超过 3 000 万。博客是个私人空间，博主在此书写生活、倾诉感情、发表评论，其中大量的作品就是散文，这无疑极大地扩展了作者和作品的数量。在这样的洪流影响下，一些已经习惯于用纸笔写作，在纸媒上发表作品的作者、作家也加入到博客的行列中，如河南的张天福，河北《散文百家》杂志常务副主编王聚敏等人，余秋雨、贾平凹等散文大家也在新浪网建了自己的博客，[①] 他们将文章发表在网上，并时不时与读者交流。

网络散文的迅速成长也逐渐引起了传统媒体的注意，西安贾平凹主办的《美文》杂志便为“天涯散文论坛”等开设了网络散文专栏，这对于网络散文的发展显然起到了支持和鼓励的作用。一些优秀的网络散文也集结成书，新散文网站便在马明博主持下出版了《新散文 15 家》和《新散文百人百篇》。网络散文的崛起已经引起出版界的注目和光顾，他们把目光对准网络，寻找优秀的作者及精品篇章。如安妮宝贝的散文集，朱千华的《收藏与阳光》《美人与香草》；米奇诺娃的《天下谁人不识君》；广陵王的《象麦子那样金黄》；王雪梅的《上弦月》；杨洙的《东藏高原》；燕山飘雪的散文集《幸福是一种感觉》，王清明的《散文随笔选》等。《新散文 15 家》一书是新散文网站运行以来的系列作品汇集，由百花文艺出版社出版，初印达 5 000 册。该书荟萃了李汉荣、黑陶、黄海、于是、沈念、陈洪金、玄武、张生全、马明博、盛慧、独化、廖无益、黎晗、马叙等 15 位散文写作者的作品。

随着网络文学原创网站走向商业化，包括散文在内的非小说类文学体裁逐渐被排挤出主流文学网站之外，“博客热”虽然在一定程度上推动了散文的发展，但是随着博客时代的远去，微博时代的到来，留给散文的空间已经不多了。稍加关注便可以发现，近五年来，无论是业界还是学界对于网络散文都没有给予足够的关注，但这并不代表网络散文的彻底消失，恰恰相反，网络散文伴随着“自媒体概念”占据了人们不经意的网络空间和无处不在的碎片化时间。除了专门的纯文学网站，网络社交类产品如 QQ 空间、新浪微博、微信朋友圈、微信公众号、知乎、豆瓣、天涯社区等到处充斥着杂文、随笔、游记等，它们或记叙或抒情，取材广泛，甚至是图文并茂，获得了极大的关注。可以这样说，网络散文在走出文学网站的同时实现了向社交媒体的回流，而社交媒体以人为中心、非连续性、内容短小的媒体特性也非常适合散文的撰写、阅读与传播。更加可喜的是，社交媒体的运营机制无形中提高了散文进入的门槛，无论是微信公众号、知乎、豆瓣由编辑把关，还是网友自发的点赞、转发，都促使创作者努力提升质量，才能在大浪淘沙中脱颖而出，收获粉丝的“关注”。

---

① 余继聪：《近几年的网络散文》，中国文学网。

“如果说昔日的网络散文还是一棵风雨飘摇的小草的话，如今的网络散文则是雨后春笋，遍网皆是。随着网络的快速发展，网络散文在整个散文创作中的地位越来越不容低估。”[①] 经过十余年的发展，网络散文确实展现出强劲的势头，写作人数之多，创作作品之众，是过去任何时候都无法比拟的。但也必须认识到，作为一个新生事物，它也有着稚嫩与不足，需要扶持和养护。

第二节　网络散文与传统散文比较

一、网络散文的特点

“榕树下”负责人朱威廉在《文学发展的肥沃土壤》中写道：“什么是网络文学？这是个一直在持续的争议问题。我觉得网络文学就是新时代的大众文学，Internet 的无限延伸创造了肥沃的土壤，大众化的自由创作空间使天地更为广阔。没有了印刷、纸张的繁琐，跳过了出版社、书商的层层限制，无数人执起了笔，一篇源自于平凡人手下的文章可以瞬间走进千家万户。”[②] 他的这个界定同样适用于网络散文。

较之过去发表在各类报刊、杂志等媒体上的传统散文，作为“新时代大众文学”重要力量的网络散文有着自己独特的魅力。网络散文的兴起，是对纸媒散文的巨大挑战与颠覆。首先，作品数量激增。纸媒散文一年发稿量极其有限，一期刊物能发表 20 篇散文，就是最大容量了，最多也不超过十万字。而网络散文就不同了，以《天涯社区》的“散文天下”为例，这里每天发稿 200 篇左右，可谓是海量作品。其次，网络散文中出现了许多上乘之作。例如，孟庆德的作品比较大气，尤其是他的短语散文，近乎名言哲理；他对鲁迅先生杂文的评读，令人信服。写乡村地域风土人情的，有《最后一个鲜卑》，他对辽东家乡的叙述，近乎山西山药蛋派的风格；朱千华的散文善于象征性地描写；杨献平的叙事风格讲究细水长流，他的不厌其烦娓娓动听赚取不少读者的喝彩，但是，他的叙事风格在天涯并不被一些学养较深的学院派散文家看好，语言文字的罗列，与学院派形成对比。郭敏的网络散文写的不多，但每一篇几乎都是精品；朴素的散文有大家风采，长于深思，哲学的味道较浓；阿贝尔属于少数民族作家范围，他对川西阿坝地区人物风情的描述，带有史诗的色彩；西夏公主、大眼贼作为女性作者，以细腻传神见长，多属小心情散文，偶尔也有惊世之作；常爷是个年龄较大的作者，他对过去生活的追记，同样被读者叫好，他最大的特点还在于其平民化写作的姿态，赢得了不少读者；“我是奔哥狂放不羁”，他的评论特别是对天涯散文作者的评说，引来一片叫好；谢宗玉的文字有一种冷静的质感，他笔下的那些生命影子像在纸上流动。

网络散文能够在诞生后的短短十余年时间中迅速成长、壮大，颇有与传统散文分庭抗礼之势，越来越受到文学界的重视，应该说都与它的独特性密不可分。

第一，网络散文的独特性首先表现在创作人员的平等性、广泛性。“网络面前人人平等”，

① 佚名：《网络新媒体研讨会纪要》，http：//www. sanw. net。转引自王濯巾《当前网络散文的美学特征及成因探析》，《中山大学学报论丛》2007 年 6 月。

② 朱威廉：《网络文学的生机与希望——网络文学新人新春寄语》，《文学报》2000-02-17。转引自蓝爱国《网络文学的概念观察》，《文艺争鸣 · 理论》2007 年第 3 期。

网络真正打破了国家、种族、民族、籍贯、信仰、出身、学历、阶层等诸多限制，在虚拟的世界中营造了无差异空间。任何人只要有一台能上网的电脑，那无论何时何地，他都拥有了毋庸置疑的创作者身份。平等性除了体现为这种几乎“无门槛”的进入方式外，还体现在所有参与者的平等竞争、交流上。因为网络的消解作用，世俗意义上的权力、等级观念已经退隐，无名小卒拥有和文学大家同样的发言权，实现了纯粹意义上的“作品就是一切”，作品之外的各种羁绊、影响降至最低。无名小卒受到热捧，大家之作却门可罗雀现象的发生也就不足为奇了。基于以上事实，网上散文创作热情空前高涨，创作者遍布华语世界各行各业，人数与日俱增，呈现出大众狂欢的盛况，这是过去任何时代都无法比拟的。知名网络写手李寻欢认为，“网络文学的真正意义，就是使文学回归民间”，[①] 建立在平等、广泛性基础上的这种回归让大众有了在文学这条金光大道上狂奔的热情与保障，实现了文学创作的民主。

第二，网络散文传播的快捷性。传统散文从创作到发表需要经过众多的中间环节，诸如审稿、编辑、排版、印刷等，周期相当繁琐漫长，从这个角度而言作者和读者之间其实远隔千山万水。并且更重要的是一篇作品能否发表，作者（尤其是普通作者）毫无决策权，他只能听凭摆布。但网络彻底颠覆了这种长期由编辑、出版社垄断发表权的现状，每一个创作者都可以在任何时间任何地点将自己的作品贴在网上，公之于众，他甚至可以边写边将文字传上网，创作和发表之间取消了一切藩篱和障碍，主动权完全掌握在了创作者手里，“第一时间”“新鲜出炉”成为现实，这是传统媒体无论如何办不到的。对于阅读者、评论者而言，轻点鼠标便可以尽览不计其数的散文作品，还可以轻松地了解到素不相识的网友对作品的评论，这既省去了过去购书、看书的奔波之苦，而且其方便性、迅捷性、全面性也是任何书店、图书馆无法望其项背的。应该看到，这也是现代人快节奏的生活方式在文学领域的一种反映，人们更倾向于在有限的时间获得最有价值的资讯，过程被忽视、压缩，结果被突显、重视，互联网时代的文学正是在这样一个时代大背景下的自然延伸。

第三，网络散文的交互性、多媒体性。当众多的原创散文通过网络呈现出来时，不同立场、态度、不同写作角度、方式的文章都以一种平行的姿态登场，传统散文的单一性、封闭性被开放性、多元性替代。“文本的交互性首先是指文本和文本之间的平行互动——因为所有的文本都并置在同一平面，这使得网络的文本取消自身封闭性的同时成就了放射性文本开放性。”[②]特别值得注意的是包括多媒体、超级链接等网络技术的运用，网络散文体现出超文本的丰富多样性，这是传统文本无法企及的，可以称得上是文本形式的革命。交互性的另一方面体现在创作者和读者、评论者之间的关系上，相对于过去较为稳定的三者角色定位，网络上这三者之间界限已经非常模糊，他们可以毫不困难地进行角色转换，他们也可以身兼三职。各角色相互之间的交流也较之传统媒体时代更为方便、快捷，赠“鲜花”或反“拍砖”，读者与读者的争论，读者与作者的沟通其实已经成了网络散文最热闹的一道风景。“百家争鸣”的局面无论对于创作者还是阅读者无疑都是利大于弊，它有助于摆脱单一的思维定式，促进发散性多元思想的发展。

第四，网络散文还体现出一种宽容和自由的精神。植根于民主沃土中的网络散文受到的限制非常少，只要不触及网管公司明示的那几条红线，既不需要得到行政审批，也无需受制

---

① 李寻欢：《我的网络文学观》，转引自蓝爱国《网络文学的概念观察》，《文艺争鸣·理论》2007 年第 3 期。

② 蓝爱国：《网络文学的概念观察》，《文艺争鸣·理论》2007 年第 3 期。

于刊号、版面、发表时间、发行范围、经费等约束。作者确实是“天高任鸟飞”，在题材、主题、内容、形式、语言、价值观等方面都得到了极大的宽容；读者的点评与反馈即便非常极端，也得到了足够的尊重。创作、阅读、评论的自由性给予了网络散文真正的灵魂。对网络文学有着深入研究的欧阳友权指出：“网络的最大特点是自由，文学的精神实质也是自由，网络之接纳文学或者文学之走进网络，就在于它们存在兼容的共振点：自由。可以说，‘自由’是文学与网络的最佳结合部，是艺术与信息科技的黏合剂，网络文学最核心的精神本性就在于它的自由性，网络的自由性为人类艺术审美的自由精神提供了又一个新奇别致的理想家园。”①

第五，网络散文的宣泄性。宽松自由平等而且极具隐秘性的网络空间给予了参与者畅所欲言的平台，特别是博客的兴起，大量网络散文其实就是日常生活、平民众生相的书写，毋庸讳言，很多篇章都宣泄着一己之悲、一时之怨。这也成为不少学者甚至是一些拥护网络文学者眼中的缺陷，其用心固然良苦。但平心而论，也许在旁人看来那不过是些鸡毛蒜皮、鸡零狗碎，但对于当事者而言却恰是生命中不能承受之所重。失恋的痛苦、婚姻的烦恼、生存的压力、职场的纷扰终于找到了一个安全并且能够引起共鸣获得安慰的出口，何乐而不为？应该说，神话传说中那个可以倾诉衷肠的树洞在当下的网络中得到了现实版神奇的演绎。这方面的意义尤其在当下的中国具有不可低估的价值：中国近30年来以跨越的速度向前发展，由此带来的各种结构性的调整、阵痛层出不穷，这必然挑战着公众的心理承受力，然而国内的心理医学知识又普遍不发达，普及率偏低。在这种现实状况下，写手们将自己的喜怒哀乐通过网络散文宣泄而出，获得某种内心的愉悦与平衡恰恰是应当肯定的。

网络文学知名写手李寻欢在其《新的春天就要来临》一文中对网络文学的特质进行了精辟概括，这也正是网络散文的价值所在：“网络文学的最有价值的东西是它来自‘网络父亲’的精神内涵：自由，不仅是写作的自由，而且是自由的写作；平等，网络不相信权威，也没有权威，每个人都有平等地表达自己的权利；非功利，写作的目的是纯粹表达而没有经济或名利的目的；真实，没有特定目的的自由写作会更接近生活的情感的真实。”②

二、网络散文的审美特性

中华人民共和国成立后，我国散文的特点一直秉承着20世纪“五四”时期的深刻变革。那一场变革，以白话、平常心、类似交谈的语言和思维、表达方式，将汉语写作从文言文解脱出来，使得散文获得新生。其内容始终有着紧贴生活，容身大众，处身尘埃的现实感。热切地关注国家民生，以兼济苍生为己任，以唤醒国民，进行启蒙为指导。

鲁迅（周氏兄弟）、萧红、许地山、胡适、梁实秋、沈从文、老舍、庐隐等现代散文大师，以广袤的思想深度和对世事事物的深刻感知，乃至民族血性和传统中的优柔品质，在列强坚船利炮、铁蹄践踏、民不聊生、国将不国的大背景下，喊出了救亡图存、振兴中华的时代最强音。创造了一大批承前启后的伟大散文作品。到20世纪60年代初期左右，又出现了杨朔、

① 欧阳友权等：《网络文学论纲》，人民文学出版社2003年版。转引自蓝爱国《网络文学的概念观察》，《文艺争鸣·理论》2007年第3期。

② 《网络文学的生机与希望——网络文学新人新春寄语》，《文学报》2000-02-17。转引自蓝爱国《网络文学的概念观察》，《文艺争鸣·理论》2007年第3期。

秦牧、刘白羽等人。他们承继了《史记》乃至唐宋“入世”散文的一种精神品格，延续了“五四”时期建立的白话散文的特点。以后的散文创作，基本没有超越“杨朔”体的。这种散文通常具有模式化的套路：见景—入境—抒情—升华—点题。而刻意雕琢和拔高主题造成文章言不由衷，也就成为后来批评家往往诟病的矫情。

到20世纪90年代，伴随着网络的兴起，散文呈现出另一面貌。

首先，真情实感就是网络散文有别于杨朔体的一种新动向。很多评论者都非常强调网络散文的真实性，知名学者邢小群曾发出这样的追问：“传统媒介文学和网络文学，谁更能接近个体的心灵的本身？最初的文学，不管是源起于关关雎鸠，还是源起于杭唷杭唷，不就是自由随意地表达出来的吗？那时谁还会想到求得什么名利？比起投稿—筛选—编辑—出版—发行—评奖—成名作家，这套现行的文学体制，网络文学难道不是返璞归真吗？”[①] 这种真实其实正体现出网络散文最基本的美学特质：平民化的视角。如果说20世纪60—70年代诸如杨朔、秦牧、刘白羽等引领中国散文的巨匠那里，散文是以家国情怀、民族解放与振兴为要义的话，如果说在80—90年代如贾平凹、韩少功、史铁生、方方等当代著名散文家那里，对终极价值的追问、对人性本生的考量成为散文的主旨，那么，来自于草根阶层的大众写手们展现的是他们最朴实、最自然主义的原生态生活和情感。当写作不再是为稻粱谋，宽松自由的网络生存环境让所有写手获得了空前的释放，书写最熟悉的自我的境遇、心情、感悟也就成了他们最拿手最集中最重要的选择。话题多是平民百姓关心的油盐柴米，绝少涉及近若干年来“哲理散文”“文化散文”“历史散文”中的关于国家、生命、历史的题材，这实际上是让普通大众的生活得以最为真实贴切的呈现。如新散文奖得主马叙在《流水浙北》中写道：

汽车站里各种各样的大客、中巴、小面包、摩托车，在互相吼叫移动。突然地加速、减速。它们把青年旅馆的气质延续到了发动机、输油管、滤清器、齿轮厢上。还有语言混乱、去向无定、旅程相互交叉、骗子和乞丐交替出现。从青年旅馆八楼看下去，扇形的车站候车大厅和后面的停车场，似乎是静止的。汽车的移动缓慢而无声。行人四肢小幅度地摆动着。而四楼的网吧有几台电脑开始突然地掉线，邮件突然地窒息，消失。洗手间的排风机突然地吼叫起来，抽烟的通宵上网的青年语意含混。在这时，青年旅馆，一切都比白天倍加地混乱。

这种原生态的文字，将生活的无聊和乏味变得具象和鲜活。读者可以透过这些琐碎的描写透视生活的现实。

按网络散文代表作家马叙的看法就是：“在这种写作中，人的身体是摊开向下的，它在低空飞行，与事物的间距几乎已经消弭。”[②]“低空飞行”的不仅仅是作品的题材，更指文章所反映的思想情趣。在传统散文悠久的创作历史中，文以载道是被鼓励和提倡的。开宗明义、卒章显志是写作的惯用手法，而散文能否称为“美文”，这贯穿全文的“大义”“壮志”起着举足轻重的作用：它们代表着世间的真、善、美；它们给人光明、信念、希望；它们是世界的正面——崇高、伟大、奉献、牺牲……然而这一切在网络散文这儿难觅踪迹，网络散文绝少高深的论调、热血澎湃的雄心壮志、铁肩担道义的万丈热情，它们更多的是站在平民视觉对自己种种境遇的低吟浅唱：或烦恼、或欢喜、或痛苦、或得意……如果说传统散文在美学倾向上往往体现出精英意识：弃俗就雅、喜深惧浅、扬大我弃小我，那么网络散文恰恰在这

① 邢小群：《网络文学是啥东西》，转引自蓝爱国《网络文学的概念观察》，《文艺争鸣·理论》2007年第3期。

② 马叙：《原散文——一个全新的散文写作概念》，《文学报》2008-04-13。

个层面上对传统散文进行了反动。网络散文是真正意义上平民大众喜怒哀乐最原汁原味地铺陈罗列。

其次，网络散文的美学特质还表现为情感表达的直观性。中国传统审美学一向忌讳直露，体现在文学创作上便是力求含蓄。散文名篇往往都是寓情于景、托情于物的佳作，言尽而意未尽，余韵徐歇是其追求的至高审美境界，读者在阅读时也需要耐心细致地咀嚼回味，分析捕捉那隐藏在字里行间的情愫，因此才有“横看成岭侧成峰，远近高低各不同”的趣味与无奈。网络散文改变了这种作者与读者玩文字游戏的惯例，它们以一种质朴、简洁、明了、直白的面目出场，素面朝天，不再拐弯抹角，不再浓妆淡抹，无需揣摩猜测，一切都明白如话。如春树在《我容易吗我》一文最后写道：“回想那三天，像我度过的三天蜜月，再多遗憾也无法冲淡我对它的感激和爱，尤其是在迷笛这三天，我重新爱上了朋克！！！哥们，我重新爱上了朋克！你能明白这种感觉吗？就像一个梦又回来了，就像重新回到了童年。”毫不掩饰地直抒胸臆，撕开了隔在作者与读者之间那层纸，一切都变得简单明了，垄断整个文学创作的某些规则似乎也在被悄然改写。并且，作者还非常坦然地展现着那些不崇高、不伟岸、不阳光的内心隐秘欲望，笔调是赤裸裸的，毫不掩饰，毫不伪装，这让过去一直被排斥在文学尤其是散文审美之外的现实浮出水面，虽然它是站在传统美的对立面的，但那确实是一种不能回避的真实，是在过去的作品中被刻意地删除了的真实，从这个意义上而言，其实网络散文给了我们一个新的思考角度：什么是真实？唯美主义是评价散文优劣的唯一标准吗？

最后，网络散文还体现出结构安排的松散性、随意性。传统散文在内容和形式上本来就属于一种非常自由的文体。天地万物尽收笔尖，喜怒笑骂皆成文章，纵横捭阖，思接千载，视通万里是其一贯的风格。并且它也不局促于诗词的格律，小说、戏剧在结构上的限制，而是灵活多变，自成一格。但这并非意味着传统散文没有一定的结构安排，恰恰相反，在貌似纷繁芜杂的材料之中，众多作者苦心经营着文章的立意、主旨、结构，“形散而神不散”一直被奉为圭臬，只不过他们更追求一种“无招胜有招”、出神入化的境界罢了。较之过去散文创作的那种精雕细刻的随意，当今的网络原创散文很多可称为真正的随意为之：兴之所至，想到什么就写什么，没有精心的布局，没有巧妙的构思，甚至没有明确的主题，呈现出一种自由、散漫、松散的特点。如春树在其随笔《向着那鲜花去，因为我最怕孤独》中写了天气、座右铭、朋友、大连，其间有什么内在的联系，无法解答，只能看做类似“意识流”的一次记录。这当然与网络散文本身就是一种自由、随意的“心灵日记”的特点有关。

综上所述，可以认为网络散文应当视作新时期的民间文学的重要组成。朱威廉称“（网络文学）是新时代的大众文学”，李寻欢也指出“网络文学的真正意义，就是使文学回归民间”，他们均注意到了网络文学的这一鲜明特色。有学者指出：“网络社会是一个民间社会，这个社会的规则和历史上的民间社会文化规则具有极大的相似性。人们通过对民间文学的研究发现，民间文学的特征主要体现为风格清新、刚健，具有口头性、集体性、不稳定性和传承性的几大特质。这些特质网络文学都是具备的而且体现得也极为明显。”①门槛低，参与人数众多，写作随意，不刻意追求精致，不故作高深，这都与传统意义上的精英文学大相径庭。毋庸回避的一个现实是：随着精英文学一味的标新立异，追求“试验”“先锋”，20 世纪 80 年代后期开始，文学越来越成为一小撮圈内人的自娱自乐，而兴起于 90 年代的网络文学恰

① 蓝爱国：《网络文学的概念观察》，《文艺争鸣·理论》2007 年第 3 期。

恰填补了这留下的空白，让文学又重回民间。

作为新时期民间文学重要组成部分的网络散文，自有其传统散文无法取代的优势。首先它将散文创作真正回归民间。在古代，由于受到书写工具等客观条件的限制，散文创作只能是王公贵族、士大夫阶层的独享。现当代，虽然这方面的限制消除了，但又受到编辑、出版社、发行商的限制，散文创作依然只能为一小部分专业人士所有。直到网络散文出现，才真正让所有人都有了创作的机会、发表的空间。民间长期难以释放的智慧一旦获得突破口，便会产生意想不到的收获。在近年来的网络散文创作中，也确实涌现出了一大批优秀的作者，诞生了一大批有影响力的作品，让散文这种古老的文学样式萌发了生机和活力。其次，它将散文创作的“真”落到了实处。因为写作网络散文无需考虑市场的需求、编辑的口味、评论者的眼光，它给了创作者最大的自由。这种真正的自由是创作文学作品时最佳的一种外在环境，作者完全可以天马行空，我行我素，想写什么就写什么，想怎么写就怎么写，我手写我心成为了必然。而这“真”正是散文的魅力之所在。“真诚而自由地言说生命之体验便成为可能，于是，网络散文带领着中国散文文体迈开了向本质属性回归的第一步。我们甚至可以这样说，网络散文的出现具有重要意义，它既是散文传播形式上的一次革命，又是散文本质属性的一次重要回归。”①

不过，也应该看到网络散文在发展过程中出现的不足。主要是良莠不齐，泥沙俱下，这自然和入门门槛低、参与人员众多、层次参差不齐有关。存在的基本问题主要是以下几方面。第一，题材较狭窄的自我写作。新媒体散文主要集中写自己的境遇、心情点滴。据调查，许多年轻人叙写恋爱故事，都是以自己的经历为原型，来抒发个人的一种爱的情绪，或是对浪漫的向往，或是对美好事物的追寻，或是白日梦式的陶醉。又如《开门N件事》中，作者絮絮叨叨地讲她的家务事：刚刚刷完浴室，厨房又要搞了，厨房搞完了，地板又要擦了，地板擦完了，全屋的玻璃已经不像样子，玻璃完了，好像又要抹沙发。煤气好像又要换了。饮水机也没有水。都要叫人送。洗衣粉没有了。要交水电费，管理费……这段文字描述了一个牢骚满腹的居家女子形象。新媒体散文对日常生活的关注，对自我感受的注视，形成了它很少涉及历史、国家等题材，很有一种“婉约派”的风格，缺乏豪迈强劲的鼓点，使网络散文不免显得单薄。第二，气质的纤弱。与狭小的自恋式题材相应的是一种阴柔的文风。一些网络散文由于缺乏生活的厚度、力度，缺乏深入的思考，常以一种外表的华美来掩盖内容的空洞。堆砌的辞藻、强作的诗意只能给人“为赋新词强说愁”的印象。如极受网民追捧的一篇网络散文《又是紫荆花开的时节》：

相识时有你有荆花，离别时有我有秋天。紫荆花飘落，纯真飘逝。

不明白不明白，曾经一同徘徊在荆花飘落的长街上，曾经陪你笑陪你忧。曾经那长街道上有雾，有毛毛雨……曾经的过去都浸润着我们的纯真。而这些是否都已经在那一片灰色的天空，随着那闪闪烁烁挂在树上透着星光的露珠、随着在绿树间轻鸣的鸟儿在昏暗的造成天空中掠过的翅膀声，随着那饱含着我们年轻的欢笑声在紫荆花飘落的长街中去了。曾经年少过，曾经痴心过，深爱过，魂牵梦萦含着泪说舍不得，曾经失落在荆树下，昂着头闭上眼，接受荆花雨的洗礼。却不知这一片片花瓣里，记载着你曾经羞涩的微笑，更有我那年少时的悲欢和纯真，离别时只有我和秋天！

① 张国俊：《网络新媒体的优长及不足》，《当代文坛》2006年第4期。

这里面辞藻华丽的堆砌，却空洞无物。第三，过于松散的谋篇布局。没有章法，兴之所至，对作者而言固然自由，但读者却云里雾里，不知所云。

作为一个新生事物，网络散文表现出顽强的生命力和蓬勃的生长态势，它是对传统散文的一次剧烈的带革命性的冲击，真正实现了散文的民间化，成为了散文大家庭中不容忽视的中坚力量。并且，随着网民的增加，网络散文还会有更大更令人期盼的发展。

第三节　网络散文流派及重要作家

中国现代散文创作始于“五四”时期，一大批学贯中西的学者以广袤的学养、人文的视角、深刻的思想将白话散文推向了高峰，涌现了像鲁迅、胡适、丰子恺、沈从文、朱自清、梁实秋、林语堂等大师。虽然风格各异，但都关注现实、贴近生活、书写性灵。新中国成立后，杨朔、秦牧、刘白羽基本上成为了这个时期散文的范式，他们的作品深深影响着那个时代的散文创作。一直到周涛、马丽华、贾平凹等登上文坛，才打破了这种“垄断”，为文坛带来了新的气象。虽然起起伏伏，但一路走来，由“五四”开启的贴近生活、关怀人生的散文视野、创作方向却一直承继了下来。

一、新散文

有一种说法认为新散文或是大散文是网络的产物。其实，它们不是网络派生出来的，而来源于20世纪90年代初期至中期的文化散文。最有名的大散文代表人物就是余秋雨先生，他的《文化苦旅》影响很大，另外还有王充闾、蔡翔等散文作家。王充闾的《沧桑无语》和蔡翔的《神圣回忆》都是脍炙人口的佳什美篇。这些散文从文化内涵的挖掘、历史与文化相互作用或反作用的思考，显示了作者深厚的文采学识。这类散文已呈现出与新中国成立以来的散文主流完全不同的动向。它们是新散文在纸质媒介中的体现。

2003年1月，祝勇编选出版了一册名为《新散文九人集》的书，在该书的简介中，有这样一段文字：

本书所选诸位的创作，影响所及，已不可小视，更重要的是，一批更年轻的写作者，诸如黑陶，萧春雷、方希、格致、卢丽琳、敬文东等，也显示出不俗的实力。倘有机会，我还会专为他们编一本合集。在他们手中，散文正悄悄地发生着变化，他们富有建设性的写作从某种意义上说是对那些镜头感颇佳的“文学表演大师”的嘲讽——当然，既然是信息时代，就不能对他嗤之以鼻，但是镜头后面那一张张虚假的脸依旧令人反胃。“新散文家”们使那些正统的散文评价尺度失效，使权威们自负的表情变得愚蠢和尴尬。

“新散文”网站的主题词“新，卓尔不群”可以大致概括其追求目标，渴望对过去散文形式、内容的突破，力求全方位的创新是其努力方向。

马明博在《新散文百人百篇》的序言中称：“新散文不是一个概念，是一种提倡，一种实验，一种精神，一种试图扩展散文概念边界的努力，一种为突破散文的概念向多维度拓展的徒劳。”确实，散文自先秦以下，大家无数、名篇佳作无数，不创新，难以为继。特别是作为网络散文这样一种新兴事物，强调新颖性本也是其时代使然。主题新，题材新，角度新，语言新，手法新，风格新，韵味新……不同的作者在创新大旗指引下做着种种的尝试和努力。出现了一批颇具实力的作者群，如张锐锋、宁肯、周晓枫等。

新散文的主将张锐锋称自己最喜欢拓荒式的写作，不喜欢在别人种好的庄稼地里收获。他以恢宏的力度、磅礴的气势彻底颠覆了传统散文的印象，少者几万字、多则10几万、20万字的篇幅，极大扩展了散文的容量。而且他还提倡散文主题的多样性，认为散文应“向多主题、变奏和协奏曲发展，向类似于交响乐的复杂、多样性、神秘感和深奥的美、曲折的奇妙的梦幻迈进。”[①]其作品《火车》一文中叙述角度的变化，将童年时代关于火车的记忆与若干过去、现实的片段交错，产生了一种神秘、梦幻般的陌生感、新鲜感。

以西藏系列成名的宁肯诗歌、散文、小说都在创作，他的《沉默的彼岸》《虚构的旅行》《一条河的两岸》都突破了游记散文的形式，其独特的视野、诗化的语言为读者带来极大的冲击力。他细腻的描写交织着视、听、触、思多种感觉，散文在蒙、藏歌曲的萦绕中款款而行，体现出极强的镜头感。如《一条河的两岸》中写道：“排窗是布达拉宫最富迷幻的音乐部分，而白墙像雪，非常净，看上去无比辽阔，构成了像高原的背景色。这时整个看去，布达拉宫像一架管风琴被置放于世界屋脊的水中，风穿过红色和白色窗洞时发出高原向世界的奏鸣。布达拉宫是世界建筑的悬崖，就其对天空的想象力而言，她绝无仅有。哥特建筑无法与其争锋，希腊神庙看上去像一些简单的布局。或许只有金字塔像钟声敲响时，仿佛可以想见布达拉宫的身影。”

周晓枫被人称为“芭蕾足尖上的写作”，誉其灵气、智慧、优雅。她的作品中读不到传统女性散文的自怨自艾、顾影自怜，她充满机敏的书写为新散文的语言修辞开辟了无限可能。其代表作《你的身体是个仙境》，真切富有诗意地展现了女性成长的经历，其细腻的描写、深刻的思考都使作品颇具个性。独抒性灵、沉着冷静地书写人生独特体验——她坚守着自己的风格，执著地追求着与众不同，她说：“所谓新散文，我理解是在题材、结构、语言方式等方面都比较强烈地追求个人风格：求新、求变、求异。”

祝勇的《旧宫殿》完成了一次文体之间互相转换的尝试。文章不是仅仅局限于古代宫廷的描绘，而是融入了小说的结构、叙述，将历史上宫廷中发生的血腥斗争以一种虚构的方式淋漓尽致地呈现出来。这种转换让许多读者难以适应，评论家敬文东说“《旧宫殿》是一个完全陌生的阅读过程，以至于刚读前几章，甚至出现困惑，不知道作者要表达什么。”“散文也可以这样写吗”是众人心中的疑惑。祝勇也坦诚这是一次冒险。但从中也不难发现新散文家们渴望创新、突破的良苦用心。

陈礼贤的“村庄系列”散文如《微笑的苹果》《种田的父亲》《牲畜们的一些事》赢得了读者广泛好评，所写虽然都是乡村常见之物，但他以一位离开乡村在城市生活的城里人的眼光回望家乡，其独特的视角将平凡之物抹上了一层迷人的光晕。《微笑的苹果》写看见市场上销售的苹果时是这样写的：“看见这些从乡村来到城市的苹果——也许它们真是从我们村里来的——好像遇到来自故乡的亲人。觉得很亲切，我感到我的目光一点一点柔和起来，心里一点一点温暖起来……就在这时，我突然看见那群苹果在微笑。笑得脸都红了。”质朴亲切的语言，清新流畅的风格，对家乡的无限眷恋之情让人陶醉，仿佛在面前翻开了一卷乡村水墨山水图。

① 张锐锋：《散文的探险者》，山西新闻网 http://www.daynews.com.cn，2007-10-23。

“新散文”的创作经过了十余年的打磨，形成了自己的规模和气象，涌现了众多优秀作家、作品，由于篇幅有限，以上不过挂一漏万罗列了几位代表人物，其他如大卫《一筐浪漫主义的桃》，阿贝尔《一个务虚者的春天》，黑陶《塘溪，塘溪》，李浩《一只蚂蚁和它被改变的命运》，孙蕙《坚硬如水》，杨荻《一个人，两个人，三个人》，文刚《一只羊离开羊世》等都是可圈可点之作。

应该看到不少作家既在网上发文，又在网下操刀，有些“新散文”创作者本身就极具实力，张锐锋是山西省作协副主席，周晓枫是《十月》杂志副主编，祝勇是《中华遗产》杂志编委，陈礼贤是四川省作协会员，宁肯是北京作协签约作家。他们的实践方式虽然各异，但作为“新散文”而言，又具有一定的共性：内容上他们更多关注对童年的回忆、对梦想的追求，他们对外在事物场景的关照都以心灵为参照，他们强调内心的独白，抒发的是心灵的沉吟，在散文的表现角度、思考维度、写作技法和语言方面都有突破。

不过一味地求新，只在表现形式上变化，没有相应的内容作支撑，特别是过于内心情感化的书写让“新散文”陷入了困窘，在网络文学这样一个大众化的氛围中，越来越曲高和寡。

二、原散文

大约从 21 世纪初或者稍晚时候，一些具有新的写作主张和理念的散文作家逐渐走上舞台，包括老一辈贾平凹、王宗仁以及近些年已经拥有了广泛名誉的冯秋子、刘亮程、于坚、朝阳、马叙等人，后来者如黄海、阿贝尔、杨献平、习习、吴佳骏、张利文、老湖、江少宾、王开、塞壬、叶耳、沈荣均、李存刚、颜全飚等。

这些作家作品与当前的新散文写作的一个重要区别是：以强烈的现场感和生活质感，乃至新颖自觉的表现方式方法，还散文以生活的传统、艺术的传统和贴近大地自然本质的传统。就其写作性质而言，定名为“原生态写作”比较恰当。从这些作家作品上，我们可以越来越清晰地感觉到，贴伏大地的写作对重新完成艺术与现实，人文与生活的重新衔接的可能。而与之相对的是，纯粹的新散文越来越自我封闭，大都是关起门来说体验，进行个人的另类审美和内心筑垒，而忽略了生活在散文乃至艺术创造中强有力的支撑和表现作用。

对“新散文”举起反叛大旗的正是曾经的追随者：黄海、杨献平。黄海在西安创建“原散文”论坛并于 2000 年首次提出“原散文”概念，所谓的“原散文”强调的是对现实生活的近距离真实展现，它所针对的是“新散文”对现实的脱离和理想化以及独标自我，陷入封闭内心世界的弊端。之后，杨献平又提出“散文原生态”，认为散文应当“有效地将艺术与现实生活融合起来，使我们的散文创作成为一种富有泥土和生活气息的有机整体。”无论“原散文”还是“原生态散文”其实都将散文创作的重点重新回归现实生活，他们认为散文应反映原汁原味的生活，应是生活本色的再现。

对“原生态”散文写作而言，散文不再是封闭的，而是开放的，是个人的，但又不唯是个人的，是大众的，也是地域的，是生活的，也是艺术的。通过这样的一种传统回归和现实链接，有效地将艺术与现实生活融合起来，使我们的散文创作成为一种富有泥土和生活气息的有机整体。这些作家在文字的阔大疆域，以散文的方式，进行着个人的、有意义的探索和实践。同时也在为散文写作寻找更为有力的源泉和出路。他们不约而同地，将散文回归到了中国散文深刻的传统当中，回到了生活乃至时代的大背景下，因而，众多的人和众多的作品，汇聚起来，形成了正在进行中的“原生态”散文写作。原散文的特点主要有以下几点：

第一，对生活的观察角度不是高高在上的俯视，而应是低姿态无限接近生活的本真。“在这种写作中，人的身体是摊开向下的，它在低空飞行，与事物的间距几乎已经消弭。”[①]他所观察的事物是不完整的、破碎的、混乱的、尖锐的，是一种赤裸的真相。如安徽江少宾的《那些与我无缘的生命》是一个另类的题材，很多人没有涉及过，妻子生产，乃至一些不可测的遭遇，鲜血和新生命，担忧乃至恐慌，都体现了一个人对另外一个人的关怀。马叙的《在海边——人·事·物》，低姿态、生活化，而又具有非常独特的个人色彩，用一种平视或者贴伏大地的观察和发现态度，观察和书写大地上的事物。这是有别于新散文写作的，也就是说，它改变了自新散文以来，在散文写作中，普遍存在的自我封闭意识，乃至极端个人化的问题。黄海后期的散文写作呈现出一种短促、有力、本质性的倾向，他写城市，一反他人常在历史、景观和现实生活中的描摹和感叹，而是从具体的部位出发，以我的“在场”和对事物的本质性解读，使得散文写作充满了自我和现实的光泽。张利文的《三个进城的女子》等作品，以个人的眼光，穿透性地面对尘世终生，以三个有着相同生活背景的女人进城后的不同际遇，绘出了一副底层人的生动画像。贵州老湖《1020 的一个普通夏日》，选取一时一地，一个场景，将个人与现实生活紧紧联系起来，看到的物象在城市穿梭，内心的思想在个人生活中展开，这种相互交织的生活场景，充满了一种强烈的现代生活气息。

第二，原散文强调作者的在场感，作品充满着强烈的现场感和生活质感，不再是单纯的自我内心独白式写作。如王开的《11 月，一张虚指的椅子》是一个典型的现场之作，通过组织村民移植细辛这一普通事件，以个性的语言和原生态的细节，将人在利益面前和农村人在生存当中的种种迹象与困境，很好地表现了出来。读这样的作品，始终能感觉到“我”的在场，以及作品对于世态乃至人性的深刻揭示。广东塞壬的作品是直接的，源自个人生活状态的个性化书写，她总是能够在作品中体现出一种时代特征和社会大背景，总是将个人置于一种特定的生活场景中去展现和创造。颜全飚的作品从个人的生活乃至观察中摘取现场的诗意，对事物宁静的抚摸，对人和个人的生活进行生活化和诗意的观照，使得作品在很大程度上显露出一种温暖的力量。除了这些作家和作品之外，还有更多的新近散文作家已经意识到，纯粹新散文写作在某种程度上的封闭性和排他性，转而自觉地寻找自己的写作领域。

第三，原散文抛弃了浪漫、华丽、高雅的小资情调，相反他们不屑于理想主义、浪漫主义，他们的美学是对传统美学的颠覆。他们乐于入骨描绘卑微，重组混乱破败景象，主张不修饰不唯美的语言，还原现实的本真。

第四，原散文还体现出反逻辑的倾向。这里的逻辑指的是过去作品中那种虽然也会经历曲折，但最终柳暗花明，未来还是光明灿烂的，值得期望和等待的。而原散文将这种虚幻的逻辑彻底抛弃了，他们只是堆砌、排列着种种现实，虽然有的不免残酷，但却是本真的生活面孔。如刘纪广的《疼痛的南京》是一篇充满疼感，以我带动或者覆盖一个城市。或许他无意中做到了一点：“一个城市中的每一个人都可以代表一个城市，一个人的疼痛就是一个城市的疼痛”，从而赋予了这一篇作品更为宽阔的内涵。

第五，原散文创作体现出明显的地域文化特征。地域是彰显作家及其作品的一个重要根基，也是创作的不竭的精神之源。传统散文创作中的冯秋子《白音布朗山》、冯唐《浩浩荡荡

① 马叙：《原散文——一个全新的散文写作概念》，《文学报》2008-04-13。

的北京》、唯色《八廓街》、王宗仁《五道梁落雪，五道梁天晴》《唐古拉山和一个女人》、周涛《巩乃斯的马》《游牧长城》、马丽华《藏北游历》、贾平凹《商州三录》和于坚的云南文字等，都在“自己”的土地上进行有效的写作。原散文作家如像马叙的浙东北、杨献平的巴丹吉林和冀南山地、黄海的西安和下黄湾、叶耳的客里山和深圳31区、吴佳骏的重庆大足、习习的兰州边上等。

黄海以“下黄湾系列”闻名，这可以称为乡村系列，是对少年时代生活的“下黄湾”的展现；他还有一个城市系列，是对大西北以城市为中心的成年生活书写。不管是乡村还是城市，黄海都用一种干净不加修饰的语言描绘着没有任何掩饰的自然、生活本相。代表作《向西偏北》中对一处戈壁滩的描写是“我从这里向西出发，去那里，向西偏北，10里处，一片废弃的土墟，几棵胡杨木，被烤焦的树底，枝丫上长出叶子。它们细小得可怜，在那片沙地中，向西偏北，它被更为广袤的沙尘包围。”以一种极为冷静的眼光，不动声色地推进或拉远镜头，那旷野中的一草一木便呼之欲出，奔袭而来，仿佛能听到沙粒飞舞的声音，能嗅到那阳光炙烤下的灼热空气。杨献平称“他从那个叫作下黄湾的村庄开始，在西北偏北的大地之上，他的轻叹、看见、颖悟和说出，仿佛这片土地上空徐徐飞行的一根金色羽毛，在俯视、仰望、疏远和亲近等动作之间，写出了一个人之与身边物事的联系、生命和感情密度。”[①]这即所谓的“我”之“在场”，作品充盈着现场质感。

原散文的另一位倡导者、实践者、理论概括者是杨献平。他戍边西北，前期的作品主要集中于对故乡生活的追忆和描写，家乡的亲人、村庄里的一草一木，这些对于土生土长的乡亲是早已习以为常，熟视无睹之物，在杨献平笔下成为了最亲切、最原汁原味的乡村生活记忆，是闭上眼睛也能看到的原生态生活。关于杨献平的散文作品，有一位刊物编辑这样评价说：“感觉非常好，你将日常生活、个人体验与对生命的思考的结合相当完美，你的语言特色是独特的，将具象事物转化为抽象概念或者将抽象概念予以具象化的处理，给人一种别具风味的阅读体验。”他在《黑夜的内心》中写道：“我站在院子里，窄小的空间里挤着一棵老梧桐，两棵桃树，我们的鸡圈和邻居的鸡圈。挑水的木桶倒扣，扁担挂在石头的墙壁上。”干净、朴实的语言默默展现着一个属于“我自己”的农家小院，不矫情、不造作，清新自然。后来的作品《巴丹吉林的个人生活》《我的古日乃，我的蒙根沁乐》《凉州深处》《三千步》《霸王别姬》《兰若寺：梦境的忧伤》等增添了历史的容量，颇具一种大气和沉思。相对于新散文的过度自恋，热衷于内心的书写而言，杨献平一直扎根于最质朴厚实的大地之中，以一种冷静的眼光深入而细致地打量着周遭的生活，关注着人间烟火、生存经验、灵魂构建，追求着大地原声和现场精神。杨献平曾如此评论自己的作品：“这是多年之前的乡村，原始的生命场景，我没想到它竟然如此的自然和直接，一瞬之间，就在我个人的意识天空，闪出一道照彻生命和灵魂的强光，它不由分说、直截了当，始终朝向一个真实而美妙的方向。直到今天，它们都在我们的生命之中，汹涌潜伏，贯穿一生，始终张扬和昂挺着永不妥协的生命原始力量。”而这其实正是他一直倡导的“大地血脉与精神境界，人间烟火与众生关怀”。

女作家塞壬的散文集《下落不明的生活》极具时代性。1998年，塞壬从湖北一家大型钢铁厂下岗分流，加入到滚滚的南下打工潮之中。《漂泊，下落不明的生活》中，她写道：“一直以来，我是一个没有地址的人。太多的信函被退回到邮寄者的手中，当我辗转收到邮件，

① 杨献平：《词语之上　散文之内——读黄海散文》，中国国学网。

我看到邮件左上侧粘贴着小纸条，查无此人那一栏中，用圆珠笔打着一个勾勾。查无此人，这不祥的气息暗合着我下落不明的宿命。我记不清到底用了多少手机号，移动的、联通的，动感地带、神州行、全球通、大众卡、如意卡、南粤卡。”“再看看那些花花绿绿的信用卡，它们真好看，建行的、农行的、工行的、交行的、招行的、光大银行的、商业银行的，农村信合的，它们来自南方各个城市。”“打开名片夹，我竟然从事过七种职业，记者、编辑、业务代表、文案策划、品牌经理、区域经理、市场总监，跨了五个行业，新闻、地产、化妆品、家电、珠宝，我从来就不知道我会进入这些行业，更不知道我还会去干些什么。”漂泊、动荡、不安宁、不稳定的生活强烈冲击着作者的肉体与精神，此时的写作其实成了一种支撑自己活下去的源泉，写作成了生活的必需。应当看到，较之中国其他地区，南方那些生机勃勃的城市现代化的进程更加迅猛，这也让现代性的问题在此处更普遍、更激烈、更刺目。塞壬们无疑是切身的感受者，“我写，一定是现实的什么东西硌着我了，入侵我了，让我难受了，我写的，一定是必须要写的，因为这已经是一个生理问题了，不写，我会更加难受。一种被动的，生理的，需要被现实引爆的写作在我身上萌动起来。这些文字有原生的腥气，一个人的挣扎，喊叫，对抗，破碎，痛，旁若无人的表达，像一头野兽。这样的文字，怎么都不可能文雅，不可能那么的知识分子。这是我自卑的地方。”[①] 不文雅、不知识分子的文字恰恰是贴近生活真实的书写，这里没有风花雪月，没有矫揉造作，更多的是被现实生活挤压、扭曲、打击下的承受、抗争、坚韧，是面对现代化冲击的当代人生存现状的写照。其间不乏一种迷离、颓废、荒凉：“当我自然醒来的时候，我总是习惯性地拉开窗，望着外面，太密的楼房，我只得仰起头，看见了狭长的一缝天，再看着自己越发瘦下去的身子骨，我会拿起镜子照照脸，不忍细辨。一枕的落发，长而脏的指甲，我看见桌上的水杯残有半杯水，搽脸的乳液瓶一直没有拧开过，那些旧报纸和杂志好久没有翻开过，还有那些干皱而散落的苹果或者桔，它们滚向显示器的角落里，所有这些积满了灰尘，我醒了，它们依然没醒，一种难以抑制的悲伤攫住了我，我只得躺下去，蜷住身体，向着更深的睡眠睡去。”（《南方的睡眠》）在塞壬的文字中充盈着“黏稠、潮湿而又性感的气味”，犹如海妖塞壬一般具有令人难以抗拒的魅力，这也应是其获得“2008 年度华语文学传媒大奖最具潜力新人奖”的重要原因吧。

原散文有一位不能不提的人物，是马叙。马叙的散文在近年来的散文创作中独树一帜。他的散文显示了叙述语言的力量。把一些琐碎的事物扯得更加琐碎，从而让读者透过生活的表象，看到生活的本质。通过马叙的散文，在众多的地名所呈现出来的名词与动词之间，人们看到了杂乱无章的生活中的人性、深藏在文字中的热爱、孤独地漂泊时不灭的信念或宗教般的执著、四处奔波的烟尘所覆盖着的典雅、正在不断地被岁月纷飞的时间所摩擦着的从容。通过超乎寻常的冷静处理，他的散文构成了极为内敛的表象呈现与极度弥漫的精神观照。他对原生态生活的独特的截取方式，为散文的表现形式和叙述方式提供了一种新的视角。

马叙关注的是平庸生活，他始终迷恋细枝末节：喝酒、吃面、睡眠、刷牙、读报、寒冷、居室、哈欠，以及无原则的赞美、长时间的谈话、慢性疾病、半张报纸……这使他的文章萦绕着人间烟火，亲切，温暖，不高扬，不故作深沉。他观察的角度是低矮的，被称为是“趴在地上的写作”，并且是不厌其烦地书写着这些琐碎、无聊。其散文《冬日经历：居室和城镇》是这样开始的：“文联办公室位于市府门口，剧院旁边。办公室门口已成停车场。12 月 20

① 2008 年度最具潜力新人塞壬获奖感言，http：//book.sina.com.cn。

日。上午：桑塔纳、桑塔纳、奥拓、昌河。下午：桑塔纳、奥拓、昌河、昌河、哈飞。12月21日。上午：奥迪、奥拓、桑塔纳、本田、长城皮卡。下午：长城皮卡、吉利、桑塔纳2000……”犹如一个监视器，不动声色地在暗处以一种异乎寻常地冷静记录着这一切。因为“平庸”在马叙这里并非一个贬义词，而是一个中性词，马叙的作品不断地书写着这样一个事实：平庸、无聊、琐碎的生活才是生活的真实，然而正是在这种枯燥的描写下，生活的某种坚硬的本质痛楚地显露出来。“这些平庸的行为之中，包含着本质的无聊。无聊对人本身而言，是一种黑暗的状态，这种状态是身体和生理的更是内心的。同时也是一种人的更深的孤独。”① 马叙以一位外科大夫的冷静用一把小巧的手术刀直插生活的病根，将那真相揭示给我们看。

新散文的创作更致力于形式的创新，原散文是对新散文的一次反动，他们回归生活，书写生活的真相，强调生活的质感和在场感，这是对关注人生、关注社会精神的重新认定，这无疑对于散文的健康发展有着建设意义。除上述作家之外，徐迅、谢宗玉、朝潮、江少宾、朱朝敏、张利文等在原散文创作方面都有不俗表现，值得广大读者关注。

网络散文作为一个新生事物，还很稚嫩，虽然涌现出许多优秀作家、作品，但还需要大家的爱护才能更加茁壮成长。随着网民人数的不断增加，网络文化的逐渐规范，我们相信网络散文这株奇葩必将枝繁叶茂，硕果累累。

思考题：

1. 请谈谈网络散文的定义和特点。
2. 请简述网络散文的发展。
3. 试论述网络原散文的特点和不足。

① 王永胜：《我只关注平庸深处的荒谬与幽暗——马叙访谈录》。

第九章　社交媒体文学

提起网络文学，大家首先想到的往往是发表在文学网站上的、动辄百万字的、充满奇幻与想象的长篇小说。在很多人眼中，网络小说质量低下，过分迎合大众审美，是不折不扣的“快餐文学”“垃圾文学”。事实上，网络文学泛指以网络为载体发表的一切文学作品，除了发表在文学网站的小说，发表于社交媒体上的诗歌、散文、小说甚至是一些新兴的文学体裁，自始至终伴随着互联网的发展而存在。我们可以完全拒绝网络小说，但我们不可能没有接触过社交媒体文学，天涯社区、百度贴吧、QQ 空间、博客、人人、微博、豆瓣、知乎……每一个社交媒体的兴起都代表着浩如烟海的文学作品与数量庞大的用户群体，只是由于社交媒体的不断更迭和过于松散的文学样式使得社交媒体文学没有形成足够的影响，也就没有引起人们足够的重视。那么，社交媒体文学的基本形态是怎样的，它具有怎样的特点，与异军突起的网络小说相比有怎样的不同，其经过了怎样的发展又会在未来走向何处？

第一节　社交媒体文学的兴起与发展

社交媒体是指允许人们撰写、分享、评价、讨论、相互沟通的网站和技术，是彼此之间用来分享意见、见解、经验和观点的工具和平台。相较于互联网的历史而言，“社交媒体”这一概念诞生和兴起的时间还比较短，然而参照对“社交媒体”的定义可以发现，具有“社交媒体”这一形态的产品其实是伴随互联网诞生而生，并随着互联网的发展而发展的。根据社交媒体的不同属性和发展历程，可以将其分为两大类，一是以话题为中心的 BBS（电子公告牌系统，Bulletin Board System）；二是更偏重人际关系的 SNS（社会性网络服务，Social Networking Services）。

一、BBS 与网络文学

中国大陆最早一批 BBS 可以追溯到 20 世纪 90 年代初期，以长城站为起点，开始出现惠多网、水木清华等，再到 90 年代末期出现的、曾经盛极一时的西祠胡同、天涯社区、猫扑等，另外还有在 2003 年上线的百度贴吧也属于 BBS。

诞生于 BBS 的网络文学和 BBS 有着天然的联系。被誉为网络小说开山之作的《第一次的亲密接触》就是发表在 BBS 上并被广大网友所熟识的。早期的网络文学写手或单纯的文学爱好者大多集中在 BBS 上撰写、阅读网络文学。那时的网络文学还不具有商业性，活跃在上面的网友也纯属自娱自乐，形式也特别多样，除了小说还有评论、诗歌、散文甚至是对联，没有门槛，也没有限制。

《第一次的亲密接触》和《悟空传》的走红让人们意识到了网络文学的价值，在BBS上发表聚集人气，线下出版赚取稿费成了那一时期网络文学的固定模式。然而，创作者们很快发现，并不是所有网络文学都可以出版，如果只是在BBS上发表，他们永远无法获得期望中的收入。网络文学与BBS的关系因此而走向冰点，加之互联网泡沫第一次破裂，国家突然加强对BBS的管理力度，文学网站的开辟等原因，共同促使了网络文学的分化：网络小说实现了从BBS向商业文学网站的转移。不过，文学网站固定的形式、明确的目的很难将庞大的网络文学体系全部囊括进来，非小说、非盈利的作品依旧选择在BBS发表。

时至今日，BBS依旧是网络文学领域不可忽视的重要阵地，除了相关爱好者在固定版块发表的诗歌、散文等“明显”的文学作品外，还有大量用户在历史、时事、娱乐版块或是自己的社交媒体上发布“不那么明显”的文学作品。我们以为我们看的是帖子，其实也逃不开网络文学的范畴。特别是在社交媒体真实性、即时性的特点下，有相当一部分创作者会冠以亲历、纪实、直播、八卦等名义发表小说，也因此而引发了一些社会话题。

二、SNS与网络文学

（一）博客文学

“博客”，据英语“Blog”翻译而来，意为“网络日志”或写“网络日志”的人，是继E-mail、BBS等之后出现的又一网络新事物。博客作者们通过互联网日志将个人日常的思想变化向全世界发布。在此基础上，作为一种特别的网络出版和文章发表方式，博客文学采取日记体式，充分利用各种链接，以丰富的内容、广泛的知识及与其他博客的密切联系，表达个性化的内容，成为曾经普遍流行的一种文学新样式，推动了文学的向前发展。

2001年11月20日，美国新闻传播学教授Dan Gillmor先生应邀参加了“清华阳光传媒论坛”，他在以“‘9·11’后世界新闻传媒的走向”为主题的演讲中特别提到了“网络日记”，并且当场展示了自己的网络日记。这场演讲使中国人第一次知道了“网络日记”这个概念。之后，一向对网络发展保持最密切关注的“数字论坛”，已经开始觉察“网络日志”这一新兴事物的发展潜力，他们关注并义不容辞地充当“博客思想”在中国推广和倡导的先锋，“博客中国”网站就是这样的一个产物。

“木子美”和“竹影青瞳”事件使中国人对博客开始熟悉起来。被称为“网络旗手”“博客教父”的方兴东，认为：“是木子美让‘博客’概念走向大众，木子美对博客概念的普及功不可没。这一点毫无疑问。所以木子美的大名在中国博客的发展历史上必然是一个留下重要墨迹的名字，她躲也躲不掉，你拦也拦不住的。”①

到2005年以新浪博客为主的各大博客运营商逐步上线，各行各业名人名家博客也开始盛极一时，博客文学开始迎来春天。2009年开始，博客文学由盛转衰。时至今日，博客这种形式已经逐渐被其他SNS产品替代。

（二）微博文学

2006年7月15日，美国twitter正式推出微博，微博热潮在世界范围内开始蔓延，并逐

① 方兴东：《是福是祸：我们该如何评说“木子美”现象》，博客中国网，2002-11-14。

渐扩散到中国。2009 年，“新浪微博“上线，成为门户网站中第一家提供微博服务的网站，并在之后的激烈竞争中延续至今。

微博如同它的前身博客一样，甚至比之更甚地爆发出无比强大的力量，一度成为互联网最热门的应用，也因此而成为许多热点事件的源头。根据中国互联网络信息中心先后发布的中国互联网发展状况统计报告显示，微博在中国最为活跃的时期是 2010 年和 2011 年，并已成为网民获取信息、交流和发表舆论的重要平台之一。

就网络文学而言，微博所造就的影响也是空前的。被限定在 140 字以内的微博文学被誉为是“具有俳句体的凝练传神、即时化的个性表达、集聚式的实时互动特质的一种新文体”。[①]微情书、微小说、微诗歌、微剧本等各种形式各种内容的微博文学层出不穷。微博庞大的用户群体和快速的传播方式还助推了各种“体”和网络用语的繁荣。

进入 2012 年，微博的热度逐渐降低，微博文学也步入一个相对平稳发展的时期。与此同时，新浪微博也在求新求变，在微博的基础上开通长微博、打赏、热门排行榜、热门推荐等功能，进一步扩大了微博文学的形态和可塑性。

（三）微信文学

2011 年，腾讯推出了通过移动互联网快速发送语言短信、视频、图片和文字，支持多人群聊的手机聊天软件产品“微信”，微信借助用户通讯录和用户位置信息，与二维码业务相结合，成为融合通信、娱乐、生活、商务需求的新型信息服务和传播平台。

微信文学的主要阵地有两个，一是朋友圈，用户可以看到朋友原创和转发的“微博”，二是微信公众号。微信公众号是指针对名人、政府、媒体、企业等机构推出的合作推广业务，目前，很多个人也开设了有固定主题的公众号，形成了所谓的自媒体。微信公众号可以看作是微博的升级版，与微博不同的是，微信更像是一个缩小版的网站，微信平台可以设置栏目，由用户自己挑选阅读；由于腾讯对微信公众号的推送次数有严格限制，微信公众号运营者对推送的内容势必要经过精挑细选和精心策划；另外，微信没有微博那样的字数限制，也没有微博那样的绝对公开。可以这样说，朋友圈给了微信用户 SNS 功能，公众号给了微信用户 BBS 功能。

除此以外，豆瓣、知乎也是社交媒体的一种。初期的豆瓣以由用户提供书籍、电影、音乐的描述和评论为主，因此汇集了许多书评、影评、乐评等。此后，豆瓣还提供书影音推荐、博客、小组话题交流等多种服务功能。其中豆瓣电影、豆瓣读书、豆瓣音乐是可供用户针对相应作品发表评论的平台；豆瓣小组类似于传统的 BBS，将有相同兴趣的用户汇集一堂，进行话题讨论；豆瓣阅读更像是文学网站，提供原创作品、已出版作品的免费或付费阅读，其中的专栏版块类似于博客和微信公众号，是由个人作者申请开设的，就某个具体、明确、特定的主题进行的连续创作，同时面向读者推出收费系统；除此以外，用户还可以在豆瓣上撰写日记，这一点和传统的博客几乎没什么区别。

知乎是一个网络问答社区，用户通过提问与回答的方式分享彼此的专业知识、经验和见解，其中某些回答虽然不能完全界定为网络文学，但是有不少用户选择用撰写说明文、杂文、哲理、小说的方式回答问题，也可以被视为文学创作的一种。知乎还开通了专栏功能，为在某一领域有特殊造诣的用户提供发表文章的空间。

---

① 李存：《微博文学的定义、发展、类型与特征》，《贵州社会科学》2010 年第 10 期。

第二节　社交媒体文学的特征和审美性

一、社交媒体文学的特征

（一）相对真实性

无论是早期的BBS还是近年来的SNS，用户使用社交媒体的主要意图是为了分享新鲜事或是对自身生活的记录，除了发布者特意标明是“虚构”或“小说”之外，绝大部分读者都不会轻易怀疑其真实性。

真实性还表现在发布主体上。博客出现后，社交媒体中掀起了实名认证浪潮，由此开启了由匿名状态向真实身份在网络中生存的转变。也正是在这一时期，相当多的名人加入到社交媒体圈中，他们或发表日志，或发表图片，给了广大网友一个窥探名人生活的机会。即便不是实名认证，每一个 ID 也代表着一个在现实生活或是网络世界中拥有某种身份的真实的人，对他们感兴趣的人也希望借此能够了解他们的日常生活。

“真实的人”和“真实的事”成为社交媒体文学之所以吸引关注的两大要素。相较之下，传统文学和网络小说因为特定的环境将最能调动读者情绪的“真实性”彻底摧毁了，同样一篇以第一人称叙述的小说在社交媒体上发表和在文学网站上发表的效果是完全不同的。深谙此道的网络写手们纷纷把虚构的小说冠以直播、求助、八卦的名义在社交媒体上发表。例如出自天涯社区的《感谢小月月这样一个极品的朋友给我带来了这样一个悲情的国庆，深度八做留恋》《我和一个飞行员之间的爱情故事》，以及出自豆瓣的《与我十年长跑的女朋友就要嫁人了》，这些帖子不仅在当时引起了巨大的轰动，有的作品还被出版社看中出版为纸质图书，甚至还传出了要开拍电影的消息。

在“小月月事件“中，作者蓉荣以这样一段话开头：

首先，祝大家国庆节快乐！虽然我国庆节过的非常悲剧。

这样一个美妙的假期，因为一个极品的朋友，我度过了难忘的两天一夜。

下面，我要慢慢八，绝对不是虚构，绝对不是夸张，绝对不是编故事。

我不八出来我都快憋的吐血身亡了。但是我不知道我的文笔能不能描述出那个极品一二，我承认，怎么描述，你们也想象不到当时场面的震撼。

帖子讲述了小月月及其所谓的男友小 W 来上海玩，蓉荣作为东道主在招待过程中的种种痛苦经历，小月月的“极品女”形象不仅让广大网友叹为观止也引来了大量共鸣。帖子发布后迅速蹿红，原帖点击量超过 4 600 万，网友回复 105 000 余条。虽然作者在开头就说明帖子内容不是虚构，但是随着帖子的走红，帖子的真实性也成为一个热门话题。有人发布考证帖，针对帖子中的细节发出质疑，也有人声称去过帖子中提到的地点走访调查，有店员保安证明确有其事。至于帖子究竟真实与否，我们可以从作者的回应中一窥端倪。

记者：这是你第一次在网络上发帖吗？

蓉荣：我是一个资深的网络潜水党，网上也有很多痕迹，发帖很多，但不是用这个名字写的，反响还可以，纯粹是写着玩的。我对各种网络用语都非常熟悉，无意中就会应用在发帖中。我是标准的宅女，除了工作，便是网络，对各种类型的话题都有兴趣。最喜欢的是一些怀旧的帖子，包括老歌曲、老电视等。

记者：你是从小就喜欢写作？

蓉荣：小时候我妈把我房间的电视机锁了，我只能看书，看了很多很多书。工作后，写作就成为我生活的一部分，平时我遇到一些事情都会把它写下来，更多的是自己写给自己看。遇到特别愤怒的事情或者一些社会上的事情，我也会在网络上发帖给大家看。

记者：一开始怎么会想到写这样一个帖子？

蓉荣：有这样一句话一直充斥着我们的生活，那就是“林子大了什么鸟都有”，最近各个BBS上总有一些吐糟帖、诉苦帖，展示身边让人难以忍受的极品人物。刚好我遇到了这样一个极品人物，就找个地方来诉苦来吐糟。

记者：现在你已经更新到十几万字了，之前想过会有那么长吗？

蓉荣：没有，我可以很负责地说，我10月5日开始写的时候连word文档都没建，是在对话框里直接写的，回头去看，错别字一大堆，一开始前面好几段没发出去，我还重新写了一遍。

记者：什么时候注意到帖子红了？

蓉荣：我刚更新半天，就上了热帖榜，点击量有一百多万，在天涯算热帖了。第二天晚上天涯就通过站内短信联系我，让我在线做一个访问。

记者：你认为这个帖子爆红的深层原因是什么？

蓉荣：这么高的关注度是我原来没想到的，当然，文笔和人物精彩是一方面，但我觉得更深层次的原因可能是因为获得了广大网友的共鸣。[①]

值得玩味的是，在2013年发表于豆瓣的《与我十年长跑的女朋友就要嫁人了》一帖从发布到走红再到网友的大讨论，几乎与“小月月事件”经历了相同的轨迹。首先是在帖子中标榜“真实性”，作者李海波在帖子开头这样写道：

昨天下午凌一尧给我发来一张照片，是一件婚纱，她问好不好看，我说还行。

她说：“初五举办婚礼，和我们以前想象得一样，有鲜花拱门，有红地毯，有白婚纱黑礼服，就是没有你。”

我说：“要不要我去凑个份子？”

她半天之后才回复说：“不用了。

直播我们这十年的历程，初五删号。有人听吗？这不是一个纯爱故事，只是告诉那些正在学校读书以及刚刚工作的freshman，我所经历的残酷社会。

该帖在连载过程中，也引来网友对“真实性”的质疑，有网友把帖子内容视为作者的自述，也有网友指出作者是在编故事，现将部分网友回复摘录如下：

1. 替你难受 不安慰 人生至多只有三个十年可以用 你已经耗尽三分之一

2. 我可以说 这是 小说 拷贝过来贴的么

3. 我只想问楼主 十年了 你为什么不娶她？

4. 看到这标题，只想说楼主活该！谈了十年！你要真的爱她就结婚啊！为你付出十年你还想怎样！你自己玩不够不想结婚就能耗着别人的青春吗？

5. 当小说读 就不会那么难过了

在这篇热帖出版为纸质图书后，作者李海波在接受采访时坦诚，他曾兼职代笔枪手，想

① 程绩，李宁源：《小月月迎来“大结局”，作者现身曝网帖背后真相》，《新闻晚报》2010-10-13。

去出版社却没有机会，只能投身工程建造行业。他发帖是为了发泄情绪，其中 70% 的内容都是真实的，女主角“凌一尧”是他交往过的几个女生的综合体，帖子中在海边、边疆做工程的都是他的真实经历。

由此可见，作者在帖子中标榜的真实性加上故事本身的真实性和艺术加工，共同构成了社交媒体文学的相对真实性。毫无疑问的是，这种或有意或无意误导读者的行为无疑也在消费着社交媒体的真实性。目前，不仅在天涯社区中时常可以看到有网友回帖质疑真实性，其他社交媒体上的网友也对一些特别戏剧化或是缺少新闻要素的帖子提高了警惕。

（二）自我性

文学评论家葛红兵认为，与传统文学、网络文学相比，博客文学在传播模式和写作上具有明显的自我性。自我性也是社交媒体文学的普遍特征。商业文学网站的开辟为功利化写作提供了宣泄的出口，也为社交媒体文学留下了以爱好或自我实现而非金钱驱使的创作者。也正是在这样的条件下，社交媒体文学的自我性更加凸显。

首先，没有管理上的权限使得社交媒体文学具备了完全自由化的特征。创作者没有上司领导，没有公司的约束，没有关于内容主题的强制要求，也没有僵硬的文体限制，甚至没有工作上的限定，这使社交媒体文学完全成为一个自由状态下个人的自我行为。自我性的行为，自我性的视角，自我性的思想，自我性的爱好和兴趣，正是社交媒体文学能够吸引作者和读者的力量源泉。这也是任何技术都无法实现的极致。其次，作为有对信息整合功能的社交媒体的信息选择是有倾向性的，不同人手里的微博、朋友圈是完全不同的，于是社交媒体就具有了个性特点。最后，传统纸面文学追求刊物发表、出版社出版，网络小说寻求点击、订阅，社交媒体文学只是张贴在公开的或是自己的媒体上，大多出于宣泄的目的，至多也只是追求读者的认同，较低的功利性助长了自我性。

另外，极致的自我性也将社交媒体文学带入“泛文学”时代。正如欧阳友权对微博文学的评价那样，“微博客不是为文学而生，却能为文学提供理想的生产和传播平台，尽管这里的‘文学’或许只能算是‘准审美’的‘软文学’。”①社交媒体上的文字是作者自发的随性写作，体裁涉及诗歌、小说、散文、纪实性杂感等，呈现出多文体并存与交织的特点，甚至找不到确切的文体。不要说“文学”的界定本来就很模糊，即便是按照诗歌、小说、散文、戏剧的范畴分类，我们也很难断言出现在社交媒体上的文字哪些属于文学哪些不属于。

例如以下两则文字：

偶感风寒，望着天花板一阵咳嗽，忽然笑了。媳妇问你笑什么？我说想到这样一番情景：家徒四壁，秋风萧瑟，我卧病在床咳嗽连连，一旁马小烦嗷嗷待哺。你端着最后的半碗稀粥进来，问接下来怎么办？我挣扎着起身，颤巍巍从枕头下摸出枚铜板，犹豫再三，放在你手里说，这是咱家最后的积蓄，你去把下个月网费续了吧。（选自马伯庸新浪微博，2013-09-23）

……

今天我们来谈一谈借钱这件事，你们有借过钱给别人吗？借你钱的人还健在吗？借我钱的有一部分人打电话跟我说自己失踪了。有一部分人说本来想还来着，结果走着来还钱的路上，把别人车撞了。走路把别人车给撞了，这应该是行为艺术了。他说要赔钱给别人修车，

① 欧阳友权，吴英文：《微博客：网络传播的“软文学”》，《文艺理论研究》2010 年第 4 期。

所以暂时还不了了。

莎士比亚有句名言："不要把钱借给别人，借出去会使你人财两空；也不要向别人借钱，借进来会使你忘了勤俭。"反正我已经人财两空了，所以现在特别想忘了勤俭。接下来我就跟大家说说向别人借钱的艺术。

首先要看准目标，比如那些在朋友圈里总是转心灵鸡汤励志的一般都没钱，有钱的谁需要励志啊。而且你发现有人在朋友圈里频繁发名人名言，一般来说他的生活就是遇到了问题。

有钱的是那些在朋友圈里经常说自己吃大餐的，或者秀自己买了奢侈品的，或者说自己做微商很赚钱的，他们在朋友圈这么显摆，怎么可能会好意思说自己没钱呢？况且很多骗人赚钱的微商，我们借他们的钱就算是为民除害。

其次要注意的是，很多借钱人都善于打折，比如你借 1000，他也就给你 500，对于数学不好的人来说，少借给你 500 就等于赚了 500。所以我每次借钱就说：能不能借我一个亿周转一下？对方说：我手头也就 500，真不好意思啊，帮不了你那么多。这样借你 500 他就相当于赚了 9999 万多。而且还欠你个人情。这样下次再借钱你就可以说：上次你欠我的 9999 万多什么时候给我？

第三点是借钱的时候一定要让对方觉得你很有实力，比如你可以说：我需要 10 万救命，现在手头有 9 万 5 千 5 百，你能不能借给我 500？这种感觉就好比是马云跟你说：我的阿里巴巴要上市了，你能不能先借给我 500 块钱周转一下？让人感觉，不借简直就是没有人性。

……

（选自微信公众号琢磨先生《借钱的艺术》，当日阅读量 26376）

有学者指出，"现代新媒介的应用、日常生活的审美化以及精神产品的商品化等因素共同促成了文学等级秩序的崩溃与文学经典主义的消退！并最终模糊了文学的边界。"[①]由此可见，不断更迭的社交媒体已经改变了文学固有的样式，而是以博客、微博、微信等多元化的形式与传统文学形式融合相生。

从创作者的角度来说，大多数用户在社交媒体上发表文字往往并不追求表达上的"文学性"，如我们一般所看重的文学性特征，概括性、虚构性、典型性、教益性等，社交媒体文学在文字表现上更加随意自我，它的生活化特征、写实性品格、非教益性倾向、自我记录和抒发的意味对传统的文学观念构成了巨大的冲击。

（三）迅捷性

社交媒体在时间性上的迅捷性特点通过两点体现出来，一是排列顺序上的时间性，二是更新上的即时性。

前者是指社交媒体通常是按照时间顺序进行记录，最新发表的文字会出现在最近的地方。更新的即时性是指社交媒体经常频繁地更新和发布信息，有时几乎产生了一种即时交流的效果。"这种即时性，才可以及时记录个人的行为、信息和思想。因为即时，所以新鲜，所以独特。"[②]

① 王建：《后文学时代文学等级秩序的崩溃与文学经典主义的消退》，《辽宁师范大学学报》2012 年第 35 卷第 6 期。

② 张兰，刘国亮：《中国博客新闻化的潜力及发展趋势》，《中国新闻传播学评论》2006 年第 2 期。

例如新华社女记者周轶君就以博客记录下了她在巴以冲突最为激烈的加沙驻守七百多个日日夜夜的所见所闻和所思所想。我们以其中一则博文为例：

2006.12.16 周日

加沙最近有点危险。

阿巴斯的车队遭袭击。哈尼亚的车队遭袭击。法塔赫高官三名幼子被杀，哈马斯法官亦倒毙枪下。阿巴斯同以色列总理奥尔默特通了电话，见了密使，据说结果非常积极。哈尼亚见了伊朗的内贾德，自己说是“历史性的”，得到2亿5千万美元援助承诺。虽然这趟多国之旅化缘来的钱，都还留在拉法关卡外面，法哈两派都到了“谁怕谁”的时候。凤凰领导喜欢问一竿子戳到底的问题，比如，在我正埋头写智利前总统葬礼稿子时，忽然问：“你说黎巴嫩打不打？”我霍然起立，一连回答5个类似“终极”问题，如西尼乌拉是否下台，美国如何干预等。答完了，赶紧上网查，发现果然快要达成协议，才松了口气。暗自佩服自己如何答上来的。关于加沙，领导又问：“打不打？”好吧，我给一个简单的字：打！但加沙不会像黎巴嫩，陷入十几年的内战。加沙势力不分区，家族内又各派别混在一起，简单说，不是像伊拉克，黎巴嫩，根据宗教派别分化，而是根据立场不同划分。这就好办了，反对以色列从前是，现在不是意识形态问题，立场的转变，从来有条件可谈。加沙的事情，目前还像拳击场上的开始阶段，相互试探，也有点看谁先倒下的劲头。难办的是，什叶派在中东崛起，伊朗想玩点大的，哈马斯也就得挺住。美国政府也许应该左右挥拳，一手跟伊朗对话，一手推动巴以和平进程，让中东的温和阿拉伯国家，逊尼派国家政府得到鼓励。加沙的“打”，不是你死我活，最多是鼻青脸肿，因为在一个拳击场上，还有规矩要讲。12月6日，在加沙访了哈马斯外长扎哈尔。一席话间，我惊讶自己曾经在加沙待了两年，都没看出哈马斯的策略到底如何。这次悟到一些了。承不承认以色列，是战术，不是意识形态。仇恨以色列，是哈马斯的生存底线。老是说拳击，因为本人最近开始kick fit训练。打拳这玩意儿，还真要动脑子。另外，我做事拖拉，扎哈尔的采访全文，到现在没整理出来，以后拳打溜了，估计做事也会利索些。

在许多危急时刻，周轶君正是通过自己的博客使所有关心她的人随时获知她的消息，让人们在那些掺杂着血腥与硝烟的文字中分享到了她被困加沙的惊险……社交媒体迅捷性特点，给了文学——尤其是以纪实性为主的文学广阔的挥洒空间和表达自由。

另外，每每有热点事件发生，社交媒体上也会很快爆发出以此为中心创作的段子、评论、寓言、哲理等。例如针对“扶摔倒老人被讹”这样的新闻，有网友创作了微小说：

1. 今天下大雪，刚才出门见一大爷摔倒了，我过去问道：大爷，我一月工资不到2 000块，能扶您起来吗？大爷：小伙子，你走吧，我再等一会儿。我：好嘞！天气虽冷，大爷的话却是暖暖的，满满的都是正能量……

2. 昨天路上看着一老人摔倒了，正在考虑要不要去扶，结果自己的各种良心，公德心爆发，决定让路边一人帮忙拿着自己手机帮忙拍摄，自己去扶老人：大爷，您没事吧。大爷说：我没事啊，哈哈，高兴的站起来走了。我心想这是什么情况。回头一看，拿我手机拍摄那哥们不见了。

3. 那次跟爷爷逛街，看到一大妈摔了，刚要去扶，爷爷把我拦住了，不让我扶。我吃惊地看了看爷爷，他从容地说：“我扶。”走两步又转头说：“万一讹我，我也躺下。”

（四）多媒体性

多媒体性是网络文学的一大特征，也是与传统文学相比的革命性优势之一。在博客时代，用户可以按自己的创意为文字配图，为文字配音乐，有的还做成流动的文字、动画。人们可以根据自己的爱好选择阅读和评价不同的作品，图片和音像的介入使作品表现形式更为丰富，这些给读者带来了阅读的美感和享受，给读者提供了更多更大的想象和创作的空间。

然而，由于文学网站功能所限，迁移至文学网站的网络小说并没有能够继承这一优势。在一些文学作品中，只有文字描述会比较抽象，如果配上地图、角色肖像则会为作品增色不少。在这一方面，社交媒体文学已经走在前列，一些创作者不仅会为文字配上相应的图片，还会在文字中加入精心挑选或是特意绘制的图片，从而达到滑稽、荒诞的效果。例如有创作者会在作品中说“我当时的表情是这样的”，然后配上一张眯着眼睛的狗的图片，可谓是一图胜千言。微博知名博主天才小熊猫就以制作有故事情节的图文混合长微博而知名，以下是其创作的“穿越小说”节选：

……

建国：好吧，那接下来我该怎么做？

别着急，我来告诉你，这是我给你准备的一些生活用品，叔叔边说边从他的包里掏出几样东西。

这个黑色的东西是什么？建国问。

叔叔：这是那个年代的手机。是我今天在潘家园淘到的，你到了那办张卡应该就能用了。

建国：这是手机？那个年代的手机也太奇怪了吧！我能带我自己的手机去吗？

叔叔：绝对不可以，我们现在用的手机太招摇了，那个年代的人看到后会起疑心的。

哦，好吧……建国略带遗憾地看了一眼自己的手机，那是他上个星期刚买的最新款手机。

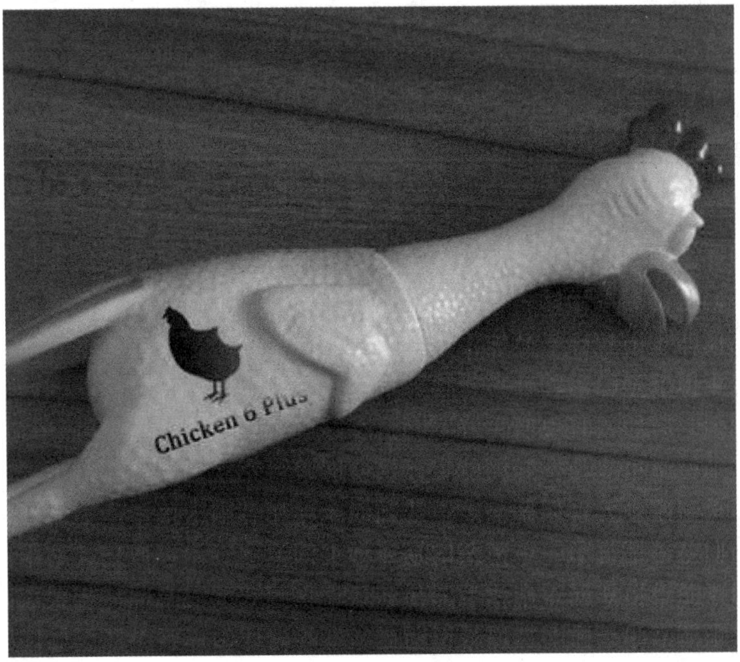

……

在这种情况下，图片已经成为文学作品中不可分割的一部分。除了图片，语音、视频也被运用到文学作品中，其中有声阅读在近些年越来越成为一种潮流。

二、社交媒体文学的审美性

社交媒体文学真正实现了知情权、话语权和传播权的统一，日渐赢得大众更多的公信力。但是，社交媒体写作尤其是发表的自由性，决定了它和传统意义上文学的不同。作为作家的一般创作经历应该是写作、修改、投稿、编辑审阅、发表，还应该有评论家的评论等几个过程。但是社交媒体的开通使这个过程得以省略，创作者疏于认真修改，也没有机会得到编辑的“把关”，发表出来的作品质量难免良莠不齐，评论者也并非人人都具有“评论家”的能力，所以有些作品文学性较差，文学含量低。这也是网络文学较之传统文学的通病。

社交媒体文学不是一般的网络文学，它是一种非常“个人化”的写作，是以展示、释放、推介自己为目的的，如果网络小说是一种大众狂欢，那么社交媒体文学则是一种个人呢喃或同好相和，两者具有某些实质性不同。社交媒体文学作为一种新媒体新事物，它使文学的范围进一步扩大了。作为一种新的文学生产方式，社交媒体文学同传统文学也存在明显的差异。

作为网络文学的一个分支，社交媒体文学与网络小说有着很多共同点，如低门槛、互动性、独特的语言体系和大众化的审美，但也与网络小说有着明显不同。

其一，文学网站有固定的文体和编辑把关，任何人都可以发表，却不是任何人都可以坚持到完结或通过审核，相较于此，社交媒体文学则是真正的零门槛，不需要技巧，不需要成本，不需要形式，随性而来随手一发，就可以被看作是一个作品。其二，从某种角度来说，网络小说更公开，社交媒体文学更私密。其三，网络小说作者往往有明确的创作意识，而社交媒体文学作者情况较为复杂，有些很少有文学的意识，有些则出于兴趣精雕细琢。

社交媒体文学的互动性也更强，读者不仅可以和作者即时互动，还可以根据原作衍生创作，例如某某体、神最右、在评论中续写、反转、吐槽等。

其中神最右是指在微博上或其他网络媒体中，第一个转发的人评论了一句非常经典、犀利、搞笑或引起网友普遍共鸣的话，再次转发微博的人都会将其同时转发。

【神最右】@一起神补刀：知识改变命运。

【原博】@时代迷死：现在3000块你就想请一个民工？别开玩笑了，3000块只能请一个大学生！

【神最右】@上官Ccciko：下面我找一位同学上黑板来做这道题。

【原博】@Xxibit-：只要你一句话就能让我从迷惘失神的状态中瞬间清醒，你是有多重要。

在这个过程中，“阅读不再是一种不可逆的线性的历史过程，而变成了交互指涉的快乐游戏”①。社交媒体文学这一文学样式的载体，不仅最大限度地提升了创作者的创作欲望，同时更大限度地提升了阅读者的参与感。“手写时代”枯燥的脑力劳动为敲击键盘的轻巧所替代，创作过程的乐趣大大提高了。

与此同时，与网络小说相比，社交媒体文学和平台的关系更为密切，可以这样说，社交媒体文学是与社交平台相携共生的。虽然说文学网站也会形成自己固定的风格，然而社交媒

① 严峰，卜卫：《生活在网络中》，中国人民大学出版社1997年版，第12页。

体不仅会固定下来作品的风格和形式，还会影响作品的创作。博客开启了私人日记网络化的浪潮，微博将文学创作限定在 140 字以内，QQ 空间和朋友圈的人际传播方式造就了养生、哲理类文体的盛行，豆瓣、知乎专栏则揭示了社交媒体文学精英化的趋势——浩如烟海的社交媒体文学让人渐生疲态，人们逐渐向特定主题的内容或是在某一领域有专长的作者靠拢，编辑筛选与把关的重要性重新凸显。从 BBS 的精英主导到 SNS 的草根主导，从话语权的转移到话语权的泛滥，现今的网络文学开始展现精英化的苗头。

某一社交媒体的火爆势必会带来某一社交媒体文体的繁荣，具体到某一个作品则是传统文学和网络小说无法比拟的传播度。大众传播加人际传播的模式，紧跟热点的内容，社交媒体的超高人气和覆盖度让一个文学作品可以在短时间内实现动辄百万的浏览量，甚至因此而衍生出社会话题。例如前文所提到的《与我长跑十年的女朋友就要嫁人了》起初是一个在豆瓣上长达 113 页的直播帖，之后被人整理为长微博发表在新浪微博上，进一步引起轰动。帖子的主要内容是以男主角吕钦扬的口吻讲述了与“女神”凌一尧，从高一到工作后初入社会十年间的爱情长跑故事。因其内容是涉及青春、奋斗、丈母娘的“屌丝”爱情而获得了广大网友的强烈共鸣，不仅在短时间内吸引了 8 000 多万粉丝转发评论，国内一线明星也在转发推荐。这样的传播现象是传统文学或是网络小说很难企及的。

不过烟花般的爆红也会带来难以像传统文学或是网络小说那样持续繁荣的困扰，首先是短小的篇幅本身很难形成持久的影响力，其次是微博、微信这样碎片化的创作与阅读既不利于作者的管理、保存与推介，也不会给读者带来极其深刻的印象，最后是以 SNS 类产品以人为中心的创作难免会遇到江郎才尽的窘境。这也使得社交媒体文学更像是餐后小点，无法形成与其地位相符的影响力。

博客的落寞让博客文学成为历史，微博日显颓势前途未卜，不变的是网友对网络小说以外的文学创作和阅读的需求。伴随着社交媒体的不断更迭，社交媒体文学也会推陈出新，在微信火爆之后，下一个闯入互联网世界的社交媒体势必会给网络文学带来新的变化。

第三节 社交媒体文学的局限和未来

社交媒体文学作为一种新的文学形态，虽然它具有很多优势和进步性，但也并不是完美无瑕，它本身存在着一些局限性，除了上文提到的社交媒体文学类型繁杂松散，难以形成足够的影响之外，其局限还表现在：

一是社交媒体文学的媒体性大于文学性，信息性大于思想性。因为社交媒体文学本身“短平快”的特点使它承载不了文学的沉重和深刻。虽然信息因为不经过中间的周转和过滤程序而迅速呈现在受众面前，保持了原生态，但因为社交媒体写作比较随意、自由，往往视野比较狭窄，缺少对生活的深刻体验，尤其是缺乏对社会生活的理性思考和对时代氛围的整体把握。许多社交媒体文学创作，多是写一些生活琐事和抒发一些个人的情感，而很少去关注现实生活和时代风云。没有对现实生活的热切关注和理性思考，作品仅仅囿于个人生活的小圈子，必然与现实生活脱节，其创作就会有很大的局限性。如点击率极高的影视明星徐静蕾的博客，其大量的作品都是生活琐事和小资情调，缺乏对当代生活的关注，缺乏对当代人生活境遇的理性思考，因此，作品没有精神张力，不能留给人们更广阔的思考空间。时间一久，读者就会出现“阅读疲劳”。

二是尚不明朗的盈利模式将社交媒体文学置于生死一线。商业化是一把双刃剑，它在重塑文学的同时也在促进文学的繁荣。在网络小说探索出成功的盈利模式后，仅凭兴趣支撑的社交媒体文学创作者们还能坚持多久？特别是在抄袭和转载者们不断把让原创者们获得满足的点击、粉丝瓜分走的同时，还利用这种行为创造了巨大利益，原创者们又该如何自处？

在网络小说商业化的同时，留在社交媒体上的网络文学也早已不像它的先祖们那样单纯，软文广告、营销策划无处不在，如今的微博、微信上，营销号早已不是什么新鲜事，你以为你看的是小说，殊不知很可能在里面植入了广告，即便里面没有产品，也很可能是为即将上映的同名电影造势，或是某个产品推广方案的一部分，真真假假，假假真真，让人分辨不清。这样的现象在侧面说明社交媒体文学重要价值的同时也在摧毁着社交媒体文学的“真实性”。难道除了植入广告，在社交媒体上发表短篇小说、散文、诗歌就不能像长篇小说那样取得报酬吗？

网络写手南派三叔曾经开通过一个名为 paibook 的微信公众号，短暂的三个月后南派三叔联合微信支付功能正式推出会员方案，开始文学的微信商业化运营。据微信官方数据统计显示，paibook 的关注量突破 5 万，并且创下了单日 32 万条互动的惊人纪录。[①]该微信公众号通过淘宝和微信支付销售会员卡，提供的服务有南派三叔小说、漫画及同人作品、在会员论坛发帖，这种模式成为网络文学在文学网站以外盈利的有益尝试。有业内人士甚至针对这种现象发出感慨，“微信为网络小说作者提供了最关键的传播渠道和收费渠道，有了自己的渠道，谁又会去跟网络文学网站分成呢？”不过这一模式的成功和南派三叔的个人能力、长久积累的名气和背后团队分不开，就目前来说，能够单飞开通自媒体的网络作家屈指可数，这种模式的前景也有待商榷。

在豆瓣阅读推出的专栏版块已经按照网络小说的模式实现单篇付费阅读之后，各大社交平台如天涯、微博、微信也意识到优秀作者的盈利需求，纷纷开通打赏功能鼓励原创，提高作品质量。2015 年，微信打赏功能在经历小范围测试后已经全面开放，开通这一功能后，所发表文章中会出现打赏按钮，网友可以根据对文章的喜爱程度向作者支付一定的费用。

微博为了与微信竞争，开启了签约自媒体计划，投入价值 1.5 亿资源，通过打赏、付费阅读、商业分成等手段帮助签约自媒体提高收入。有报道称，微博开通打赏功能三天内，有 600 多个自媒体微博号开通打赏功能，累计流水超过 26 万。打赏功能开通一年后，累计收入超过 4 500 万。获得打赏较多的作者主要集中在投资理财、体育、作家三个领域。

打赏会成为社交媒体文学收入的主流渠道吗？有人认为付费阅读有悖于内容的传播广度，打赏才是社交媒体文学获利的主流；也有人认为打赏模式对于鼓励原创作品以及遏制抄袭有一定的积极影响，甚至对文学乃至所有写作行为都能产生很大的促进作用，但是打赏的门槛较高，基本上属于粉丝经济，并不具有普适性。而且打赏与否完全看读者心情，极其不稳定，网上的东西就该免费的思想又根深蒂固，打赏成为主要渠道并不现实。就目前的现实情况来看，对于绝大部分自媒体来说，相比传统的广告方式，打赏收入往往微不足道，读者打赏的心理也多属于游戏性质。从这个角度来说，打赏更多地像是一种噱头，或者说是一种“锦上添花”。

---

① 欧阳友权：《网络文学五年普查（2009—2013）》，中央编译出版社 2014 年版。

除了看之前的付费阅读和看之后选择性付费的打赏模式，还有包月、包年以及其他尚待开发的模式，虽然目前的时机尚不成熟，但是在国家越来越尊重知识产权和读者越来越渴求高质量内容的环境下，社交媒体文学创作者通过写作获得报酬还是有着极大可能的。

社交媒体文学的出现是新技术条件下的必然产物，也是对传统文学的颠覆和重构。网络对传统媒体的巨大冲击，造成纸质媒介的阅读率下降，网络的阅读率上升。传统文学依赖纸质媒介生存，但当纸质媒介渐渐失去读者时，传统文学必然向网络文学转化。同时，随着网民对待网络文学心智的成熟，会逐渐有不少经典的网络文学作品出现，无论是在文学网站上还是在社交媒体上。

思考题：

1. 简述不同社交媒体上社交媒体文学的特点。
2. 怎样看待“网络小说”和“社交媒体文学”之间的关系？
3. 社交媒体文学的局限有哪些？

第十章 网络文学语言

第一节 网络文学语言概论

网络文学之所以在短时间内取得繁荣，正是由其大众娱乐性的特质催发的。有学者说，如果我们承认文学是一种自由，是人性的、游戏的、非功利性的，那么网络文学正是在这点上将文学的大众性、游戏性、自由性还给了大众。这种“还给”，恰恰是通过语言这一介质来实现的。正是网络文学语言的恣意妄为，正是它大胆突破传统语言的种种规范，从而形成了网络文学千姿百态、风格独特的面貌。

网络文学的语言与传统文学是不同的。如果说通过时间线性叙述达成空间的排列是传统的文学叙述的特点，这种语言叙述只能是一个字接着一个字，一句话接着一句话的线性排列，叙述技巧再高超的作家，也走不出延时罗列和点线分述的圈子；那么，网络文学语言表达最独特的地方在于，它可以充分发挥多媒体的优势，将声音、图片、音响融合到语言文字的叙述中，在影视艺术的帮助下，大大拓展了语言文字的表现力。文学作品的叙述方式甚至可以成为一个多种可能的超媒体链接系统。例如在网络的支持下创造出来的新文学形式“连载互动式小说”。这种小说不再是一个像传统文学文本那样的独立封闭的系统，作者可设置多种环节，这些环节又可以再选网络文学语言来塑造艺术形象。

我们可以看到，网络上语言独特的作品，往往能迅速受到大家的欢迎。所以，要完整的领略网络文学的风貌，是离不开对网络文学语言的观照的。

一、网络文学的语言是网络语言

网络语言是伴随网络的出现应运而生的，它作为普通语言的一种语言变体而逐渐显示出自己独特的发展方向，成为语言学家、文化研究者、文学创作者等诸多领域关注的对象。

网络语言有狭义与广义之分。狭义是指网民们在网络交流这种新兴文化中所使用的新的语言，即在聊天室等网络交流中常常使用的某些含有特定意义的词语和符号形成的一种特殊形式的语言，同时也包括网络小说及一些网络文章中使用这些特殊词语和符号的文学语言，还包括利用这些特定网络术语进行报道传播的网络媒体语言。广义的网络语言还包括与网络有关的专业术语或者是特别用语，如互联网、鼠标、软件、硬件等。网络语言大致可以分为以下三类：一是与网络有关的专业术语，如硬件、软件、病毒、防火墙、局域网等；二是与网络有关的特别用语，如网虫、网民、黑客、上线等；三是网民在聊天室上的常用词语和符号，如 RP、童鞋、累觉不爱、(╯^╰) 等。网络语言在词汇、语法、修辞上都出现了一些鲜明的特征，这些特征在网络交际语言、网络文化语言中体现出来。

网络文学是运用电脑“书写”并首先在网络上发表和传播的文学作品。网络文学语言则是用来塑造艺术形象、借以反映社会生活、表达思想感情的语言。网络文学的幼芽萌发于聊天和论坛的讨论中，相当数量的作品将网络上的语言，不加任何改动地照搬到了作品中，包括网络聊天和网络游戏的对话记录、论坛社区的帖子以及上传的只言片语，呈现出生活原生态的状态，在语言上最大限度地体现了随意性、未完成性和偶然性等特征。它们是地地道道的网络语言。

网络文学在语言风格中口语化倾向非常明显。很多创作者就是在 BBS 论坛中即兴写作，抱着游戏心理、码字的要求，以及对屏写作的空间特点，减轻读者阅读的困难。还有众多网络写手自身文学底蕴的缺失，使他们多采用口语进行创作。用直白的语言构造情节，用直白的对话代替环境、场景描写，甚至人物形象的塑造。伴随着大量网络文学作品的出版，网络语言的传播范围更为宽广了。

从另一个角度来说，网络文学语言是一种传递信息、唤起审美感受的艺术符号。由于网络文学以技术（电子数码）和机器（联网电脑）为载体，以追求高点击率为生命线，这就使得网络文学语言除了使用传统文学语言所使用的语言符号本身之外，还包括使用数字语言（图像和声音等），从而塑造出平易的文学面貌，以吸引各个阶层的读者来获得高点击率。多媒体技术给网络文学语言带来了更丰富的表现手段，一篇文学作品可同时出现文字版、动画版、漫画版，描写声音就配上一段逼真的声音，描写景物就附上一幅优美的风景画，抒发情感就配着格调相同的音乐，营造出使人身临其境的氛围。网络文学作品中的超文本链接和多媒体制作的作品就是最好的例证。比如《若玫文集》这部作品，内容是诗文配上古色古香的图片和缠绵温柔的背景音乐，是诗、画、音乐的综合展示，但是又简单易懂。

二、网络文学语言的特征

一般而言，优美的网络文学语言与传统文学语言一样，具有形象性、情感性、音乐性等显性审美特征和情境性、自指性、陌生化、隐喻性等隐性审美特征，此外，它还具有一些自己独有的特征。

（一）新颖幽默

大多数网络作品的语言都比较新奇、独特，具有较强的游戏色彩和戏谑风格，甚至附加图片和声音等数字语言。这种语言表达方式，拉近了网络交流者之间的距离，吸引了读者的眼球，增加了读者的阅读兴趣，从而也增加了作品的点击率。例如网络玄幻小说《诛仙》中的一处对话——

通天峰上，青云弟子的住处向来是四人一间，此时在房间里打了三个地铺，好歹也挤了下来，不过拥挤不堪那是免不了的。此刻，便只听到有人大声抱怨："真是的，整天说长门如何如何好，现在居然要我们七个人挤一间房，真是小气！"

"老六，你别抱怨了，若是被长门的师兄弟听见，那就不好了。"

"二师兄，你睡在床上，自然舒服得很，怎么也不看看师弟我躺在冰凉的地上，不如我们换个床铺吧。"

"呼呼呼呼……"

"……不是吧，一下子你就睡着了，还打呼噜？"

“呼呼呼呼……”

“哼哼，啊，四师兄，你一向英俊潇洒风流倜傥天资过人才华横溢……”

“呼呼呼呼……”

“搞什么嘛，现在很流行瞬间入睡吗？咦，大师兄你一向心地善良，怎么会看着师弟我……”

“呼呼呼呼……”

对话中，每当老六说出奉承某位师兄的话想获取其好感以换睡处时，那位师兄就以显而易见装出来的“呼呼呼呼……”的呼噜声回应，戏谑的成分很强，轻松幽默。《诛仙》整本书本来比较沉重，但当我们读到这样的语言时，却有了短暂的喘息机会。而书中不时会在沉重的叙事之后来一段这样的文字。这种用语风格应该也是该书大受读者追捧的一个原因。

（二）去理性化

传统文学以纸本的形式呈现，其文字组织形式是线性排列的，且是逻辑严密的，这就促进了思维的逻辑化、理性化。与传统文学相比，网络文学的呈现方式发生了根本的变化，语言符号线性长度趋短，还不时夹杂着影像和声音，体现出去理性化的特点。因为这样的组织形式一方面使人感同身受，另一方面却是让人在“不动多少脑筋”的情况下就实现了对文本的理解。我们很难看到一部网络文学作品“长句子”特别多，像传统文学中动辄三五百字一个自然段的情况也很少见，也鲜有网络文学作品在推动情节发展之余追寻形而上的问题或者思考人的生存问题。

（三）有意识异化语言符号

有的文学作品有时有意识地不使用正规的文字符号，而用图形符号、中英文谐音、中英文缩写等异化了的语言符号来替代，这不仅迎合了网络文学作者对创新和个性的追求，更增加了网络文学的日常性和通俗性，从而吸引读者的注意，拉近与读者之间的距离。例如痞子蔡的《第一次的亲密接触》：

我们常以棒球比赛来形容跟女孩间的进展。一垒表示牵手搭肩；二垒表示亲吻拥抱；三垒则是爱抚触摸；本垒就是已经* & @ ☆了。（基于网路青少年性侵害防治法规定，此段文字必须以马赛克处理）。

例中的图形符号组合* & @ ☆，形象地表示了对文字作了“马赛克处理”，既表现出了小说作者的创新能力，增加了小说的通俗性，也创造出了独特的审美效果，更容易获得读者的喜爱。

三、网络文学语言的言语形式

如果把文学作品比作一座建筑，那么词语就好比是砖块一样，是这座建筑最基本的材料。词语按照一定的组合规则构成句子，句子与句子组合构成语段最终构成一篇作品。下面我们从网络文学的词语选择、句子构成、语段构成和语篇构成角度来看它的言语形式。

（1）词语形式多元化。网络文学作品的词语形式是多元的，是规范的和不规范的汉语词、数字、符号、中文拼音及其缩写、英文及其缩写和方言、别字联想等的大拼盘。例如 Julian Wang

的《水蓝蓝BBS站杀人事件》中的一处对话——

Kevin将磁片插入电脑B槽中，Type出某个档案。

Edward说：

“干什么？”

“这是Borning的日记。”

“从哪儿弄来的？少盖了。”

“哈，今天上午去他家Co来的，他家里没人懂电脑。我留一个空铁盒子在他家，说是28 800超高速数据机，价值12万元，没人敢顶嘴。”

“厉害，不过有些缺德。”

“好说好说，哈哈，我又没有向他们收钱，只是Co了一些东东而已嘛。”

上面所引的文字，除了规范的汉语词以外，还用到英文词type，英文词copy的缩写co，不规范的汉语词“东东”，方言词“盖”（闽方言词，“胡扯”“乱说”的意思）等，显示了用词的多元化。

（2）词与词超常搭配构成句子。网络文学作品中，有的词不按照正常的搭配关系构成句子。比如痞子蔡的《第一次的亲密接触》——

我以前的昵称，诸如：“爱你一万年”“深情的Jack”“浪漫是我的绰号”“敢笑杨过不痴情”“你敢jump我就jump”……不也性格得一塌糊涂？

在汉语句子里，名词性成分一般不带补语，可是例子中的名词“性格”却带了补语“一塌糊涂”，算是一个超常搭配。

（3）多用短句、散句构成语段。短句一般指形体较短、结构比较简单的句子。散句则是指句子的结构方式各不相同、句形长短不一、语气各异的一组句子。短句表意明快生动；散句灵活自然，在表达效果上具有变化美。例如《诛仙》中对上古世纪的一段描写：

自太古以来，人类眼见周遭世界，诸般奇异之事，电闪雷鸣，狂风暴雨，又有天灾人祸，伤亡无数，哀鸿遍野，绝非人力所能为，所能抵挡。遂以为九天之上，有诸般神灵，九幽之下，亦是阴魂归处，阎罗殿堂。

简单的文字，长短不一但总体简短的句子生动地营造出上古世纪荒蛮原野的神秘莫测，读后令人心生畏惧。

（4）按句分段构成语篇。这一言语形式在网络诗歌方面体现特别明显。而在长篇的网络小说中也比较常见。比如蔡智恒的《夜玫瑰》中有一个情节即是如此——

“干吗急着想挂电话？”

“喔？还有事吗？”

“你怎么不问我，为什么今晚不行？”

“好，为什么不行呢？”

“因为今晚我有事。”

“喔。”

“你怎么不问我，今晚有什么事呢？”

“好，你有什么事呢？”

“今晚有人约了我吃饭。”

“喔。”

“你怎么不问我，今晚是谁约了我呢？”

“好，是谁约你呢？”

“我爸爸。”

“喔。”我很怕她又要我发问，只好先问她：

“你爸爸为什么约你吃饭呢？”

“这种问题就不必问了。”

“是。”

“总之，今天我会晚点回去。”

“好。”

四、网络文学语言与传统文学语言的比较

与传统文学相比，网络文学语言已出现了一些“不同”。这些“不同”，形成了网络文学不同于传统文学的鲜明风格。相对于传统文学而言，这种不同可以认为是网络文学自身的规定性、自律性，是一种新型的表达方式。

从文学作品语言来看，网络语言具有口语性的特点，较之传统文学语言，它更直接地表达了思想的倾向。一般日常用语的运用，就已经带有主观的意向，产生于一定的语境，来表达一定的思想，而在文学语言中，更是渗透着作者的意识、意绪和意向，因而塑造的形象并不是现实生活中的纯然本色，而是带有意向性。传统文学语言的表达大多都是一丝不苟，遣词造句都是精益求精，严格按照各种体裁的语体要求写作。传统文学的小说、散文等语言精练细致，寓意深刻，采用比喻、比拟、连珠、双关等多种修辞手法，表达主题大意，承上启下，浑然一体。网络文学的语言，简单明了，不矫揉造作，不跌宕起伏，平铺直叙。这是网络文学语言的一个重要表现形式。

拼贴的零散组句、新颖的词汇加上独特的构思，是网络文学语言有别于传统文学语言的又一个特点。比如《悟空传》中：“巨大的雪片在天外涌出的火光映照下像凝血的冰晶，整个天界被这飞扬的红色充满，冰雪折射着火焰，像红宝石般的在空中闪耀，这些红亮的星尘在宇宙间飞旋，以无可阻挡的气势和极美的姿态冲毁它们面前的一切物体，诸神的宫殿在这狂潮中支离破碎，分崩瓦解。”这种环境描写不同于传统的文学环境描写，在糅合了传统文学的古典意蕴而又加入了很多流行元素。在这之后又有“生我何有？不能欢笑；灭我何用？不减狂骄。从何而来？同生世上；齐乐时歌，行遍大道。万里千里，总找不到；不如与我，相逢一笑。芒鞋竹杖千年走，万古长空一朝游。踏歌而行者，物我两忘间”。这一段既有中国传统文化中空、虚出世的美学特点，又在语言上既模仿古典诗歌的形式，又运用现代打油诗的通俗语言。这样组合拼贴语言形式在网络上比比皆是。在古典与现代，在中国与异国，在传统语言与后现代片段之间自由转换，达到出其不意的效果。

网络原创文学在形式突破的同时，大量保存了一些具有个人色彩的语言，不乏文字的表现力和隐喻功能，以强劲的冲击力打破了人们头脑中惯有的文质彬彬的语言形式。正如李寻欢说的：“那些艰涩冗长的不仅定语漫长而且后缀无限的叙述思想萌芽、生长、纠缠扭结的文字给人以怪异的观感。在语言的组织形式上呈现出来的新姿态包括对话语体的大量存在干脆利落的行文，多用短句，句号明显多于逗号、顿号、分号。一个自然段的文字被压缩到极限，

等等。”在《第一次的亲密接触》中的文字几乎是照搬聊天记录，主人公的性格和相貌逐渐在留有大量空白的简练文字中渐渐清晰。网络上的作者没有文学写作模式的束缚，充满跳跃感的幽默语言与简约的文学语言进行了一次亲密接触。安妮宝贝的《告别薇安》等作品里有明显网络色彩的文字随处可见，《悟空传》流畅干脆的对话体中时常跳出一些粗言痞语，亦正亦邪的语言形式透露出强烈的叛逆性格，但是看似浅薄的表面下却藏着深沉，这种深沉源于生活的原生态自然流露的快感。

第二节 网络诗歌语言[①]

随着互联网的发展，网络诗歌也随之风起云涌，非常繁荣。网络诗歌在语言上继承传统诗歌的语言特征的同时，形成了自身的特征。比如“口语化”是网络诗歌的典型特征，而叙事性是网络诗歌的另一特征。新媒体技术也为网络诗歌的语言带来新的面貌。

一、网络诗歌语言的口语化

随着网络的盛行，越来越多的诗人和诗歌爱好者在互联网世界里发表自己的诗作。口语化的言语表达成为这些网络诗歌的显著特征。所谓口语化，顾名思义，就是指诗歌语言与日常口语保持一致。它表现在两个方面。

一是网络诗歌词汇的口语化。虽然传统诗歌中也有口语诗，但是，网络诗歌的语言更趋向于“平民化”，显得更加通俗易懂。诗句中没有典故，也没有生僻词语，使读者能够很容易掌握部分甚至全部的话语权，进而将创作阐释和阅读认识有机生成到同一轨道上，也就减少了阅读中歧义出现的可能。另一方面，这种口语化的词语使网络诗歌所传达的情感能与更多的网民产生情感上的共鸣。如沈浩波的诗歌《我死了以后》——

我死了以后/你们可以说我/一辈子没有你们钱多/一辈子没有你们会混/一辈子没有你们会玩/我都承认/可是/你们谁也不敢和我比诗

通俗的词汇，朴实的语言，传达了作者对这个物欲横流的时代……除了朴实无华的语言外，大量的方言和俗语也涌入诗歌，使网络诗歌的词汇更趋通俗化、日常口语化。

又如赵丽华的《我终于发现》——

一只蚂蚁/另一只蚂蚁/一群蚂蚁 /可能还有更多的蚂蚁……

这首诗完全是一句日常生活中不经意的一句话拆开来的。但是这些意象却组成了一幅宁静的图画，给人很大的想象空间。

网络诗歌词汇的口语化还表现在，网络诗歌语言的符号化，即在正文中运用“美眉”“杯具”等异化后的网络符号文字。

例如槟郎的《哭悼邻家美眉》：

人赞他乡遇故知之喜/我邂逅邻家的美眉却悲/江城的浮华里有多少血泪哦/扬子江的水东流去/流不尽我的怆痛哀怨……

---

① 参考胡昌龙、王泽龙:《试论网络诗歌的语言特征》,《湖北社会科学》2008年第8期。

“美眉”作为网络流行用语用在此诗中，与其他具有相近意义的替换词相比，更能拉近与读者之间的距离，而“美眉”这种略带喜感的称呼与作者要表达对“邻家美眉”逝去的伤痛之情形成鲜明对比。

二是句式的口语化。网络诗歌语言的一个重要特点，就是敢于并善于打破古典诗歌惯常的秩序，创造出一种全新的语句来。网络诗歌的作者不再是受过专门训练的作家，他们完全不遵守带着镣铐跳舞的传统诗歌原则，只求一吐为快，酣畅淋漓地表达自己心中的感受。诗人通常会采用他们最熟悉的语言形式，采用通俗、简单的句式。网络诗歌呈现出语言简约、句式多变、没有对仗的特点。从句式上看，大多都是常见的句式，如简单的主动句、被动句、肯定句、陈述句，以及它们的交叉使用和转换。相对于传统的诗歌句式而言，这种句式具有更直接的表达功能。另外，网络诗歌句式中长短句的套用也很普遍。短句言简意赅，生动明快，活泼有力，节奏性强。长句表达严谨，精确细致，多具气势。这种句式表现出的节奏感的随意性真切自然，也与生活状态最为接近。正是这种风格使网络诗歌形成了简单典雅、清新隽永的语言风格，同时也展现出网络诗歌独有的魅力。

以“榕树下”网站刊登的一首《他们杀害了我》为例——

爸爸买来博士/妈妈是人造美女/人前人后 他们是令人羡慕的一对/我却一点也骄傲不起来/因为 我遗传了爸爸的愚笨/又继承了妈妈的丑陋/我完了/他们就这样残忍地杀害了他们的下一代我/在这个 靠漂亮和聪明竞争的现实/他们有罪/他们一点也不考虑他们结合的后果/他们有罪/他们杀害了我/却不见一滴血。

这首诗反映了当今社会的不良现象，表达了对买卖文凭、人造美女的社会现实的不满。在语言表达上完全是口语化的。句式上短词与长句结合，简单句与复合句组合。在前面的叙述后，仅用三个字“我完了”，表现了“我”的深刻绝望。接下来又立刻转入长句。这种自由流变的语言形式，表现了作者放弃了表述符号的秩序化、规范化的审美要求，通过别具一格的语言游戏将作者对社会的思考传达给读者。

网络诗歌语言的口语化因其朴素、真实、自然等优势开辟了“口语写作”的新时代，但是在诗歌中大量使用口语，造成了“口语”的泛滥，降低了诗歌的审美功效和创作难度，使诗人门槛变低，进一步加剧了网络诗歌的“低俗性”，因此也出现了一股反对与贬低网络诗歌的浪潮。

二、网络诗歌语言的叙事性

网络诗歌语言的叙事性主要是指在新时期的网络诗歌创作中，一些网络诗人对以前传统诗歌里所表现的浪漫主义诗风和抒情性特征的反对与纠正，代之以更多的对现实生活进行直接摹写的叙述性话语，以求达到一种反抒情、反浪漫的艺术效果的一种诗歌创作方法。网络诗歌的叙述性体现了网络诗人对诗歌文化品质的一种重塑和再认，并且这些叙事性诗歌“目的不在于讲述事件本身，而是注重实践过程中感受情感的巨大激荡，或体会诗人心灵的主观情感”。从这个意义上说，既是“传统意义上叙述技巧和写实成分，又是在新的文化视野与史学观念下所发生的现代叙述立场的获得”。①

① 高政锐：《20世纪90年代诗歌的叙事性简论》，《边疆经济与文化》2005年第7期。

随着新媒体时代的到来，人们进行网络诗歌创作更多的是一种自我表现欲的驱使，网络诗歌的“叙事性”更多的是一种“元叙述”，是一种不包含任何引申意义的叙事，使整个诗歌在感情色彩上更趋平淡和宁静，思想性也不再被人们奉为圭臬，更多的是需要读者根据自身的生活经验和情感性叙述，将情感上升为理智，将感觉上升为意识，将感观上升为经验。“叙事性”是网络诗歌语言表现的重要特征，是网络诗歌语言的一种属性。它主要有以下几个方面的表现。

（一）诗歌语言审美观念的重构

诗歌语言的审美性是诗歌作为一门语言艺术的重要属性，诗歌的审美性具有一种间接的和想象性特点，对诗歌语言审美感悟需要审美主体以其自身的经验对其进行审美性还原、想象性品读。诗歌语言的审美性还在于它语言的音韵特征，因为诗歌语言的音韵与节奏有利于诗人更加充分地表达感情，更有利于增强诗歌的抒情色彩，同时也可以唤起读者的审美注意，引起读者的共鸣。但是在网络上，人们对诗歌（特指网络诗歌）的要求更多的是满足他们的好奇心理，能够在诗歌的阅读中寻找快乐，大都忽略对其诗性的体验和审美品读。网络诗歌在传播的过程中诗性因素逐渐被音像速度拆解，成了名副其实的叙事语言了。这是对传统审美性的解构，也是新的审美观念的重构。

叙事性语言对审美性的消除，网民的日常语言成为网民表达自己观点的一种特殊方式，这方面侯马无疑是做得较好的诗人之一，他的《读者》《小兔子》等作品运用朴实的语言向人们讲述一个又一个的故事，并将个人的情感巧妙地融入到故事中，在讲故事的过程中与读者进行心灵交流。如《读者》（2000 年 11 月 4 日《诗潮》）：

编辑冒雨——/到沈阳教养所/看望在这里关钾的女犯/留下了大量《诗潮》杂志和诗集

在这两句诗里，侯马用一种平淡朴实的语言向我们透露了他的心声，作为诗人，“我”更希望与读者能够在情感上产生共鸣，此时，作者已向我们展示了诗人的两种形态。前者，他们是知识和力量的播撒者，他们要帮助那些失去自我的人们重新找回人生。后者，他们是灵魂的孤独者，也需要得到别人的理解和支持，“我”的精神也需要与别人产生共鸣。

（二）客观平静的呈现

抒情是诗歌的旗帜，诗人华兹华斯曾说过，“一切美好的都是强烈的自然流露”。诗歌依据的都是主体性原则，诗人总是凭借主体的旨趣，运用诗的语言和熟练的艺术技巧抒发内心情感。抒情还要求抒发美丽的、健康的情感，能给人以美的享受。敏锐的诗人已经不再用叙述处理经验和记忆，而是处理声音和色彩、梦和冥想。网络诗歌的叙述性更侧重于那些不确切之物以及不可能之物的呈现。用叙述性语言反对与矫正过分的抒情，力求建构一个充满梦和冥想的世界。

赵丽华在网上的创作对过度抒情进行了矫正。她的叙述风格追求朴实与平静，在平实的叙述中将自己内心的情感很自然地流露笔端。如《想着我的爱人》——

我在路上走着/想着我的爱人/我坐下来吃饭/想着我的爱人/我躺下来睡觉/想着我的爱人

平白无奇的叙述却足以显示出爱人在我心中的分量，根本无需再做多余的抒情性表达。

她的另一首《我一个人来到田纳西》——

毫无疑问/我做的馅饼/是全天下最好吃的

也是没有语言上做任何雕饰，却将独在异乡为异客的孤独、思念表现得淋漓尽致。

还有众多的网络诗人在努力寻找一种新的叙事话语权，用一种全新的叙述理念来建构新的诗歌抒情体系，使情感在自然朴实的叙述中溢出言外，让读者在读故事的过程中获得审美体验。

借助网络技术的帮助，通过文字媒体、声音媒体、图像媒体等，去探索新的叙述模式。如台港诗人大梦的《寻梦》，诗行很短："昨天梦里遗落一首诗，走了一夜，遍寻不着"。诗人在电脑屏幕上让这些字漂浮在像外层空间一样的蓝色中，色泽变化多端，大小深浅不一，整个作品在视角上好像在展现一个美好的梦境一样，但是文字内容叙述的是自己的健忘。这种表现形式给叙事以极大的张力。再如美国黑人作家 Wilhiter 的《Night in ni jinsky》，这首诗是为 20 世纪初著名的俄国芭蕾舞蹈家尼任斯基创作的。尼任斯基才华出众，令人惋惜的是在 29 岁时患精神分裂症而离开舞台。诗人大量阅读了尼任斯基的传记，观看了他的纪录影片和传记电影后，完成了实验多媒网络诗歌。诗在影片头出现了"1918"这个数字，这是尼任斯基开始出现精神病症状的初始年代，然后在黑暗的屏幕上，弹出一个面具，旋即又回旋着淡出屏幕，接着在《春之祭》的钢琴曲声中出现诗的题目，在音乐、抽象画等元素的配合下，诗句子一句一句呈现出来。

当然，多媒体只是增加了诗歌的表现力，拓展了叙述的张力，而诗歌最核心依然是其内容，是其表情达意的本身。

（三）网络诗歌语言的反逻辑性

诗歌语言是讲求逻辑的，特别是用叙述性语言写诗，更需要有较强的逻辑性进行客观陈述和理性阐释。值得关注的是，在网络时代，人们求异思维的倾向越来越明显，他们回避用逻辑语言写诗，甚至回避客观陈述和理性的阐释。他们善于描写一个想象和幻觉的世界，那是一个不能放入我们日常经验中加以检验的神秘世界。他们在进行这样一种探索，努力用平淡朴实的叙述语言构造一个意蕴无穷的画面，让这些画面在一种无规则的紊乱中实现彼此对比和相互映衬。车前子正是在一种反逻辑的体验中创作。他的诗怪诞、灵动、妙语惊人，洋溢着逼人的才气。他试图让他的诗成为有着多种层次、色彩和视点的画廊，靠各自的独立画面构成完整诗章。如《没有身体的羊》——

月亮揪出羊头/月亮也揪出羊蹄/月亮把羊蹄拿在手上/看看，刮掉尘土/两只羊眼/在羊角下/再远点地方/房子和房子缝在一起/大片旷野/那里，深黑中藏着浓绿

这首诗有明快的节奏、明亮的色彩。尽管我们在正常逻辑思维很难理解他所描绘的意象，但它并不让人感到晦涩，相反，它给了我们一种童话般的意境。

三、网络诗歌语言的反讽性

除了上述特征，网络诗歌在语言特征上还呈现出了它独特新颖的一面，即"反讽"。反讽一词源自希腊文，英文为原指希腊戏剧中的一种角色类型，即佯作无知者，在自以为高手的对手面前说傻话，但最后这些傻话都被证明是真理，从而使高明的对手大出洋相。追寻其历史，可以发现，它走过了从古希腊到黑格尔，到浪漫主义文学，再到新批评结构主义和后现代理论的漫长道路。

进入我国的文学新时期以后，由于对西方现代文学的引进与借鉴，使文学创作呈现出多姿多彩的多元化风貌，以往为作家所疏于理会的反讽手法也被运用了起来，特别是在网络诗歌中，这一手法被表现得淋漓尽致。网络诗歌语言的反讽可概括为基本反讽和深层反讽。

（一）基本反讽

所谓的基本反讽，就是正话反说，所言非所指。它又可以细分为矛盾话语反讽、悖论式反讽、佯谬式反讽、游戏调侃式反讽四方面。

1. 矛盾话语反讽

典型的矛盾话语反讽表现为正话反说，或反话正说，言轻意重，或言重意轻，褒中含贬，或外抑内扬。这种矛盾的话语能充分展示诗人的内心世界，他们也乐意采用这种方式宣泄自己。综观网络诗歌，不难发现，这种正话反说，或反话正说的矛盾话语现象有很多。如欧阳星的"我们的嘴唇/已忘记它说过的每一句闲话/我们的眼睛/却还记得相遇时跳动的火花"(《忘却》)。又如张小静的"从我的左眼里走过我/如果他还不来/我就把他忘掉"(《红鬃马》)。正是这种矛盾话语的运用，才使网络诗歌的可读性增强，使它的吸引力增强。

面对商业化的竞争，网络诗人们要在生活的海洋里打拼，生活的忙碌，事业的压力，导致了他们对生活现象的一种"反"写，如韩东的《一声巨响》——

一声巨响/我走出去查看/什么也没看见/一小时后/我发现砧板/落在灶台上/砸碎了一只杯子/砧板丝纹不动/杯子的碎片也是/静静的/当初砧板挂在墙上/杯子在它的下面/也是静静的

在看似荒谬的、不合生活常理的矛盾中，我们感受到了一地鸡毛式的生活的琐碎，看到了一种真实的生活。

2. 悖论式反讽

悖论式反讽的特征是正反相对的两个判断同时存在，即双层相反意义同时出现于字面上。在悖论语言反讽性中，往往也将不相容的事物并置，从中形成某种悖论。网络诗歌中，这类具有特色的语言经常可见。例如南人在《春天的树》一诗中这样写道——

春天早已过去/这我知道/我看见春天的树/长满秋天的山坡/叶子掉光了/那些爬上树的人/终于被我看见

试想一下，春天的树，叶子掉光了，这怎么可能呢？但却达到了反讽的效果。这些矛盾的话语，悖论的结论，无不显示出诗人的聪慧和灵动。他们将语言稍作变换，把词、句打散重新组合，就呈现出了一番别样的韵味。

3. 佯谬式反讽

网络诗歌把严肃的与调侃的、优雅的与粗鄙的、悲伤的与喜悦的拉到了同一水平线上，形成一种通俗易懂，幽默风趣的语言，能起到很强的反衬作用，适应了消费社会对文学文本的要求。

例如，"/父亲死了/母亲在哭/我想不起来/因为母亲的哭泣/是快板的抒情/还是忧伤的叙事"（楚斯《父亲死了》6）。这里诗人用"是"或"不是"的口气进行陈述，并不是诗人真不知道母亲的哭泣是为了什么，而是故意用曲笔，给读者留下思考的余地，同时也佯装自己不知道，构成表达上的佯谬式反讽，比直接陈述的表达效果要强。

4. 游戏调侃式反讽

网络时代，是游戏的时代，网络诗歌带着游戏的因子。这种环境下的网络诗歌，也必然带有游戏调侃色彩的反讽。

如蔡智恒《第一次的亲密接触》中的一首诗——

如果我有一千万/我就能买一栋房子/我有一千万吗/没有/所以我仍然没有房子/如果我有翅膀，我就能飞/我有翅膀吗/没有/所以我也没有办法飞/如果把整个太平洋的水倒出，也浇不熄我对你爱情的火焰/整个太平洋的水全部倒得出吗？不行/所以，我并不爱你

这首诗的影响力并不亚于小说本身。纵观全诗，主要是他运用了反讽这种语言形式，在这种调侃与游戏的黑色幽默中，其情感表达却是非常真挚的。游戏化背后是不悔的真诚与勇气。这也正是它受人青睐的原因之所在。

（二）深层反讽

反讽作为表现手法，在更高的意义上，反讽不是指向这个或那个具体的存在，而是指向某个时间或情状下的整个现实，它不是这个或那个现象，而是经验整体。介于这个层面，深层反讽分为情境情节反讽和主题意象反讽。

1. 情境情节反讽

任何事物的发生发展，都需要一定的情境情节，当美好的梦幻和并不美好的现实之间，预期的目的和实际发生的情况之间，出现差异的对立，造成的急剧扭转，这就是我们认为的情境情节的反讽。

贺建飞的《大街上嘈杂》——

他拿着喊话机 / 朝马路对面的一群人/ 喊着什么/ 对面的人群无动于衷 / 他很生气/急匆匆穿过人行横道 / 正欲发火/这时 / 他突然发现喊话机有开关 /忘了打开

这个情节非常滑稽，把街道上的喧闹、嘈杂，用另一种反讽的形式展现出来。具有戏剧的效果，给人以深刻的印象。

2. 主题意象反讽

请看下面一首诗，宋晓贤的《朴素的生活是静悄悄的》——

在大街上/ 我被一阵怪声/ 吓住，/一辆汽车 /敲锣打鼓/ 在广播里/ 放着走调的哀乐 /它是开往火葬场 /生怕人们不知道/ 就用高音喇叭 /大声音宣布：

有人死啦！/有人死啦！/死亡并不是哀痛的事情 / 跟出生一样/跟相亲和出嫁 / 一样/而朴素的生活总是静悄悄的

在庄子那里，死亡只是生的另一种方式，它的来与去都是如此的自然。而普通中国人的心理，死仍然是可怕的、肃穆的、悲痛的，丧事是一定要轰轰烈烈的。作者把如此热烈的宣扬的死亡横截给人们看，呈现出的就是一种对大事操办的不满，具有反讽的艺术力量。

第三节　网络小说语言

网络小说语言在兼容传统小说语言的同时，也刷新了传统的小说语言。但网络小说语言的随意性、灵活性、多样性令传统小说语言望尘莫及，几千年来文字在表情达意功能上一统天下的权威触网而散。电脑术语、符号、谐音、数字、图形、音乐、戏仿流行语构成了众语喧哗的局面，网络小说表现出一种符号意义上的杂合纷呈。网络小说的语言，正如网络小说

本身，从它的诞生开始，就引起人们的关注。

一、网络小说的文本语言

网络原创文学作品，由于其生成方式的不同，传播手段迥异，在语言形式上、话语文本上也与传统的文学形成了很大的不同。电子化文本的方面书写形式也大为不同。

网络文学作品的标题有所改变。在传统文本书写情况下，标题要居中书写，上下至少空一行。如果标题是两三个字，字与字中间应当空开一两格。标题一般不要写在下半页，尤其不要写在最后一行。但是网络原创作品，由于其文本是读者与作者共同创造的，往往会注明此段被修改过。另一种是大标题下面有小标题，或是序号。这是因为网络文学作品通常是即时性发表，因此在每一次更新下都会写上序号，代表作者书写这个标题的日程。

在署名上，网络文学与传统文学也有很大的变化。通常是作者的真实姓名。而在网络上，署名方式则发生了很大的变化。如有英文字母式的署名，有的也用汉语拼音。所以在网络上常常看到“ZPF”“METEOR”“WENXIN”等名字。更多的是作者的网名。如“安妮宝贝”“面对大海”“小妖精”“一条死鱼”“为你钟情”“只错一次”“天涯浪子”等网名。

在正文的书写上，传统文本的书写的格式是起始行与标题或署名之间应该空一行；如果是篇幅比较长的文章或是大部头的小说，正文可以从下半页开始写；上下段落之间没有间隔，另起一行空两格书写；并且在传统文本书写中每段句数不得过少。可是在网络文本中正文的书写格式却发生了很大的变化。

隔段空行。在网络文本中经常有隔一段空一行，或者隔几段空一行的现象。

短句成段。电子化文本在正文格式方面最显著的一个特点就是短句成段。他们放弃了长段落的语言形式，采用一行自成一段，每一行都采用短小的句式，甚至借助标点符号和分行将长句分解成若干短句。

顶格书写。传统文学文本每段开始空两格书写。但是在电子化文本中，常常会有顶格书写的文本形式。每行都顶格书写，如同诗歌一般，用一到两个空行对文本内容进行简单的划分，以表示情节内容上的停顿。

超文本的形式是网络文学与传统文学一个很大的区别。关于此，详见《网络小说》一章。

二、网络小说叙事语言

（一）口语化

口语化是网络小说叙事的一个特点。网络小说的语言，既秉承白话文的明白如话，使“说话”和“文章”直接相通，将大量的口语词、口语句式、语调，甚至是粗俗的骂人话键入作品，实现了“我手写我口”的语体模式。叙事的口语化，抒情的口语化，甚至成语运用也能变得口语化。

例如《第一次的亲密接触》里有一首很著名的诗——

如果我还有一天寿命 /那天我要做你的女友/我还有一天的命吗/没有/所以，很可惜/我今生仍然不是你的女友/如果我有翅膀 /我要从天堂飞下来看你/我有翅膀吗/没有/所以，很遗憾/我从此无法再看到你/如果把整个浴缸的水倒出 /也浇不熄我对你爱情的火焰/整个浴缸的水全部倒得出吗/可以/所以，是的“我爱你”

其诗的情调、意气、神采就在平平淡淡的口语中体现出来，感人肺腑，催人泪下，这是抒情的口语化。叙事的口语化，例如网络小说中的名篇《活得像个人样》。小说的题目就是纯口语化的，其内容更是把日常生活中的口语搬到了网上：“**这小子，泡的妞比抽的烟都多，就仗着他什么局头的老爸，好事都占尽了”“时间就要到了，我***还没吃饭，老板是个典型的资产阶级，把我剥削得只剩一张皮了。最可恨的就是把我痛苦的权力也都剥夺了，只给我留下忍耐和麻木”。

口语、方言、骂人的话、短句，完全是口头化表达，这样的语言在网络小说文章中比比皆是。网络小说的口语化有时候呈现出的是一种低俗化。在网络小说标题的制作中表现得非常明显。在传统小说中，标题是一篇文章的“文眼”，强调其统领全篇的功能。而网络小说的很多标题是以色情性的话语来吸引眼球的。如《少年几段风流事》《地产老板身边的女人们》《婚姻之痒》。如果这些算是通俗的话，那么《性感单身女郎》《就想把你哄上床》《沉重肉身下的渴望》……就显得很低俗了。

（二）跨文体化

网络小说的语言在文体方面显示出消弭界限以及融合的趋势特性。语言形式的这种跨越，营造一种全新的阅读体验。

多媒体文本形式是网络小说的一个新颖独特的形式。多媒体小说《哈哈，大学》记录了大学生活中的点点滴滴，来自上海交大的李臻将他四年的大学生活用幽默而时尚的网络语言娓娓道来。DV 叙事、校园原创歌曲、时尚 Flash、怀旧摄影等元素，都在这部小说中汇集在一起。

新闻体也使用在小说中。如少君的小说体现出新闻性的特点，是一种“新闻体式小说”。读少君的《人生自白》可以看到，他有意识地在对传统小说形式加以改革，这些小说展示的不是一个个虚幻想象的世界，而是作者亲历亲闻的人和事。属于非虚构性的作品。看得出，许多情节和细节都是真实情况的写照，具有新闻价值，为读者提供了大量新的信息。

任晓雯的《女人的长头发》，采用随笔加学术论文式的语体形式。

安文的《真实爱情》中用报告 1、报告 2、报告 3、报告 4 构成小说的重要部分，是公文体和小说体的结合。

日记体小说在网上可以说蔚然成为一股小风，有写实类的，如嘉骥的网络小说《一个声讯小姐的隐秘日记》，它以日记体的形式，记录下当代某些年轻女性群体的生活现实。最著名的要算《木子美》日记。还有搞笑类日记，如《沙僧日记》《八戒日记》等。

高群把这种将信和日记、诗歌直接应用到小说文本，实现一种跨语体的现象叫作“语体亲合”。

此外，诗歌体、剧本体等也在网络小说中随处可见。

三、网络小说语言的修辞

网络小说语言的修辞，既有传统修辞格式的广泛运用，也有网络技术语言的特殊修辞效果。它们的交叉使用，使网络小说在人物塑造、性格揭示、环境气氛等方面，展示出一种新鲜的活力。

技术语言主要是指计算机术语和计算机符号构成的语言符号形式。如 n 的古典冒险小说《穴居矮人》中，一个古怪的巫师派遣 B……L 依靠计算机化的信息系统来提供商业效率和效果,信息系统收集、维护并且向人们提供可能需要使用称谓词逻辑的速记符号来进行输入……t 也是一个计算机术语，指的是高位的 b……

《第一次的亲密接触》就是成功地以其网络语言获得大众喜爱的。迥异于传统文学语言的风格，在于其成功的修辞，具体说来，其修辞如下。

(一)返朴归真的象形语符

这里所说的象形语符是指身势情态符号，蔡智恒在他的小说《第一次的亲密接触》中，巧妙地、有选择地利用计算机既有的文字、符号系统，构建出许多各种有趣的、可以十分生动地传情达意的身势情态符号，并由此产生由符号所传达的一种真实的交流效果。这可能是网络语言最大的魅力所在。如：

不怪我吧！？……：P（：P 表示吐舌头顽皮的笑）

不过他真会掰得我不好的心情烟消云散：D。（：D 表示哈哈大笑）

更有趣的是，随着同一符号的转换，其象形字会意显现视点也随着转换，如表示“笑”的最基本符号：—）是以侧面形象来表现语义信息的（请注意，需要顺时针转 90 度才能看出其庐山真面目）。文中也有这样的用例：

以前的就常遭很多无聊的男性骚扰……：)（表示笑）

小雯说青蛙就是青蛙……即使美女陪他上床睡觉……他也还是青蛙……：)

这些神秘的象形符号之所以会迅速流行，就在于他们有一种视觉霸权，它们能给人以较为强烈的视觉刺激，从而引起人们的注意。这正符合现代人喜欢新奇刺激的心理表征，这在交际心理学中叫新奇求异。新奇求异的原则是“词汇系统中的现成词汇缺少了新鲜感，于是就临时性地创造出一些新的词语的表达方式”。因此，有人把网络文学称为“眼球文学”，网络语言显著的视觉效果已成为一种标记。

(二)以旧换新的仿词现象

痞子蔡在小说《第一次的亲密接触》中，巧妙灵活地运用仿词的修辞手法，使传统的汉语旧貌换新词，反映了作者高超的驾驭文字的能力，为文章增添了许多情趣，为受众增添了许多阅读的乐趣。如：

(1)“痞子……请继续放吧！……小女子洗鼻恭闻……”（洗鼻恭闻——洗耳恭听）

(2)万黑丛中一点黑咖啡。（万绿丛中一点红）

弟本布衣，就读于水利……苟全成绩于系上，不求闻达于网络……（不求闻达于诸侯）

不听情圣言，失恋在眼前。（不听老人言，吃亏在眼前）

虽然说“生命诚可贵，罚钱价更高”……但我们都没有戴安全帽。（生命诚可贵，爱情价更高）

“这叫嘴在外，脑命有所不受”。（将在外，君命有所不受）

（三）调侃幽默的旧义新解

网络小说的语言风格可以概括为自由灵动、风趣幽默。如：

据说这比徐志摩的“挥一挥衣袖，不带走一片云彩”还要高竿。徐志摩还要挥一挥衣袖才能甩掉黏在衣袖上的女孩子。阿泰则连衣袖都没有了。

痞子，你真是一言九顶……我说一句，你顶九句……

（四）英文的加入

跟她是在网上认识的。怎么开始的，我记不清了？好像是因为我的一个 plan.

她竟 mail 告诉我说，我是一个很有趣的人。

这不能怪阿泰的偏激与薄情，在他 20 岁被女朋友甩了后，他就开始游戏花丛。

万一她又追问：“why”……我会回答：“听到你过去的情史，使得爱你的我内心多了一份妒忌，与多了一份痛苦。”

我喜欢叫她 lady-killer，而且还是职业的。

（五）现代机智的比喻手法

痞子在小说中的比喻很有特色，充满了现代感，用现代人、事、物表现现代人的感受，大胆幽默、生动自然。如：

这种形容词怎么可能用在我身上，就像用诚实来形容李登辉一样，都会让人笑掉大牙的。

你若有原则，那宫雪花就会是纯情少女了。

（六）不容忽视的时尚元素

网络语言具有鲜明的时尚色彩。语言是社会文化的一面镜子。网络是时尚生活的一部分。

我开始打量面前这个美丽的女子。

美丽其实是一种很模糊的……因为美丽是有很多种的。

也许像冷若冰霜的小龙女；也许像清新脱俗的王语嫣；也许像天真无邪的香香公主；也许像刁蛮任性的赵敏；也许像聪慧狡黠的黄蓉；也许像情深义重的任盈盈。但她都不像。

用考试题型的方法来表达爱情。

- “呵：）……痞子……那你想我吗？……”“A.想 B.当然想 C.不想才怪 D.想死了 E.以上皆是……The answer is E……”
- “如何想法呢？……”“A.望穿秋水不见伊人来 B.长相思，摧心肝 C.相思泪，成水灾 D.牛骨骰子镶红豆——刻骨相思 E.以上皆是……The answer is still E……

第四节　网络文学语言的规范

一、网络语言的失范

网络语言的流行对现代汉语的规范产生了强烈的冲击。著名作家冯骥才说：“网络语言的异化倾向，影响了中国传统文化的含蓄、严谨和精致，并给我们的民族语言带来了冲击，甚至造成了一定的烧伤度。”如，有学生在作文中写道：“7456，TMD!大虾、菜鸟一块儿到偶的烘焙鸡上乱灌水，这些水桶真是BTI哥们用不着PMP，到底谁是好汉，光棍节过招。”这样的例子在网上可谓随处可见。再比如，“版主”写成“斑竹”，“外国人”写成“歪果仁”等。如果不熟悉网络语言。看了之后，真是不知所云。再有，网友们创造出一系列带有键盘特点的网络语言符号，如^_^（使眼色）、T_T（流泪）等表情符号，更是增加了人们的理解难度，造成了交际的困难，破坏了表意文字的完整性。

目前，网络语言在使用过程中，尤其在聊天室以及论坛中，语言失范的现象甚为严重，主要反映在如下方面。

对古代汉语的随意使用。如“囧”字，是一个古汉字，读jiǒng，本来的意思是“光明”。在网络上，“囧”的“口”被看做人脸的轮廓，口里的“八”是两道因沮丧和悲伤而下垂的眉毛，八字下面的“口”则是受委屈而张开的嘴。“囧”字的发音和“窘”一致，使得它成为表达沮丧、悲伤和无奈心情的代名词。又如，另一个字“槑”，在汉语中，其音、意及用法都同“梅”，而在网络上，其意思是很呆很天真。其实，“槑”字与“呆”字是毫不相干的。

符号语言的流行。1982年9月19日11点44分，美国卡内基·梅隆大学教授斯科特·法尔曼在一个互联网电子公告板上第一次使用了微笑符号“：－)”。这个由一个冒号、一个连接号、再加半个括号组成的符号已经成为网络上最为流行的符号语言。随后，以“微笑”为蓝本，创造出了“眨眼微笑”符号“；－)”和更为简洁的“：)”等符号语言。

滥用缩写。如“漂亮妹妹”缩写为“PPMM”，“爸爸妈妈”缩写为“BBMM”，“人品问题”缩写成“RPWT”，“要走了，got to go”缩写成“GTG”。缩写的使用是为了提高语言信息的传播效率，必须建立在信息交流双方对缩写规则认同的基础之上，而且缩写词不应与原词出入太大，否则缩写不但不能提高信息传播效率，反而适得其反。

语法不规范。在网络语言中，有违传统语言规范的现象大量存在，较常见的语病有以下几种：一是搭配不当，如“严重同意”“超级支持”等；二是语序不当，如“……的说”“我走先”。

故意使用错别字。例如，把“我”写成“偶”，把“你”写成“泥”，把“我的”写成“偶滴”。

英文、汉语拼音和数字的混淆使用。如：“94”——就是，“B4”——之前，“3KS”——谢谢，“偶的Key丢了”。

许多人认为，语言的规范化是语言专家的事，再说，语言也是要经过优胜劣汰的，不规范的语言早晚会自生自灭的，不必杞人忧天。殊不知，语言最本质的属性便是它的约定俗成性，如果人们在语言的使用中不能自觉规范自己的行为，而让“损人之语”“辱人之语”成为新的约定，我们的语言还会美吗？著名文学家王蒙指出，“如果摒弃汉字原本的规律而不顾，一味追求拉丁字的拼音，则从根本上违背了汉字的本意……遗失了中国的传统文化之精髓与汉字原形，成了数典忘祖的新文盲”。

二、网络用语的规范

著名作家冯骥才认为：“语言是一个民族文化的围墙，更深刻的讲是一个民族的心理，直接关系到一个民族的思维方式、情感和下意识等。”语言作为社会上最重要的交际工具，一定是有所规范的。缺乏明确规范的语言，难以充分发挥其传递信息、交流思想、承载文化的功能。语言规范的出发点是为应用而规范，绝不是为规范而规范。语言规范不能脱离语言应用的实际，也不能脱离语言发展的实际，这是语言规范必须遵循的原则。

对目前网络语言是否进行规范，怎样进行规范，学界有两种态度。

一是主张坚决规范。在网络日益普及的虚拟空间里，网络作者为了传输方便、提高交流速度和表达个性化的效果，对一些汉语和英语词汇进行任意“改造”，对规范语言的语法进行无限制“创新”，将文字、数字、图片、符号进行随意拼接，由此产生的与规范语言表达方式格格不入的新词新句，是“文化垃圾”，是“对传统汉语的破坏”，“给我们的民族语言带来了冲击，甚至造成一定的‘烧伤度’”，这些语言不仅污染了民族语言的纯洁，而且体现了网民的知识贫乏与精神苍白，必须进行规范。

有的网络词语更以粗鄙为个性，把恶俗当有趣，在一定程度上放大了社会公众的消极情绪和烦躁心态，污染了语言环境，拉低了网络空间的文化氛围，也降低了整个社会的文化水准和道德水平，妨碍了我们悠久的民族文字和语言的规范运用及健康发展。

二是强调汉语系统具有一定的自净功能。网络语言不是什么语言异类，因为语言历来是一个开放性的符号系统，历来都是随着社会生活和文化形态的发展变化而发展变化的。“语言的规范化工作并不是一点儿作用也没有，但是同词语的自身的矛盾运动相比，则是微乎其微的，有时是微不足道的，功盖天地的可能性是很小的……从宏观来看，人类的语言基本上都处在人类自觉的语言规范运动之外，但是所有的语言并不是从混乱走向混乱的，正好相反，人类语言都从混乱走向了有序。当词语处于局部混乱的时候，当它远离平衡状态的时候，它具有自我组织的能力，它能够自我调节，自动从局部混乱走向有序，人们的语言规范化工作比起语言自身的这一自我组织，自我调节功能来，显然是不可同日而语的。”[①] 2001 年年底，我国由语言学界参与编写的第一部网络语言词典《中国网络语言词典》在争议声中问世，词典收词 1 305 条，正文 38 万字，以汉语拼音排序。“美眉”“版猪”“烘培鸡”“瘟酒吧”“红粉网族”这些在虚拟世界中诞生并活跃的网络语言，以“词条”的身份，走进了语言学家编纂的正规词典。而在今天看来，当中的绝大部分词汇都已经湮没在时代的长河中，不再被人提起，取而代之的是一批更符合时代特色的网络语言。

实际上，在语言发展的历史长河中，不同时期、不同阶段，都会有新词新语涌现，只有那些符合语言发展规律和规范的、符合社会需求的新词新语，才会被吸收，纳入到语言体系中，进一步促进语言的丰富和发展。而那些不规范、不符合语言发展规律、不符合社会需求的词语，只能是短期内在小范围内流传，转瞬即逝。

现实生活中运用的标准现代汉语，是经多年的提炼和规范而发展成的。很多语汇甚至是经过千锤百炼才得以流传。千百年来，语言就是在这种发展—规范—发展中不断演进的。只有规范才能为语言的发展提供更大的空间和平台，才能拓宽交流沟通的渠道，才能促使语言健康发展。任何语言词汇莫不遵循这个规律。网络的语言词汇同样如此。

面对网络时代语言中的不规范现象，要树立科学的语言规范观，正确认识新时代面临的新问题，积极寻找对策加以引导和解决。国家语言文字工作部门应根据信息化社会的发展和网络时代的特点，及时制定新的规范和标准，对于新出现的失范现象及时加以规范和引导。

---

① 王希杰：《汉语的规范化问题和语言的自我调节功能》，《语言文学应用》1995 年第 3 期。

充分利用网络这个信息化的手段和平台，大力宣传倡导语言规范。政府及企事业单位的公文尤其要注意语言规范，对于字母词、外语词、异体字、繁体字、网络语言的使用应严格遵照国家通用语言文字法的规定。媒体要做语言规范的表率。媒体承担着传播语言规范的功能，应通过加强自我规范，从而对全社会起到积极引导和示范作用；学校应当成为语言规范的主要阵地，积极推广普通话，使用规范字，注重培养学生的语言听说、书写能力，对出现在课堂上、作业中的网络语言文字等失范现象更要积极引导加以规范。

思考题：

1. 网络语言流行的背景是什么？
2. 网络诗歌的语言特点是什么？
3. 网络小说的语言特点是什么？
4. 网络语言的盛行对汉语言造成了什么影响？

参 考 文 献

[1] MICHEL HOCKX. Internet Literature In China[M]. New York：Columbia University Press，2014.

[2] 欧阳友权. 网络文学概论[M]. 北京：北京大学出版社，2008.

[3] 欧阳友权. 网络文学发展史[M]. 北京：中国广播电视出版社，2008.

[4] 于洋，汤爱丽，李俊. 文学网景：网络文学的自由境界[M]. 北京：中央编译出版社，2004.

[5] 欧阳友权. 网络文学本体论[M]. 北京：中国文联出版公司，2004.

[6] 聂庆璞. 网络叙事学[M]. 北京：中国文联出版公司，2004.

[7] 欧阳友权. 网络文学的学理形态[M]. 北京：中央文献出版社，2008.

[8] 欧阳友权. 比特世界的诗学——网络文学论稿[M]. 长沙：岳麓书社，2009.

[9] 杨林. 网络文学禅意论[M]. 北京：中国文联出版公司，2004.

[10] 苏晓芳. 网络小说论[M]. 北京：中国文史出版社，2008.

[11] 苏若兮，等. 界限：中国网络诗歌运动十年精选（重报图书）[M]. 重庆：重庆大学出版社，2010.

[12] 杨雨. 网络诗歌论[M]. 北京：中国文史出版社，2008.

[13] 蓝爱国. 网络恶搞文化[M]. 北京：中国文史出版社，2007.

[14] 李星辉. 网络文学语言论[M]. 北京：中国文史出版社，2008.

[15] 欧阳文风，王晓生，等. 博客文学论[M]. 北京：中国文史出版社，2008.

[16] 王炎龙. 网络语言的传播与控制研究——兼论未成年人网络素养教育[M]. 成都：四川大学出版社，2009.

[17] 路善全. 中国传媒与文学互动研究[M]. 北京：中国社会科学出版社，2007.

[18] 孙翔云，陈英，江奇艳. 网络大众论[M]. 广州：中山大学出版社，2008.

[19] 陈瑞林. 解读少君[M]. 长春：吉林大学出版社，2009.

[20] 陶东风. 大众文化教程[M]. 桂林：广西师范大学出版社，2008.

[21] 陶东风. 文学理论基本问题[M]. 北京：北京大学出版社，2007.

[22] 陶东风. 社会转型期审美文化研究[M]. 北京：北京出版社，2002.

[23] 姜英. 网络文学的价值[M]. 成都：巴蜀书社，2013.

[24] 谢家浩. 网络文学研究[D]. 苏州：苏州大学，2002.

[25] 顾宁. 网络社会环境下的当下中国文学研究[D]. 沈阳：辽宁大学，2009.

[26] 徐莹婕. 试论中国原创奇幻文学传播与文学网站发展的共生关系[D]. 成都：四川大学，2007.

[27] 罗丁瑞. 网络出版新形态研究[D]. 武汉：武汉理工大学，2008.

[28] 罗珏. 网络语言的非常用法研究[D]. 成都：四川大学，2007.

[29] 孙雯雯. 新语丝华文网络文学研究[D]. 广州：暨南大学，2007.

[30] 何兰香. 网络文学的文体分析[D]. 长春：东北师范大学，2009.
[31] 张天舒. 网络文学对文学大众化的影响研究[D]. 长春：东北师范大学，2009.
[32] 齐海英. 网络文化传播中的反文化现象解读[D]. 长春：东北师范大学，2009.
[33] 百里清风. 心理能量视角下的网络原创文学[D]. 长春：吉林大学，2008.
[34] 王珊珊. 论网络文学的审美特性[D]. 西安：西北大学，2009.
[35] 罗崇宏. 网络传媒时代的文学生态[D]. 青岛：青岛大学，2008.
[36] 兰凯. 论网络媒介对文学的影响[D]. 济南：山东大学，2008.
[37] 郝珊珊. 大陆网络文学的十年发展和现实反思[D]. 福州：福建师范大学，2008.
[38] 卫婷. 网络传媒中的中国玄幻武侠文化[D]. 苏州：苏州大学，2008.
[39] 吴越. 媒介分析：网媒对中国文学“神圣化”的解构[D]. 长春：吉林大学，2008.